BESTSELLER

Jennifer L. Armentrout es una autora superventas internacional cuyos libros se han colocado en las listas de los más vendidos según *The New York Times*. Escribe novelas *new adult* de romance contemporáneo y paranormal bajo el pseudónimo J. Lynn. Los títulos de su serie Te Esperaré fueron galardonados con el Reviewers Choice Award en 2013 y el Editor's Pick en 2015. También es autora de la saga De Sangre y Cenizas, que ganó el Goodreads Choice Award en 2020 en la categoría de romance.

Cuando no está ocupada escribiendo, pasa el tiempo leyendo, viendo películas de zombis malísimas o echando el rato con su marido y sus mascotas: sus dos perros, Apolo y Artemis, seis alpacas muy criticonas, dos cabras maleducadas y cinco ovejas supersuaves.

Biblioteca

JENNIFER L. ARMENTROUT

Déjate caer

Traducción de
Laura Paredes Lascorz

DEBOLS!LLO

Papel certificado por el Forest Stewardship Council®

Título original: *Fall With Me*

Primera edición en Debolsillo: abril de 2025

© 2015, Jennifer L. Armentrout
Derechos de traducción acordados por Taryn Fagerness Agency
y Sandra Bruna Agencia Literaria, S. L.
© 2024, 2025, Penguin Random House Grupo Editorial, S. A. U.
Travessera de Gràcia, 47-49. 08021 Barcelona
© 2024, Laura Paredes Lascorz, por la traducción
Diseño de la cubierta: Penguin Random House Grupo Editorial
basado en el diseño original de Avon Books
Imagen de la cubierta: © iStock / Getty Images

Printed in Spain – Impreso en España

ISBN: 978-84-663-8002-7
Depósito legal: B-2.684-2025

Impreso en Black Print CPI Ibérica
Sant Andreu de la Barca (Barcelona)

P 3 8 0 0 2 7

Para los lectores.
¡Espero que os guste!

I

Habían pasado diez minutos desde que me dejara caer en una lujosa silla acolchada en la soleada sala de espera cuando unas desgastadas deportivas blancas entraron en mi campo de visión. Había estado entretenida contemplando el suelo de madera y pensando en que los centros de atención privada debían de ganar mucho dinero para poder tener una tarima oscura de aspecto tan caro.

Pero, claro, los padres de Charlie Clark no habían reparado en gastos para los cuidados de su único hijo. Lo habían ingresado en el mejor centro de Filadelfia. Estaba segura de que la cantidad de dinero que pagaban anualmente tenía que ser astronómica; más de lo que yo ganaba como barman en el Mona's y diseñando, además, páginas web.

Imaginaba que creerían que así compensaban el hecho de que visitaban a Charlie solamente una vez al año, y durante unos veinte minutos. Había personas mejores y más compasivas que yo en el mundo, pensé mientras alzaba la vista hacia la acogedora sonrisa de la enfermera sin conseguir ignorar del todo el conocido resquemor de la rabia que sentía cada vez que pensaba en los padres de Charlie. Parpadeé una vez, y luego otra. No reconocía el cabello cobrizo ni los ojos castaños más jóvenes, más brillantes.

Esa mujer era nueva.

Dirigió los ojos hacia la parte superior de mi cabeza, y su mirada se entretuvo algo más de lo normal en mi cabello, pero su sonrisa no decayó. Tampoco era que mi peinado fuera tan extraño. Hacía unos días había cambiado las mechas de un rojo intenso por unas más gruesas de color púrpura, pero tenía que reconocer que el moño que me había hecho a toda prisa estaba muy alborotado. La noche anterior cerré el bar, lo que significaba que había llegado a casa a las tres de la madrugada. Por la mañana, resultó toda una hazaña levantarme, cepillarme los dientes y lavarme la cara antes de recorrer el trayecto hasta la ciudad.

—¿Roxanne Ark? —preguntó tras detenerse delante de mí con las manos juntas.

Mi cerebro se paró en seco al oír mi nombre completo. Mis padres eran muy raros. No me hubiera sorprendido que fueran cocainómanos o algo así en los ochenta. Me llamaron así por la canción *Roxanne*, y a mis hermanos, Gordon y Thomas, lo que formaba el nombre real de Sting.

—Sí —respondí, alargando la mano hacia la bolsa de tela que había llevado conmigo.

Su sonrisa siguió firmemente en su lugar mientras me señalaba la puerta de dos hojas cerradas.

—La enfermera Venter no está hoy, pero me ha dicho que usted viene todos los viernes al mediodía, así que Charlie está listo.

—Oh, ¿se encuentra bien?

Me preocupé por ella. A lo largo de los últimos seis años, la enfermera Venter se había convertido en una amiga, hasta el punto de que estaba al corriente de que su hijo pequeño iba a casarse por fin en octubre y que su hija mediana acababa de darle su primer nieto el mes anterior, en julio.

—Ha cogido el típico resfriado de finales de verano —explicó—. De hecho, quería venir a trabajar hoy, pero nos pareció mejor que se tomara el fin de semana para recuperarse. —La nueva enfermera se hizo a un lado cuando me puse de pie—. Me ha dicho que le gusta leerle a Charlie.

Asentí con la cabeza mientras sujetaba la bolsa con más fuerza.

Se detuvo junto a la puerta, se quitó la tarjeta con su nombre que llevaba prendida y la pasó por un sensor de la pared. Después de un ruido seco empujó la puerta para abrirla.

—Ha tenido un par de días buenos. No tanto como nos gustaría —prosiguió mientras entrábamos en el pasillo amplio y bien iluminado. Las paredes eran blancas y estaban desnudas. Sin personalidad. Nada—, pero esta mañana se ha despertado temprano.

Mis chanclas color verde neón golpeaban el suelo embaldosado, pero las deportivas de la enfermera no hacían el menor ruido. Pasamos por el conocido pasillo que llevaba hasta la sala comunitaria. A Charlie nunca le había gustado estar en ella, lo que era muy raro, porque antes… antes de que lo hirieran, era una persona de lo más sociable.

Era muchas cosas.

Su habitación estaba al final de otro pasillo, en un ala especialmente diseñada con vistas al hermoso paisaje verde y la piscina terapéutica de la que Charlie jamás había disfrutado. Nunca había sido un buen nadador, pero cada vez que yo veía aquella dichosa piscina ahí fuera quería darle un puñetazo a algo. No sabía a cuenta de qué, quizá porque la capacidad de nadar sin ayuda era una de esas cosas que los demás dábamos por sentado, o quizá porque siempre me pareció que el agua no tenía límites, pero el futuro de Charlie era muy limitado.

La enfermera se detuvo delante de su puerta cerrada.

—Ya sabe lo que tiene que hacer cuando quiera marcharse.

Lo sabía. Al irme tenía que pasarme por el control de enfermería y registrar mi salida. Supongo que querían asegurarse de que no iba a intentar llevarme a Charlie ni nada por el estilo. Tras hacerme un alegre gesto con la cabeza, la enfermera se giró y se alejó pasillo abajo pisando con fuerza.

Miré la puerta un instante, inspiré hondo y solté lentamente el aire. Tenía que hacerlo cada vez que visitaba a Charlie. Era la única forma de lograr que el nudo de decepción, ira y tristeza que tenía en la garganta se deshiciera antes de entrar en la habitación. No quería que Charlie me lo notara. A veces no lo conseguía, pero siempre lo intentaba.

Solo cuando estuve segura de que podía sonreír sin dar la impresión de estar desquiciada, abrí la puerta. Sin embargo, como cada viernes durante los últimos seis años, ver a Charlie fue como recibir un puñetazo en el estómago.

Estaba sentado delante del gran ventanal que iba del suelo hasta el techo. Ocupaba su silla de siempre, una papasan con un cojín azul vivo. La tenía desde los dieciséis; se la regalaron por su cumpleaños unos pocos meses antes de que todo cambiara para él.

No alzó la vista cuando entré en la habitación y cerré la puerta. Nunca lo hacía.

La estancia no estaba nada mal. Era bastante espaciosa, con una cama de matrimonio perfectamente hecha, un escritorio que sabía que Charlie nunca usaba y una tele que jamás, en aquellos seis años, había visto puesta.

Sentado en esa silla, mirando por la ventana, había pasado de ser esbelto a estar demasiado flaco. La enfermera Venter me había explicado que tenían problemas para que ingiriera tres comidas decentes al día, y que tampoco funcionó cuando intentaron cambiarlas a cinco. Hacía un año, la situación empeoró tanto que habían tenido que usar una sonda nasogástrica. Todavía recordaba el miedo que sentí al creer que iba a perderlo.

Le habían lavado el pelo rubio esa mañana, pero lo llevaba peinado sin gracia y más corto de lo que solía. Antes, a Charlie le gustaba lucir el cabello cuidadosamente alborotado, y le quedaba genial. Ahora llevaba una camiseta blanca y unos pantalones de chándal grises que ni siquiera eran de los que estaban de moda. No, esos tenían gomas elásticas en los tobillos, y madre mía, le habría dado un ataque si le hubieran dicho que los llevaría ahora, y con razón, porque Charlie…, bueno, tenía estilo y muy buen gusto.

Me dirigí hacia la segunda silla papasan, también con un cojín azul a juego, que había comprado hacía tres años y carraspeé.

—Hola, Charlie.

No me miró.

No me supuso ninguna decepción. A ver, esa sensación de «esto no es justo» estaba ahí, pero no sentí una nueva oleada angustiosa de consternación, porque siempre era así.

Una vez sentada, me puse la bolsa entre las piernas. De cerca, él aparentaba más de veintidós años, muchos más. Tenía la cara demacrada, la tez pálida y unas implacables sombras bajo aquellos ojos verdes que, tiempo atrás, estaban llenos de vida.

Inspiré hondo otra vez.

—Hoy hace un calor horroroso, así que no te burles de mis pantalones cortados. —En su día me habría obligado a cambiármelos antes de salir de casa—. Los del tiempo dicen que las temperaturas van a batir récords este finde.

Charlie parpadeó despacio.

—Se supone que también va a haber fuertes tormentas. —Junté las manos, rezando para que me mirara. Durante algunas visitas no lo hacía. No lo había hecho las últimas tres, y eso me aterraba, porque la última vez que había estado tanto tiempo sin reaccionar a mi presencia había sufrido un ataque horroroso. Era probable que las dos cosas no tuvieran nada que ver, pero aun así se me formaron unos nudos de inquietud en el estómago. Especialmente porque la enfermera Venter me había explicado que los ataques eran bastante frecuentes en los pacientes que habían sufrido traumatismo cerebral—. Recuerdas lo mucho que me gustan, ¿verdad?

No hubo respuesta.

—Bueno, a no ser que provoquen tornados —rectifiqué—.

Pero estamos en Filadelfia, así que dudo que vaya a haber muchos por aquí.

Vi otro ligero parpadeo de perfil.

—¡Oh! Mañana por la noche vamos a cerrar el Mona's al público —seguí divagando, sin saber muy bien si ya le había contado los planes, aunque daba igual—. Es una fiesta privada. —Hice una pausa lo bastante larga para respirar.

Charlie seguía mirando por la ventana.

—Te gustaría el Mona's, creo. Es bastante sencillo, pero en el buen sentido. Aunque esto ya te lo había dicho antes. No sé, pero desearía… —añadí, frunciendo los labios, mientras sus hombros se elevaban para soltar un fuerte y profundo suspiro—. Desearía muchas cosas. —Terminé en un susurro.

Empezó a balancearse con lo que parecía un movimiento inconsciente. Era un ritmo suave que me recordó al mar, a dejarse llevar por el vaivén de las olas.

Por un instante combatí el impulso de gritar toda la frustración que crecía en mi interior. Charlie solía hablar por los codos. Nuestros profesores de primaria lo habían apodado Bocachancla, y él se reía. Dios, tenía la mejor risa del mundo, contagiosa y auténtica.

Pero hacía años que no la oía.

Cerré los ojos para contener las lágrimas y las ganas de tirarme al suelo y patalear. Nada de eso era justo. Charlie tendría que estar por ahí. A estas alturas debería haber acabado la universidad y haber conocido a un tío bueno que lo quisiera. E iríamos los cuatro de cita doble: ellos, yo, y el chico al que yo arrastrara conmigo. Tendría que haber hecho lo que había jurado que haría y haber publicado ya su primera novela. Seríamos como antes. Mejores amigos, inseparables. Él vendría a verme al bar y, cuando fuera necesario, me diría que solucionara mi vida.

Charlie tendría que estar vivo, porque eso, lo que fuera eso, no era vivir.

Pero una puta noche, una sarta de palabras estúpidas y una puñetera piedra lo habían arruinado todo.

Abrí los ojos con la esperanza de que me estuviera mirando, pero no lo hacía, así que no me quedó otra que reponerme. Me agaché y saqué una acuarela doblada de la bolsa.

—Te he hecho esto —anuncié. Seguí a pesar de mi voz ronca—. ¿Recuerdas cuando teníamos quince años y mis padres nos llevaron a Gettysburg? Te encantó Devil's Den, y aquí lo tienes.

Desdoblé el dibujo y lo sostuve para que lo viera a pesar de que no lo miraba. Me había llevado varias horas esa semana pintar las rocas rojizas sobre los prados verdes, lograr el color adecuado de los cantos rodados y de los guijarros que había entre ellas. El sombreado había sido lo más difícil al tratarse de una acuarela, pero me gustaba pensar que me había quedado bastante bien.

Me levanté y lo llevé hasta la pared que tenía frente a la cama. Busqué una chincheta en el escritorio y lo colgué al lado de los demás dibujos. Había uno por cada semana que lo había visitado. Trescientos doce dibujos.

Recorrí las paredes con la mirada. Mis favoritos eran los retratos que había hecho de él; dibujos de Charlie y yo juntos cuando éramos más jóvenes. Me estaba quedando sin espacio. Pronto tendría que empezar a colgarlos en el techo. Todos eran del pasado, ninguno del presente ni del futuro. Simplemente una pared llena de recuerdos.

Regresé a la silla y saqué el libro que le estaba leyendo. Era *Luna nueva*. Habíamos visto la película juntos. Casi llegamos a ver la segunda. Lo abrí por la página en que lo había dejado, convencida de que Charlie habría sido *team* Jacob. Nunca se habría decantado por los vampiros sensibles. A pesar de que era la cuarta vez que le leía el libro, parecía gustarle.

Por lo menos eso era lo que yo me decía a mí misma.

Durante toda la hora que estuve con él no me miró ni una

sola vez. Mientras recogía mis cosas, la angustia me pesaba tanto como esa piedra que lo había cambiado todo. Me agaché hacia él.

—Mírame, Charlie. —Esperé un instante con un nudo en la garganta—. Por favor.

Charlie se limitó a parpadear y a balancearse despacio. Hacia atrás y hacia delante. Durante cinco minutos de reloj esperé alguna reacción, cualquier reacción, pero no la hubo. Con lágrimas en los ojos, le di un beso en su fría mejilla y me puse de pie.

—Nos vemos el viernes que viene, ¿vale?

Fingí que me había contestado «Vale». Era el único modo en que podía salir de aquella habitación y cerrar la puerta tras de mí. Registré mi salida y, una vez fuera, en medio del calor abrasador, busqué las gafas de sol en la bolsa y me las puse. La temperatura obró maravillas en mi piel helada, pero no me calentó por dentro. Siempre me sentía así después de visitar a Charlie, y no sería capaz de desprenderme de ese frío hasta que empezara mi turno en el Mona's.

De camino hacia el fondo del aparcamiento, donde había dejado el coche, solté un taco.

Podía ver el calor que reverberaba en el asfalto, y me pregunté al instante qué colores necesitaría mezclar para captar ese efecto en un lienzo. Entonces vi mi fiel Volkswagen Jetta y todos mis pensamientos sobre acuarelas se desvanecieron. El estómago me dio un vuelco y casi me tropecé con mis propios pies. Había una camioneta preciosa, prácticamente nueva, aparcada al lado de mi coche.

La conocía.

La había conducido una vez.

Madre mía.

Como mis pies se negaron a moverse, me detuve del todo.

Ahí estaba la espina en mi costado, que era, curiosamente, la

misma persona que tenía un recurrente papel protagonista en todas mis fantasías, incluso en las más subidas de tono. Sobre todo
en esas.

Ahí estaba Reece Anders, y no sabía si darle un puñetazo en
los huevos o besarlo.

2

La puerta del conductor se abrió suavemente, y mi corazón, mi puto y traicionero corazón, se detuvo un instante cuando apareció una larga pierna cubierta con unos vaqueros, junto con unas sandalias con una tira de cuero marrón. ¿Por qué me iban los chicos lo bastante atrevidos como para llevar sandalias? Uf, me resultaban de lo más sexy combinadas con unos vaqueros descoloridos. Apareció la otra pierna y la puerta me ocultó el torso un momento, solo un segundo. Luego se cerró y pude ver una camiseta gastada de Metallica que hacía muy poco por esconder unos marcadísimos abdominales de toma pan y moja. La prenda estaba prácticamente fusionada con su estómago, aferrada a cada centímetro de su piel. Hacía lo mismo con sus bíceps, básicamente provocándome.

Tal cual. Aquella camiseta tenía muy mala leche.

Alcé la mirada hacia unas anchas espaldas, con la clase de hombros que podrían cargar con el peso del mundo, y lo hacían; y proseguí hasta su cara. Llevaba unas gafas de sol negras muy sensuales que le quedaban de lujo.

Dios, Reece estaba guapísimo con ropa informal, increíblemente atractivo cuando iba de uniforme… y desnudo podía provocarme un orgasmo visual.

Y yo lo había visto en pelotas. Bueno, más o menos. Vale, sí que se lo había visto todo, y era un todo que quitaba el hipo.

Reece poseía un atractivo clásico; era la clase de hombre con una estructura ósea que mis dedos ansiaban dibujar: pómulos angulosos, labios carnosos y una mandíbula que volvería loca a cualquiera. Además era policía, por lo que servía y protegía, y había algo tremendamente atrayente en ello.

Por desgracia, también lo odiaba, lo detestaba. En fin, la mayoría del tiempo. A veces. Siempre que contemplaba su perfección y empezaba a desearlo. Sí, era entonces cuando lo odiaba.

Y como en aquel momento mis partes íntimas estaban empezando a reaccionar como solían hacerlo, aquello significaba que no, no podía ni verlo. Así que sujeté con más fuerza la bolsa y adelanté una cadera como había visto que hacía Katie, una... una extraña amiga mía, cuando iba a tener una bronca verbal.

—¿Qué haces aquí? —pregunté, y me estremecí al instante, a pesar de estar a casi cuarenta grados, porque no había hablado con Reece desde hacía once meses. Bueno, eso si no contábamos los «Vete a la mierda» que seguramente le había dedicado unas cuatrocientas veces durante ese tiempo.

Vi unas cejas oscuras arqueadas por encima de la montura de las gafas de sol. Pasó un momento antes de que soltara una risita, como si lo que le había dicho fuera lo más divertido del mundo.

—¿Qué tal si antes me saludaras?

De mi boca habrían salido volando palabrotas como aves que migraban al sur a pasar el invierno si no me hubiera pillado desprevenida. Le había hecho una pregunta válida. Hasta donde yo sabía, Reece nunca, en los seis años que yo llevaba yendo a ver a Charlie, había visitado ese centro. Sin embargo, sentí un poquitín de culpa, porque no era así como me habían educado.

—Hola —me obligué a decir.

Reece frunció sus labios bien formados sin pronunciar palabra.

Entrecerré los ojos tras las gafas de sol.

—Hola…, agente Anders.

Ladeó la cabeza un instante antes de hablar.

—No estoy de servicio, Roxy.

Ay, por Dios, esa forma que tenía de decir mi nombre… *Roxy*. Cómo curvaba la lengua al pronunciar la erre. No tenía ni idea de cómo, pero me hacía sentir avidez en lugares que no tenían que sentirla.

Cuando no siguió hablando, estuve a nada de darme un puñetazo en mis partes, porque no podía creer que fuera a obligarme a decirlo.

—Hola… —alargué todo lo que pude la palabra—, Reece.

Sus labios se curvaron hacia arriba para esbozar una sonrisa de orgullo, y con razón. Que, llegados a ese punto, yo me dignara a pronunciar su nombre era todo un logro por su parte, y si hubiera tenido una galletita para dársela a modo de recompensa, se la habría restregado en la cara.

—¿Tan difícil era? —preguntó.

—Sí. Era difícil —respondí—. Se me ha ennegrecido el alma por ello.

Soltó una carcajada que me dejó atónita.

—Tu alma está hecha de arcoíris y polvo de hadas, cariño.

—Mi alma es profunda, oscura y está llena de un sinfín de cosas sin sentido —resoplé.

—¿Cosas sin sentido? —repitió con otra gran carcajada mientras levantaba la mano y se pasaba los dedos por su pelo castaño oscuro. Lo llevaba muy corto a los lados, pero un poco más largo que la mayoría de los polis en la parte superior—. Bueno, si eso es cierto, no ha sido siempre así.

Esa sonrisa ligeramente… vale, absolutamente encantadora, desapareció de sus labios, que formaron una línea recta.

—No, no siempre ha sido así.

Respiré de nuevo y el aire se me quedó atrapado en la garganta.

Reece y yo nos conocíamos desde hacía mucho tiempo. Cuando empecé el instituto él estaba en su penúltimo año. Ya entonces era todo aquello por lo que una chica podía obsesionarse, y me había colado por él como una tonta. Tanto, que mis primeros y más patéticos dibujos fueron los corazones con su nombre en el centro que hice en mis cuadernos. Atesoraba cada mirada que me dedicada, cada sonrisa. Aunque yo era demasiado joven y no frecuentaba los mismos ambientes que él, siempre había sido amable conmigo.

Lo cual probablemente tuviera que ver con el hecho de que él y su hermano mayor, junto con sus padres, se habían mudado a la casa de al lado de mi hogar de la infancia.

En cualquier caso, siempre se había portado bien conmigo y con Charlie, y cuando se incorporó a los marines a los dieciocho años me quedé desconsolada, totalmente devastada, porque me había convencido a mí misma de que nos casaríamos y poblaríamos la tierra con muchos hijos. Los años que estuvo fuera resultaron duros. Nunca olvidaré el día en que mi madre me llamó para contarme que lo habían herido en combate. El corazón se me paró, y el temor asfixiante que sentí no desapareció ni cuando nos aseguraron que se pondría bien. Cuando por fin volvió a casa, yo ya era lo bastante mayor como para que no fuera inapropiado que se relacionara conmigo, y nos hicimos amigos. Amigos íntimos. Estuve ahí para él durante los peores momentos de su vida. Esas noches terribles en las que bebía hasta perder la consciencia o cuando estaba furioso como un león enjaulado dispuesto a arrancarle la mano de un mordisco a cualquiera que se le acercara. A cualquiera excepto a mí, hasta que una noche de demasiado whisky lo estropeó todo. Llevaba años loca por él, convencida de que era inalcanzable, y daba igual lo que hubiera ocurrido entre nosotros esa noche. Él nunca sería mío.

Frustrada por el rumbo que habían seguido mis pensamientos, resistí el impulso de tirarle la bolsa a la cabeza.

—¿Por qué diablos estamos hablando de mi alma?

—La has mencionado tú —respondió, encogiendo un hombro.

Abrí la boca para discutírselo, pero tenía razón, lo había hecho, y eso era bastante raro. Una fina capa de sudor me cubría la frente.

—¿Por qué estás aquí?

Dos pasos, y sus largas piernas cruzaron la distancia que nos separaba. Se me encogieron los dedos de los pies en las chanclas al obligarme a mí misma a no volverme a toda prisa y salir disparada de allí. Reece era alto, alrededor de metro noventa, y yo, un miembro no oficial del Gremio de la Piruleta de *El mago de Oz*. Su corpulencia resultaba un pelín intimidante, además de atractiva.

—Se trata de Henry Williams.

En un instante olvidé la complicada historia entre Reece y yo y el brillo actual de mi alma, y alcé la vista hacia él.

—¿Qué?

—Ha salido de la cárcel, Roxy.

El sudor se convirtió en aguanieve en mi piel.

—Ya... Ya lo sé. Lleva fuera un par de meses. He estado al día de las vistas de libertad condicional. Yo...

—Lo sé —dijo en voz baja, con pasión. Se me cayó el alma a los pies—. No fuiste a la última, cuando lo pusieron en libertad.

Fue una frase más que una pregunta, pero sacudí igualmente la cabeza. Había ido a la penúltima, aunque a duras penas había podido soportar ver a Henry Williams. Tal como había ido la cosa, era muy probable que lo pusieran en libertad en la siguiente y, mira tú por dónde, así había sido. Según los rumores, Henry había encontrado a Dios o algo así durante su estancia en la cárcel. Bien por él.

Pero eso no cambiaba lo que había hecho.

Reece se quitó las gafas de sol y sus asombrosos ojos azules se encontraron con los míos.

—Yo sí fui a la vista.

Di un paso atrás, sorprendida. Abrí la boca, pero no me salió ninguna palabra. No lo sabía, jamás se me pasó por la cabeza que fuera a hacer eso, ni tampoco una razón para ello.

Su mirada siguió clavada en la mía.

—Durante el proceso, pidió...

—No —dije, casi grité—. Sé lo que quería. Oí lo que quería hacer si salía, y no. No, no y no. Diez millones de veces no. Y, de todos modos, el tribunal no puede dar esa clase de permiso.

La expresión de Reece se suavizó y algo cercano a la pena le llenó los ojos.

—Lo sé, pero sabes que tú tampoco tienes ni voz ni voto en eso, cariño. —Hizo una pausa—. Quiere arreglar las cosas, Roxy.

Cerré el puño mientras la impotencia se arremolinaba en mi interior como un enjambre de abejas.

—No puede arreglar lo que hizo.

—Estoy de acuerdo.

Alcé los ojos hacia él y cuando pasado un momento me di cuenta de lo que quería decir, fue como si el suelo se moviera bajo mis pies.

—No —susurré con un montón de nudos en el estómago—. Por favor, dime que los padres de Charlie no le han dado permiso. Por favor.

Un músculo se le tensó en la fuerte línea de la mandíbula.

—Desearía decirte que no, pero no puedo. Lo han hecho esta misma mañana. Me lo ha dicho su agente de la condicional.

Una intensísima emoción me llenó el pecho, y me volví hacia un lado para que él no lo viera. No me lo podía creer. Mi cerebro se negaba a asimilar que los padres de Charlie le hubieran dado a ese hijo de puta permiso para visitarlo. Era increíblemente insensible y burdo, y un error garrafal. Charlie estaba como estaba por culpa de ese gilipollas homófobo. Los nudos se tensaron más en mi interior. Era muy probable que terminara por vomitar.

Reece me puso una mano en el hombro y yo di un respingo, pero él no la apartó. Había algo tranquilizador en el contacto.

Una minúscula parte de mi agradeció la presión y me recordó cómo habían sido las cosas entre nosotros.

—Me ha parecido mejor que lo supieras antes y que no te quedaras al margen.

—Gracias —dije con voz ronca y los ojos cerrados.

Reece dejó la mano en mi hombro mientras otro momento se extendía entre nosotros.

—Eso no es todo. Quiere hablar contigo.

Mi cuerpo se escabulló de él por su propia voluntad. Volví a mirarlo a la cara.

—No. No quiero verlo. —Al instante me vino esa noche con fuerza a la cabeza, y retrocedí hasta chocar con el lateral de mi coche. La conversación había empezado siendo ligera. Bromeando. Flirteando. Luego todo había escalado muy deprisa, muy mal—. Ni de coña.

—No tienes que hacerlo. —Se acercó a mí, aunque se quedó a cierta distancia, con la mano de nuevo en su costado—. Pero tenías que saberlo. Le diré a su agente que debe mantenerse alejado de ti. Porque si no…

Apenas capté lo de «porque si no…», ni la amenaza que contenía su voz grave. El corazón me latía con fuerza en el pecho. De repente necesité estar lejos de allí, sola, para asimilar todo aquello. Recorrí el lado del pasajero de mi coche con la bolsa contra mí, como si fuera una especie de escudo.

—Te…, tengo que irme.

—Roxy —me llamó.

Rodeé el capó de mi coche, pero no sé cómo, como un ninja o algo así, Reece se plantó delante de mí. Seguía sin llevar puestas las gafas de sol y fijó en mí sus ojos de un perfecto color azul claro.

Posó las manos en mis hombros, y fue como haber metido un dedo en un enchufe. A pesar de la noticia que acababa de darme, noté su peso en cada célula de mi cuerpo, y no sé si él también lo sintió, pero curvó los dedos para aferrarse a mí.

—Lo que le pasó a Charlie no fue culpa tuya —dijo en voz baja.

Me dio un vuelco el estómago y me zafé. Esa vez no me detuvo cuando lo rodeé como una exhalación para abrir de golpe la puerta del coche y sentarme al volante. Mi pecho subía y bajaba con dificultad mientras lo miraba a través del parabrisas.

Permaneció unos segundos delante de mi coche, y por un instante pensé que iba a subirse conmigo, en cambio sacudió la cabeza y se puso las gafas de sol. Vi cómo se daba la vuelta y se dirigía hacia su camioneta. Entonces hablé.

—Hijo de… —escupí al volante, que sujetaba con manos temblorosas.

No sabía qué era lo peor de todo lo que había pasado: que una vez más Charlie no hubiera dado señales de saber que estaba allí, que Henry Williams hubiera obtenido permiso para visitarlo o el recordatorio de que no estaba segura de que Reece tuviera razón.

De que lo que le pasó a Charlie no hubiera sido realmente culpa mía.

3

Había una parte de mí que deseaba beber mientras trabajaba en el bar, porque después del día que había tenido me apetecía pillarme una cogorza de narices esa noche. Pero, por desgracia, estaba bastante segura de que al propietario del Mona's no le haría gracia que me quedara inconsciente tras la barra, acurrucada junto a la zona de trabajo.

Jackson James, más conocido como Jax, nombre que lo hacía digno de aparecer en la portada de la revista *Tiger Beat*, había levantado el Mona's con nada más que esfuerzo, agallas y determinación. El bar era un tugurio antes de que él llegara, un lugar habitual de drogatas, según contaban, pero ya no.

Rodeó la cintura de Calla, su novia, con los brazos. La respuesta de ella fue inmediata y encantadoramente natural. Se recostó en él. Estaban cerca de las gastadas mesas de billar, sonriendo a otra pareja.

Caray, había tortolitos por todas partes. Parecía como si fuera la noche del amor en el Mona's y a alguien se le hubiera olvidado avisarme.

Cameron Hamilton y su prometida, Avery Morgansten, estaban sentados a una de las mesas, con una cerveza delante de él y un refresco para ella, siendo superadorables, como era normal en ellos. Avery, con su precioso pelo rojo y sus bonitas pecas, podría ser un anuncio con patas de Neutrogena, y Cam tenía ese atractivo típicamente estadounidense.

Jax y Calla estaban hablando con Jase Winstead y con la hermana pequeña de Cam, Teresa. Esos dos resultaban despampanantes juntos, como el Brad Pitt y la Angelina Jolie del Mona's. También estaban Brit y Ollie, unos rubios guapísimos. El segundo le estaba explicando a uno de los chicos que sujetaban un taco de billar que 2015 tenía cincuenta y dos viernes... o algo así de raro. La última vez que había hablado con Ollie me contó que estaba montando un negocio para vender correas... para tortugas. Guau.

Me coloqué bien las gafas, que seguramente debería llevar puestas todo el rato, y dejé que mi mirada se desviara de nuevo hacia Calla y Jax. Mis labios esbozaron una sonrisa mientras alargaba la mano hacia la botella de Jack Daniel's. Puede que ser testigo de cómo se enamoraban dos personas que merecían de verdad ser amadas fuera lo más alucinante del mundo. Mi corazoncito se derritió cuando ella levantó la barbilla y Jax le dio un beso en los labios.

Esa era su noche. Bueno, la de ella. El lunes regresaría a Shepherd, y Jax había cerrado el bar para celebrar una pequeña fiesta de despedida, la fiesta privada que le había mencionado a Charlie.

Le serví un Jack con cola a Melvin, un tipo más viejo que Matusalén y que prácticamente tenía su propio taburete en la barra, y sonreí de oreja a oreja cuando él me guiñó el ojo y cogió el vaso corto.

—Eso es amor —dijo por encima de la vieja canción de rock que estaba sonando, señalando con la cabeza a Calla y a Jax—. Del que dura.

Lo cierto es que era como si el amor se hubiera desparramado por el bar. Hasta Dennis, que trabajaba con Reece y su hermano, estaba ahí con su esposa, acurrucados juntos. Melvin tenía razón, y me entristecí un poco, porque esa noche me acostaría sola de nuevo.

Qué le vamos a hacer.

—Pues sí. —Devolví la botella a su estante y me apoyé en la barra—. ¿Quieres alitas o cualquier otra cosa?

—No, hoy voy a quedarme con lo genuino. —Levantó el vaso cuando yo arqueé una ceja—. Es estupendo lo de esos dos —añadió tras dar un trago—. Esa chica no ha tenido una vida nada fácil, ¿sabes? Jax… cuidará bien de ella.

A mi entender, Calla no necesitaba que Jax la cuidara, era capaz de hacerlo ella misma, pero entendí lo que quería decir de esa forma anticuada suya. Bastaba con mirarla para saber que le habían pasado cosas malas, de las de verdad. Tenía una cicatriz en la mejilla izquierda que ya no intentaba esconder tanto como antes, y me había contado los efectos que el fuego había tenido en el resto de su cuerpo. Sucedió cuando era pequeña, y acabó perdiendo a toda su familia. Sus hermanos murieron y su madre se sumió en un pozo muy profundo. Su padre se largó, incapaz de manejar la situación.

Así que, lo dicho: era alucinante ver que alguien que realmente merecía el amor lo encontraba.

Melvin inclinó hacia mí su mejilla barbuda mientras yo me enderezaba las gafas, que se me habían deslizado a la punta de la nariz.

—¿Y tú qué, Roxy?

Fruncí el ceño y eché un vistazo al bar medio vacío.

—¿Yo qué de qué?

Me dirigió una sonrisa dentuda.

—¿Cuándo voy a verte por ahí con un hombre del brazo?

Resoplé. No pude evitarlo.

—Falta mucho para eso.

—Eso dicen todas —respondió, llevándose el vaso a los labios.

—Ah, no. —Reí sacudiendo la cabeza—. Nada de eso. Es la verdad.

Se bajó del taburete con el ceño fruncido.

—La semana pasada te vi yendo al italiano con ese chaval. ¿Cómo se llama?

—Me gusta pensar que no salgo con chavales —bromeé—. Así que no tengo ni idea de quién me hablas.

Melvin se acabó la bebida de tal forma que su hígado se debió de sentir orgulloso.

—Sales mucho, jovencita.

Encogí un hombro; no podía discutirle eso. Era verdad y, de hecho, algunos de los chicos se portaban como chavales, convencidos de que una cena barata en el Olive Garden les garantizaría algo de acción después. En serio, tendría que haber alguna norma que estableciera que el menú tiene que incluir filete y langosta para poder llegar a la segunda base.

—Sí, bueno, ¿qué me dices de aquel con pinta de crío? El pelirrojo —insistió—. Sí, era pelirrojo y tenía la cara llena de pelusa, como un melocotón.

¿Llena de pelusa como un melocotón? Ay, Dios, me mordí el labio inferior para contener una carcajada. Sabía de quién estaba hablando, y al pobre no había forma de que le saliera barba.

—¿Te refieres a Dean?

—Como se llame —soltó con desdén—. No me gusta.

—¡No lo conoces! —Me separé de la barra y sonreí al verle poner los ojos en blanco—. Que sepas que es un chico muy majo, y es mayor que yo.

—Tienes que salir con un hombre de verdad —gruñó Melvin.

—¿Te ofreces voluntario? —Me incorporé del todo.

Soltó una risa grave y gutural al oír eso.

—Si fuera más joven, te haría pasar un buen rato, muchacha.

—Vale. —Solté una carajada y crucé los brazos sobre la frase que llevaba estampada mi camiseta: HUFFLEPUFF ES LO MÁS—. ¿Quieres otro trago? Aunque tendrá que ser cerveza, porque está claro que ya vas sobrado de licor.

Se rio entre dientes, pero enseguida se puso muy serio para hablarme de nuevo.

—¿Te acompaña alguien hasta el coche cuando sales?

Me pareció una pregunta extraña.

—Uno de los chicos me acompaña siempre —respondí.

—Excelente. Tienes que ir con cuidado —prosiguió—. Seguro que te has enterado de lo de esa chica en la zona de Prussia. Tendrá tu edad, vive sola y trabaja hasta tarde. Un individuo la siguió hasta su casa y se ensañó con ella.

—Creo haber oído algo en las noticias, pero pensaba que había sido alguien a quien ella conocía. Un ex o algo así.

Sacudió la cabeza al coger la botella de cerveza que le ofrecía.

—Lo último que he sabido es que lo han soltado. Creen que fue un desconocido. Prussia no está lejos de aquí, y acuérdate de esa chica que desapareció hará un mes. Shelly Winters se llamaba. Vivía en Abington Township. Todavía no la han encontrado. —Inclinó la botella hacia mí. Recordé vagamente haber visto su foto en un cartel de personas desaparecidas en Facebook. Si la memoria no me fallaba, era una chica guapa de ojos azules y cabello castaño—. Ten cuidado, Roxy.

Me apoyé en la barra con el ceño fruncido mientras Melvin se alejaba sin prisa. Desde luego, nuestra conversación había dado un giro más bien inquietante.

—¿Quieres que hagamos una apuesta?

Me volví y alcé mucho la vista hacia Nick Dormas. El tío llevaba lo de ser alto, sombrío y melancólico a un nuevo nivel, y las chicas que venían al bar se lo comían con la vista. Poseía la clase de encanto que promete dejarte con el corazón roto, y aun así atraía a las chicas como moscas. Me sorprendió un poco que hablara, porque rara vez decía nada a nadie aparte de a Jax. De hecho, no tenía ni idea de cómo se enrollaba con tantas mujeres siendo tan callado como un mimo. Era de los que te echaban un polvo y luego si te he visto no me acuerdo. Una vez oí que Jax le decía que no podía prohibir entrar en el bar a las chicas a las que se había tirado solo porque no quisiera volver a verlas.

—¿Sobre qué? —pregunté.

Señaló a Jax con la cabeza mientras cogía la botella de tequila.

—Estará en Shepherd antes de que acabe la semana.

Con una sonrisa en los labios, me eché hacia atrás para que pudiera alcanzar los vasos.

—No voy a apostar nada a no ser que pueda hacerlo a que sí, a que estará allí.

Nick rio en voz baja, lo que era otro sonido extraño, porque rara vez lo hacía. No terminaba de pillarle el punto, podía ser taciturno y, desde luego, sería un novio terrible, pero me caía bien.

—Oye —dije—. ¿Sabes qué?

Arqueó una ceja.

—Plátano.

—¿Es una especie de palabra clave para algo? —preguntó, esbozando media sonrisa.

—No. Me apetecía decirlo. —Tomé un paño y limpié un poco de líquido derramado—. Pero ¿no sería una palabra de seguridad un tanto rara para el BDSM? ¿Te imaginas a la chica chillando «plátano» en pleno sexo? Menudo corte.

Nick se me quedó mirando.

—Una vez leí un libro en el que la chica gritaba «gato» justo antes de echar un polvo —le expliqué—. Era para partirse.

—Vale —murmuró antes de marcharse.

Jax estaba junto a la barra con las dos cejas arqueadas.

—¿De qué coño estáis hablando?

—De palabras de seguridad durante el BDSM —respondí, sonriéndoles a él y a Calla.

Calla abrió mucho los ojos.

—Vaya, esta no me la esperaba.

Se me escapó una risa que me hizo sentir mucho más ligera de lo que me había sentido en todo el día.

—¿Queréis beber algo? —Miré a Calla y sonreí como el Joker puesto de metanfetaminas—. ¿Qué tal un tequila?

Retrocedió y casi esperé que me siseara.

—Ni de coña. No quiero ni probar ese brebaje infernal.

Jax se rio entre dientes mientras le ponía un brazo en los hombros y tiraba de ella hacia su costado, de un modo casi protector. Y eso me hizo tener un momento *oooh*.

—No sé yo. Te pones muy adorable cuando estás abrazada a una botella —soltó.

—Creo que paso —insistió ella sonrojada, poniéndose una mano en la tripa.

Acabé sirviéndoles una Bud Light a él y una limonada con alcohol a ella.

—Me gusta tu camiseta —comentó Calla mientras se acercaba la botella a sus labios rosados—. Voy a echarte de menos, y también a tus modelitos.

—¡Yo también te voy a echar de menos! —chillé, y si hubiera podido saltar por encima de la barra, me habría abalanzado hacia ella—. Pero vas a volver, ¿verdad? Te tenemos en una especie de custodia compartida.

—Estaré de vuelta antes de que te des cuenta. Ni siquiera te dará tiempo a echarme de menos. —Rio.

En eso se equivocaba.

—Vendré con ella cuando regrese —aseguró Tess, que apareció a su lado, alisándose la melena oscura con una mano—. Me gusta este sitio.

Calla dirigió la vista hacia donde Jase estaba hablando con Cam.

—Espero que no pienses dejártelo cuando vengas, porque no creo que te vaya a salir bien.

—Jamás haría tal cosa —afirmó Tess—. Es un novio florero espectacular.

Volví a dirigir la vista hacia el chico guapísimo de ojos plateados llamado Jase.

—Ya te digo.

—Bueno, creo que yo aquí sobro. —Jax separó el brazo de Calla y le dio un beso en la mejilla—. ¡Aunque Jase es guapísimo! Yo me lo tiraría.

Lo dijo lo bastante fuerte como para que Jase nos dirigiera una mirada desconcertada que, de algún modo, logró que fuera sexy, y me dio un ataque de risa de hiena.

Tess sacudió la cabeza y se inclinó hacia Calla.

—Ahora en serio, a los dos nos gusta mucho venir por aquí. Y también a Cam y a Avery. Es un buen lugar al que hacer una escapadita.

—Y siempre puedes visitarnos tú —me dijo Calla.

Asentí distraída cuando se abrió la puerta. Esa noche solo iban a venir personas cercanas a Calla y a Jax, así que esperaba que fuera Katie, que no se había presentado todavía, pero no se trataba de ella.

Quien entró fue Reece, con una variación de lo que llevaba puesto antes. Mi estúpido corazón dio un salto. Era viernes por la noche y, siendo policía como era, ¿no tendría que estar trabajando?

Mierda.

Ni siquiera dirigió la mirada hacia donde los chicos estaban apiñados alrededor de una de las mesas. Fijó su atención inmediatamente en la barra. Nuestros ojos se encontraron. Mis partes femeninas despertaron al instante.

Requetemierda.

Como cada vez que lo veía, me dejó sin respiración. Quizá fuera por su modo de andar… Dios, ¡se dirigía directamente hacia la barra! Me giré y mis ojos se posaron en Nick.

—Voy a comprobar las existencias.

—Un día de estos tendrás que contarme por qué haces esto —murmuró Calla. No oí qué más dijo porque estaba saliendo de detrás de la barra a toda pastilla.

Puede que estuviera reaccionando mal, porque había sido muy considerado al venir a verme esa mañana. Pensé en ello toda la tarde. Bueno, en eso y en que Henry Williams quisiera arreglar las cosas.

Como si eso fuera posible.

Dios, quería reírme mientras recorría el pasillo a toda velocidad y me metía en el almacén. Cerré la puerta al entrar, me apoyé en ella y solté el aire. Un mechón de pelo púrpura y castaño que me había caído en la cara se agitó con el soplido. No quería pensar en Henry en aquel momento y, por terrible que sonara, tampoco quería pensar en Charlie. Estaba animada, y todavía faltaban varias horas para que mi turno terminara y pudiera derrumbarme.

Así que mis pensamientos regresaron a Reece. Seguía sin tener ni idea de por qué había ido hasta allí para hablarme sobre Henry. De acuerdo, fuimos muy buenos amigos en su día, pero durante once meses había habido una zona de exclusión entre nosotros. Él se había introducido en ella, y lo cierto era que no sabía qué pensar sobre lo que eso significaba. Seguramente nada; no podía significar nada, porque Reece…, bueno, me había arrancado un pedazo del corazón hacía once meses.

Y él ni siquiera lo sabía.

Esperé cinco minutos largos, y decidí que para entonces Nick ya le habría servido una bebida a Reece. Me separé de la puerta, me pasé el pelo por detrás de la oreja y la abrí.

—¡Mecachis! —chillé a la vez que retrocedía, tambaleante, en el almacén.

Reece estaba allí plantado, con las manos apoyadas en el marco de la puerta, el mentón agachado y la mandíbula tensa. No parecía contento.

—¿Has acabado ya de esconderte?

—No… No me estaba escondiendo. Pa…, para nada. —Me ruboricé—. Estaba comprobando las existencias.

—Ya.

—¡Que sí!

Arqueó una ceja.

—Piensa lo que quieras. Tengo que volver ahí fuera, así que si eres tan amable de apartarte…

—No.

—¿No? —pregunté boquiabierta.

Se enderezó, pero en lugar de hacerse a un lado, avanzó y cogió la puerta al entrar. El bíceps de su brazo derecho se contrajo al cerrarla de golpe.

—Tú y yo tenemos que hablar.

Vaya por Dios.

—Colega, tú y yo no tenemos nada de qué hablar.

Reece siguió acercándose a mí, y yo retrocedí antes de darme cuenta de lo que estaba haciendo. Choqué con un estante. Las botellas tintinearon a mi espalda. Él estaba justo delante de mí, tan cerca que cuando inspiré, prácticamente pude saborear la fragancia fresca y vigorizante de su colonia.

Puso las dos manos en la balda, una a cada lado de mis hombros y se agachó todavía más. Su aliento cálido bailó sobre mi mejilla. Un escalofrío me recorrió la espalda. Caray. Mis partes femeninas despertaron, preparadas para intervenir en cualquier momento.

Después iba a morirme de la vergüenza por aquello.

—He dejado que lo que pasa entre nosotros se alargara demasiado —comentó, y atrapó con la mirada mis ojos abiertos como platos. Ese color azul… Era cobalto, un tono difícil de mezclar y de plasmar con acuarelas.

Me costaba mover la lengua. No había tenido a Reece tan cerca desde aquella noche, con todo ese whisky de por medio.

—No pasa nada entre nosotros.

—Y una mierda, Roxy. Llevas meses evitándome.

—Que no —insistí. Sí, fue patético, pero tenía su boca allí

mismo, y recordaba con total claridad lo que sentí con sus labios sobre los míos. Una maravillosa combinación de firmeza y suavidad. También me acordaba de lo fuerte que era. Cómo me había levantado del suelo y...

Y tenía que dejar de pensar en eso ya.

—Once meses —soltó con la voz más grave—. Once meses, dos semanas y tres días. Es exactamente el tiempo que llevas evitándome.

Madre mía, ¿lo había estado contando? Porque tenía toda la razón del mundo. Era el tiempo exacto que llevaba tratando de eludirlo, sin contar las veces que directamente le había mandado a la mierda.

—Vamos a hablar de la última conversación en condiciones que tuvimos.

Oh, no, ni de coña íbamos a hablar de eso.

Agachó la cabeza y su voz me acarició la oreja. Cuando habló, mis dedos sujetaron con fuerza el borde del estante al que me estaba aferrando.

—Sí, cariño, vamos a hablar de la noche en la que me llevaste a mi casa.

Tragué saliva con fuerza, nerviosa.

—¿Te... Te refieres a aquella vez que te pusiste como una cuba y tuve que conducir yo tu coche?

Reece levantó la cabeza y clavó sus ojos en los míos. Ninguno de los dos habló en un buen rato, y retrocedí mentalmente once meses, dos semanas y tres días. Él había ido al bar. Habíamos estado flirteando, como hacíamos cada vez que nos veíamos desde que volvió de su destino en el extranjero. Cuando regresó, era como si todos los años que había estado fuera hubieran desaparecido. Y yo ya me imaginaba casada y dándole hijos a pesar de que me había ordenado a mí misma no dar importancia al inocente tonteo. Pero estaba colgada por él y era idiota. Aquella noche, él me había pedido que lo llevara a casa en coche, y yo pensé que por fin se estaba lanzando, aunque fuera una forma de lanzarse un tanto rara, pero no me paré a pensarlo. Estaba pillada por ese hombre desde siempre y había estado desesperada por que me hiciera caso, así que lo hice. Cuando llegamos a su casa, lo seguí dentro y... Fui yo quién se lanzó.

Reuní todo el valor que pude y lo besé nada más entrar en su casa, en cuanto él cerró la puerta. Las cosas escalaron deprisa. Nos quitamos la ropa, había partes de nuestro cuerpo en contacto y yo...

—Daría lo que fuera por recordar esa noche —prosiguió Reece, mirándome a los ojos. Su voz se volvió más profunda—. Lo que fuera por recordar lo que sentí al estar dentro de ti.

Me pasaron varias cosas de golpe. Se me tensaron los músculos del vientre y, al mismo tiempo, la decepción me invadió como una ola que arrastró, a su paso, la ira que empezaba a recorrerme el cuerpo. Cerré los ojos y me mordí el labio inferior.

Reece creía que hacía once meses, dos semanas y tres días habíamos echado un polvo, uno de esos salvajes, desenfrenados y contra la pared, pero que estaba demasiado borracho para recordarlo. Demasiado pedo para acordarse de nada después de habernos quedado en pelotas en el recibidor.

Yo no me había dado cuenta de que había bebido tanto, lo que era una estupidez, porque era camarera y sabía cuándo alguien estaba como una cuba y había que dejar de servirle. Solo me había pedido que lo llevara a casa en coche, por el amor de Dios, pero yo estaba muy, muy colada por él. Y albergaba tanta esperanza, tanto más que un simple capricho por ese hombre... Me enamoré de él a los quince años y eso no había cambiado en todo ese tiempo.

Pasé aquella noche con él, y cuando se despertó a la mañana siguiente, con resaca y tan puñeteramente arrepentido, apesadumbrado y muerto de ganas de perderme de vista, se me partió el corazón. Y las semanas inmediatamente posteriores a ese día, cuando me evitó como si yo tuviera la peste terminaron de hacérmelo añicos.

Lo triste del caso era que Reece estaba equivocado.

No habíamos llegado al punto en que la parte A encaja en la parte B. No tuvimos sexo esa noche. Él apenas logró llegar al dormitorio antes de quedarse inconsciente, y yo me quedé con él porque estaba preocupada y pensé… Da igual lo que pensé, porque la cuestión era que no habíamos llegado a acostarnos.

4

Qué podía ser peor que el hecho de que Reece creyera que habíamos echado un polvo y lamentara lo que nunca había pasado? En serio, ¿qué podía haber más jodido que eso? Pues que Anders aborrecía las mentiras de cualquier clase. Las mentiras por omisión. Las mentirijillas. Las mentiras necesarias. Las mentiras sin importancia. Todas las mentiras.

La mía era una especie de mentira por omisión, porque yo nunca dije que nos hubiéramos acostado, simplemente tampoco aclaré que no lo hiciéramos. A pesar de que me conocía desde que yo tenía quince años, de que había estado ahí después de lo que le sucedió a Charlie y de que la primera noche que había vuelto tras pasarse cuatro años en los marines se presentó en casa de mis padres. Hasta la fecha, mi madre juraba que había ido a buscarme a mí, pero nuestras familias se habían hecho íntimas, por lo que dudaba que esa fuera la razón. Yo me había independizado a los dieciocho y no estaba allí. Cuando mis padres me llamaron y me pidieron que volviera, esperaba algo terrible, porque mi madre sonaba como si estuviera a unos segundos de tener un ictus. No tenía ni idea de que Reece se encontraba en casa, y él me dio..., uf, el mejor abrazo del mundo. A pesar de la amistad que habíamos forjado desde que se hizo policía del condado, se cabrearía mucho.

Aborrecía las mentiras desde mucho antes de que lo conociera, y guardaba relación con su padre. Desconocía los detalles, pero me imaginaba que tenía que ver con que engañó a su madre, porque Reece se había mudado con ella y con su padrastro mientras que su padre se dedicaba a ser un ligón en serie.

De modo que sí, mentir a Reece equivalía a tener el marrón del siglo.

Bajó la vista hacia mí, esperando una respuesta, pero yo no tenía ninguna que darle. Durante los últimos once meses había querido muchas veces gritarle la verdad a la cara: que no habíamos hecho nada. Sin embargo, al daño que me había hecho la forma en que se había portado la mañana siguiente y que después estuviera semanas ignorándome se le sumó el detalle de que hubiera tenido que emborracharse tanto para pensar que se había acostado conmigo. Eso me había dolido muchísimo.

Estaba avergonzada, horrorizada, en realidad, y si Charlie fuera consciente de la situación, lo más probable es que me hubiera dado una buena colleja. Porque tendría que haber sido más sensata, pero no lo había sido y lo había pagado con creces. Me pasé días bajo la influencia de una sobredosis de helados. Semanas en las que creía que iba a echarme a llorar cuando oía mencionar su nombre. Durante meses no pude mirar a Reece sin ponerme colorada como un tomate.

Y la herida había persistido.

Recogí todo ese dolor y esa humillación y me aferré a ellos para inspirar hondo. El aire me afiló la lengua.

—Reece, ya te he dicho que no hay nada de qué hablar. Yo tampoco recuerdo apenas esa noche. —¡Mentira! ¡Todo mentira! Me obligué a mí misma a encogerme de hombros—. No pasó nada digno de mención.

—No te creo —dijo, arqueando una ceja.

—¿De verdad crees que tu habilidad en la cama es tan espectacular que hasta una noche contigo borracho es memorable? —espeté.

—No. —Sus labios esbozaron media sonrisa, y yo no me podía creer que siguiera allí—. Me refiero a que es evidente que recuerdas más de lo que dices si me has estado evitando todo este tiempo.

Uy. Ahí me había pillado.

—De hecho, en realidad es que prefiero no acordarme. —Me arrepentí de esas palabras en cuanto salieron de mi boca; eran odiosas. Sí, lo evitaba a toda costa y podía incluso tratarlo con mala leche, pero no era algo que me gustara hacer.

Ladeó la cabeza con los labios apretados. La brillante luz fluorescente se deslizó por la marcada curva de su mejilla. Pasó un instante. Esperaba que me devolviera el insulto. Me lo habría merecido después del desplante, pero no fue eso lo que hizo.

—Ojalá pudiera decir que sé que lo disfrutaste. Y, cariño, sé que podría haber hecho que lo disfrutaras muchísimo —aseguró, bajando la voz otra vez. Noté una mayor tensión en el vientre.

Los recuerdos me invadieron y me dejaron sin respiración. A pesar de la cogorza, había ido camino de hacerlo de forma sobresaliente. Como para hacerme no olvidar nunca esa noche, pero en el buen sentido. Separé los labios e inhalé con suavidad mientras el calor me invadía poco a poco las venas. Desplazó la mirada hacia mi boca y contuve el aliento de golpe. Se quedó allí el rato suficiente como para que se me ocurriera una idea descabellada, la reina de todas las ideas descabelladas, porque, por supuesto, cuando se me metía una de esas en la cabeza, la cosa acababa épicamente mal. Pero saber eso no impedía que se formara.

Pensé que parecía que Reece, que tenía los ojos entornados fijos en mis labios, quería besarme. Y, al inspirar de nuevo, no estuve segura de si lo detendría. ¿Qué diantres decía eso de mí exactamente? Era masoquista.

Carraspeó y dirigió los ojos hacia los míos.

—Sé lo borracho que estaba, así que no estoy seguro de nada. No...

—Tengo que salir. —No podía continuar de ningún modo con

aquella conversación. Tenía que marcharme de allí antes de que una mezcla de deseo y necesidad de hacerlo sentir mejor se adueñaran de mi sentido común. Hice el amago de agacharme para pasar por debajo de su brazo, pero él se movió. Con lo alto y corpulento que era, me sería imposible esquivarlo.

—Por el amor de Dios, deja de huir de mí.

—No estoy huyendo —protesté con los puños cerrados a ambos lados de mi cuerpo.

Me miró a los ojos y, una vez más, me quedé atrapada mientras él ponía con cuidado la punta de un dedo en el centro de mis gafas y me las subía por la nariz. A pesar de ser un gesto que antes él hacía todo el rato, el corazón me dio un vuelco.

«Tendría que ir a ajustármelas», solía decir yo, y él siempre respondía: «No, me gusta ser el cuidador oficial de tus gafas». Dios, recordar eso me oprimió el corazón.

—¿Me... Me porté mal contigo, Roxy?

Me erguí como si me hubieran dado en la espalda con un palo.

—¿Qué?

La postura de Reece había cambiado por completo. Seguía estando cerca, seguía teniendo las manos en los estantes, a cada lado de mí, pero la arrogancia relajada que parecía emanar de todos sus poros había desaparecido. Todo él estaba alerta y tenso.

—¿Te hice daño?

Me quedé boquiabierta. ¿Me había hecho daño? Sí. Me había pisoteado el corazón, lo había hecho añicos, pero no creía que se refiriera a eso.

—No. Por Dios, no. ¿Cómo se te ocurre pensar eso siquiera?

Cerró un instante los ojos y soltó el aire con fuerza.

—No sé qué pensar —reconoció.

Noté una opresión terrible en el pecho. Tenía que contarle la verdad, porque daba igual lo mucho que me hubiera herido los sentimientos y el orgullo, no podía permitir que pensara algo así de él mismo. Tenía las palabras en la punta de la lengua.

—Nunca tendría que haber pasado —prosiguió—. Tú y yo…
No así.

Las palabras se apagaron en mi lengua como una chispa en medio de un aguacero. Sabía lo absurdo que era estar disgustada porque él dijera que no tendría que haber pasado cuando, de hecho, nunca pasó, pero me fastidiaba lo que quería decir con eso. Así que, al final, de mi boca salió otra cosa:

—Te arrepientes de verdad, ¿eh? —Mi voz sonó demasiado ronca—. Seguro que no soy la primera chica con la que te emborrachas tanto…

—¿Tanto como para no recordar haber estado con ella? —me interrumpió—. Sí, eres la única con la que me ha pasado.

No sabía si tendría que sentirme aliviada por ello o realmente insultada. Sacudí la cabeza mientras lidiaba con mis emociones.

—Desearías que nunca hubiera pasado, ¿verdad?

—Pues sí. —Su total franqueza me sentó como un disparo en el pecho—. Porque qui…

La puerta del almacén se abrió de golpe.

—Joder, hay que ver lo oportuno que soy —anunció Nick—. Siento molestar. Tengo que coger algunas cosas.

Mi rescate llegó en la forma de un camarero sombrío y taciturno, pero a caballo regalado no le mires el diente. Usé la distracción a mi favor. Reece había bajado los brazos al mirar a Nick, que estaba cogiendo las nuevas servilletas con el logo del Mona's estampado. Me escabullí como una exhalación y salí por la puerta abierta. No miré a Nick, y la sangre que me rugía en los oídos ahogó cualquier cosa que pudiera haber dicho ninguno de los dos.

Me dije que el extraño escozor que notaba en el fondo de la garganta era alergia. Seguramente habría moho en algún lugar del edificio, me repetí al dirigirme hacia la barra y forzar una amplia sonrisa cuando vi a las chicas sentadas allí.

—¿Os pongo algo? —pregunté con alegría, alargando la mano casi a ciegas en busca de una botella.

—Estamos servidas.

La mirada de Calla se desvió hacia detrás de mí, y no tuve que volverme para saber que Reece había salido del almacén. Lo vi cruzar la sala unos segundos después. Se dejó caer en el asiento vacío al lado de Cam, luciendo un perfil estoico.

—¿Estás bien? —preguntó Calla en voz baja y sincera.

—Claro. —Mi sonrisa iba a partirme las mejillas.

Vi la duda en su rostro. Cuando me volví y me coloqué las gafas en lo alto de la frente, me dije a mí misma que tenía que serenarme. Era la noche de Calla y de Jax. No quería que se preocupara por mí. Me froté la cara con las manos, con lo que seguramente me quité el maquillaje que me quedaba. En fin, daba igual llegados a este punto. Me puse bien las gafas y me giré.

Calla, Tess y Avery me estaban mirando.

Inspiré, y el aire me arañó la garganta. Después me sujeté el dobladillo de la camiseta y tiré de ella.

—Bueno, ¿queréis saber por qué los Hufflepuff son lo más?

—¿Queremos saberlo? —preguntó Avery con una sonrisa, inclinándose hacia delante.

—Sí —asentí con una sonrisa—. Ya lo creo.

Tess dio un saltito, entusiasmada por oír mis argumentos, y creo que me enamoré de ella en ese momento, pero no se la colé a Calla. Ella se mordió el labio inferior mientras observaba cómo llenaba el vaso de Avery de refresco. No pude evitar echar un vistazo al lugar donde estaban sentados los chicos. Cam y Jax, que parecían estar en la antesala de un bromance épico, se hallaban enfrascados en una charla con Jase, pero en cuanto mi mirada recorrió la mesa, se me olvidó lo que estaba haciendo con la pala de hielo. Madre mía, ni siquiera recordaba haberla cogido. ¿Por qué la tenía en la mano?

Los ojos de Reece se encontraron con los míos y mis pulmones se quedaron poco a poco sin aire. La intensidad de su mirada recorrió la distancia que nos separaba. Pensé entonces en por qué habría elegido él esa noche para poner fin a nuestro distanciamiento. Aunque tampoco era que eso importara, solo se trataba de curiosidad.

No necesitaba tener el don de Katie, que estaba convencida de que había desarrollado poderes psíquicos al caerse de cabeza de la barra de estriptis cuando bailaba, para saber lo que Reece estaba pensando y lo que significaba la fuerza que se concentraba en su mirada. Puede que lo hubiera esquivado en el almacén, pero ni por asomo había terminado conmigo.

Unos vibrantes ojos azules, del tono del cielo unos segundos antes de que el ocaso acabara con ese extraordinario color, me miraban enmarcados por unas tupidas pestañas castaño oscuro rodeadas de una piel dorada. Formaban parte de una cara que seguía luciendo un atisbo del encanto de un chico joven, pero la línea firme de la mandíbula, obstinada y dominante, y esos labios expresivos y bien formados reflejaban masculinidad. Una belleza que podía ser tan severa como majestuosa.

Mi mirada recorrió el lienzo y se dirigió después al pincel que tenía en la mano con las puntas de las cerdas manchadas de azul.

¡Mierda! Y no una pequeña, sino una de esas enormes que pisas a veces.

Había vuelto a hacerlo.

Contuve las ganas de lanzar el pincel contra el cuadro y me pregunté si el mango sería lo bastante afilado como para hacerme yo misma una lobotomía, porque, la verdad, era la única reacción válida al hecho de pintar la cara de Reece.

De nuevo.

Porque era algo recurrente.

No solo resultaba patético, sino que, bien mirado, también algo inquietante. Porque dudaba que a él le hiciera gracia saber que estaba retratándolo. Yo me asustaría si algún tío estuviera pintando en secreto mi cara y tuviera varias versiones de ella escondidas en su armario. A no ser que fuera Theo James o Zac Efron. Ellos podían pintarme todas las veces que quisieran y más. Era probable que a Reece tampoco le interesara saber que esa mañana me había despertado con sus ojos grabados en mis pensamientos porque había soñado con él de nuevo.

También era algo recurrente.

Aunque tal vez no le molestara, me susurró una vocecita malvada. Después de todo, ayer, en el almacén, había ocupado gran parte de mi espacio personal. Me había puesto bien las gafas. Hubo un momento en que pensé que iba a besarme.

También me había dicho que la noche en que creía que nos habíamos acostado no tendría que haber pasado nunca.

De modo que esa vocecita malvada era una lianta a la que le gustaba remover la mierda.

Me subí las gafas por la nariz, suspiré y dejé el pincel junto a los pequeños tarros de acuarelas que descansaban en la vieja mesita de noche sobre la que parecía haber vomitado la rueda de colores primarios.

Tenía que dejar de pintar su cara, en serio.

¿Por qué no podía ser una aspirante normal a artista e inmortalizar suaves colinas, jarrones de flores o algún absurdo tema abstracto? No, yo tenía que ser la artista de la que la gente pensaría que tenía tendencias acosadoras.

Me bajé del taburete, me limpié las manos en los pantalones cortos vaqueros y quité con cuidado el lienzo. Había quien prefería pintar sobre papel reciclado, pero a mí siempre me había gustado más la textura y el aspecto del lienzo; lo único que tenías que hacer era aplicarle guesso para poder usar las acuarelas.

Debería enrollarlo, destrozarlo para que nadie en el mundo pudiera verlo, pero como cada vez que plasmaba una imagen en un cuadro, por más embarazosa que pudiera ser, me resultaba imposible desprenderme de ella.

Pintar, igual que dibujar, había pasado a formar parte de mí.

—Qué idiota soy —murmuré mientras llevaba el cuadro casi seco hasta la cuerda de tender instalada de un lado a otro de la habitación que había transformado en un estudio.

Colgué el retrato con unas pinzas de tender, salí del cuarto y, al cerrar la puerta, me juré a mí misma que si alguna vez entraba alguien en esa habitación y veía ese cuadro, o cualquiera de los demás, me haría un ovillo en medio de la interestatal.

El suave murmullo de la tele en el salón me acarició los oídos al empezar a recorrer el angosto pasillo. Desde que era pequeña detestaba el silencio, y la cosa empeoró después de lo que le pasó a Charlie. Siempre tenía que haber una tele o una radio encendida. Por la noche dejaba un ventilador de pie en marcha, no tanto para refrescar el ambiente sino por el ruido.

Con apenas dos pasos crucé por delante de mi dormitorio y el único cuarto de baño. El piso era más bien pequeño, pero acogedor. Planta baja, suelos de madera noble por todas partes, una cocina abierta al salón y una puerta que daba a una bonita terraza con zona de césped a la que también podía acceder por la parte delantera.

Tampoco se trataba de un edificio de pisos propiamente dicho. Era una enorme y vieja casa victoriana situada en pleno corazón de Plymouth Meeting, un pueblo a pocos kilómetros de Filadelfia. La casa había sido reformada a principios de la década de los dos mil y transformada en cuatro pisos de dos habitaciones cada uno. Charlie habría dicho que era pintoresca y le habría encantado.

Una pareja mayor, el señor y la señora Silver, vivían en el otro piso de la planta baja; un tío al que apenas veía acababa de mudarse al de arriba hacía unos cuantos meses, y James, un chico que trabajaba en la compañía de seguros local, ocupaba el otro con su novia, Miriam.

Me sonó el móvil. Lo encontré en el brazo del sofá, donde lo había dejado al llegar a casa desde el bar. Vi que se trataba de un mensaje.

Hice una mueca y casi me escondí tras el sofá. Era de Dean y solo decía: Quiero volver a verte.

Uf, de repente me recorrió un escalofrío. Ni siquiera quería tocar el móvil.

La semana anterior, cuando llevé a Dean a casa, el chico del Olive Garden que tenía la cara llena de pelusa como un melocotón según Melvin, las cosas no fueron como esperaba.

La noche había acabado con unos besos. Nos besamos en un buen lugar, en la pequeña terraza, al aire libre, bajo las estrellas, pero nada más. Puede que tuviera algo que ver con que el señor Silver saliera cojeando a la terraza, ya que la compartía con el piso de al lado. Parecía que el hombre tenía la intención de pegar al pobre chico con su bastón.

Aunque no nos hubieran interrumpido, no iba a pasar más entre Dean y yo. Era un chico majo, puede que un poquito demasiado comunicativo, pero no sentía nada por él.

Quizá tuviera que ver con… Joder, ¿iba a terminar ese pensamiento? Que el beso que me di con Dean había dejado que desear porque no era como cuando Reece me había besado. ¡Mierda! Pues sí, había terminado ese estúpido pensamiento.

Lo gracioso era que no tenía ningún interés en sentir nada para empezar, por lo que, en cierto sentido, con Dean estaba a salvo. Era divertido pasar el rato con él y no había ni la más remota posibilidad de que mi corazón se involucrara, pero eso no era justo para él.

Suspiré al pasar por delante del sofá y dejé el móvil donde estaba. Dean era majo, pero no habría una segunda cita. Tenía que echarle ovarios y decírselo, si bien necesitaba dormir un poco antes de hacerlo. Tal vez un bol de patatas fritas y…

El estómago me dio un vuelco al pararme en la zona del comedor, de cara a la cocina. Un movimiento al otro lado de la ventanita que había sobre el fregadero captó mi atención. Fue un destello gris o marrón oscuro que desapareció demasiado deprisa para que mi penosa vista, incluso con las gafas puestas, pudiera captarlo. Cuando llegué a la ventana, me aferré al borde del frío acero inoxidable del fregadero y me puse de puntillas. Lo único que vi fue la cesta de flores rosas que había comprado en el mercado la semana anterior con los pétalos mecidos por la brisa sobre el conjunto de hierro forjado que había conocido mejores tiempos. Me pareció oír cerrarse una puerta, pero al bajarme sacudí la cabeza.

Ahora veía cosas.

Me volví, me apoyé en el fregadero y solté el aire con fuerza mientras movía el cuello de un lado al otro. Haber cerrado el Mona's la noche anterior significaba que no había llegado a casa hasta después de las tres de la madrugada, y me había despertado demasiado temprano.

Había amanecido con esa sensación en la boca del estómago, ese... ese horrible vacío que no tenía ninguna causa real. Simplemente estaba ahí, intranquilizándome y haciendo que me sintiera incómoda en mi propio cuerpo. Siguió allí hasta que cogí el pincel, aunque sabía que volvería.

Siempre lo hacía.

Me separé del fregadero y cogí un plátano del triste frutero lleno de chocolatinas justo cuando alguien llamó a la puerta principal. Un vistazo al reloj que estaba cerca de la nevera me dijo quién era.

Todos los sábados, desde que me había independizado a los dieciocho años, hacía cuatro, mi madre, y a veces toda mi familia, venía a verme al mediodía. Igual que yo, todos los viernes, visitaba a Charlie.

Menos mal que había cerrado la puerta del estudio, porque lo último que necesitaba era que alguien de mi familia, mi madre, mi padre o mis dos hermanos, vieran los cuadros de Reece. Sabían quién era.

Todo el mundo sabía quién era.

Giré la llave y, al abrir la puerta, me zarandeó una oleada de calor y me encontré con unos litros de un líquido marrón delante de las narices. Me tambaleé hacia atrás.

—Pero ¿qué...?

—Te he preparado té dulce —anunció mi madre, poniéndome el recipiente de plástico todavía caliente en los brazos—. Imaginé que se te habría acabado.

Podía preparar en la barra cualquier bebida habida y por haber, pero era incapaz de preparar té dulce aunque me fuera la vida en ello. Por algún motivo, no conseguía acertar con la proporción de azúcar, las bolsitas de té y el agua. Era algo que se me escapaba.

—Gracias. —Abracé la jarra contra mi pecho mientras mi madre entraba en casa como un tornado de metro sesenta con el cabello castaño corto y de punta—. ¿Vienes sola hoy?

Cerró la puerta en cero coma y se puso bien las gafas de montura roja. De ella no solo había heredado mi corta estatura, sino también la mala vista. ¡Vaya con la genética!

—Tu padre está jugando al golf con tu hermano.

Supuse que «tu hermano» quería decir mi hermano mayor, Gordon, porque mi hermano pequeño, Thomas, estaba pasando por alguna clase de fase gótica y no se acercaría a menos de cinco kilómetros de un campo de golf.

—Le va a dar un infarto con este calor, ¿sabes? Es ridículo que esté ahí fuera. Lo mismo que Gordon —prosiguió, dirigiéndose hacia el sofá de segunda mano que me compré cuando me mudé al piso hacía cuatro años. Se dejó caer en él—. Tu hermano debería ser más responsable, porque mi nieto está en camino.

No tenía ni idea de cómo jugar al golf en agosto podía tener nada que ver con el hecho de que su mujer estuviera embarazada de tres meses, pero lo dejé pasar mientras llevaba la jarra a la nevera.

—¿Quieres tomar algo?

—He tomado tanto café que me sorprende no haber llegado flotando hasta aquí.

Fruncí la nariz al abrir la puerta de la nevera. Di un respingo hacia atrás y me quedé mirando el interior y sujetando con fuerza el asa de la jarra con los dedos.

—¿Qué diablos…? —murmuré.

—¿Qué estás haciendo, cielo?

No podía apartar la vista, alucinada. En el estante de arriba, junto a las latas de refresco, estaba el mando a distancia de la tele. Nunca en mi vida había dejado sin querer el mando, ni ningún otro producto no comestible, en la nevera. Ni siquiera conocía a nadie que hubiera hecho eso en la vida real, pero ahí estaba, en el estante, como una tarántula dispuesta a atacar.

Eché un vistazo por la ventana del fregadero, con el estómago encogido al pensar en el vago movimiento que había visto antes en el exterior. Seguro que no era nada y que en realidad yo solo estaba mucho más cansada de lo que creía, pero aun así era raro…, muy raro.

Sacudí la cabeza, saqué el mando a distancia de lo que empezaba a pensar que era la nevera de *Los cazafantasmas 2* y metí el té para que se enfriara.

Mi madre se giró en el sofá y dio unas palmaditas en el asiento, a su lado.

—Siéntate conmigo, Roxanne. Hace tiempo que no hablamos.

—Hablamos ayer por teléfono —le recordé mientras cerraba la puerta de la nevera y devolvía el mando al lugar donde tenía que estar, en la mesita de centro, como un buen mandito a distancia.

Mi madre puso sus ojos castaños, iguales que los míos, en blanco.

—Eso fue hace siglos, cielo. Venga, pon aquí el culete.

Le hice caso y, en cuanto me senté, ella levantó una mano esbelta y me tiró con suavidad de la alborotada cola de caballo.

—¿Qué ha pasado con las mechas rojas?

Me encogí de hombros, alargué la mano y me quité el coletero. Llevaba el pelo largo hasta mis inexistentes tetas. Aparte de los mechones púrpura, lo tenía castaño oscuro. Me hacía muchas cosas en él, por lo que me sorprendía que todavía no se me hubiera caído.

—Me aburrí de ellas. ¿Te gusta el púrpura?

Asintió con los ojos entrecerrados tras las gafas.

—Sí, es muy tuyo. Hace juego con las manchas de pintura de tu ropa.

Bajé la vista hacia mi vieja camiseta de *Crepúsculo* y vi que la cara de Edward tenía algunas salpicaduras moradas.

—¡Ja!

—Bueno… —mi madre dijo la palabra de una forma que hizo sonar el timbre de alarma en mi cabeza—. Sabes que la oferta sigue en pie, ¿verdad?

Erguí la espalda para mirar sus ojos fervientes. La oferta. Uf. La oferta era como una especie de muleta en la que a veces, o casi siempre, quería apoyarme. La oferta era volver a casa, a mis veintidós años, dejar las clases de Diseño Gráfico a distancia, el trabajo de camarera y el esporádico de diseño de páginas web, y dedicar el cien por cien de mi tiempo a mi verdadera pasión.

Pintar.

Tenía mucha suerte de que mis padres quisieran apoyar a una artista sin blanca, pero no podía hacer eso. Necesitaba mi independencia. Esa era la razón por la que me había ido de casa y por la que me estaba costando una eternidad acabar mis clases en el centro de estudios superiores local.

—Gracias —dije, cogiendo su cálida mano con la mía—. En serio. Gracias, pero ya sabes que…

Suspiró, se soltó y me sujetó las mejillas. Se inclinó hacia mí para darme un beso en la frente.

—Lo sé, pero tengo que asegurarme de que no lo has olvidado. —Se echó hacia atrás y ladeó la cabeza mientras me pasaba un pulgar justo por debajo de las gafas—. Pareces muy cansada.

—Ostras, mamá. Gracias.

Me dirigió una mirada penetrante.

—¿A qué hora acabaste en el Mona's?

—A las tres de la madrugada —suspiré y me recosté en el sofá, que me engulló acogedor—. Me he levantado temprano.

—¿No podías dormir? —La compasión teñía su voz.

Mi madre me conocía. Asentí con la cabeza.

Hubo una pausa.

—¿Viste a Charlie ayer? —preguntó tras cruzar las piernas.

Asentí de nuevo con la cabeza.

—Pues claro que sí —prosiguió en voz baja—. ¿Cómo está mi niño?

Oírla referirse así a Charlie hizo que la herida de verlo como estaba fuera mucho más grande. Mis padres… Dios, habían ejercido más de progenitores de Charlie cuando estaba creciendo que sus propios padres. Suspiré con fuerza y le hablé de mi visita y de cómo, una vez más, no parecía haberse dado cuenta de mi presencia. La preocupación llenó sus ojos oscuros, porque ella también recordaba lo que había pasado antes.

Cuando terminé, mi madre se quitó las gafas y movió su esbelto brazo.

—Me he enterado de lo de Reece.

Abrí tanto los ojos que creí que se me saldrían de las órbitas. ¿Que se había enterado de lo de Reece? ¿De nuestro rollo de una noche que, en realidad, no había sido tal? Mi madre y yo hablábamos de muchas cosas, pero yo había marcado una línea ahí.

—Me ha parecido un bonito gesto por su parte ir a verte ayer y contarte lo de Henry —prosiguió. El alivio me sacudió el estómago.

Gracias a Dios no se estaba refiriendo a lo otro.

—¿Quién te lo ha dicho?

—Su madre me lo contó ayer por la noche. —Sonrió. Su mirada se volvió perspicaz—. Creo que se tomó muchas molestias para hacerlo. Muchas molestias, Roxy. Mmm... ¿No te parece interesante?

—Vamos, mamá.

Entorné los ojos. Por supuesto, ella sabía que llevaba colgada de él desde el momento en que se mudó a la casa de al lado. Estaba convencida de que ella y la madre de Reece habían estado maquinando para que estuviéramos juntos el año anterior el Día de Acción de Gracias porque no dejaron de lanzarse indirectas sobre el hecho de que los dos estábamos tristemente solteros, hasta el punto que el hermano de Reece casi se atragantó con el puré de patatas de lo mucho que se reía.

Si aquella celebración, con las dos familias juntas, ya había sido incómoda, la de ese año iba a ser muchísimo peor... porque lo de casi liarnos fue poco tiempo después de esa cena de Acción de Gracias.

—Es un buen chico, Roxy —siguió diciendo monótonamente mi madre, como si fuera un publirreportaje de Reece—. Ha luchado por su país y cuando ha vuelto a casa, ha decidido dedicarse a un trabajo en el que pone su vida en peligro. Por no mencionar lo que pasó el año pasado con ese chico. Tuvo que tomar una...

—Mamá —gemí.

Pude alejar la conversación de Reece y llevarla hacia el próximo nacimiento del nieto número uno. Al llegar el momento de arreglarme para mi turno de noche en el Mona's, mi madre me dio un abrazo cálido y cariñoso.

Cuando se separó de mí, me miró directamente a los ojos.

—No hemos hablado de Henry ni de lo que quiere, pero quería que supieras que tu padre y yo te apoyamos, decidas lo que decidas.

Contuve las lágrimas que me llenaron los ojos. Cómo quería a mis padres. Eran demasiado buenos conmigo.

—No quiero hablar con él. Ni siquiera quiero verle la cara.

Asintió con una sonrisa triste en los labios, y supe lo que realmente estaba pensando. Ellos deseaban que me desprendiera de esa vieja y pesada mochila llena de odio que llevaba cargada a los hombros.

—Si es eso lo que quieres, estamos contigo.

—Lo es —confirmé.

Me dio una palmadita en la mejilla y salió de casa de la misma forma que había entrado. Cuando cerré la puerta, me di cuenta de que no me quedaba tiempo para echar una cabezada. Lo que estaba bien, porque seguramente habría acabado soñando otra vez con Reece y era lo último que necesitaba. Justo en ese momento elaboré una lista de prioridades.

Número uno: Tenía que ducharme. Paso a paso.

Número dos: Tenía que dejar de soñar con él. Era más fácil decirlo que hacerlo, pero bueno. Era una de mis principales prioridades.

Número tres: También tenía que dejar de pintar su estúpida, aunque atractiva, cara.

Y, por último, número cuatro: Tenía que sincerarme con Reece la siguiente vez que lo viera y contarle la verdad sobre aquella noche. Sí que podía hacerlo; desprenderme de esa mochila llena de dolor en concreto. Debía hacerlo, porque no podía dejar de pensar en lo que me había preguntado.

«¿Te hice daño?».

Apreté los labios, tratando de ignorar la semilla de culpa que florecía en mi interior mientras recorría el pasillo. Reece ya había soportado suficiente sentimiento de culpa. No necesitaba que yo le añadiera más. Una vez en mi dormitorio, me desnudé, dejé la ropa en el suelo donde había caído y le di vueltas al modo en que le daría la noticia.

Sospechaba, muy a mi pesar, que no iba a estar contento conmigo.

Pero si hubiera sabido que pensaba así todo ese tiempo, se lo habría aclarado hacía mucho. En serio. Que yo estuviera resentida no era tan grave, ni mucho menos, como que él creyera que había hecho algo realmente malo.

Me mordí el labio inferior y crucé la habitación por delante del armario. Las puertas estaban abiertas, y noté una corriente de aire frío en la piel desnuda de mi abdomen que me puso la carne de gallina. La pega que tenían las casas victorianas eran las corrientes, incluso en verano. El señor Silver me dijo una vez que había pasadizos secretos que se remontaban a épocas pasadas, con pasillos bajo las escaleras y puertas ocultas tras las paredes de yeso.

Bien mirado, la escalera principal que conducía a los pisos de arriba lindaba con mi dormitorio.

Me giré y, como una idiota, cerré enseguida las puertas del armario. Lo que era absurdo si tenemos en cuenta que estaba en pelotas, pero lo hice de todos modos.

Mientras me arreglaba para ir a trabajar, volví a obsesionarme por la sesión de sinceridad que iba a tener con Reece. En el fondo sabía que no terminaría bien, y no debería importarme, pero lo hacía.

Sabía que Reece no solo lamentaría la noche que en realidad nunca había tenido lugar, sino que, en cuanto se diera cuenta de que no le había dicho la verdad, también acabaría odiándome.

5

El Mona's estaba hasta los topes el sábado por la noche. Como Jax ya estaba en la Universidad de Shepherd, en Virginia Occidental, con Calla, éramos uno menos en la barra. Clyde seguía sin venir a trabajar por orden del médico tras haber sufrido un infarto el mes anterior. Sherwood, nuestro cocinero a media jornada, corría como un loco de un lado a otro.

Estábamos tan atareados que casi se me escapa el momento en que Nick le pasó su número de teléfono garabateado en una de nuestras nuevas servilletas a una chica con los vaqueros cortados.

—Otra que muerde el polvo —canturreé al pasar a su lado para coger dos cervezas.

Me miró con los ojos entrecerrados.

Solté una risita y me giré para dejar las botellas en la barra. Los dos chicos que las esperaban parecían legales y normales, vestidos con vaqueros oscuros y camisetas lisas, pero yo sabía que no se movían en buenos círculos. Los había visto a ambos con Mack, que había trabajado para un individuo de Filadelfia llamado Isaiah, de quien, como todo el mundo en la ciudad y sus alrededores sabía, convenía mantenerse alejado. Trabajado, en pasado, porque ese verano Mack había acabado con una bala en la cabeza en una solitaria carretera secundaria. Por lo que sabía, él se había estado metiendo con Calla, amenazándola por el marrón en el que se había metido su madre, y a Isaiah no le gustó demasiado la atención no deseada de la policía que eso le había granjeado.

Así que les sonreí alegremente.

—Invita la casa.

El mayor, con el pelo negro azabache, me guiñó un ojo.

—Gracias, guapa.

Pensé que era buena idea tener a unos posibles gánsteres en el bolsillo. Una nunca sabía cuándo podía necesitar ponerle a alguien unos zapatos de cemento. Ja.

Suponía que Reece estaba trabajando, por lo que llevar a cabo la Prioridad Número Cuatro quedaba aparcado. Sería una mentira, y de las gordas, decir que no me sentía aliviada por ello, porque me daba pavor el momento de la verdad. Tenía su número de teléfono, así que podía escribirle para que quedáramos. O podría enviarle un mensaje contándole lo que había pasado en realidad. Pero eso habría sido tan cobarde que habría tenido que ponerme a mí misma unos zapatos de cemento.

Al menos no tuve tiempo para rayarme con eso, porque iba de un cliente al siguiente, acumulando propinas. Pasada la medianoche, alcé los ojos al acabar de preparar un sex on the beach y vi a Dean de pie en un extremo de la barra.

Mierda.

Él me localizó en cuanto levanté la mirada. Obvio. Me había quedado allí, como un pasmarote, mientras él me buscaba. Me planteé por un instante lanzarme en plancha para esconderme tras la zona de trabajo.

—Hola —me saludó antes de ocupar lo que debía de ser el único taburete libre en el mundo—. Hoy estáis a tope.

Noté cómo me ruborizaba. Se me había pasado totalmente responder su mensaje. Se me había olvidado después de que mi madre se fuera.

—Sí, he estado liada… todo el día. —Hice una mueca al guardar el zumo de piña. ¿Tanto como para no haber tenido tiempo de escribirle? Menuda excusa. Le hablé con mi mejor sonrisa de camarera—. ¿Qué te pongo?

Parpadeó despacio. Tenía los ojos azules, pero no tan vivos como los de Reece.

¡Maldita sea! Tenía prohibido pensar en su color de ojos.

—Mmm…, una Bud estaría bien.

Asentí y me apresuré a servirle una cerveza. Al volver, Nick me miró con las cejas arqueadas, pero no dijo nada. Planté una servilleta de papel en la barra y le puse la bebida encima.

—¿Vas a pagar sobre la marcha o todo al final?

Parpadeó de nuevo y echó el cuerpo hacia atrás para buscar su cartera.

—Sobre la marcha. —Depositó un billete de diez en la barra—. Quédate el cambio.

—Gracias —masculló con ganas de dejar el dinero en la barra, pero tenía que pagar el alquiler y quería comprarme una nueva paleta de acuarelas, así que… Lo miré e inspiré hondo mientras recogía el billete—. Mira, Dean, me lo pasé muy…

—¡Eh! ¡Roxy, amiga!

Pegué un brinco al oír la voz de Katie. Me volví, sorprendida de que hubiera entrado sin causar una conmoción a su paso. Aunque, claro, el bar estaba petado y esa noche ella iba vestida. Más o menos.

Katie trabajaba al otro lado de la calle, en el club de estriptis. Era bailarina exótica y disfrutaba cada minuto. Solía llevar puestos modelitos que la mayoría jamás se plantearía lucir en público. Esa noche, sus largas piernas estaban recubiertas de cuero color rosa chicle y su blusa de cuello halter parecía una bola de discoteca púrpura.

Dean la observó como si fuera una extraterrestre que acabara de entrar en el bar.

—Hola —respondí, reponiéndome enseguida. Y, por costumbre, cogí la botella de José Cuervo y un vaso de chupito—. ¿Qué tal el curro hoy?

Se abrió paso a codazos entre una mujer mayor y Dean para colarse en el minúsculo espacio que quedaba.

—Tan aburrido que casi me duermo subida en la barra —contestó.

—Eso habría acabado mal. —Le serví la copa.

—Bueno, librabas el domingo, ¿verdad? —intervino Dean, apretujando los brazos a sus costados como si le diera miedo tocar a Katie y que ella le contagiara algo.

Eso no me gustó.

Katie se rio disimuladamente mientras rodeaba el vaso de chupito con unos dedos de uñas pintadas de azul glacial.

—Tiene el día libre, pero no va a pasarlo contigo a no ser que tu apellido sea Winchester. —Levantó una ceja y le echó una mirada que me dejó boquiabierta—. Y está clarísimo que tú no puedes ser Dean Winchester.

—¿Perdona? —farfulló, sonrojado.

—¿Qué? —Se encogió de hombros, unos hombros bronceadísimos—. A ver, guapo, te estoy diciendo, con delicadeza, que no tienes ninguna posibilidad con ella.

—Katie —siseé.

Dean se volvió hacia mí.

—Uy, qué incómodo —murmuró Katie.

Le lancé una mirada.

Ella frunció los labios, dio un beso al aire y se bebió el chupito de tequila de un trago.

—Recuerda lo que te dije —comentó antes de dejar el vaso en la barra con un golpe que hizo que la mujer que tenía al lado contemplara cómo liberaba el espacio que había ocupado. Katie se dio toquecitos con un dedo en la sien—. Ya has conocido al hombre con el que vas a pasar el resto de tu vida.

Ay, Dios. No, no me había olvidado de cuando me informó, aludiendo a los poderes psíquicos que decía poseer desde que se cayó de la barra del club, de que yo ya había conocido a mi gran amor.

Sin embargo, esos finales felices solo les sucedían a mis conocidos, no a mí.

Dudaba que hubiera conocido ya a mi príncipe azul, o al menos eso esperaba, pero no fue lo único que me dijo. De hecho, una de las cosas que había mencionado sí se había hecho realidad.

Y tenía que ver con Reece.

Katie hizo una mueca mirando a Dean desde detrás.

—Y no es él. Pero bueno, amiga, ¿sigue en pie lo de ir a comer gofres mañana? —Cuando asentí, agitó los dedos a modo de despedida—. Nos vemos.

Observé obnubilada cómo se marchaba majestuosa del bar. Hacía mucho tiempo que conocía a Katie, pero nunca dejaba de sorprenderme.

—Esa chica está mal de la cabeza —comentó Dean con la voz cargada de irritación—. No sé cómo la aguantas.

Lo miré.

—Está perfectamente —repliqué. La sorpresa se reflejó en su mirada—. Lo siento, pero estoy muy liada ahora mismo.

Volvió a hacer eso de parpadear despacito.

—No pasa nada. Ya hablaremos después.

Abrí la boca para decirle que eso no iba a pasar, pero se giró y desapareció entre la gente. Sacudí la cabeza y me desplacé hacia el otro lado de la barra. No tuve que decirle nada a Nick, porque él me cambió el sitio directamente y yo empecé a tomar comandas. Un rato después levanté la vista y establecí contacto visual con Dean. Y después de aquello, no volví a verlo.

El resto de la noche pasó volando. Avisamos de que íbamos a cerrar y, tras despejar el bar, nos repartimos las propinas y cuadramos la caja. Normalmente, cuando Nick y yo nos encargábamos juntos del cierre, poníamos música. Yo solía buscar la canción más molesta que había en el mundo, pero esa noche no me apetecía.

Y, al parecer, Nick tenía ganas de hablar.

—¿Quién era ese chico que ha venido a verte?

Cerré el cajón de la caja registradora y anoté los totales en la hoja de cálculo que Jax había creado. Un día, el Mona's llegaría a ser un establecimiento en condiciones y tendríamos un sistema de punto de venta. Soñar era gratis. Suspiré y lo miré, apoyándome en la barra mientras él limpiaba.

—Uno con el que tuve una cita.

—¿Y no habrá segunda?

—No. No me interesa —respondí, encogiéndome de hombros.

Nick se colocó el paño que estaba usando encima del hombro y se acercó a mí.

—¿Va a ser un problema?

Los dos chicos, Jax y Nick, podían ser un poco sobreprotectores, lo mismo que Clyde.

—No, no será ningún problema. Creo que esta noche ha pillado la indirecta. —Incliné la cabeza hacia él—. Además, no eres mi hermano mayor, no tienes que ahuyentar a todos mis pretendientes.

—Yo no tengo ninguna hermana pequeña.

—Vale.

—Aunque sí un hermano pequeño. —Puso las manos a cada lado de mí y agachó la cabeza. A esa distancia podía ver que sus ojos eran más verdes que castaños. Dios, estábamos muy muy cerca—. Pero, Roxy, no pienso precisamente en una hermana cuando te veo.

—Ah, ¿no? —Las gafas me empezaron a resbalar por la nariz.

—Me enrollaría encantado contigo —anunció. Tal cual. Zasca. En toda la cara.

Se me desorbitaron los ojos de la impresión. Nunca, en todos esos años, había mostrado Nick el menor interés en mí.

—Mmm...

—Pero, entonces ya no podría seguir trabajando aquí, así que no va a pasar —comentó esbozando una media sonrisa—. Aunque lo cierto es que haría una excepción por ti, pero mis reglas no son la razón principal por la que no... —movió una mano y me dio un golpecito cariñoso en la punta de la nariz— exploraría esa vía contigo.

Me lo quedé mirando un instante, halagada y... sí, anonadada.

—Gracias. Creo.

Me guiñó un ojo y se separó de mí. Tras coger el paño que llevaba en el hombro, se hizo con un limpiador en aerosol y pulverizó la barra. Mi cerebro tardó un instante en volver a ponerse en marcha. Me coloqué bien las gafas.

—Bueno, yo también... me enrollaría encantada contigo, pero entonces la situación sería incómoda.

Nick soltó una risita.

—Oye, ¿de verdad te lo montas con chicas a las que nunca vuelves a ver? —Puede que la curiosidad matara al gato, pero eso no me iba a detener.

—No me van los compromisos.

—Ver a alguien más de una vez no es ningún compromiso —razoné con lo que me parecía una lógica válida—. No sé, casi puedo entender lo de no enrollarse con alguien más de una vez, pero ¿no verlo?

—Yo soy así —insistió, volviendo la cabeza para mirarme.

—Entendido —murmuré, y sacudí la cabeza—. Tú lo que eres es un rompecorazones.

Se limitó a responderme con una risita. Poco después pusimos fin a lo que se había convertido en una de las noches más raras en el Mona's. Yo tenía las llaves, de modo que, cuando Nick abrió la puerta, no estaba prestando atención a lo que había fuera. Me entretuve peleándome con la cerradura y al principio pensé que la risita grave que él soltó tenía que ver conmigo. Hasta que no dejé caer el pesado llavero en mi bolso y me di la vuelta, no vi de qué se reía.

—¿Qué...? —Se me apagó la voz y el corazón empezó a latirme con fuerza.

Había un coche patrulla del condado aparcado al lado del mío, y un policía increíblemente sexy estaba apoyado en el lado del copiloto, con las largas piernas enlazadas por los tobillos y los brazos cruzados sobre unos pectorales impresionantes.

Reece me estaba esperando.

Lo cierto es que no pensé en mi lista de prioridades al contemplarlo bajo la tenue luz del aparcamiento. El bochorno de la noche me envolvió mientras él descruzaba las piernas y se separaba del coche patrulla. Le recorrí el cuerpo con la mirada. Solo podía pensar en lo bien que el poliéster de sus pantalones de uniforme se le amoldaba a los muslos.

Joder, la elegancia letal con la que se movía tendría que ser ilegal.

Nick se agachó para susurrarme al oído:

—Y ahí está la principal razón por la que no me enrollaría contigo.

Me tropecé.

—Hola, tío. —Nick le dio una palmadita a Reece en el hombro al pasar a su lado—. Que vaya bien. Nos vemos el miércoles, Roxy.

—Adiós.

No aparté los ojos de Reece. ¿Qué estaba haciendo ahí a las dos y media de la madrugada? No era la primera vez que había salido tarde del bar por la noche y me lo había encontrado esperándome. Antes de «ese día», solía hacerlo cada dos por tres cuando le tocaba turno de noche y se pasaba por el bar a cenar.

Pero no esperaba que volviera a hacerlo.

El ruido de la moto de Nick al ponerse en marcha retumbó en el aparcamiento, por lo demás silencioso. Tenía que decir algo, estábamos los dos allí plantados, a unos pasos de distancia, mirándonos.

—Hola.

Genial. Espectacular intervención.

Él bajó la mirada con una media sonrisa en los labios.

—¿Qué...? —rio y sentí un cosquilleo en el estómago, como si un puñado de mariposas hubieran echado de repente a volar—. ¿Qué pone en tu camiseta?

Miré hacia abajo, tratando de contener la sonrisa que mis labios querían esbozar.

—Pone «Mujeriego». ¿Qué pasa?

Sus largas y tupidas pestañas se elevaron y se echó a reír otra vez.

—Eres... Eres lo que no hay, Roxy —soltó mientras su bonita y suave carcajada me envolvía.

Cambié el peso de un pie al otro y me mordí el labio inferior.

—No sé si eso es bueno o debería salir pitando.

Se acercó un paso hacia mí con los brazos pegados a los costados, de modo que el derecho le rozaba la culata de la reglamentaria. La estrella del pecho parecía relucir más de lo que era posible a la altura de mis ojos.

—Es... algo bueno.

Inspiré con dificultad mientras una ligera brisa me colocaba un mechón del pelo en la cara. ¿Qué cojones estaba pasando? Eché un vistazo alrededor del aparcamiento vacío y a la hilera de coches que empezaba a alejarse del club de estriptis del otro lado de la calle.

—¿Estás de... descanso para cenar?

—Sí. Trabajo hasta las siete de la mañana —respondió, y se movió tan deprisa que no asimilé lo que estaba haciendo hasta que la punta de sus dedos me rozó la mejilla. Cogió el cabello rebelde y, de un modo que hizo que el aire que había inspirado se perdiera en mi interior, me pasó el pelo por detrás de la oreja. Su mano se entretuvo un instante en la piel sensible tras el lóbulo, lo que me provocó un dulce escalofrío.

Mi pulso se estaba acercando al borde del ataque cardiaco.

—¿Qué...? ¿Qué estás haciendo aquí, Reece?

Una sonrisa estiró sus hipnóticos labios.

—Al principio ni me he dado cuenta. Estaba patrullando mientras pensaba en que tenía que parar a comer algo, y de repente me he sorprendido entrando en el aparcamiento. Después me he acordado de que solíamos hacer esto.

Me derretí por dentro, porque, aunque fuera una tontería, me hizo ilusión que lo recordara. Y yo que creía que era la única persona que se aferraba a esos momentos... Alcé los ojos hacia él, algo mareada, y no por el calor que hacía ni por lo mucho que tenía que levantar la cabeza para mirarlo.

—¿Y?

—¿Estás cansada?

Eso no respondía mi pregunta, pero sacudí la cabeza.

—Para nada.

Sus ojos, de un azul tan oscuro que parecían negros con esa luz tenue, se clavaron en los míos.

—Bueno, es que estaba pensando... locuras.

—¿Locuras? —Arqueé las cejas.

Asintió y su sonrisa se ensanchó un poco.

—Locuras como ¿por qué no empezamos de cero?

—¿De cero? —Me estaba convirtiendo en un loro que repetía todo lo que él decía.

—Sí, tú y yo.

Eso sí lo había entendido.

—Creo que es muy buen plan —prosiguió. No sé cómo, se había acercado un paso más, lo que lo dejaba tan cerca como había estado Nick antes, aunque entonces no había sentido nada. Y en ese momento, en cambio, una oleada de sensaciones me invadía, cortocircuitando mis terminaciones nerviosas—. Espero que estés de acuerdo.

—¿Qué plan?

Alargó la mano de nuevo, esa vez para ponerme bien las gafas.

—Olvidemos esa noche. Sé que no podemos hacer como que nunca ocurrió, pero dijiste que no… que no te hice daño, y sé que no me mentirías en algo así —continuó, y el alma se me cayó a los pies. ¿Mentir? ¿Yo? Eso nunca—. Pero podemos pasar página, ¿no?

—¿Por qué? —La pregunta me salió disparada, y él arqueó una ceja—. No. Quiero decir, ¿por qué ahora?

—Porque éramos amigos. Y voy a ser absolutamente sincero —contestó pasado un instante—: lo echo de menos. Te echo de menos. Y estoy harto de echarte de menos. Esa es la razón de por qué ahora.

Mi corazón se puso a saltar a la comba. ¿Me echaba de menos? ¿Estaba harto de echarme de menos? Madre mía. El cerebro empezó a irme a toda pastilla. No tenía ni idea de cómo reaccionar. Me había pasado once meses maldiciéndolo y esquivándolo, y ahora me había quedado sin habla. Reece lamentaba esa noche que en realidad no había pasado, deseaba que no hubiera pasado, pero ahí estaba, pidiéndome empezar de cero.

La esperanza, una chispa mínima de ilusión, cobró vida en mi pecho. Era como volver a tener quince años, cuando me sonrió por primera vez desde el otro lado del jardín. O cuando solía acompañarme a clase en el colegio. Era como el abrazo que me había dado cuando volvió a casa.

Era, desde luego, como la noche que lo había llevado en coche a su casa.

Y era la misma esperanza que pensaba que había intentado extinguir a lo largo de once meses, pero que, evidentemente, seguía allí, resplandeciendo a pesar del instinto de supervivencia, la confusión y la culpa.

—¿Es un motivo lo bastante bueno para ti? —Había cierto tono burlón en su pregunta que me provocó ganas de reír, pero no supe qué contestar.

Tenía que contarle lo que realmente había pasado esa noche. Sabía que debía hacerlo, pero él quería empezar de cero, y ¿cómo se podía empezar de cero ahondando en el pasado, en el momento que él deseaba dejar atrás?

Reece levantó la mano de nuevo, y esa vez sus dedos se encontraron con los míos. Los entrelazamos. Mi corazón había dejado de saltar y había pasado a dar volteretas hacia atrás. Tal vez incluso ruedas laterales. Me tiró con suavidad del brazo.

—¿Qué me dices, Roxy? ¿Comes, cenas, desayunas, o como quieras llamarlo a las tres de la madrugada, conmigo?

¿Cómo no iba a decir que sí?

6

Estar sentada con Reece en el restaurante veinticuatro horas que había calle abajo del Mona's me resultaba familiar y, aun así, extraño. Era como meterse en la vida de otra persona a la que conocía íntimamente.

El establecimiento estaba casi muerto salvo por una mesa de universitarios (que procuraban no parecer demasiado borrachos en presencia de un agente de policía) y unos cuantos camioneros. Trajeron con rapidez café para Reece y té dulce para mí. Decidimos que íbamos a desayunar.

Las cosas fueron un poco incómodas al principio. Yo estaba sentada delante de él con las piernas cruzadas bajo las luces fuertes del techo, retorciéndome las manos en el regazo como una loca. No sabía qué decir o hacer, y no dejaba de distraerme con los avisos que crepitaban cada cinco segundos por la radio que él llevaba al hombro. Sin embargo, Reece acabó con la incomodidad.

—Bueno, he visto que Thomas ha añadido otro piercing a su arsenal.

Asentí mientras alargaba la mano para toquetear el vaso frío.

—Sí, se hizo el de la ceja la semana pasada. Cada vez que lo veo, me entran ganas de coger una cadena y conectar el que lleva sobre el ojo con el de la nariz y después con el del labio.

Soltó una risa, divertido.

—Estoy seguro de que le parecería bien. Tu padre lo llama Cara de Metal.

—Thomas cumplirá dieciocho en unos meses —comenté, sacudiendo la cabeza—, y ha convencido a nuestros padres de que también va a hacerse un tatuaje en la cara. Algo así como una cremallera que empezaría en la nuca y terminaría entre las cejas.

—No lo dirá en serio, ¿verdad? —dijo con los ojos como platos.

—Creo que no —reí—. Tendría que cortarse todos esos rizos tan bonitos, y me da que no va a hacerlo. Tengo la sensación de que solo los está puteando. Bueno, en cuanto a... —interrumpí la frase cuando se oyó un golpe sordo en el local.

Reece se recostó en los asientos acolchados de color rojo, pasó el brazo por encima del respaldo y echó un vistazo a la mesa de los universitarios. Alguien había derramado una bebida y, al parecer, al resto de la mesa le parecía divertidísimo porque se reían como una manada de hienas. Miré de nuevo hacia Reece. Tenía un perfil espléndido. Era la mandíbula, decidí, lo que hacía que su cara fuera exquisita. Capturar la firmeza de su contorno me sería muy fácil con un pincel o con carboncillo. ¡Anda, pero si nunca lo había dibujado al carboncillo! Un momento. ¿No había añadido lo de dejar de pintar su cara a mi lista de prioridades?

Se me daba de pena acordarme de ella.

Reece volvió a cruzar su mirada con la mía, y noté que me ruborizaba, porque me había pillado estudiándolo. La sonrisa que dibujaron sus labios estaba llena de encanto. Noté un cosquilleo en el pecho.

—Sigues con lo del Diseño Gráfico, ¿verdad?

¿Cómo? Tardé un momento en darme cuenta de que estaba hablando sobre mis estudios.

—Ah, sí. Me he apuntado a clases online. Solo dos asignaturas este semestre. —Me encogí de hombros—. Son caras.

—¿Cuánto te queda?

—Un par de años más. —Di un sorbo al té. Ah, azúcar—. Sé que estoy siguiendo el camino más largo al hacer solo dos clases por semestre, pero cuando haya terminado, podré…

—¿Qué harás entonces?

Abrí la boca, pero, acto seguido, fruncí el ceño.

—Pues mira, buena pregunta. Ni idea. Supongo que aún tengo que decidirlo.

Reece volvió a soltar una risita mientras bajaba el brazo y ponía los codos en la mesa.

—Tienes veintidós años, Roxy. No tienes que decidir nada ahora.

Mi expresión se volvió insulsa.

—Lo dices como si todavía llevara pañales. Y tú solo tienes veinticinco.

Puede que llevara razón, pero eso no apaciguaba la ansiedad que sentía en el pecho. Una vez que acabara los estudios, ¿seguiría trabajando en el Mona's? ¿Diseñaría además páginas web? ¿O encontraría un trabajo de verdad, como algunas personas, sobre todo las entrometidas, me aconsejaban cariñosamente?

—Me gusta el Mona's —reconocí.

—¿Por qué no iba a gustarte? Jax es un tío fantástico para el que trabajar —dijo, ladeando ligeramente la cabeza—. Y a ti se te da muy bien la gente.

—Me gano muy buenas propinas —dije con una sonrisa de oreja a oreja.

Bajó la mirada hacia mi boca y después la subió despacio.

—No lo dudo.

Un zumbido agradable me recorrió por dentro al oír el cumplido ligero, casi de pasada. Si hubiera tenido cola, la habría agitado. ¿Tan desesperada estaba por que me halagasen? ¿O era solo porque me lo había dicho Reece?

Con las tupidas pestañas bajadas, se le ocultaban momentáneamente los ojos azul cobalto. Cuando volvió a alzar la mirada, las pupilas casi le ardían con aquella intensidad tan suya.

Vale, era porque me lo había dicho Reece. ¿A quién pretendía engañar?

Me quité esos pensamientos de la cabeza mientras cogía el papel que envolvía la pajita y empezaba a romperlo en pedacitos.

—Pero ¿no sería un despropósito sacarme el título de Diseño Gráfico y seguir trabajando en el Mona's?

—¿No sería mayor despropósito dejar de hacer algo que te gusta para hacer algo que no? —replicó.

Mis labios formaron una «o» perfecta. Lo cierto era que, visto de esa forma, no tenía el menor sentido.

—Mira, ¿recuerdas el patatús que le dio a mi padrastro cuando supo que ni mi hermano ni yo planeábamos ir nunca a la universidad?

Asentí. Colton y él nunca habían aspirado a sacarse una carrera, algo que a su padrastro, Richard, no le había hecho ninguna gracia, porque él estaba muy a favor de los estudios superiores y la facultad de Derecho.

—Pues nunca me he arrepentido de no haber pisado la universidad. Me alegra haberme incorporado a los marines y haber hecho esto al volver —aseguró, encogiendo un hombro—. Me gusta ser policía, a pesar de que hay ciertos momentos en que es… —Una sombra le cruzó el semblante. Contuve la respiración, porque pensé que iba a hablar sobre lo que pasó, lo del incidente que había puesto su vida patas arriba.

Lo miré, pensando en lo mucho que lo había afectado el verse envuelto en aquel tiroteo hacía año y medio. Vete a saber a qué se habría enfrentado en la guerra. Sabía que le había pasado algo horrible, algo en lo que no me gustaba pensar. Por eso volvió a casa, pero el tiroteo lo había dejado tocado. Aunque no me había echado de su lado entonces, fue Jax quien lo sacó del agujero.

—No me arrepiento de mi elección, ni siquiera cuando... es difícil.

Por alguna razón me decepcionó que siguiera sin mencionar lo «difícil». A pesar de que me había permitido acercarme a él mientras estaba intentando superar aquella mierda, nunca me habló de ello, y supuse que seguiría sin hacerlo.

—No todos tenemos que hacer lo mismo para ser felices —prosiguió—. Richard tardó un tiempo en asumirlo, pero lo hizo. Y está bien, porque sabe que Colton y yo somos felices. —Hizo una pausa—. Sé que a tus padres les daría igual que siguieras trabajando en el Mona's o lo que sea. Ellos solo quieren que seas feliz.

—Lo sé. —Y era totalmente cierto.

Reece alargó la mano por encima de la mesa y me rodeó la muñeca con sus largos dedos. Me hizo soltar despacio el montón de papelitos que estaba formando.

—No tienes que vivir la vida de Charlie por él, ¿sabes?

Me quedé boquiabierta.

—Que él no pueda ir a la universidad no significa que tú tengas que hacerlo en su lugar. —Me giró la mano y me acarició el interior de la muñeca con el pulgar—. Charlie nunca habría querido eso para ti.

Muchos días me preguntaba qué diablos estaba haciendo o por qué lo estaba haciendo, y Reece había visto a través de mí incluso después de que nos hubiéramos pasado casi un año sin cruzar una sola palabra amable. Me quedé paralizada, porque una parte de mí no quería admitir por qué hacía algunas de las cosas que hacía.

O por qué no hacía otras.

Volvió a acariciarme la muñeca con el pulgar, lo que atrajo mi atención. Tenía las yemas de los dedos encallecidas, indicativo de que usaba mucho las manos. El contraste entre la aspereza, sus movimientos suaves y sus palabras hicieron que me retorciera en mi asiento.

Antes de que pudiera pensar una respuesta adecuada, llegó la comida y me soltó. Pero cuando lo hizo, sus dedos dejaron lentamente mi piel, recorriéndome la mano y los dedos. Me estremecí, incapaz de contenerme.

El tema de conversación pasó a ser mucho más liviano.

—Dime, ¿cuánto tiempo crees que va a estar Jax aquí antes de volver a arrastrarse a Shepherd? —preguntó antes de hincarle el diente a un panecillo recubierto de salsa de carne.

Solté una carcajada mientras pinchaba una loncha de beicon de pavo.

—Nick se estaba preguntando lo mismo. Se supone que Jax regresa a casa a mediados de la semana que viene, pero dudo que se pase una semana entera sin ir a verla.

—Yo también. —Su sonrisa era demasiado—. El tío está loco por ella.

—Están hechos el uno para el otro.

—Cierto —coincidió—. Jax se lo merece.

Cuando acabamos de comer eran cerca de las cuatro, y Reece tenía que volver al servicio. Pagó la cuenta, ignorando mis protestas con una sonrisa pícara que hizo que me sintiera como si volviera a tener dieciséis años.

Me acompañó hasta mi coche, aparcado al lado del suyo.

—Te seguiré hasta tu casa —comentó, y me abrió la puerta.

—Pero… —Parpadeé—. Reece, no hace falta.

—Vuelvo a estar de guardia. Si recibo un aviso, puedo ocuparme de él. Además, cuenta como patrullar, así que no pasa nada. —Me puso la mano en el hombro y me miró directamente a los ojos—. Es tarde. Vives sola. Voy a seguirte hasta tu casa y me aseguraré de que llegues bien. Puedes estar de acuerdo o puedo seguirte igualmente, en plan acosador. Tú eliges.

Arqueé las cejas.

Volvía a lucir esa maldita sonrisa al agachar la cabeza.

—No me obligues a quedar como un acosador.

Se me escapó una carcajada.

—Venga, vale. Sígueme. —Me senté y lo miré—. Pero eres un acosador de todas formas.

La risa con la que me contestó me arrancó una sonrisa, y luego hizo que quisiera golpearme la cabeza con el volante durante el breve trayecto hasta casa. ¿Qué estaba haciendo? ¿Por qué me sentía tan contenta y confusa? Que Reece quisiera empezar de cero no significaba otra cosa que ser amigos. Y era genial, y supuse que también lo era alegrarme por ello y desprenderme de mi enfado y de todo el mal rollo de esa noche. Podía ser su amiga y punto sin ningún problema.

Siempre y cuando dejara de sonreírme como lo estaba haciendo, y de tocarme. Ser amigos significaba no tocarse.

Cuando aparqué junto a la acera, el coche patrulla se encontraba justo detrás de mí, y no me sorprendió demasiado que, al salir de mi coche, él ya hubiera salido del suyo y me estuviera esperando.

—¿Vas a acompañarme hasta la entrada? —pregunté, colgándome el bolso del hombro.

—Por supuesto. —Cerró la puerta de mi coche por mí—. Después de todo, me dedico a servir y proteger.

Levanté una ceja.

El aroma de las rosas tardías que cultivaba la señora Silver llenaba el aire. Reece me puso una mano en la zona lumbar para guiarme por el viejo camino de adoquines hasta el porche delantero. El peso de su palma parecía abrasarme a través de la fina camiseta. Decidí que los amigos sí podían tocarse.

La luz estaba apagada en casa de los Silver y en la de James y Miriam, pero un tenue brillo amarillento irradiaba del piso de encima del mío. Tenía que acordarme de ir a presentarme. Añadí eso a mi cambiante lista de prioridades.

Me detuve delante de la puerta y busqué las llaves mientras intentaba desesperadamente no fijarme en que su mano seguía en mi espalda o que estábamos tan cerca el uno del otro que su muslo derecho casi me rozaba la cadera.

Alcé la vista hacia él e inspiré hondo. Fui incapaz de formar una frase coherente con todas las cosas que me pasaban por la cabeza.

—¿Lo ves? Has llegado a salvo hasta tu puerta —soltó en un tono ligero.

—Gracias a ti —dije, sintiendo un calor demasiado intenso en la piel para la suave brisa que soplaba.

—Bueno, para algo que se me da bien.

—Se te dan bien muchas cosas. —Por algún motivo, cuando esas palabras salieron de mis labios sonaron mucho peor de lo que lo habían hecho en mi cabeza.

En medio de la penumbra apenas podía distinguir su expresión, pero se movió de modo que quedamos cara a cara. Al hacerlo desplazó su mano de mi espalda a mi cadera.

—Me gustaría decir que sabes perfectamente lo que se me da bien, Roxy, pero creo que no debería hacerlo.

Ay, Dios. Era evidente que mis palabras habían sonado fatal, porque habían provocado que Reece volviera a sacar lo de aquella noche, y se suponía que teníamos que pasar página. Pero ya estábamos de nuevo metidos en aquel lío, y mi lengua perdió por completo el control.

—Se te da bien —solté, recordando la forma en que me había besado. Ciego de alcohol o no, ese hombre sabía besar—. En plan, muy bien.

Esos malditos labios sonrieron, provocando que mis partes se emocionaran de mil maneras y desearan que moviera la mano unos centímetros hacia la izquierda y hacia abajo.

—Pero bueno, Roxy, y yo que creía que no hubo nada digno de mención.

Sí, le había dicho eso. Y también me di cuenta de que estábamos hablando de dos cosas muy distintas. Yo, de un beso, y él, de un polvo. Tenía que decirle lo que había pasado sí o sí.

—Reece…

—Hay algo que quiero que sepas —intervino, interrumpiéndome. Agachó la cabeza, de modo que cuando habló, su aliento me acarició la mejilla—. Te he dicho que te echaba de menos y que estaba harto de echarte de menos.

—Sí. —El cerebro se me había quedado vacío.

—Pero eso no era todo —añadió mientras el corazón empezaba a latirme con fuerza—. Es evidente que entre nosotros hay algo. Borracho o no, esa noche nunca habría pasado si no lo hubiera.

—Espera. Dijiste que te arrepentías de esa noche. Que…

—Sí, desearía que no hubiera pasado, Roxy, pero solo porque quiero recordar la primera vez que estuve dentro de ti. Me gustaría acordarme de lo que es entrar en ti, centímetro a centímetro, y grabármelo para siempre en la memoria. Es lo único de lo que me arrepiento. Y tengo intención de remediarlo.

Oh. Toma ya. Lo que acababa de decir me puso muchísimo. Tanto que ni siquiera me concentré en el hecho de que nunca había estado dentro de mí. Ningún hombre me había hablado jamás así, y no me lo había esperado de Reece.

Me gustó.

Y también a mis partes íntimas.

Katie me dijo una vez que conocía a un chico que hacía que se mojara con solo hablarle, y no le creí en absoluto. Ahora sí le creía. Del todo. Desde luego, ya no era una leyenda urbana. Era posible… Un segundo.

¿Cómo que tenía «intención de remediarlo»?

—¿Sabes qué ha sido lo más difícil de estos últimos once meses?

—No —susurré.

Su voz era ronca, un murmullo grave.

—Verte con chicos que no se merecían ni un minuto de tu tiempo y que hacían que me planteara qué mierda de gusto tienes en cuanto a hombres se refiere.

Iba a defenderme, pero cerré la boca de golpe. Sí, el último par de citas que había tenido no habían salido bien. No era el caso de Dean. Él era solo... soso. Aburrido.

—Salías con esos atontados para huir de mí.

—¿Y tú sí te mereces mi tiempo? —pregunté, incapaz de detenerme.

La expresión de sus labios fue sobrada, arrogante e irritantemente sexy.

—Cariño, no tienes ni idea de lo bien que lo aprovecharía. —Su mano me sujetó con más fuerza la cadera—. No quiero que seamos solo amigos, Roxy. Para nada, pero si tú no quieres que seamos más, lo aceptaré. Solo pretendo ser sincero contigo. Para que no haya confusiones. Y sepas lo que quiero.

Sonó estática en la radio que llevaba al hombro; la centralita avisaba de un accidente de tráfico en una calle secundaria no demasiado lejos de donde estábamos. Sin apartar los ojos de mí, Reece movió la mano y le dio a un botón que yo no podía ver.

—Aquí la unidad tres, cero, uno —respondió—. Voy de camino.

Cuando separó la mano, me dijo:

—Piensa en ello. —Después agachó la cabeza para rozarme con los labios la mejilla, la sien. Me dio un beso dulce y demasiado breve—. Y ahora mete ese culo tan bonito que tienes en casa.

Aturdida, lo hice. Antes me detuve y me giré con la puerta abierta. Él ya estaba a medio camino de su coche patrulla.

—¡Reece! —grité.

—Roxy —dijo, volviendo la cabeza.

—Ten cuidado —le pedí con las mejillas sonrojadas.

No podía verlo sonreír, pero se lo oí en la voz.

—Eso siempre, cariño.

Y se marchó.

Sentí de nuevo esa agitación agradable, más fuerte de lo que podía recordar. Era como tener la lengua recubierta de azúcar.

Cerré la puerta flotando, a unos segundos de extender los brazos como la chica de *Sonrisas y lágrimas* y empezar a dar vueltas, pero me detuve en seco justo delante del pasillo. Se oía un zumbido bajo procedente de la cocina, el ruido de un aparato, de una máquina en marcha.

Olvidados Reece y su charla de «no quiero que seamos solo amigos», encendí enseguida la luz. Todo parecía normal, pero ese sonido…

Dejé caer el bolso en el sofá y crucé despacio el salón, encendiendo las luces a medida que avanzaba. Al llegar a la cocina me dio un vuelco el estómago y alargué la mano rápidamente hacia el interruptor.

La luz inundó la cocina y busqué el origen del ruido, que encontré al instante.

—¿Qué diablos…? —murmuré.

Justo delante de mí, el lavavajillas estaba desaguando, realizando su tarea. Nada extraño en eso, salvo que yo no lo había puesto en marcha antes de irme a trabajar. Y, aunque lo hubiera hecho, no habría estado funcionando tanto rato. Se me erizó el vello de la nuca al mirarlo.

Con el aire estancado en la garganta, fui despacio hacia él, esperando que cobrara vida y se pusiera a cantar como hacían los aparatos en *La Bella y la Bestia*. Tragué saliva con fuerza, deslicé los dedos bajo el asa y tiré de ella para abrirlo, interrumpiendo el ciclo.

Salió un montón de vapor y aparté la mano de golpe. La puerta crujió y resbaló hasta abrirse del todo. En el interior del lavavajillas solo había dos cosas. La taza que había usado para tomar el té antes de irme a trabajar y el plato en el que había comido un bagel.

Nada más.

Dejé la puerta abierta y retrocedí sacudiendo la cabeza. No lo entendía. ¿Le había dado sin querer al programador? Era plausible, pero ni siquiera sabía cómo cojones usarlo, la verdad.

Crucé los brazos sobre el pecho mientras un escalofrío me recorría la espalda. Mi mirada recorrió la cocina, estudiando cada rincón. Y, algo más que un poco asustada, salí pitando de allí, dejando la luz encendida, y no paré de correr hasta que estuve en mi cuarto con la puerta cerrada con llave.

7

¿Crees en los fantasmas? —le pregunté a Charlie.

Él estaba mirando por la ventana, sin responder, pero yo había decidido ser tan valiente como la chica de aquella película de la que todo el mundo hablaba. No recordaba su nombre, pero Theo James también salía en ella, así que genial.

—Recuerdo que solíamos jugar a la ouija —proseguí, sentada en la silla delante de él con las piernas escondidas debajo del culo—. Tendríamos, no sé, ¿trece años? Y antes de eso, una vez juramos haber visto al chupacabras. Bueno, que creo que mi piso está embrujado.

Charlie parpadeó despacio.

Inspiré hondo antes de continuar:

—El sábado pasado, el mando a distancia acabó en la nevera y, cuando volví a casa al volver del trabajo, el lavavajillas estaba en marcha. Después de mi turno del jueves, llegué a casa y la tele de mi cuarto estaba en marcha. No la dejé puesta cuando me fui. Así que, o bien hay un fantasma en mi casa, o allí vive alguien sin que yo lo sepa, o se me está yendo la olla. Y ya sé que eso último no es demasiado difícil de creer.

Mi risa nerviosa retumbó en la habitación, por lo demás silenciosa, burlándose de mí. Lo cierto era que todas esas cosas raras que estaban pasando en mi piso empezaban a asustarme. Se lo había contado a mi madre cuando la llamé esa mañana mientras iba a visitar a Charlie, y ella estaba convencida de que se trataba de un fantasma. Aunque yo nunca había visto ninguno, creía que existían. A ver, en el mundo había mogollón de gente, personas sanas, normales y totalmente cuerdas, que afirmaba haber visto uno. Alguno de esos casos tenía que ser real. Pero nunca había pasado nada antes en mi piso. ¿Por qué iba a empezar una fantasma ahora a jugar con mis cosas? ¿O tal vez había hecho cosas antes y yo no me había dado cuenta? Madre mía, me ponía los pelos de punta pensar que mi casa pudiera estar realmente embrujada.

Tenía que comprar sal la siguiente vez que fuera al súper. Un montón de sal. Eso parecía funcionarles a los chicos de *Sobrenatural*.

Suspiré a la vez que sacaba la pintura que llevaba conmigo y se la enseñé a Charlie. Había plasmado otro paisaje, esa vez de Rehoboth Beach, donde veraneábamos con nuestros padres. La arena relucía en el lienzo, como si hubieran esparcido mil diamantes diminutos. Había sido divertido pintar el océano, aunque no era del todo exacto.

Porque ningún océano tenía un color tan intenso como los ojos de Reece.

Necesitaba ayuda.

Charlie no reaccionó ante el cuadro, así que me levanté y lo colgué en la pared, junto al de Devil's Den. Entonces me giré y me froté la cara con las manos. Me sentía rara sin las gafas. Desnuda, incluso. Mmm… Desnuda… Reece.

En serio que necesitaba ayuda.

Bajé las manos y resistí las ganas de darme cabezazos contra la pared. Pasé unos segundos contemplando a Charlie, deseando que se girara y me mirara, aunque solo fuera un momento. Pero no lo hizo.

—Reece quiere que pasemos página —anuncié a la habitación en silencio. Charlie sabía todo lo que había pasado y no había pasado aquella noche, por supuesto—. Me ha aclarado de qué se arrepentía exactamente, y la verdad es que nos habría ahorrado muchos problemas si lo hubiera dicho antes, ¿sabes? —comenté con una carcajada—. Si lo hubiera dejado un pelín más claro. No quiere que seamos solo amigos. Me lo dijo así tal cual. Dijo... Dijo que él se merecía estar conmigo.

Imaginé que Charlie estaba de acuerdo.

Volví arrastrando los pies hasta la silla y me dejé caer en ella.

—No me dijo que quisiera ser mi novio ni nada de eso. Nuestra conversación no llegó tan lejos, pero vino al Mona's el miércoles por la noche y hablamos como hacíamos antes. Tonteó conmigo. —Me acerqué las rodillas al pecho y apoyé la barbilla en ellas. Cerré los ojos y solté otro suspiro—. No le he contado lo que pasó en realidad. Ya sabes lo mucho que odia las mentiras de cualquier tipo y, a ver, ¿cuándo iba a decírselo? «Oye, sé que crees que pillaste cacho, pero en realidad no». Ha pasado tanto tiempo que ahora es difícil abordarlo.

Charlie no dijo nada, sin embargo yo sabía que, si pudiera hablar, habría entendido por qué lo decía. Once meses de mala comunicación no eran tan fáciles de arreglar como cabría pensar, pero incluso sabiendo eso, si pudiera, me diría que tenía que admitir que no me estaba portando bien al no decir la verdad.

El monólogo siguió adelante un rato hasta que cogí *Luna nueva* y me pasé el resto del tiempo leyéndoselo. Cuando llegó el momento de marcharme, volví a meter el libro gastado en mi bolsa de tela y me levanté.

Charlie era la única persona ajena a mi familia a la que quería de verdad, y al haber pasado todo lo que había pasado con él..., bueno, la idea de querer tanto a alguien como quería a Charlie y vivir de nuevo esa clase de dolor me aterraba.

Joder.

Si era sincera conmigo misma, puede que esa fuera la razón

por la que tenía tan mal gusto en cuanto a los chicos con los que salía. Ninguno era bueno para una relación duradera. Ninguno suponía ningún peligro para mi corazón, excepto Reece, y él siempre estaba disponible. Aunque quisiera liarse conmigo, en cuanto averiguara que le había mentido, se acabaría todo. Por lo que, en cierto sentido, era una opción segura. Alguien a quien podría desear y con quien podría soñar, sabiendo que me dejaría tirada antes de que me diera tiempo a colgarme demasiado de él.

No podía apartar los ojos de Charlie mientras estaba allí de pie, en silencio, a su lado. Las sombras bajo sus ojos y sus pómulos eran más marcadas. En una semana parecía más débil y demacrado. El pelo de sus sienes lucía más ralo.

La culpa me revolvía el estómago, y no pude evitar pensar que no estaría en esa situación si yo hubiera… si yo hubiera tenido la boca cerrada esa noche. Si me hubiera alejado de Henry Williams y sus amigos. Si no me hubiera dejado provocar por sus burdos comentarios. No fui yo quien cogió esa piedra ni quien la tiró, pero, de algún modo, tuve que ver en ello.

Y Charlie había pagado el precio.

Se me ocurrió algo terrible, horrible. No quería acabar de pensarlo, pero la idea ya había arraigado en mí. Me tapé la boca con una mano para sofocar un sollozo ahogado.

¿Habría sido mejor para Charlie no haber sobrevivido?

Dios, no podía creer que hubiera pensado eso. Estaba muy mal. Era una persona terrible. Pero una vocecita me lo susurraba en mi interior a pesar de que yo le decía que se callara.

¿Acaso aquello era vivir?

Esa era la pregunta del siglo, y allí plantada pensé en lo que Reece me había dicho sobre vivir mi vida por Charlie. Si quería ser profunda y reflexiva, sincera del todo conmigo misma, sabía que tomaba algunas decisiones porque él no podía.

Y quizá… quizá porque yo…

Tampoco pude acabar de pensar eso.

La impotencia me oprimió la boca del estómago. La enfermera Venter me había explicado al llegar que seguían teniendo problemas para lograr que Charlie comiera suficiente durante el día. Me había dado un bol con puré de patatas, algo que normalmente comía, y me había pasado la mayor parte de la visita intentando, sin éxito, que se lo tomara. Si seguía así, tendrían que utilizar una sonda nasogástrica, seguramente antes de acabar la semana, y eso no le iba a gustar. La última vez había conseguido quitársela y acabaron atándolo. En realidad no había nada que pudiera hacer para ayudarlo, pero tenía que intentarlo.

Sujeté el bol y cogí una cucharada de la pasta blanca y grumosa. En cuanto tuvo la cuchara de plástico cerca de la cara, volvió la cabeza. No colaba. No parecía saber que yo estaba allí, pero giraba la cabeza para rehuir la comida. Estuvimos así diez minutos, hasta que dejé el bol en la mesita que había junto a él.

Pasé entre su silla y la ventana para arrodillarme delante de él.

—Necesito que hagas algo por mí, Charlie. —Nuestros ojos se encontraron. Fue como recibir un puñetazo en el estómago, porque, a pesar de que me estaba mirando, no me veía. Se me hizo un nudo en la garganta—. Necesito que comas, ¿vale? Cuando te traigan la cena esta noche, necesito que comas.

No distinguí la menor emoción en su rostro inexpresivo.

—Si no lo haces, van a usar una sonda nasogástrica. ¿Recuerdas lo mucho que la odiaste la otra vez? —Lo intenté de nuevo, alargando la mano para rodearle las mejillas. Se estremeció, pero nada más—. Así que come, por favor, Charlie.

Le besé la frente antes de ponerme de pie.

—Volveré el viernes que viene, cariño.

La enfermera Venter aguardaba fuera. Llevaba el cabello oscuro, salpicado copiosamente de gris, recogido apresuradamente en un moño. Me imaginé que estaría esperando para saber si había habido algún cambio en el comportamiento de Charlie.

—Está como ha estado este último mes —le comenté mientras enfilaba el amplio pasillo—. No he conseguido que se comiera el puré de patatas. La verdad es que no lo entiendo. No ha reaccionado ante mi presencia, pero hay que ver cómo reacciona cuando tiene una cuchara cerca.

—Roxy…

—Antes le encantaban esos polos de yogur —sugerí al acercarme a la puerta doble que daba a la sala de espera—. Tal vez podría traerle alguno mañana antes de ir a trabajar. Tengo tiempo.

—Cielo —me llamó, cogiéndome el brazo con suavidad—. Estoy segura de que a Charlie le encantaban muchas cosas, pero es que… ya no es él.

—Charlie es… —Me la quedé mirando un momento y después liberé el brazo—. Ya sé que no es el mismo, pero… pero sigue siendo Charlie.

La compasión se abrió paso entre las arruguitas que tenía alrededor de los ojos y de la boca.

—Ya lo sé, cielo, pero esto no es lo único de lo que tenemos que hablar. Hay…

En ese momento no quería oír lo que fuera que pretendiera contarme. Seguramente tenía algo que ver con la sonda nasogástrica, y me resultaba imposible pensar en ella entonces, porque sabía cómo iba a reaccionar Charlie. También sabía que sus padres no estarían allí para verlo, y a menudo me preguntaba si les importaba siquiera.

Desvié la mirada y abrí la puerta.

Todo mi mundo se detuvo.

Sentado en el mismo sofá en el que yo había esperado hacía unas horas estaba Henry Williams. Se me escaparon de los dedos las asas de mi bolsa, que cayó al suelo con un golpe sonoro. Me quedé petrificada.

—Roxy —susurró la enfermera Venter—. Intentaba decirte que él estaba aquí.

Henry se levantó. Había crecido desde la última vez que lo había visto. Antes era de altura media, alrededor de metro setenta. Ahora superaba con creces el metro ochenta.

La cárcel no lo había tratado bien, aunque no era que eso me importara.

Llevaba el cabello castaño oscuro rapado y estaba más pálido de lo que recordaba. Aunque, claro, tampoco es que vieras demasiado el sol entre rejas. Tenía bolsas bajo los ojos, por lo que aparentaba más años de los que tenía, que serían solo veintitrés o veinticuatro. Y estaba más corpulento. Sonaba a tópico, pero debía de haber estado haciendo pesas, porque sus hombros tensaban la camiseta blanca que llevaba puesta de un modo que jamás habían hecho cuando era más joven.

Se me agarrotaron por completo los músculos al verlo.

Él se pasó las manos por los laterales de sus pantalones cortos color caqui.

—Roxanne —dijo. Sentí un cosquilleo en la piel, como si tuviera el cuerpo cubierto de cucarachas.

Una enorme parte de mí quería huir de la sala de espera, cruzar corriendo la puerta y alejarme todo lo que pudiera de Henry, pero no podía. No estaba ahí por mí. Quería ver a Charlie, y como una mamá osa, no iba a permitir que se acercara.

Mis músculos se relajaron y me moví para situarme justo en el centro de la puerta doble.

—No eres bienvenido aquí.

—No imaginaba que fuera a serlo —respondió Henry, que no parecía sorprendido.

—¿Por qué has venido, entonces? —pregunté, cerrando los puños—. Es el último lugar en el que deberías estar.

Dirigió la mirada hacia la enfermera Venter. Por suerte, no había nadie más en el vestíbulo, pero eso cambiaría pronto.

—Lo sé. No estoy intentando provocar…

—Ni siquiera tendrías que haber salido de la cárcel. Has estado allí ¿cuánto tiempo? Cinco años como mucho, y ya estás fuera, paseando por ahí y pasándotelo bien, mientras que Charlie lo ha perdido todo. —Sacudí la cabeza. Respiraba con dificultad. Era muy injusto—. No vas a verlo.

—Roxy —intervino la enfermera Venter en voz baja—. Sé que eres consciente de que tú...

Me volví hacia ella como una exhalación.

—¿O sea que a ti te parece bien? ¿Estás de su lado?

La traición era como un ácido amargo en el fondo de mi garganta. Sabía que aquello no era razonable. Se estaba limitando a hacer su trabajo, pero la frustración y la impotencia eran como un segundo e irracional ser en mi interior. No me importaba su trabajo. Lo único que me importaba era lo injusto que aquello era para Charlie.

Frunció el cejó, llena de compasión.

—No es cuestión de estar del lado de nadie. Los padres de Charlie, sus tutores, lo han autorizado. Y, a no ser que Charlie diga que no quiere verlo, y sé cómo suena eso, tiene permiso para hacerlo.

—¡Charlie apenas ha dicho una frase en seis años! —exclamé, boquiabierta—. ¿Y ahora, de repente, va a expresar su descontento con algo? —Me volví con rapidez hacia Henry—. ¿Sabías eso? ¿Sabías que lleva años sin hablar?

Henry desvió la mirada, y se le tensó un músculo en la mandíbula.

Avancé hacia él.

—Ah, ¿te resulta demasiado duro oír eso? Porque fuiste tú quien se lo hizo...

—Roxanne. —La enfermera Venter me sujetó el brazo con sus dedos fríos—. Creo que será mejor que te vayas.

Me zafé de ella. Estaba a punto de explotar y soltar una sarta de insultos virulentos y de palabrotas, pero mi mirada exaltada se encontró con la suya. No me estaba simplemente mirando, me estaba suplicando que lo dejara correr, que saliera de las instalaciones, porque no había nada que ella pudiera hacer.

No había nada que yo pudiera hacer.

Inspiré hondo varias veces, aunque el aire no me llegó a los pulmones. Lo único que pude hacer fue inclinar la cabeza hacia ella y recoger la bolsa del suelo. Fue como caminar por arenas movedizas. Todas las células de mi cuerpo me pedían que no saliera de allí, pero lo hice. Reuní hasta el último ápice de control que me quedaba en el cuerpo para sacar el culo del edificio y avancé bajo un cielo encapotado hacia el aparcamiento.

—Roxanne —oí cuando estaba a medio camino.

Se me desorbitaron los ojos. Pero ¿qué cojones le pasaba a ese hijo de puta? Alucinada, me volví despacio.

—Sé que estás molesta —dijo Henry, que estaba justo detrás de mí.

—Qué observador eres, coño.

—Y tienes todo el derecho del mundo a estarlo —añadió, ignorando mi comentario.

Al alzar la vista hacia él, supe que haría una estupidez si no evitaba aquella situación, igual que sabía que esos nubarrones iban a descargar.

—Déjame en paz —solté, sujetando la bolsa con fuerza al darme la vuelta. Aceleré el paso para rodear una furgoneta.

Un relámpago iluminó el cielo y se oyó un trueno tan fuerte que me retumbó en el pecho. Cuando otra nube centelleó como una bola de discoteca, me concentré en contar los segundos entre el relámpago y el trueno.

Entonces vi mi coche.

Mejor aún, vi lo que había al lado de mi coche. Era un viejo Mustang, un vehículo grande y potente color cereza típico de la década de los setenta. La matrícula personalizada también me era familiar. Rezaba BBRB, y sabía qué significaba.

Bad Boys Are Better, es decir, «Los chicos malos son mejores».

La madre que lo parió. Era el coche de Henry, el mismo que tenía en la secundaria y que él y su padre habían restaurado. El mismo en el que él y sus amigos solían pasearse para intentar ligar con chicas, como en las películas cursis.

Henry había salido de la cárcel después de arruinar la vida de mi mejor amigo y su puto y estúpido coche, la niña de sus ojos, seguía allí, esperándolo.

—Por favor, dame solo unos segundos. Es todo lo que te pido. —Me sujetó el brazo.

Lo vi todo rojo.

La furia explotó en mi interior como una cerilla encendida que se deja caer descuidadamente en un charco de gasolina. Mi cerebro se desconectó y mi sentido común hizo el salto del ángel desde lo alto de un edificio. No pensaba, solo sentía rabia, tanta que era como estar fuera de mi cuerpo. Metí la mano en la bolsa, saqué la primera cosa consistente que tocaron mis dedos y eché el brazo hacia atrás como un pícher profesional de la liga de béisbol.

La pesada edición en tapa dura de *Luna nueva* surcó el aire como una piedra, de un modo muy parecido a la que había destruido varias vidas, e impactó en el parabrisas del Mustang de Henry.

El cristal se hizo añicos.

Igual que todas nuestras vidas se habían hecho añicos aquella noche en el lago.

8

Tuve un desagradable caso de *déjà vu*.

Más o menos.

Sentada en mi coche, contemplé a través del parabrisas cubierto de lluvia, un parabrisas totalmente intacto, cómo Dennis acababa de hablar con Henry. Bueno, en aquel momento no era el Dennis recién casado que venía a menudo por el bar, sino que era el agente Dennis Hanner. De los cien policías del condado, tenía que ser uno que me conociera. Por supuesto. Así era la vida.

Uf.

No sabía si Henry habría llamado a la policía para acusarme de haberle roto el parabrisas porque no tuvo ocasión de hacerlo. Como era de lo más oportuna, una pareja mayor que visitaba a alguien había salido del coche justo cuando mi *Luna nueva* cruzaba la barrera del sonido y el cristal. No solo habían llamado a la policía, sino que aparcaron el coche delante del mío para evitar que intentara escapar hasta que llegó el agente Hanner.

Al parecer había golpeado el parabrisas en el lugar adecuado. O tal vez fuera el inadecuado. Como la mayor parte del cristal estaba reforzado, debí de acertar en el único punto débil. O puede que, en realidad, fuera una mutante y pudiera convertir libros en armas de destrucción.

Entonces empezó a llover. Todo el rato, Dennis, no, el agente Hanner, me había fulminado con la mirada, como si quisiera sujetarme por los tobillos cabeza abajo y zarandearme para hacerme entrar en razón. Estaba empapada; él también, a pesar de que se había puesto uno de esos impermeables de plástico.

Tanto Henry como el agente Hanner se volvieron hacia mí.

Cerré los ojos y apoyé la frente en el volante. Era tan… tan idiota, una idiota impulsiva e irresponsable. ¿En qué estaba pensando? No podía creerme que hubiera hecho eso. Era cierto que tenía muy mal genio. Lo heredé de mi madre, pero jamás había cometido un acto vandálico. Sentía muchísima vergüenza, tanta que me notaba la piel sudorosa y pegajosa.

¿En qué se diferenciaba lo que yo había hecho de lo que había hecho Henry? A ver, yo no había herido a nadie, pero había perdido los estribos y había reaccionado de un modo violento y estúpido.

Incómoda por la comparación, noté que un escalofrío me sacudía los hombros.

La puerta del copiloto se abrió de repente y di un respingo hacia atrás en el asiento. Con los ojos desorbitados, vi cómo Dennis se sentaba a mi lado. Desvié la mirada hacia la parte delantera del coche. Henry se había ido. Y también su Mustang. A regañadientes, volví a mirar a Dennis.

—¿En qué estabas pensando, Roxy? —preguntó tras quitarse la capucha del poncho de plástico amarillo.

Abrí la boca.

—Mejor no me respondas —soltó, frotándose la mandíbula con una mano—. Ya lo sé. No estabas pensando en una puta mierda.

Cerré la boca de golpe.

—No puedo creer que hayas hecho esto —prosiguió—. Tú mejor que nadie sabes que no hay que hacer lo que has hecho.

Fijé la mirada en el volante y asentí, apretando los labios. Tenía razón.

—Has tenido mucha suerte —afirmó—. Henry no va a denunciarte.

—¿Qué? —Mi mirada se desplazó hacia él.

Dennis sacudió la cabeza mientras dirigía la vista hacia la ventanilla.

—Que ha decidido no denunciarte. Y doy gracias, porque no me apetecía nada explicarle a Reece por qué había tenido que detenerte.

Dios. Reece.

—Ni tener que lidiar con tus padres, que seguro que estarían orgullosísimos de lo que has hecho —añadió sin miramientos. Pero me lo merecía, coño—. Ahora bien, vas a tener que pagar la reparación de ese parabrisas lo antes posible. ¿Entendido?

—Sí —respondí al instante—. En cuanto sepa lo que cuesta, lo pagaré.

Pasó un instante.

—Henry va a pedir un presupuesto y me lo hará llegar. Creo que es lo mejor ahora mismo.

Estuve de acuerdo al cien por cien.

—Dennis, lo… lo siento. No sé qué me ha pasado. Estaba tan enfadada de que estuviera aquí, y me ha sujetado el brazo…

—Ha dicho que te ha agarrado justo antes de que tiraras el libro —me interrumpió—. Por cierto, creo que es la primera vez que veo que un libro se cargue un parabrisas, así que gracias por eso. Pero ha dicho que no le ha parecido un acto agresivo. Y tú no lo has mencionado cuando he llegado. ¿Hay algo que yo no sepa?

—No ha sido un acto agresivo. Él quería hablar. Yo, no.

—Y tienes derecho a ello, Roxy. No tienes por qué hablar con él —estuvo de acuerdo—, pero no puedes dañar sus bienes.

—Lo sé —susurré.

Dennis me dirigió una larga mirada de reojo.

—Yo no estaba por aquí cuando pasó toda esa mierda con Charlie. Joder, ni siquiera vivía en este estado, pero me he enterado de los detalles. Sé lo que pasó, y si fuera decisión mía, ese capullo todavía estaría en la cárcel. Pero no es decisión mía. —Apretujado en el asiento, se giró hacia mí—. Y comprendo que es una putada que haya salido y que pueda venir aquí, pero tienes que calmarte. No puedes hacer chorradas como esta. Eso no ayuda a nadie, especialmente a ti.

Me lo quedé mirando.

—¿Me entiendes? —preguntó.

—Sí, te entiendo.

Huelga decir que llegué tarde a mi turno, lo que era un asco, porque también significaba que no podría terminar el encargo de diseño que me había hecho un bloguero antes de ir a trabajar. Iba a ser una noche muy larga, porque tendría que acabarlo al regresar a casa.

Sorprendentemente, Jax no se había enterado de la potencia de lanzamiento de mi brazo, pero cuando le conté lo que había hecho y me sujetó por el dobladillo de mi camiseta de LOS CAMINANTES TAMBIÉN NECESITAN AMOR para llevarme hacia la tranquilidad del pasillo, supe que me esperaba la bronca número dos de la noche.

—¿En qué coño estabas pensando? —preguntó.

—No pensaba en nada —le respondí—. Ese es el problema. Me cabreé y dejé de pensar.

—No es una razón lo bastante buena —comentó con las cejas arqueadas.

La frustración estuvo a punto de hacerme dar saltitos arriba y abajo.

—Ya sé que no. Créeme. Lo sé muy bien. Voy a pagarle los daños.

—Roxy...

Agaché la cabeza y crucé los brazos sobre mi pecho. Me había sentido fatal todo el día por lo que había hecho. Y no era que me sintiera fatal porque me compadeciera. Ah, no; me sentía fatal porque pensaba que era gilipollas. No me había sentido así desde la última vez que tuve que evitar a mi casero porque me estaba retrasando con el alquiler.

Una vez más deseé poder beber en el trabajo.

—Bueno, por lo menos hay algo positivo. —Le dio un golpecito cariñoso a mi mentón y alcé la cabeza—. Es evidente que tu brazo es una pasada.

Puse los ojos en blanco mientras se me escapaba una risa sardónica.

—Es lo que pasa cuando creces con dos hermanos.

—Cierto. ¿Se lo has contado ya a tus padres?

—No. Lo voy a dejar para mañana.

—Buena suerte con eso.

—Gracias —gemí.

Señaló la puerta cerrada del despacho con la cabeza.

—Por cierto, ahí dentro hay algo para ti.

—Ah, ¿sí?

—Sí —repitió con una mueca—, y después del día que has tenido, será una bonita sorpresa. Ve a verlas y vuelve tras la barra.

—¡Sí, señor! —Le hice un alegre saludo militar, que él ignoró al instante.

Como había llegado tarde, fui directamente hacia la barra y guardé allí mi bolso, por lo que no había entrado para nada en el despacho. Abrí la puerta y me detuve en seco.

—Pero ¿qué…? —murmuré.

Era imposible que Jax estuviera hablando de las flores que había sobre la mesa. Eché un vistazo alrededor de la pequeña habitación. No vi nada más que destacara. El sofá estaba allí. El archivador. El bol de cacahuetes Beer Nuts posiblemente rancios.

Mis ojos volvieron a las flores.

Las rosas, muchas más de una docena, eran de un precioso

color carmesí y estaban abiertas. Al acercarme al escritorio me llegó su suave perfume. Un sobre cuadrado asomaba entre el velo de novia y los tallos verdes. Mi nombre estaba escrito claramente en él. En algún lugar profundo de mi vientre sentí un cosquilleo de felicidad. Cogí el sobre con cuidado y lo abrí.

«La próxima vez será mejor».

Arqueé las cejas un pelín. ¿Cómo? Giré la tarjeta. No estaba firmada. La giré de nuevo y volví a leer el texto. Una sonrisa se formó despacio en mis labios. Tenía que ser de Reece. El mensaje era bastante raro, pero tenía que ser de él.

Rodeé los bordes de la delicada tarjeta con los dedos mordiéndome el labio inferior. Reece solía librar los viernes o, por lo menos, eso creía recordar. Era difícil seguir sus horarios. Se pasó por el bar el miércoles y habíamos hablado, pero no había mencionado lo de que no quería que fuéramos solo amigos, y yo tampoco saqué el tema, porque no sabía qué hacer con eso.

Bueno, en realidad tenía muchas ideas de qué podría hacer con eso. Y muchas de ellas conllevaban quedarnos en pelotas y contorsionar nuestros cuerpos en posturas de yoga y tal, pero por más trillado que sonara, no sabía cómo afrontar el hecho de haber deseado algo o a alguien tanto tiempo y, finalmente, tenerlo.

Quizá podría mandarle un mensaje sobre las rosas.

Sonriendo como una boba, me metí la tarjeta en el bolsillo trasero de los vaqueros y regresé a la barra. Había mucha gente esperando a que la sirvieran, y la pobre Pearl iba de un lado a otro lo más rápido que podía.

Las horas pasaron volando antes de que me diera cuenta o tuviera la ocasión de coger el móvil. Cuando el bar empezó a vaciarse un poco, aproveché el valioso tiempo muerto para recogerme el pelo y servirme una cola fresca del grifo.

Cuando se abrió la puerta una vez más, el olor a lluvia veraniega me acarició la nariz, y alcé los ojos hacia ella.

El corazón me dio un vuelco.

Reece entró con el cabello castaño pegado a la frente y las puntas rizadas. Unas gotitas de lluvia se le deslizaban de la sien hacia la camiseta. Cuando se pasó la mano por la cabeza para echarse los mechones mojados hacia atrás, me recordó a Poseidón saliendo de las profundidades del mar.

Sexy no, lo siguiente.

Echó un vistazo hacia la zona de bar y su mirada se encontró con la mía. Me la sostuvo. Mientras cruzaba la sala, rodeaba la barra y se situaba detrás de ella para llegar donde yo estaba, no desvió los ojos ni un segundo.

—Oye —comentó Nick, que tuvo que echarse hacia atrás antes de que le pasara por encima como una apisonadora.

Se me oprimieron los pulmones cuando Reece me cogió de la mano, se dio la vuelta y salió de detrás de la barra llevándome con él.

—Yo también me alegro de verte, Reece —dijo Jax tras mirar un momento a su amigo. Luego señaló a Nick con la cabeza—. No te preocupes. Haz una pausa. Ya nos encargamos nosotros.

Normalmente habría protestado, sobre todo porque la mitad de lo que dijo Jax rezumaba sarcasmo, pero volvía a sentir aquel cosquilleo en mi barriga con toda su fuerza. Era como ese programa de televisión de *The Wiggles* que veía de niña y que daba algo de miedo.

Alguien, tal vez Melvin, silbó mientras Reece me llevaba pasillo abajo. Me ruboricé.

—Oye, tío, que puedo caminar yo solita.

Volvió la cabeza para mirarme antes de abrir la puerta del despacho.

—Seguro que sí.

Y me hizo entrar.

Mis ojos se dirigieron hacia las rosas (¡ay, las rosas!), pero antes de que pudiera decir una palabra, Reece cerró la puerta y me encontré con la espalda presionada contra ella y sus manos a cada lado de mi cabeza. Tenía la cara justo delante de la mía. En plan allí mismo, a la distancia justa para besarse. Dios.

—Bueno, he estado casi todo el día en New Jersey, en casa de mi padre, que vive cerca de Pine Barrens, y, ¿sabes qué? En esa zona la cobertura es una mierda.

Asentí a pesar de que, en realidad, no estaba asimilando lo que me decía porque me encontraba demasiado ocupada mirándole la boca. Esos labios, más carnosos en la parte inferior, me distraían mogollón.

—Así que imagina mi sorpresa cuando, saliendo de su casa, me encuentro con un montón de mensajes de Dennis —prosiguió, y por fin pillé de qué me estaba hablando—. La verdad es que, al principio, creí que me estaba tomando el pelo.

—Pues... Mmm..., no —solté, muerta de la vergüenza.

—Ya, ya sé que no —afirmó con ojos inexpresivos. Sus manos resbalaron por la puerta y se detuvieron a nada de tocarme los hombros—. ¿Qué te ha hecho?

—¿Qué? —parpadeé.

—¿Qué te ha hecho ese cabronazo para que le tiraras un libro al parabrisas?

Ah. Oh. En ese momento, el corazón me dio un vuelco casi tan grande como el del estómago.

—La verdad es que no me ha hecho nada. He perdido los nervios. Él quería hablar conmigo y yo no quería hablar con él.

—No tienes por qué.

—Eso es lo que me ha dicho Dennis, pero no debería haberle dañado el coche.

Se le contrajo un músculo en la mandíbula derecha.

—Eso es verdad —coincidió conmigo, sacudiendo la cabeza—. Joder, Roxy, no puedo decir que me sorprenda.

—¿No? —pregunté con las cejas arqueadas.

—Siempre has tenido un genio de mil demonios, cariño —respondió riendo entre dientes.

Ah, ahí tenía razón.

—¿Eso es bueno o malo?

Reece ladeó la cabeza.

—Es sexy, pero el vandalismo y la destrucción de bienes no te quedan bien, preciosa.

—No. No me pega con esta manicura. —Levanté las manos para enseñarle las uñas azules.

Rio de nuevo y después se puso serio. Había adoptado la cara de poli y, sí…, la tensión que sentía en el estómago me dijo que ese lado suyo me excitaba.

—Has tenido suerte —prosiguió—. Podría haberte denunciado, y entonces esta conversación iría en un sentido totalmente distinto.

Se me desvaneció la media sonrisa de la cara.

—Lo sé —aseguré—. Es… Es que acababa de estar con Charlie, que está… —Incapaz de continuar, me encogí de hombros con una indiferencia que no sentía—. ¿Qué vas a hacer conmigo?

Separó los labios y su pecho se elevó cuando inspiró hondo. Después bajó la mirada hacia mi boca y su expresión se tensó. Parecía… hambriento.

—Tengo muchas ideas.

Sentí que mi cuerpo ardía a fuego lento. Reece levantó sus tupidas pestañas y me perdí en las profundidades de sus ojos azules. Mis dedos anhelaban tocarlo como habían hecho aquella noche hacía tanto tiempo; quería hundirlos en su cabello mojado y recorrerle la piel tersa del tórax y el abdomen. Me mordí el labio inferior cuando movió la mano izquierda para coger un mechón de pelo que se me había soltado de la coleta. Me lo peinó hacia atrás y una oleada de calor me recorrió la espalda. De un modo inconsciente, curiosamente instintivo, separé las caderas de la puerta y me acerqué más a él. Eso no le pasó desapercibido, y me pregunté qué haría si lo tocara entonces. Si le deslizara la mano por el pecho por debajo de la camiseta. Si le acariciara la piel desnuda.

Joder, la sola idea casi me hizo gemir.

Dibujó media sonrisa con los labios mientras el azul de sus ojos se intensificaba.

—¿Qué estás pensando, Roxy?

Cosas oscuras y lascivas que nunca le diría, así que solté lo primero que se me vino a la cabeza.

—Gracias por las rosas.

Arqueó una ceja y su mirada perdió parte de intensidad.

—Yo no te he mandado rosas.

—Ah, ¿no? —El momento entre nosotros se había acabado oficialmente—. ¿No has sido tú?

Separó las manos de la puerta y puso los brazos a los costados.

—No —respondió, y frunció los labios al girarse de lado para echar un vistazo a las flores del escritorio—. ¿Esas?

—Sí, esas. Creí que eran tuyas. —Me alejé un poco de la puerta—. ¿De verdad no las has mandado tú? —La expresión de su cara indicaba básicamente lo tonta que era esa pregunta—. Pues qué raro. —Cambié el peso de un pie al otro—. La tarjeta no llevaba nombre, y la verdad es que no sé de quién pueden ser.

Se acercó al ramo y pasó un dedo por un pétalo húmedo.

—¿Qué ponía en la tarjeta?

—Mmm… algo así como que «la próxima vez será mejor».

Se volvió hacia mí con una sonrisa.

—Entiendo que pensaras que eran mías, pero no lo son.

Me pregunté si le parecería extraño que cogiera las flores y las tirara fuera del despacho.

Vale. Basta de tirar cosas.

—¿Debería preocuparme? —dijo mirándome a la cara.

—¿Eh?

Su sonrisa estaba llena de encanto.

—¿Tengo competencia? —insistió.

Tardé otro instante en pillar qué quería decir. Luego solté una carcajada con los ojos puestos en las flores.

—Supongo que sí —respondí.

Las flores tenían que ser de Dean, lo que significaba que, a pesar de que no había contestado a ninguno de los cuatro mensajes que me había enviado, todavía no había captado la indirecta.

—Tendré que hacer algo al respecto —siguió Reece, apoyándose en el escritorio. Cruzó los brazos, lo que atrajo mi atención hacia la forma de sus bíceps—. Eso me recuerda que estábamos hablando de lo que voy a hacer contigo. —Le brillaron los ojos azules.

Me quedé en blanco.

—No he venido en coche —anunció.

—¿No?

—No. Antes me pasé por casa. Por eso no he venido hasta ahora. Tenía que cambiarme, porque he estado ayudando a mi padre a vaciar el garaje. Le he pedido a Colton que me trajera —explicó, ladeando la cabeza. Bajó la mirada y la noté hasta la punta de los dedos de los pies—. Esta noche me voy contigo.

9

El corazón no dejó de latirme a toda velocidad ni un momento desde que Reece anunció que iba a venir a casa conmigo. Una energía nerviosa me recorría el cuerpo mientras acababa mi turno con él sentado a la barra. Bebiendo agua.

Jax y Nick no tardaron demasiado en darse cuenta de que, más que pasar el rato, lo que hacía Reece en el bar era esperar.

—Me da que me he perdido algo importante —comentó Jax con ironía mientras me miraba primero a mí y después de nuevo a Reece—. Algo muy gordo.

—Te lo has perdido todo —soltó él con una risita.

Nick, que pasaba por allí, resopló.

—Bueno, ya era hora, coño —dijo Jax sonriendo con las cejas arqueadas.

Me quedé boquiabierta. Pero ¿qué estaba pasando?

Reece asintió y levantó el vaso. Me miró por encima del borde. Sus ojos lucían de nuevo ese brillo travieso.

—Ya te digo.

Por una vez en mi vida estaba totalmente atónita, lo que les parecía ir bien a todos, porque entre servir una bebida y otra, Jax charlaba con Reece. Yo iba de cliente en cliente entusiasmada, nerviosa, esperanzada y mil cosas más.

Iba a venir a casa conmigo.

Me parecía bien.

También estaba asustada por eso y por lo que significaba. Mientras preparaba combinados como una barman ninja, intentaba recordar si me había depilado las piernas aquella mañana. O si tendría tiempo de hacer algún retoque rápido en otras partes. Eran preocupaciones importantes, porque esa era la razón de que fuera a casa conmigo, ¿no? No íbamos a ponernos a tejer una manta a las tres de la madrugada.

Tras servir un cóctel a una chica a la que había visto en el bar unas cuantas veces, miré de reojo a Reece. Tenía la cabeza agachada y el móvil en la mano El corazón me latía con dificultad en el pecho y me costaba tragar. Estaba dispuesta del todo a enrollarme con él. A ver, lo deseaba desde hacía muchísimo, y la gente de nuestra edad no se andaba con rodeos. Además, se suponía que habíamos pasado página de lo que había ocurrido aquella noche entre nosotros. El simple hecho de pensar en estar con él hacía que se me tensaran partes del cuerpo y que me faltara el aire. Había estado obsesionada con Reece desde que lo conocí a los quince años.

Solo que esta sería, para mí, la primera vez que estaría con él, y para él, la segunda, y había algo que estaba muy mal en eso.

Además, ¿iba a quedarme satisfecha con enrollarme con Reece y nada más? No estaba segura. Y eso me asustaba. No porque él pudiera no querer nada más, sino porque pudiera quererlo, y no sabía si yo podría gestionarlo.

Me concentré en servir bebidas para combatir el temor que me crecía en la boca del estómago. Tenía muchas cosas en la cabeza y si no la despejaba, estaría hecha un lío para cuando saliera de trabajar.

Cuando volví a acercarme a Reece y a Jax, el segundo me detuvo.

—Quiero que tú también oigas esto.

Confundida, apoyé los codos en la barra, al lado de Jax.

—Dime.

Reece fijó los ojos azules en los míos. Cuando habló, su voz era lo bastante baja como para que solo pudiéramos oírla nosotros.

—Le estaba contando a Jax el aviso que recibimos esta semana en Huntington Valley. Sé que no ves las noticias, así que es probable que no te hayas enterado.

—Oye, sí que miro las noticias —me defendí, pero cuando su impresionante cara adoptó una expresión insulsa, suspiré—. Sí, bueno, no siempre las escucho.

—Yo tampoco me había enterado —intervino Jax sacudiendo la cabeza—. He estado ocupado y no he prestado atención a las noticias, pero Reece me ha dicho que han atacado a otra chica.

Me llevé una mano al pecho.

—Dios mío. ¿Está... Está bien?

—Supongo que todo lo bien que se puede estar —respondió Reece con los labios fruncidos—. Le dieron una paliza y la maniataron. Por lo que sé, la terrible experiencia duró horas, hasta que el tío dejó a la víctima sin más. Su novio acabó encontrándola y nos llamó. La chica no pudo ver bien al hombre, pero creen que está relacionado con el caso de Prussia.

—Así que no vas a poner un pie fuera de este bar sola —afirmó Jax—. Ni tampoco Calla cuando esté aquí.

Me estremecí y asentí con la cabeza. Madre mía, la idea de que pudiera haber alguien ahí fuera acechando a chicas era más que inquietante. Era aterradora.

—De hecho, creo que voy a llevar a Calla al campo de tiro. Para que se saque el permiso de armas.

—No es mala idea —afirmó Reece tras dar un sorbo. Y añadió, mirándome—. Tú también tendrías que planteártelo.

—¿Yo? ¿Con un arma? —Me reí de lo absurdo que era—. Acabaría disparándome a mí misma o disparando a algún pobre inocente sin querer. Las armas y yo no combinamos bien.

Alargó una mano para coger la mía. Tiró de mí hacia delante de tal modo que tenía las caderas apretujadas contra la barra. Sus ojos volvieron a fijarse en los míos, y se me olvidó por completo que Jax estaba allí.

—No quiero que corras peligro —dijo, y me pasó el pulgar por el interior de la palma de la mano, lo que me hizo sentir cosas curiosas en la tripa—. Y quiero que, por lo menos, te plantees seriamente lo de protegerte. ¿Vale?

Reece me sujetó hasta que asentí y, entonces, me marché despacio hacia la otra punta de la barra, con la cabeza en las nubes. Un poco después de medianoche, un universitario se acercó a la barra. Con la sonrisa un poco demasiado ancha y el paso un poco demasiado vacilante, se apoyó al lado de Reece. De inmediato supe que ese chico no iba a tomarse ninguna otra copa allí. No tenía ningún problema en negarle el servicio a los clientes que no podían andar recto.

—Hola, nena, estás muy… buena. —Arrastraba las palabras y parpadeaba despacio, conservando a duras penas el equilibrio—. Sí, con tus gafas. Sexis. En plan…

Arqueé las cejas mientras esperaba.

—Sí, empollona guarra —terminó con una carcajada—. Me apuesto a que además lo eres.

Como trabajaba en un bar había oído frases estúpidas para ligar, que solía recibir con un desinterés educado, pero aquello era de mal gusto. Abrí la boca para pegarle un buen corte cuando Reece se giró en su asiento y miró al chico a los ojos. Volvía a lucir la cara de poli. Salvo que, en esta ocasión, la mandíbula severa y tensa, y los relucientes ojos azules no se dirigían hacia mí.

—Pídele disculpas —ordenó.

El chico borracho se balanceó de izquierda a derecha antes de enderezarse.

—¿Qué?

—Pídele disculpas —exigió de nuevo Reece.

—¿Estás de coña? —replicó el chico, con la cara colorada.

Reece se echó hacia atrás con las cejas arqueadas.

—¿Tengo pinta de estar de coña? —soltó—. ¿No la conoces de nada y le dices algo así, gilipollas? Pídele disculpas.

Totalmente alucinada, vi cómo el chico se giraba hacia mí y tartamudeaba un «perdona».

—Y ahora lárgate —añadió Reece.

El tío se largó cagando leches. Me volví, ojiplática, hacia Reece.

—Lo tenía controlado.

—Ya lo sé. —Levantó otra vez su vaso de agua y me sonrió. Era la viva imagen de la inocencia—. Pero no soy la clase de hombre que se queda quieto mientras un idiota está siendo faltón. Y ese tío ha sido faltón.

—Vaya maleducado —comentó Nick, que pasaba detrás de mí.

—Pues sí —afirmé por encima de la música, de repente a tope.

Mis ojos se encontraron con los de Reece. Una parte de mí quería repetirle que lo tenía controlado, porque era una mujer adulta con los ovarios bien puestos y creía en el empoderamiento femenino, pero me había defendido… y tuve la sensación de que eso era importante para él. Que era importante que los chicos hicieran eso cuando otros se pasaban de la raya.

—Gracias —dije con una tímida sonrisa.

Él dejó el vaso y, antes de que me diera cuenta de lo que iba a hacer, apoyó las dos manos en la barra y se levantó. Se irguió delante de todo el mundo en el bar y, bueno, se inclinó hacia delante de tal modo que, por un segundo, creí que iba a besarme, y me derretí. Iba a hacerlo. La expectativa creció deliciosamente en mí. Estaba a unos segundos de sujetarle las mejillas sin apartar la mirada de su boca. Estaba dispuesta a deshacerme.

Pero no me besó. En el último instante ladeó la cabeza y me plantó los labios cerca de la oreja. Cuando habló, sentí que un fuerte escalofrío me recorría la espalda.

—Dos horas más y eres toda mía.

De camino a mi casa, Reece mantuvo la conversación ligera y fluida. Tocar un tema como la previsión de tormentas para el fin de semana sirvió para calmarme lo suficiente para no salirme de la calzada y chocar contra un buzón. Él, por su parte, estaba relajado al cien por cien.

Cada vez que le echaba un vistazo, era la imagen de la arrogancia ociosa. Las rodillas dobladas, despatarrado, un brazo apoyado en la pierna, y el otro, en la ventanilla. Su perfil era maravilloso, con la mandíbula relajada y la cabeza apoyada en el reposacabezas. Lucía una sonrisa leve, casi astuta, en su semblante.

El corazón me estaba dando brincos para cuando aparqué delante de la casa victoriana. Al girar la llave para apagar el motor, Reece alargó la mano y puso sus largos dedos sobre los míos. Sorprendida, lo miré y el aire se me quedó atravesado en la garganta.

Sus ojos eran del color de la medianoche en la penumbra del interior de mi coche.

—Voy a hacerte una pregunta y quiero que me contestes con sinceridad, ¿vale?

—Vale —susurré.

Se inclinó ligeramente hacia mi asiento sin apartar su mano de la mía.

—Si no te parece bien que entre o que me quede, puedo pedir un taxi. Cuando quieras que me vaya, solo tienes que decírmelo y lo haré.

No me sorprendió que me ofreciera una salida por si cambiaba de opinión sobre su presencia allí.

—Vale —asentí.

—Pero me da que vas a pedirme que me quede —comentó con media sonrisa.

Me eché hacia atrás con los ojos entrecerrados.

—A veces eres un cabrón engreído —dije.

—No, soy un cabrón seguro de sí mismo. —Soltó una risita al ver mi expresión exasperada, me soltó la mano y salió del coche.

Lo seguí sacudiendo la cabeza. Sus largas zancadas lo hicieron llegar al porche antes que yo. Abrió la contrapuerta y yo giré la llave sonriéndole.

—Qué caballero —le comenté.

—Las damas primero —invitó.

Entré en la casa fresca y silenciosa, pero solté un pequeño chillido cuando me dio una palmadita en el culo al avanzar detrás de mí. Su risa a modo de respuesta me provocó una oleada de escalofríos.

—No he podido contenerme —aseguró mientras yo encendía la luz del salón—. Tenía que mantener igualado el marcador de chico bueno contra chico malo.

—Guau. —Dejé el bolso en la gastada butaca reclinable—. ¿Acaso llevas la cuenta?

—Solo contigo. —Me miró a los ojos.

Esas dos palabras fueron como dar un trago de tequila. Me recorrieron el cuerpo e hicieron que mi cabeza flotara hasta las molduras decorativas de yeso cerca del techo. Me humedecí los labios, encantada cuando su mirada se concentró en mi boca.

—¿Estás ligando conmigo, agente Anders?

—¿Tú qué crees? —preguntó con una sonrisa enorme y la cabeza ladeada.

—Creo que sí. —Me alejé de la lámpara para dirigirme hacia la cocina. Afortunadamente, el lavavajillas no estaba poseído ni nada por el estilo—. ¿Quieres tomar algo?

—¿Tienes té?

—Sí —sonreí.

Me siguió hasta la cocina y se apoyó en la encimera mientras yo cogía un vaso. Al ver que miraba por la ventana del fregadero de la cocina, tuve un momento de pánico. ¿Estaba hecha un desastre? Tras un vistazo rápido a las encimeras, solo vi unas cuantas migas junto a la tostadora y mis pinceles, que se estaban secando sobre una capa de toallitas de papel. Gracias a Dios. Cualquier otro día habría habido cercos de vasos, platos y puede que algún bol con sobras de cereales.

—Aquí tienes. —Le ofrecí un vaso de té helado.

—Gracias. —Sus dedos rozaron los míos cuando lo cogió, y una timidez repentina me envolvió—. ¿Te importa si uso el baño?

Me quedé mirando la gruesa correa de cuero de sus sandalias.

—Adelante. —Di un paso hacia atrás y alcé la vista mientras me llevaba el vaso de té al pecho. Inspiré hondo cuando mis ojos se encontraron con los suyos. Reece lucía una expresión apasionada y hambrienta que decía que quería coger esa palabra que yo acababa de decir y aplicarla a muchas otras cosas.

Quise abofetearme a mí misma. Había visto antes aquella expresión, muchas veces durante los once meses anteriores, siempre que él iba al bar. Los dos habíamos hecho muchas suposiciones sobre la noche que habíamos compartido, pero me sentía como una verdadera idiota allí plantada, delante de él. No había confusión posible en el modo en que me miraba.

—Voy… Voy a cambiarme en un momento. —Lo rodeé con rapidez—. Ya sabes dónde está el cuarto de baño.

Dijo algo, pero tenía demasiadas cosas deambulando por mi cabeza para prestar atención. Dejé el té en la mesita auxiliar que había pintado de azul intenso el otoño anterior y salí pitando hacia el dormitorio, parándome solo lo justo como para asegurarme de que la puerta del estudio estaba cerrada. A pesar de que los retratos que había hecho de Reece no estaban colgados, no quería que entrara en esa habitación porque no serían difíciles de encontrar.

Cerré la puerta, me giré y me quedé mirando la cama de matrimonio para la que había estado ahorrando hasta conseguir comprarla hacía dos años. Ahora tendría que ahorrar para reponer el parabrisas de Henry.

Uf.

No quería pensar en lo cansado y… y lo harto que Charlie parecía estar cuando lo visité. No quería pensar en Henry y en lo mucho que yo había perdido el control. No iba a pensar en ninguna cosa que fuera dura, a no ser que esa cosa dura formara parte de la anatomía de Reece.

Me tapé la boca con la mano, pero se me escapó igualmente una risita tonta.

Estaba allí fuera, esperándome. Estaba allí.

Cerré los ojos y meneé un poco el culo mientras cerraba los puños y apretaba los dientes para impedir que se me escapara un chillido agudo. Estuve así unos veinte segundos largos, hasta que reaccioné y salí disparada hacia delante. Lo que quería hacer era ducharme, pero eso resultaría exagerado y me llevaría demasiado tiempo. Me desnudé, me apliqué loción hasta tener la piel suave y brillante como la de un bebé, y me puse unos pantalones de yoga limpios y una de esas camisetas con sujetador incorporado.

Me solté el pelo y me pasé un cepillo. Luego abrí la puerta del armario para mirarme en el espejo que había en ella. Me eché un vistazo rápido y me pareció que se me veía cómoda. Bien, incluso. El cabello me caía sobre los pechos, y como lo había enrollado cuando estaba todavía mojado, me había quedado ondulado. El atuendo era despreocupado, pero favorecedor. No como si me esforzara demasiado o esperara algo. Estaba bien. O eso creía.

Lo que iba a pasar podía acabar de tantas formas distintas que me pregunté si mis padres se habrían preocupado alguna vez por las muchas fases de sus posibles citas cuando se conocieron. Esa noche, Reece y yo podíamos enrollarnos y podía ser cosa de una sola vez. O podría convertirse en el típico encuentro sexual ocasional, de los que solo tenían lugar a las tres o las cuatro de la madrugada. Pero también podíamos pasar a la fase de amigos con derecho a roce o a la de «creo que estamos saliendo porque quedamos y hacemos cosas que no siempre incluyen el sexo, pero no hemos quedado en nada». A partir de ahí podíamos acabar saliendo o siguiendo caminos separados. Podíamos acabar casados y con hijos o simplemente distanciarnos. Dudaba que fuéramos a ser amigos con derecho a roce, porque Reece conocía a mi familia y yo conocía a la suya. Sería muy incómodo.

Había tantas formas distintas en las que aquello podía terminar que estaba empezando a estresarme.

Decidí dejar de darle vueltas.

Le saqué la lengua a mi reflejo, retrocedí y cerré la puerta del armario. Me quité las gafas, las dejé en la mesita de noche y salí del cuarto dejando la puerta entreabierta por si teníamos que volver al dormitorio con prisas.

Me sonrojé al pensar que lo cierto era que me tiraría a Reece en cualquier parte: en el sofá, en el suelo, en la encimera de la cocina… Una cama no era necesaria.

Me iba a apuntar a lo que fuera a pasar esa noche.

10

Reece estaba sentado en el sofá, con las largas piernas estiradas delante de él y los pies sobre la mesita de centro. La tele estaba encendida, sin volumen. Por un momento, solo pude quedarme mirándolo con un cosquilleo frenético y peligroso en el estómago, porque podría... podría acostumbrarme a verlo sentado en mi sofá, a que me esperara hasta que acabara de trabajar. A esperarlo yo a él. A ser posible, desnuda.

—Mmm... —Alzó la vista con las cejas arqueadas—. ¿No tienes algo que contarme?

—¿Qué? —pregunté, tensa.

—Tenías la tapa del váter levantada —respondió esbozando despacio una sonrisa.

—¿Qué? —repetí.

—Cuando fui al cuarto de baño, la tapa del váter estaba levantada. Me preguntaba si hay algo que no me estés contando. Como que estás probando un método nuevo o algo —bromeó.

¿Qué cojones? Yo solo me dejaba sin querer la tapa del váter levantada cuando lo limpiaba. Mi cerebro buscó a toda velocidad una explicación verosímil de cómo se había levantado sola. Poltergeist. Era oficial. La casa victoriana se erigía sobre un antiguo cementerio indio. Estábamos todos jodidos.

¿Podría llamar a uno de esos programas que tratan fenómenos paranormales como *Ghost Hunters* o *The Dead Files*?

—¿Te sientas conmigo? —preguntó, apoyando el brazo en el respaldo del sofá.

Reece había aparcado enseguida el asunto de la tapa del váter. Estuve a punto de soltarle mis sospechas de que vivía en la casa encantada de Plymouth Meeting, pero decidí no sonar como una loca de momento. Prefería hablar con mi madre o con Katie sobre eso. Además, lo más probable era que él no me creyera y pensara que estaba majara.

Avancé hacia él y me senté, dejando entre nosotros un espacio que me pareció más que suficiente. Cuando levantaba las piernas y las cruzaba, había por lo menos unos centímetros. Y si me recostaba, lo haría en su brazo.

¿Por qué estaba pensando siquiera en esto?

—¿Qué estás viendo? —pregunté mientras me toqueteaba el dobladillo de los pantalones.

—Parece una oferta de discos de los ochenta. Estaba pensando en comprarlos —respondió encogiendo un hombro.

—Yo ni siquiera tengo reproductor de CD —me mofé.

—Tampoco tienes reproductor de DVD —replicó, mirándome de reojo.

Cuando había estado en su casa, había visto que tenía una impresionante colección de DVD. No había tenido ocasión de echarles un vistazo, pero fijo que tenía todas las películas de las últimas dos décadas.

—¿Por qué iba a tenerlo, si tengo contratada la tele de pago? Alzó el vaso sacudiendo la cabeza.

—No tienes ningún DVD y tu madre todavía te prepara el té. ¿Qué estoy haciendo aquí?

—¡Venga ya! —Le di una palmadita en el muslo, en su durísimo muslo. Dios. Sentí un hormigueo en los dedos cuando alejé la mano de él—. ¿Cómo sabes que no he preparado yo ese té?

—Sabe exactamente igual que el de tu madre —respondió con un brillo en sus ojos azules—. Además, que yo recuerde, tu té dulce sabe a combustible rebajado con agua.

—No es verdad —repliqué con una carcajada.

Arqueó una ceja.

—Muy bien —reconocí—. Vale. No acierto con la proporción de té y azúcar.

Reece soltó una carcajada.

—Estaba hablando en serio antes sobre lo de aprender a disparar, ¿sabes? No es mala idea.

—No sé. Las armas… No tengo ningún problema con ellas, pero me dan miedo —admití—. Es como tener en tus manos el poder de acabar con una vida. Lo único que tienes que hacer es apretar un gatillo. —Sacudí la cabeza—. Es… Es demasiado poder.

—Sabes perfectamente que una piedra en manos de la persona equivocada puede cambiar vidas, incluso acabarlas. Una pistola no es diferente.

Inquieta, tuve que admitir que no le faltaba razón. Pero las armas formaban parte de su vida, no de la mía. Cuando era pequeña, mi padre tenía rifles de caza, pero rara vez los vi. Los guardaba bajo llave, y ni una sola vez se me pasó por la cabeza conseguir uno para mí.

—Tienes que ser responsable —prosiguió—. Piénsalo aunque sea. Por mí.

—Lo pensaré. —Miré la tele esbozando una sonrisa. Un tío con un corte de pelo mohicano meneaba un CD arriba y abajo—. ¿Y qué hacías en casa de tu padre?

Reece dio un largo trago y dejó el vaso con un tintineo de los cubitos. Pasó un momento y yo ya quería patearme mi propio culo por haber hablado. A Reece nunca le había gustado hablar de su padre. Flipé cuando se giró para mirarme y me contestó un segundo antes de que tratara de cambiar de tema.

—Su divorcio número tres.

—¿Qué? —Me quedé boquiabierta—. ¿Cuándo ha sido? —Era una pregunta más bien estúpida, porque no es que lo hubiese tratado de la forma más amigable en los últimos once meses.

—No lo sé, la verdad. Todo iba bien a principio de verano. Él y Elaine iban a ir de vacaciones a Florida. —Echó la cabeza atrás y la recostó en el respaldo, con la vista al techo. Soltó una breve carcajada—. Aunque, claro, papá es incapaz de ser sincero. Que nos dijera a mí o a Colton que todo iba bien no significa nada. Ese hombre miente más que habla.

Apreté los labios un momento.

—¿Te ha explicado qué ha pasado?

—¿Tú qué crees? —dijo mirándome de nuevo.

—¿La ha engañado? —pregunté con un suspiro.

—Sí. —Un segundo después noté su mano en mi pelo, lo que me hizo inspirar de golpe. El contacto fue ligero, como si solo lo estuviese acariciando, pero todas las células de mi cuerpo fueron hiperconscientes de ello—. Con una mujer más joven a la que conoció en un viaje de negocios. Me dijo que fue cosa de una sola noche y que Elaine estaba reaccionando de forma exagerada.

—¿Reaccionando de forma exagerada al hecho de que la ha engañado? ¿Cómo es eso posible?

—Ya conoces a mi padre. Es un inconsciente —contestó sacudiendo la cabeza—. Mientras estaba con él, dejó su móvil en el capó del coche. Y sonó. Apareció el nombre de una mujer en la pantalla. Nunca antes había oído hablar de ella. Me apuesto todo lo que tengo a que era la chica de «una sola noche». No me sorprende que su matrimonio acabe así. Para cuando mi madre se espabiló y lo dejó, había estado con cinco mujeres más. Y tampoco había sido un «aquí te pillo aquí te mato». Cinco relaciones más.

—Qué triste —murmuré, bajando la barbilla. Franklin, su padre, era de los que engañan por costumbre. Por lo menos, eso era lo que le había oído decir una vez a la madre de Reece—. Lo siento. Sé que ahora eres mayor, y Colton también, y puede que no os duela tanto como cuando erais más jóvenes, pero sigue siendo una putada.

En lugar de negarlo, sonrió con ternura.

—Lo es. —Ya no me rozaban el pelo, pero su brazo seguía ahí, cálido e incitándome a recostarme en él—. No intimé demasiado con Elaine, pero parecía una buena mujer. No se lo merecía. Nadie se lo merece.

Inspiré hondo y me recosté. Tenía su brazo justo detrás de mi cuello. No pareció pasar ni un segundo antes de que su brazo encontrara mi hombro.

—¿Crees... que volverá a casarse?

—Probablemente. —Sujetó el vaso para dar otro trago. Yo me había olvidado por completo del mío—. Aunque creo que lo peor no es que meta la polla en todo lo que se menea, sino que miente sin cesar al respecto, incluso cuando lo han pillado. No lo entiendo ni creo que lo consiga nunca. Pero, en fin —zanjó con una sonrisa que no le llegó a esos bonitos ojos que tanto me costaba plasmar—, ¿qué has estado pintando últimamente?

Madre mía, ¿ahora podía leerme la mente? Me sonrojé mientras rebuscaba en mi cabeza algo que no incluyera su cara.

—Mmm..., bueno, he estado pintando muchos paisajes. Playas. Gettysburg. Esa clase de cosas.

¡Buena respuesta, Roxy!

Me recorrió la cara con su mirada, casi como una caricia física.

—¿Sigues pintando para Charlie?

Estaba claro que Reece recordaría eso. Asentí con la cabeza sin sorprenderme de que me invadiera esa familiar tristeza al pensar en todas aquellas pinturas colgadas en su pared.

Su mano me sujetó el hombro con más fuerza.

—¿Cuándo vas a pintar algo para mí?

—Cuando te conviertas, definitivamente, en el chico que me limpia la piscina —repliqué.

—Pero si no tienes piscina —comentó mirándome a los ojos.

—Ya lo sé. Es decir, cuando tenga piscina y tú te dediques a limpiármela oficialmente. —Sonreí—. Crees que estoy de coña.

Echó la cabeza hacia atrás y soltó una carcajada mientras usaba la mano que tenía en mi hombro para acercar mi cuerpo al suyo. Estaba apoyada en él y, antes de darme cuenta, me vi boca arriba y con la cabeza en su regazo. Mientras levantaba mi mirada hacia la suya lo único que me pasaba por la mente era lo increíblemente hábil que había sido ese movimiento.

—¿Te enseñaron esto en la academia? —pregunté sin aliento.

—Sí, enseñan este tipo especial de placaje. —Bajó sus tupidas pestañas castañas y me puso una mano inmensa en la curva de la cadera que le quedaba más lejos—. Me moría de ganas de usarlo contigo.

Le sonreí mientras mi corazón empezaba a dar brincos por el pecho. La mano en mi cadera parecía ser algo inconsciente para él.

—Me siento honrada.

—Deberías.

Con la otra mano me apartó cuidadosamente un mechón de pelo de la cara. Algo de lo que parecía un roce sin premeditación hizo que mi corazón fuera a la deriva. En el instante en que sus pestañas se elevaron y yo solo fui capaz de ver sus brillantes ojos azules, supe que conformarme con solo un polvo de vez en cuando iba a resultarme muy difícil.

—¿Puedo hacerte una pregunta? —dijo antes de que pudiera meditar sobre ello.

—Claro. —Deseé que me preguntara si podía besarme. Mi respuesta sería un sí atronador.

La mano que tenía Reece en mi cadera se movió para pasear el pulgar por el dobladillo de mi camiseta. Me estremecí.

—¿En qué estabas pensando cuando lanzaste ese libro, Roxy? Toma ya. Un cambio total de tema para el que no estaba preparada. Y yo ahí, pensando en que me besara. Abrí la boca, pero tardé unos segundos en responder.

—La verdad… es que no estaba pensando.

Cogió un mechón de mi pelo y se lo enrolló en los dedos.

—Me cuesta creer que haya un momento en el que no estés pensando, cariño.

Desvié la mirada mordiéndome el labio inferior. Si pensaba en el momento en el que Henry me había sujetado el brazo, tenía muchas cosas en la cabeza. Tantas que era como si no tuviera nada. Noté una presión en el pecho.

Reece soltó mi cabello y me pasó un dedo por el labio inferior. Se me escapó un grito ahogado… y una respuesta.

—Lo odio —afirmé, notando que las palabras crecían en mi interior con la fuerza de un juramento de sangre—. Lo odio de verdad, Reece. Nunca antes había odiado a nadie, pero cuando lo veo, quiero… quiero que sufra como está sufriendo Charlie. Es en esto en lo que estaba pensando cuando lancé el libro.

Las líneas de su cara se suavizaron.

—Roxy…

—Ya sé que está mal. —Cerré los ojos y exhalé despacio—. Sé que lo que hice no es mucho mejor que lo que hizo él.

—No —me contradijo. Cuando abrí los ojos, me estaba mirando intensamente—. Lo que tú hiciste fue lanzar un libro a un parabrisas, no a él. Henry cogió una piedra y se la tiró a Charlie a la cabeza cuando os largabais.

Me estremecí.

—Tú no has tenido la menor intención de hacerle daño a Henry —prosiguió sin dejar de pasear el pulgar por el dobladillo de mi camiseta—. Y aunque él no hubiera querido hacer la clase de daño que le hizo a Charlie, tomó la decisión consciente de lanzarle esa piedra. No la tiró al suelo ni a un coche que estuviera cerca. Se la lanzó a otro ser vivo. Tú nunca harías eso.

El aire frío me llenó el pecho abriéndose paso hacia mi

abdomen. El caso era que no estaba demasiado segura de eso. Una vez hube probado esa ira, intensa y enconada, supe que era capaz de hacer algo horrible. Todo el mundo era capaz de ello; alguna brújula moral arraigada en mí lo había impedido, pero ¿me detendría siempre? Si volvía a ver a Henry, era muy probable que se me fuera otra vez la olla y, la verdad, ¿me hacía eso mejor que él?

—Cuánta seriedad —murmuré, crispada por el rumbo que estaban siguiendo mis pensamientos.

Sus labios esbozaron una sonrisa y su pulgar empezó a rozar la franja de piel expuesta bajo el dobladillo. La caricia fue como una descarga eléctrica.

—Sí, demasiada para las cuatro de la mañana.

El tono de Reece era ligero, pero a mí me pesaba todo. Era como si se hubiera abierto una puerta en mi cabeza y por ella salieran recuerdos dolorosos de la noche con Charlie y Henry. Se amontonaron en mi interior como una torre a punto de derrumbarse. Empezaron con lo que yo había hecho, la piedra verbal que había lanzado y que lo había iniciado todo.

Y ahí estaba, recostada en el regazo del hombre al que..., bueno, al que llevaba once meses mintiendo. Un hombre que lo que más odiaba en el mundo eran las mentiras. Eso no estaba bien.

Me incorporé y empecé a girarme de lado para poder fingir que iba al cuarto de baño y tener así tiempo para aclararme las ideas, pero no lo logré.

Reece me rodeó la nuca con la mano y la que tenía puesta en mi cadera se deslizó por mi cintura hasta detenerse justo debajo de mi pecho. Se me saltaron los ojos de las órbitas mientras me sujetaba con el hombro contra su pectoral.

—No —dijo con voz ronca.

Esa palabra me sacudió como un rayo. A veces se me olvidaba lo bien que me conocía. Aunque no habíamos hablado durante casi un año, seguía sabiendo cuándo me estaba cerrando en banda y era consciente de que mi humor podía cambiar tan rápido como una moneda lanzada al aire.

Nuestros ojos se encontraron cuando puse la mano en su hombro. Empecé a empujarlo para separarme, pero él agachó la cabeza. Alcé la vista cuando sus labios rozaron los míos. Fue una caricia lenta. Lo hizo una vez y luego otra. No podía respirar al sentir la calidez de su boca aumentar con la mayor suavidad del mundo la presión mientras me mantenía donde estaba. Sus labios se movieron sobre los míos de un modo casi titubeante, como si fuera la primera vez. Y no lo era, pero aquella noche, en su casa, no me había besado así, no con tanta ternura, no con la suficiente dulzura como para que se me formara un nudo de emoción estúpida en la garganta. Ese beso… era como si me adorara.

Me aferré a su hombro con los dedos, arrugándole la camiseta de algodón con el corazón acelerado. Cuando pensaba en él besándome, no creía que fuera a ser así. Ningún chico me había besado jamás como si fuera un tesoro.

—Reece —le susurré en la boca.

Oír su nombre despertó algo en él. La mano que tenía en mi nuca me sujetó con más fuerza, igual que la que me rodeaba la cintura, y el beso…, madre mía, el beso se intensificó, más parecido al que yo recordaba, pero diferente, más fuerte y más apasionado. No había el menor sabor a alcohol en su lengua, solo a azúcar, té, y algo más que era cien por cien masculino. Me mordisqueó el labio inferior, lo que me provocó un gemido suave que retumbó hasta lo más profundo de mi ser. Introdujo la lengua en mi boca para saborearme. El beso fue como tocar una llama que prendió en mí un deseo latente. Ya no necesitaba espacio para aclararme las ideas. Mi cabeza era una carretera vacía con un destino en mente.

Reece.

Me senté y me retorcí hasta que logré colocar una rodilla a cada lado de sus piernas. Él me observaba con los ojos entornados.

—Me gusta el rumbo que está tomando esto —comentó, mientras me sujetaba las caderas—. Me gusta de verdad, joder, pero quiero...

Harta de las palabras, la seriedad y las buenas intenciones, le rodeé las mejillas con las manos y pasé a la acción. Lo besé con la misma intensidad y la misma pasión con las que él me había besado.

Emitió un gruñido grave que sentí en su pecho mientras me sujetaba las caderas con más fuerza, lo que me envió una oleada de estremecimientos acalorados por todo el cuerpo. Reece abrió de inmediato la boca, y yo ladeé la cabeza para saborearlo. Mis dedos se abrieron paso hacia el cabello corto en los lados de su cabeza y después hacia los mechones más largos. Soltó otro sonido que desató una nueva avalancha de deseo en mí.

Subió la mano por mi espalda, siguiendo la línea de mi columna vertebral antes de enredarse en mi cabello durante unos instantes maravillosos. No dejamos ni un segundo de devorarnos el uno al otro con besos largos y húmedos, y con otros más cortos que hicieron que la pasión me inundara.

Reece deslizó la mano de vuelta por mi espalda hacia la zona lumbar y, entonces, me rodeó la nalga y me la apretó hasta que me faltó el aliento. El beso se volvió ansioso mientras me guiaba para que me sentara más en su regazo. Otra descarga de desesperación me sacudió al notar la tensión de su entrepierna contra los vaqueros. Por los breves momentos que habíamos pasado juntos antes, sabía que la tenía larga y gruesa, pero se me había olvidado lo bien que me hacía sentir.

Balanceé las caderas, restregándome contra él, y fui recompensada al instante con una explosión de placer sensual. Apoyé mi frente en la suya y gemí a la vez que tiraba de los mechones cortos de su pelo.

—Dios, vas a volverme loco. —Su voz era pastosa y áspera. Tiró de mis caderas hacia abajo a la vez que él se movía hacia arriba, de modo que acertó el punto adecuado a través de los finos pantalones de yoga—. Creo que no vas a estar contenta hasta que lo consigas.

Jadeante, dejé que mis manos resbalaran por su cuello hasta sus hombros.

—Quiero que estés loco por mí —admití, mordiéndome el labio inferior cuando él volvió a juntar nuestras caderas.

—Ya estoy loco por ti. —Me atrapó los labios con otro beso abrasador antes de interrumpirlo para dejar un rastro apasionado y estremecedor con la boca a lo largo de mi mandíbula—. Diría que ya lo sabes.

Eché la cabeza hacia atrás, aferrada a él.

—No —dije.

Siguió devorándome cuello abajo y se detuvo para darme un mordisco en el punto en el que mi pulso latía desbocado. Luego calmó el dolor con un beso suave.

—Este último año, cada vez que te veía quería tenerte así. Justo así. —Para acentuar lo que había dicho, movió las caderas y presionó el bulto que escondían sus vaqueros contra mi zona más íntima—. Y cada vez que te dabas la vuelta y te alejabas de mí quería ir a por ti.

Me estremecí cuando llevó su apasionada boca hacia la línea de mi clavícula. Subió las manos para que vagaran por mi abdomen y luego más arriba, hasta mis pechos. Arqueé la espalda al notar cómo unas exquisitas sensaciones me recorrían el cuerpo.

—No tienes ni idea de la cantidad de veces que pensé en echarte sobre mi hombro y llevarte al almacén. —Me paseó los pulgares por los pezones, que ya estaban duros y anhelantes—. Debería haberlo hecho. Así podríamos habernos dejado de tonterías mucho antes.

La cabeza me daba vueltas, perdida en el placer que él me estaba provocando.

—Me da… —jadeé cuando me lamió el pulso con la lengua—. Me da que habría… sido un buen plan.

Levantó la cabeza, me puso las manos en los hombros y deslizó los dedos bajo los finos y delicados tirantes. Sus ojos atraparon los míos.

—¿Puedo? —me preguntó.

Joder, llegados a ese punto podía pedirme lo que quisiera, que se lo daría. Asentí, sin palabras.

Las comisuras de sus labios se elevaron y, una vez más, sentí una punzada intensa en el pecho cuando me sonrió, lleno de encanto y sensualidad. Me di cuenta de que llevaba años enamorada de él y que era imposible cambiar eso, aunque supiera que él no se había enamorado de mí, que tal vez jamás lo haría, él ya me había dejado marca, ya era parte de mí.

Mientras me sostenía la mirada con sus ojos apasionados, me deslizó los tirantes hacia los codos. No dudé. Bajé los brazos y me los quité para que la prenda se me quedara alrededor de la cintura.

Reece me besó con suavidad y se echó hacia atrás. Bajó las pestañas, y me di cuenta de que me estaba contemplando, haciendo que parte de la niebla dejase de cubrir mis pensamientos. ¿Recordaba el aspecto de mi cuerpo de la noche que iba hasta arriba de alcohol? La vulnerabilidad me cubrió la piel como un suéter de los que pican. Apenas usaba una copa B, y eso siendo generosa.

Pero él se estremeció mientras me cubría los pechos desnudos con las manos para tocarme casi con reverencia. Miré hacia abajo, sin respiración, mientras él me tocaba, deleitándome con el contraste entre su piel más oscura con la mía, pálida y rosada.

—Eres preciosa —gruñó, acariciándome los pezones duros con las yemas de los pulgares. Me sobresalté cuando sus labios esbozaron de nuevo esa sonrisa—. ¿Bien?

—Sí —susurré, y asentí con la cabeza por si no había pillado el mensaje.

—No recuerdo lo que te gusta —comentó, cogiéndome el pezón entre sus ágiles dedos—. No recuerdo lo que te vuelve loca. —Tiró con suavidad, y solté un grito. Levantó los ojos, con una mirada hambrienta—. Qué sensible.

Lo era. Siempre había sido sensible ahí. Katie, en calidad de estríper por excelencia, me dijo una vez que tenía suerte, porque a la mayoría de mujeres a las que ella conocía no les entusiasmaban demasiado los preliminares en los pechos.

Solo quería que me tocara y era incapaz de apartar la mirada. Había algo muy erótico en aquello. Nunca antes lo había hecho. Aunque, claro, la mayoría de chicos no se habían tomado tanto tiempo, y cuando Reece bajó las manos hacia mis caderas, pensé que estaba listo para pasar a otra cosa.

Me equivocaba.

Me levantó para que estuviera encima de él y, cuando me sostuve apoyando las manos en el respaldo del sofá, me cubrió el pezón con la boca.

—Dios —jadeé mientras se lo metía entre los labios—. Dios mío, Reece...

Me puso una mano entre los hombros para sujetarme el pelo. Sentí una serie de hormigueos intensos y placenteros en el cuero cabelludo mientras él me saboreaba. Estaba atrapada, pero no había ningún otro lugar en el mundo en el que quisiera estar mientras él pasaba de un pecho al otro.

Cuando succionó con fuerza, mis músculos se tensaron y hundí los dedos en el respaldo hasta que ya no pude soportarlo más. Intenté zafarme.

—No —gruñó—. Todavía no he acabado contigo.

Solté un grito ahogado cuando sujetó mi pezón entre los dientes. El delicado mordisco convirtió mi sangre en lava líquida. Temblé contra él, con el cuerpo en llamas.

—No puedo... Te necesito. Por favor.

Me soltó, y creía que iba a volverme loca. Me aferré a sus

hombros y presioné el cuerpo hacia abajo contra él a la vez que buscaba, casi sin darme cuenta, sus labios. Volvió a ponerme las manos en las caderas y yo me contoneé contra él. La tela suave de su camiseta me acariciaba las puntas de los pechos y la fricción entre mis piernas con su miembro duro era insoportable.

No podía recordar la última vez que había tenido un orgasmo así, con casi toda la ropa puesta todavía, sin que el chico hubiera necesitado tocarme con las manos, pero notaba que lo estaba alcanzando mientras me movía encima de él y él empujaba hacia arriba con las caderas imitando el ritmo de su lengua.

El clímax me sacudió como una explosión que se originó en mis entrañas y se expandió por todas las partes de mi cuerpo. Su boca sofocó mi grito, pero él sabía lo que había pasado, porque emitió un sonido puramente masculino. Cuando el placer acabó de recorrerme las venas, estaba acalorada y temblorosa.

—Mírate —me dijo al oído con voz áspera—. No hay nada más sexy que tú, Roxy. Es como tocar fuego.

Tardé un par de minutos en recuperar la cordura lo suficiente como para ser consciente del increíble orgasmo que me había provocado. Me eché un poco hacia atrás y le di un beso en la comisura de los labios.

—¿Qué quieres que haga? —le pregunté.

Sus ojos lucían un fuego azul.

—Ver cómo te corrías me ha alegrado la noche, cariño.

Me estremecí al pensar que Reece estaba siendo prácticamente perfecto, pero bajé los ojos y vi la inconfundible protuberancia bajo sus pantalones. Con las manos todavía temblorosas me balanceé hacia atrás y alargué la mano entre los dos, aunque casi esperaba que me detuviera.

No lo hizo.

Mis labios esbozaron una sonrisa tranquila y saciada mientras le recorría con los dedos la entrepierna tapada. Todo mi cuerpo se tensó cuando sus caderas reaccionaron elevándose. Alcé la vista hacia él y respiré hondo.

—Tú no te has corrido.

Sacudió la cabeza con la mandíbula apretada.

Se me volvió a acelerar el corazón cuando le desabroché el botón y le bajé con cuidado la cremallera de la bragueta. La prenda se abrió y dejó al descubierto unos bóxers negros. Sin decir una palabra, Reece levantó el culo del sofá, y a mí con él, a modo de petición silenciosa. No perdí el tiempo y le tiré de los vaqueros y los calzoncillos hacia abajo.

Me quedé mirando su miembro grueso y duro. La verdad es que esa parte del cuerpo de un hombre no era siempre la más atractiva del mundo, pero en el caso de Reece... joder, era tan apetecible como el resto de él.

Y hablando del resto de él...

Cuando volvió a sentarse, le subí la camiseta y él levantó los brazos para permitirme quitársela. La tiré a algún lugar donde esperaba que él nunca la encontrara y eché un buen vistazo al aspecto que tenía un hombre que ya no era un chico y que entrenaba mucho para mantenerse en forma.

Pude ver la piel bronceada, suave y tersa de sus pectorales, su abdomen cincelado y fuerte contraído. Un caminito de vello oscuro que le bajaba hacia donde estaba aguardando. Volví a recorrerle el cuerpo hacia arriba con la mirada. Tenía una cicatriz a la izquierda del ombligo, donde la piel le formaba un círculo pronunciado e irregular. Tenía otra encima de esa. Y sabía que si le quitaba del todo los pantalones, descubriría una tercera.

Me quedé sin respiración al pensar en lo cerca que había estado, en lo cerca que habíamos estado todos, de perderlo. Me incliné hacia delante y lo besé, deseando poder borrar once meses de estupidez, porque el tiempo era corto y nunca se sabía qué podía pasar.

—¿Qué quieres que haga? —pregunté de nuevo.

Sus ojos buscaron los míos.

—Hay muchas cosas que quiero que hagas, Roxy.

—Elige una. —O dos. O tres. Las haría todas.

Reece bajó la mano y se rodeó la polla con los dedos. Madre mía, casi me dio un sofoco cuando se la sujetó con más fuerza. Se me separaron los labios al ver cómo desplazaba la mano hacia la punta y después la volvía a llevar hacia abajo.

—Esto es lo que quiero que hagas.

—Eres… Eres muy sexy, Reece —solté, aunque apenas pude oírme bajo el estruendo de la sangre que me palpitaba con violencia en los oídos.

Desplazó de nuevo la mano hacia arriba con un gemido y la espalda arqueada. No pude evitarlo. Yo también gemí. Sus ojos se dirigieron rápidamente a los míos con otra clase de pasión ardiendo en sus profundidades.

—Creo que sé lo que quieres —soltó.

—¿Qué? —dije en voz baja.

Reece alargó la otra mano para rodearme con ella la nuca mientras volvía a frotarse. Apareció una gota en la punta.

—Quieres mirar.

Me ardió todo el cuerpo. No de vergüenza, sino porque era verdad.

—Nunca he visto a un chico…

—No digas nada más —dijo moviendo la mano.

Mi respiración se volvió entrecortada mientras lo observaba y veía cómo lo hacía cada vez con más y más fuerza. No me podía creer que aquello estuviera pasando, no me podía creer lo excitante que era, ni que seguía estando en su regazo con la camiseta olvidada alrededor de mi cintura y la piel encendida. Subí la vista.

—No. Mírame —me ordenó, y me estremecí al oír la exigencia en su voz.

Y lo miré mientras su mano se movía de arriba a abajo y sus caderas se agitaban con más furia. Tuve que volver a poner las manos en sus hombros para sujetarme, pero no desvié la mirada, no hasta que la mano que me había puesto en la nuca tiró de mí hacia delante.

Reece me besó al llegar al clímax. No, no se limitó a besarme, me devoró sin dejar de agitarse contra su mano.

—Joder —soltó y me rodeó con el brazo y me atrajo hacia su pecho desnudo, donde me sujetó con fuerza. Hundí la cabeza en el espacio situado entre su cuello y su hombro, inspirando la fragancia fresca de su loción para después del afeitado y noté cómo el corazón empezaba a latirle más despacio.

Ninguno de los dos habló durante un buen rato. Luego rio en voz baja, lo que llevó una sonrisa a mis labios.

—Maldita sea, Roxy. —Carraspeó—. Vas a hacer que quiera quedarme contigo.

Algo tiraba de mi corazón en direcciones opuestas mientras mi cerebro aturdido trataba de entender lo que aquello significaba. Ya estaba empezando a dotar a sus palabras de una cantidad descabellada de significado. ¿Quería decir que eso no era lo que había planeado? ¿Que aquello era pura diversión? Pero me había dicho que quería que fuéramos algo más que amigos. ¿Importaba siquiera? No, no importaba, porque no podía mentirme a mí misma.

Quería que se quedara conmigo.

11

No había tenido intención de dormirme, pero en algún momento entre ver cómo Hilary renovaba una vieja granja y cómo David enseñaba casas a una pareja particularmente quisquillosa en HGTV, me había quedado roque de costado, con la espalda acurrucada en la parte delantera del cuerpo de Reece.

Nunca antes me había quedado dormida en un sofá con un hombre. Era algo tan sencillo que imaginaba que muchos lo daban por hecho, pero era completamente nuevo para mí.

Al principio no supe muy bien qué me había despertado. Abrí los ojos y parpadeé, confundida. En la tele estaban anunciando la última máquina de Bowflex. La miré un momento, a unos segundos de volver a dormirme, cuando noté que Reece daba un respingo detrás de mí.

Mi corazón se sobresaltó con ése movimiento inesperado. Tenía el brazo relajado debajo de mí, pero cuando alcé la mirada por encima de mi hombro pude ver la tensión que lo atenazaba. Estaba de costado con la cara vuelta hacia el techo. Apretaba la mandíbula con fuerza y tenía el ceño fruncido. Cada par de segundos, sus tupidas pestañas se agitaban. Movió los labios en silencio, pero su pecho se elevó de repente con una respiración difícil y entrecortada.

—¿Reece? —susurré, pero no me oyó. Su pecho se elevó de nuevo, y su respiración se volvió más rápida. Me giré hacia el otro lado para mirarlo mientras le ponía una mano en el tórax—. Reece.

Dio un respingo con la mirada puesta en el techo, y por un instante pareció estar muy lejos, como si ni siquiera fuera consciente de dónde se encontraba. Pasados unos segundos volvió la cabeza hacia mí y su expresión se relajó.

—Hola —murmuró.

—¿Todo bien? —pregunté.

—Sí —respondió tras tragar saliva con fuerza.

No me lo acababa de creer.

—¿Estás seguro? —insistí.

El brazo de Reece me rodeó y tiró de mí hacia su costado.

—Sí, cariño, todo está bien. —Me pasó los dedos por el pelo, acercó mi mejilla hacia su pecho y suspiró hondo—. Todo está bien ahora.

—Este finde has pillado.

Casi me atraganté con el refresco cuando levanté la vista. Katie se sentó delante de mí con un pañuelo a cuadros rosas alrededor de la cabeza. Su suéter sin hombros azul tenía la pinta de haberse enfrentado a una máquina para poner brillibrilli y haber perdido la batalla. No estaba sola.

Calla se sentó al lado de Katie. Había vuelto al pueblo el día anterior por la mañana y había trabajado en el bar por la noche. Sonriente, se sujetó el cabello rubio en una coleta. Recordé que, cuando la conocí, siempre llevaba el pelo suelto para esconder la cicatriz. Ya no lo hacía tanto.

Pasé del comentario bastante astuto de Katie e hice un gesto con la cabeza hacia Calla.

—Me sorprende que Jax te haya dejado salir de su casa para ir a desayunar.

—Sabe que no tiene que interponerse entre la comida, mis amigas y yo. —Abrió la carta y me miró con las cejas arqueadas—. ¿Tiene razón Katie? ¿Has pillado?

—Yo siempre tengo razón —sonrió Katie.

Me recosté en mi asiento y puse los ojos en blanco. Reece se había quedado dormido después de lo que supuse que sería una pesadilla y lo había llevado a casa el día anterior por la mañana. Antes de subirse a mi coche, se había inclinado hacia mí y me había besado. Solo con pensar en ese beso abrasador me daban ganas de abanicarme, y eso me hizo recordar lo que le había visto hacer.

Joder, necesitaba una ducha fría.

Le había tocado trabajar durante el turno de noche, y me imaginaba que estaría durmiendo en ese momento. Antes de salir me había mandado un mensaje, algo breve para pedirme que le hiciera saber cuándo llegaba a casa, y así lo hice. La petición era adorable, como si estuviera pensando en mí, y me hizo sentir como una adolescente ingenua.

—Tienes las orejas coloradas —señaló Calla, entrecerrando los ojos—. Venga, confiesa.

La camarera me salvó durante unos minutos mientras anotaba nuestra comanda. Katie pidió la mitad de la comida del local, decantándose por todas las versiones de beicon y de salchicha que tenían.

—Tengo que tomar mis proteínas —se justificó cuando Calla y yo la miramos boquiabiertas—. Bailar y trepar por una barra es un ejercicio físico durísimo. Tendríais que probarlo.

—No, gracias —comenté riendo.

—Sois unas sosas —se quejó Katie con sus ojos azules entornados. Se volvió hacia Calla—. ¿Cuándo vuelve Teresa? Ella quería aprender hasta dominarlo.

—Creo que ella y Jase vendrán dentro de unos cuantos fines de semana. —Calla sonrió cuando la camarera regresó con dos cafés y un refresco para mí. Luego me clavó los ojos—. ¿Te has enrollado con Reece?

—¿Qué?

—Sí —respondió Katie a la vez.

—¿Cómo puedes saber si nos hemos enrollado o no? —Le dirigí una mirada hosca—. ¿Estabas escondida en mi casa?

—Sé cosas —respondió—. Sé mogollón de cosas. Y si me acusas de haberme escondido en tu casa, significa que algo carnal pasó entre esas paredes.

Calla apoyó los codos en la mesa y añadió:

—Y Jax me dijo que Reece fue al bar la noche que libraba y esperó a que salieras de trabajar. Que lo llevaste a casa en coche.

—A Jax le gusta el cotilleo como a una chica de trece años —repliqué, pero no me molestaba el interrogatorio.

Me alegraba que pudieran desayunar conmigo esa mañana, porque necesitaba muy en serio hablar con ellas. Me incliné hacia delante, incapaz de permanecer callada ni un segundo más.

—Vale. Nos enrollamos el viernes por la noche. Más o menos. No follamos, pero... —se me apagó la voz al recordar esas horas de la madrugada. Podía verlo con las manos alrededor de...

—Bueno, por la forma en que, de repente, parece que te hayas metido éxtasis, está claro que algo divertido sí que hicisteis —comentó Katie.

Calla dio una palmadita y pegó un brinco en su asiento.

—¿En serio? Ay, chica, me alegro por ti. Katie tiene razón, das la impresión de estar en un trance sexual.

—Algo de lo que tú sabes mucho —murmuré entre dientes.

—Hace apenas unas semanas ni siquiera hablabas con él —soltó, rascándose la nariz con el dedo corazón—. Cada vez que él entraba o que miraba siquiera en tu dirección, te pirabas. Siempre he sabido que había algo entre los dos, pero no acabo de tener claro qué está pasando.

—Bueno, es una historia muy larga. —Esbocé una sonrisa.

—Como he pedido medio cerdo, tenemos tiempo —replicó Katie.

—Y vais a pensar que soy una persona horrible.

—Lo dudo —me tranquilizó Calla.

No estaba muy segura de eso, porque no le había contado a nadie, salvo a Charlie, lo que había pasado entre Reece y yo, incluido el enorme malentendido. Inspiré hondo y les conté todo sobre aquella noche. Solo me detuve cuando nos sirvieron la comida.

—Pues ya veis, en esta situación estoy metida —acabé mientras cortaba en daditos el gofre con sirope que me quedaba.

Calla se me quedó mirando con un pedazo de beicon extracrujiente colgándole de la punta de los dedos.

Hasta Katie me observaba boquiabierta, y haberla sorprendido tanto como para dejarla sin palabras decía mucho. Me recosté en el asiento. Me sentía avergonzada y miserable.

—Soy una persona horrible, ¿verdad?

—No —dijo Calla al instante—. No eres una persona horrible.

—Espera. —Katie levantó una mano. De algún modo tenía en los dedos un trozo grande de salchicha—. Quiero asegurarme de haberlo entendido bien. Básicamente llevas enamorada de Reece desde los quince años.

—Yo no diría «enamorada» —murmuré, pero el corazón me latía con fuerza.

—Venga ya. Yo ya sabía que estabas enamorada de él —insistió, y no protesté, porque me imaginaba que, si lo hacía, terminaríamos hablando de sus poderes de superestríper—. El caso es que llevas mucho tiempo enamorada de él, y él siempre te ha tratado como la molesta vecina de la casa de al lado.

—Yo tampoco diría que me ha tratado así —repliqué entrecerrando los ojos.

Katie pasó de mí y prosiguió:

—Por fin empieza a verte como la tía de toma pan y moja que

eres, va al bar una noche, coge un pedo, pero, como tú estás loca, profunda e irremediablemente enamorada de él y como eres una chica, no te das cuenta de que va borracho.

La miré con los ojos más entrecerrados todavía.

—Los dos vais a su casa, porque te ha pedido que, como ni ve, lo lleves en coche, y allí la situación se pone caliente y apasionada. Le ves la salchicha. —Agitó la salchicha que tenía en la mano, y Calla alargó la mano hacia su café tras dar la impresión de haberse atragantado—. Os dirigís hasta su cuarto y se queda inconsciente. ¿Voy bien hasta ahora?

—Sí. —Crucé los brazos—. Más o menos.

Katie asintió con aire de sabiduría, aunque yo no tenía ni idea de qué le había inspirado tanto conocimiento.

—Para empezar —prosiguió—, es patético que se pillara semejante cogorza, lo que le resta un punto.

—¿Un punto? —Calla se volvió hacia ella con los ojos desorbitados—. ¿Todavía sumamos y restamos puntos?

Solté una risita discreta.

—En mi mundo, sí —respondió, y, tras pegarle un mordisco a la salchicha, masticó pensativa un instante—. ¿Así que se queda inconsciente, tú te quedas con él y entonces, cuando se despierta, cree que habéis echado un polvo y se muestra arrepentido y apesadumbrado?

Me metí un pedazo de gofre en la boca asintiendo con la cabeza.

—¿Y tú pensaste que se arrepentía de haber follado contigo, cuando en realidad él lamentaba haberse emborrachado tanto y haberlo hecho en ese estado? —intervino Calla.

—Sí.

Katie sacudió la cabeza mientras le echaba sal a la salchicha a medio comer.

—Pero no lo hicisteis.

—No. Y había empezado a decírselo cuando sacó esa conclusión, pero estaba tan arrepentido que creí que se refería al sexo en sí.

—Y eso hirió tus sentimientos —concluyó Calla con suavidad—. Es comprensible. Es probable que yo hubiera pensado lo mismo.

—Pero podrías habérselo aclarado en aquel momento —indicó Katie.

—No me digas —repliqué—. Pero no lo hice. Estaba muy avergonzada y…, sí, me había herido, así que me fui de su casa y, aunque pasó mucho tiempo, yo seguía tan dolida que nunca se lo aclaré.

Katie se terminó la salchicha y siguió con otras más pequeñas.

—¿Y Reece tiene un problema con las mentiras? Mal asunto… —dijo Calla.

Katie inclinó hacia delante, agitando la salchicha como si fuera una varita mágica.

—Mira, comprendo muy bien por qué no has dicho nada. Es como contar una mentirijilla, y luego otra para cubrir esa, y así sucesivamente hasta que todo se desmadra. Lo pillo. Ha pasado mucho tiempo, ¿cómo podrías explicar lo que sucedió en realidad? Hola, Reece, ¿te gustaría jugar con mis tetas? Ah, por cierto, nunca llegamos a follar.

Calla casi se atragantó otra vez.

—Parece… Parece una conversación incómoda.

Suspiré y alejé el plato de mí.

—Me siento fatal —dije—. Ojalá hubiera cogido el toro por los cuernos y le hubiera dado la oportunidad de explicarme por qué reaccionó de esa forma, y ojalá le hubiera contado la verdad.

—A ver, tampoco es que a él le falte culpa en el asunto —alegó Katie—. Recuerda que iba tan pedo que creía que habíais hecho algo. Yo he bebido mucho en mis tiempos. Mucho. Tanto que estoy segura de haberme convertido en una destilería, pero nunca he estado tan borracha como para no saber si había follado o no.

Calla asintió con la cabeza mientras jugueteaba con los huevos revueltos que tenía en el plato.

—Cierto —corroboró.

Yo tampoco había estado nunca tan borracha, pero eso no venía al caso. Di un sorbo a mi refresco con los hombros encorvados por el peso de la situación. Me puse bien las gafas y suspiré.

—A mí… A mí me gusta, chicas. Me gusta de verdad.

—Anda ya —soltó Katie con los ojos entornados—. Tú estás enamorada de él.

Pasé de ese comentario porque tenía que ver con el amor y… y «amor» era una palabra de cuatro letras aterradora.

—Es un buen chico, de verdad. ¿Te acuerdas del último tío con el que salí en serio? —pregunté a Katie.

—¿Antes de Dean el Pelirrojo?

—Joder, tía —murmuró Calla, tapando su risita con el dorso de la mano.

Sacudí la cabeza y di un trago.

—Sí. ¿Te acuerdas de Donnie, el…?

—¿El chico majísimo que te llevó al partido de los Eagles y con el que te lo montaste en el aparcamiento, pero resultó que estaba casado? —aportó Katie encantada.

—No. —Apreté los labios—. Ese era el cabrón de Ryan, y gracias por recordármelo. También tenía un hijo del que nunca me dijo nada. Yo estaba hablando sobre Donnie, el artista muerto de hambre que me robó las joyas que me dejó mi abuela.

Calla parpadeó varias veces.

—Hostia. ¿Un hombre casado y un ladrón?

—No suelo atraer a los mejores —comenté encogiéndome de hombros, pero pensé en Henry y se me puso la carne de gallina. El caso era que sabía que salía con chicos así por una razón. No suponían ningún peligro—. Pero Reece no es como ellos, y una parte de mí... —Solté despacio el aire—. Me he pasado años detrás de él.

Y seguramente me había pasado años sintiendo algo más fuerte que eso.

Sacudí la cabeza allí sentada. ¿Qué estaba haciendo? Tenía que decirle la verdad cuanto antes, acabar con ese tema que se interponía entre nosotros antes de pillarme los dedos a lo grande, pero no podía... no podía no intentarlo con él. No después de tantos años deseándolo.

Dios, era como si tuviera doble personalidad. Ve a por él. No vayas a por él. Cuéntale la verdad. No le cuentes la verdad. Parecía un disco rayado.

—Tienes que decírselo —me aconsejó Calla—. Lo antes posible. Pero yo de ti no me preocuparía demasiado.

La miré con las cejas arqueadas.

—En serio —insistió—. Tampoco es que hayas mentido sobre algo importantísimo.

—Creo que no decirle que no pasó nada entre nosotros es bastante importante.

—En realidad, no —insistió Calla con una sonrisa—. Créeme, hay mentiras peores que esa. No es que le mintieras sobre salir con otra persona mientras estabas con él ni nada por el estilo. Lo entenderá. ¿Verdad, Katie?

Katie me miró haciendo un mohín.

—¿Verdad, Katie? —repitió Calla a la vez que le daba un codazo con el ceño fruncido.

Se me helaron las entrañas cuando a Katie se le ensombreció la mirada.

—No sé, Roxy. Cuéntale la verdad antes de que te eche un polvo de verdad. Si no lo haces, creo que habrás ido demasiado lejos.

Asentí despacio para expresar que estaba de acuerdo. El mismo temor que sentí la primera vez que fui consciente de que tenía que contarle a Reece lo que había pasado realmente volvió a atenazarme.

—Todo irá bien —me aseguró Calla tras carraspear.

—Tiene razón —coincidió Katie, clavando el tenedor a su última salchicha—. Además, le rompiste el parabrisas a Henry Williams y, aun así, te ha provocado un orgasmo. Es probable que te recompense con uno todavía mejor gracias a esto.

Me di una palmada en la frente con un quejido.

—Madre mía. ¿Es que no queda nadie que no lo sepa?

—Nadie, preciosa. —Katie mordió la mitad de la salchicha—. Absolutamente nadie.

Calla y yo contemplamos cómo Katie salía tan deprisa del aparcamiento en su Mini Cooper que casi chocaba con una miniván que llevaba una pegatina de BEBÉ A BORDO, aunque cuando esta aparcó, bajó de ella una pareja mayor.

—Dime que no vas a celebrar una sesión de espiritismo, por favor —dijo Calla.

Solté una sonora carcajada. Les había hablado sobre las cosas extrañas que pasaban en mi piso. Por suerte, ninguna de las dos pensó que estuviera loca o que fuera rara por pensar que mi casa pudiera estar embrujada. Naturalmente, Katie tenía muchas ideas sobre cómo abordar los fenómenos extraños, y una de ellas era pedirle a alguien del pueblo que, al parecer, tenía contacto con los espíritus, que fuera a mi casa y celebrara una sesión de espiritismo.

—Bueno, creo que no sería muy buena idea, ¿sabes? —respondí con una sonrisa—. Si de verdad hay un fantasma rondando por ahí, no ha intentado asustarme. En cierto sentido se ha mostrado extrañamente servicial.

—Fijo que a más gente le gustaría tener un fantasma así —resopló Calla.

—Y, no sé, la idea de una sesión de espiritismo o de dejar entrar a un vidente en el piso… Si realmente hay algo, no quiero saberlo. Mientras no me despierte en mitad de la noche y me lo encuentre mirándome, no me importa.

—Ay, Dios —se estremeció—. Qué miedo. —Hizo una pausa—. Pero ¿y si no es un fantasma?

—¿Qué más podría ser? Porque, a ver, a no ser que haya gente viviendo bajo las escaleras como en esa película horrible de los ochenta, o es un fantasma o se me está yendo la pinza.

—No estás loca —aseguró entrecerrando los ojos—, pero tal vez tendrías que pedirle a Reece que le eche un vistazo a tu piso. O a Jax.

Sabía que ninguno de los dos me dejaría en paz si les contaba que creía que había un fantasma en mi casa.

—¿Cuánto tiempo vas a quedarte? —pregunté, cambiando de tema mientras me apoyaba en el coche, me quitaba las gafas y usaba la parte de abajo de la camiseta para limpiarlas.

—Me han cancelado la clase que tengo por la mañana, así que no me marcharé hasta entonces. —Calla alzó los ojos hacia el cielo encapotado. El olor a lluvia impregnaba el aire—. Y mejor así, porque creo que hoy va a caer una tormenta terrible.

Me puse las gafas y sonreí al no ver ninguna mancha en ellas.

—¿Tenéis planes Jax y tú hoy?

—Creo que vamos a quedarnos en su casa. —Retorció un mechón de pelo rubio entre los dedos y se encogió de hombros—. ¿Y tú y Reece?

—No creo que hagamos nada. Es raro. No sé si estamos saliendo o si solo estamos… enrollándonos. Ayer por la noche me escribió para pedirme que le avisara cuando llegara a casa, y lo hice. —Crucé los brazos y fruncí los labios—. O sea que, en realidad, no lo sé.

—Envíale un mensaje, invítalo a tu casa si no trabaja y ya. No le des importancia —sugirió y, entonces, rio en voz baja—.

La verdad, soy la última persona que tendría que darte consejos sobre esto.

—No. —Alargué la mano y le apreté el brazo—. Es evidente que sabes lo que estás haciendo. Has conseguido a un chico como Jax, así que...

Se ruborizó y rio otra vez mientras apoyaba la cadera en la puerta de detrás del copiloto.

—Sabes muy bien que no tenía ni idea de lo que estaba haciendo en lo que a él se refiere.

Sonreí de oreja a oreja. Era verdad que no la había tenido.

—Cierto.

—Pero ¿sabes qué? Creo que eso pasa siempre cuando te gusta alguien de verdad. Fue así con Teresa y Jase. Que nos guste alguien nos vuelve estúpidos. Esa es mi teoría.

—Parece correcta.

—¡Ay! —exclamó—. Se me olvidó preguntártelo ayer por la noche. ¿Quién te mandó las flores? Son preciosas.

Como las rosas me dieron algo de repelús porque supuse que eran de Dean, las había dejado en el despacho y ahora olía como una floristería. Ja.

—Si no son de Dean, no tengo ni idea.

—¿De verdad crees que son suyas? —preguntó con una ceja arqueada.

—Supongo —respondí encogiéndome de hombros.

—¿Qué decía la tarjeta?

—Algo así como que «la próxima vez será mejor» —respondí con el ceño fruncido—. Raro, ¿no?

Asintió y se separó del coche.

—Si no son de Dean, tal vez fueran para otra persona.

—No lo sé. Iban a mi nombre. Quizá solo fuera un error.

Calla se agachó para darme un abrazo con una sonrisa.

—Me tengo que ir, pero luego te llamo, ¿vale?

La despedí con la mano y me subí al coche. De camino a casa

me sorprendí cuando Dennis me llamó. Como era domingo, no esperaba tener noticias suyas, pero los policías no tienen un horario normal de lunes a viernes. Me informó de que Henry había recibido un presupuesto por los daños del parabrisas y que iba a costar un par de cientos de dólares repararlo.

Gemí al pensar en lo que había en mi cuenta de ahorros, que no era demasiado. Pero yo me lo había buscado, así que tocaba apechugar y diseñar más páginas web para conseguir el dinero.

Al llegar a casa, cuando estaba a mitad de camino en la acera, empezó a caer una buena y la lluvia me empapó en cuestión de segundos. Corrí chillando hacia el porche. Mis sandalias mojadas golpearon las tablas del suelo y me resbalé. Agité las manos como un molino, se me cayó el bolso y perdí el equilibrio.

Iba a pegarme un buen batacazo.

Pero antes de que me diera tiempo a caerme, la puerta principal se abrió de golpe y algo salió disparado. Unos brazos fuertes me rodearon la cintura y me levantaron. El impacto repentino con algo duro y seco hizo que se me cayeran las gafas de la cara y solté un gruñido. Por un instante, lo único que se movía era mi corazón, que latía con fuerza.

—¿Estás bien? —preguntó un hombre de voz grave.

Levanté la cabeza. A través de mi cabellera castaña solo pude ver que era un chico rubio. Desde luego, no era James, que llevaba el pelo negro muy corto.

—Perfectamente. Gracias por... atraparme. —Me sentía como una idiota. Me aparté el pelo de la cara y le eché un buen vistazo a mi rescatador.

Su cara me resultaba vagamente familiar: tenía las mejillas algo mofletudas con una nariz un poco torcida, evidentemente rota hacía muchos años. Sus ojos castaños eran oscuros y penetrantes. Inteligentes.

Y todavía me sujetaba por la cintura.

Ostras.

Retrocedí y reí, incómoda, mientras él dejaba caer los brazos.

—Disculpa. No suelo casi matarme cuando cruzo el porche.

Esbozó una sonrisa tensa.

—Me alegra saberlo. Quieta —dijo cuando quise apartarme y alargar la mano hacia mi bolso. Me quedé inmóvil. Él se agachó y recogió mis gafas—. Casi las pisas.

Requeteostras.

—Gracias otra vez. —Las cogí y sonreí mientras me daba el bolso. Me pasé el pelo mojado por detrás de las orejas y lo miré con los ojos entrecerrados—. Creo que no nos conocemos.

Su sonrisa tensa se ensanchó y pude atisbar unos dientes blancos.

—Soy Kip Corbin. Vivo arriba. Me mudé hace un par de meses.

—¡Oh! —exclamé—. Por eso me resultabas familiar.

—Ah, ¿sí? —La sorpresa tiñó su voz.

—Sí —dije asintiendo con la cabeza—. Debo de haberte visto yendo o viniendo, o algo. Bueno, me alegra que nos hayamos conocido por fin.

—Igualmente. —Echó un vistazo hacia la calle. Llovía con tanta fuerza que apenas podía ver mi coche aparcado junto al bordillo—. Tengo que irme. —Se sacó un llavero del bolsillo y pasó a mi lado—. Ha sido un placer conocerte.

Me volví hacia la puerta y agité los dedos en su dirección.

—Lo mismo digo —dije.

—Ten cuidado, Roxy —dijo tras vacilar en lo alto de los peldaños.

Hice girar la llave y, al abrir la puerta, volví la cabeza para sonreírle.

—Tú también. Que no se te lleve el agua.

Cuando entré y cerré, él ya estaba corriendo por la acera. Tras dejar caer el bolso en la butaca reclinable, me detuve en medio del salón con el ceño fruncido.

Un momento. Sabía mi nombre. No recordaba haberle dicho cómo me llamaba.

Se me hizo un nudo de inquietud en el estómago. ¿Cómo sabía...? Vale. Estaba siendo una paranoica. James o Miriam podían haberle dicho mi nombre. También podían haber sido los Silver.

Tenía que dejar de ser tan idiota.

Con la mirada puesta en mi bolso pensé que también tenía que dejar de ser una cría y escribir a Reece. Pero antes necesitaba un té dulce.

Tras servirme un vaso, encendí la tele y puse el canal HGTV. Echaban un maratón de *La casa de mis sueños*. Lo más. Saqué el móvil del bolso y me lo llevé al estudio.

En cuanto enfilé el pasillo, el teléfono sonó en mi mano. Bajé la vista y maldije al ver que era Dean. Una parte de mí quería rechazar la llamada, pero me obligué a mí misma a cogerlo.

—¿Sí? —Mi voz sonó monótona.

Pasó un instante.

—¿Roxy?

Puse los ojos en blanco. Pero ¿quién iba a ser si no? Había sido él quien me había llamado a mí, por Dios. En cuanto lo pensé, me sentí mal. En realidad, no había hecho nada malo.

—Sí, soy yo. Estaba a punto de... —Eché un vistazo frenético alrededor de la habitación intentando encontrar una excusa—. Darme una ducha.

Hice una mueca. Joder. Ostras. Era lo peor.

Dean me rio en voz baja en el oído.

—Gracias por esa imagen mental —dijo, y me estremecí—. No quiero entretenerte. Solo quería saber si estás libre esta noche.

—Dean... —suspiré con ganas de golpearme la frente contra la pared. En cambio, me puse las gafas en lo alto de la cabeza—. No, tengo planes.

—¿Qué tal mañana?

Me apoyé en la pared con los ojos cerrados.

—Dean, lo siento, pero no estoy interesada en una segunda…

—Sé que la primera cita no fue espectacular, pero no fue tan mal —insistió, y casi pude verlo parpadeando mientras hablaba—. Y pienso que si tenemos otra…

—Estoy saliendo con otra persona —solté. No mentía. No del todo.

Lo oí inspirar por el teléfono.

—¿Qué? ¿Desde cuándo?

—Lo siento. Eres un chico estupendo. No es nada personal…

—No me jodas, Roxy…

Abrí los ojos de golpe y me separé de la pared, tensa. Nunca había soltado tacos antes. No era que yo fuera sensible, pero oírlo hablar así me chocó.

—¿Estabas con otro? —prosiguió—. ¿No crees que podías habérmelo dicho desde el principio? No habría perdido el tiempo con una zorra de haberlo sabido.

—¡Oye! Pero ¿qué dices? Vete a la mierda —dije, y le di a finalizar llamada. Se me pusieron los pelos de punta, como si un puñado de hormigas de fuego se pasearan por mi cuerpo. Estaba tan cabreada que la cabeza me daba vueltas. Tardé varios minutos en calmarme lo suficiente para entrar en mi estudio.

Un olor parecido al del plástico de las acuarelas y de los pinceles de cedro me hizo cosquillas en la nariz al abrir la puerta. Inspiré hondo y dejé que los vapores que podrían irritar a cualquier otra persona me relajaran y alejaran de mí todos los pensamientos relacionados con Dean. Me concentré en algunos de mis cuadros favoritos colgados en las paredes entre recortes de revista: palabras y frases que había encontrado a lo largo de los años y que me habían parecido que correspondían a las pinturas.

Tras dejar el té y el móvil en una mesita que había junto a la puerta, me acerqué al caballete mientras sacaba un coletero.

Reduje el paso hasta detenerme delante de él y me recogí rápidamente el pelo.

Un segundo.

Bajé las manos y agité los dedos mirando el caballete. Cuando quité la pintura que había acabado el viernes para llevársela a Charlie, no había sustituido el lienzo, y el sábado no me había dado tiempo de hacer nada. Ahora que lo pensaba, ni siquiera había pisado mi estudio el día anterior.

Pero había un lienzo en blanco colocado en el caballete.

Ladeé la cabeza y repasé las cuarenta y ocho horas anteriores. ¿Era posible que lo hubiera puesto ahí sin darme cuenta cuando acabé la última pintura? Era posible. Muchas veces hacía por costumbre cosas sin percatarme, pero estaba bastante segura de que esta vez no era así.

Me vino a la cabeza lo del mando a distancia en la nevera, lo del lavavajillas, lo de la tapa del váter…

Sin duda necesitaba llamar a los cazafantasmas.

Aunque el espectro en cuestión estaba siendo de lo más servicial. Espeluznante, pero servicial.

Me alejé del lienzo mientas intentaba desprenderme de mis temores y un escalofrío me recorría la espalda. Mi mirada se posó en el móvil. Me obligué a mí misma a acercarme a él, lo cogí y le di al icono de los mensajes. Sujetar el teléfono y abrir el último mensaje de Reece me aceleró el corazón de un modo ridículo.

Escribirle a un hombre no era nada del otro mundo.

Escribirle a un hombre que me había visto las tetas y me había provocado un orgasmo no tendría que ser difícil.

Pero escribirle a un hombre que me gustaba de verdad daba mucho miedo.

Le envié un saludo rápido antes de acobardarme y dejé caer el móvil en la mesa como si fuera una serpiente. Me sentí como una imbécil, porque lo más probable era que todavía estuviera durmiendo.

Me alejé a toda prisa del teléfono y, justo cuando había sujetado el taburete, lo oí sonar. Se me cayó el alma a los pies.

—Madre mía —susurré, girándome. La pantalla estaba todavía iluminada—. Qué idiota soy.

Regresé hasta el teléfono. Como esperaba, el mensaje era de Reece. Seis palabras, solo seis palabras, y mis labios formaron una sonrisa enorme de tonta.

Hola, cariño, estaba pensando en ti.

Me aferré al móvil e inspiré hondo varias veces.

Yo también estaba pensando en ti.

Me sonrojé, porque mi mensaje me parecía una cursilería, mientras que el suyo era perfecto. Respondió casi de inmediato:

Pues claro.

Solté una carcajada al ver su fanfarronada y noté que el estómago me daba un vuelco. Sabía lo que me tocaba hacer. Tenía que hablar con él antes de que aquello fuera a más.

Antes de que pudiera responder, llegó otro mensaje:

De verdad, estaba pensando en ti. Adivina qué hacía mientras pensaba en ti

Ay, Dios, tecleé, ojiplática.

Hubo una pausa.

Es demasiado fuerte admitirlo?

No. Y sacudí la cabeza mientras le respondía:

No.

Guay, contestó enseguida. Seguido de:

Me alegra saber que no me consideras un salido.

No, sí que pienso que eres un salido, le respondí.

Atractivo, por lo menos?

Solté una carcajada al leer eso.

Eso desde luego.

Esperé un segundo entero antes de proseguir:

Creo que mi casa está embrujada.

Qué?

Las puntas de las orejas me ardían, y deseé poder deshacer el envío de ese mensaje de alguna forma.

Olvídalo. Es una tontería. Estás libre esta noche?

Hubo una pausa antes de que llegara su respuesta, y se me hizo un nudo en el estómago.

Esta noche me toca trabajar, pero mañana seré todo tuyo si quieres.

Le respondí: Bromeas?

Sonriendo como una tonta, me permití un baileoteo de alegría antes de añadir:

Mañana sería perfecto.

Intercambiamos un par de mensajes más para decidir que nos encontraríamos en mi piso hacia las siete de la tarde. Él traería comida y yo quizá tendría que comprar algo de vino, porque era probable que necesitara beber para armarme de valor y para, si las cosas iban mal, ahogar mis penas.

12

Esto me lo habría esperado de alguno de tus hermanos porque sabe Dios que a veces son unos descerebrados, ¿sabes?

Sentada en el borde de mi butaca reclinable, hice una mueca mientras mi padre pasaba una y otra vez por delante de mi sofá. No era así como esperaba que fuera mi lunes por la mañana, pero no me sorprendía nada. De algún modo, mis padres no habían oído nada sobre mí, el libro del juicio final y el parabrisas de Henry. Ese día tocaba ajuste de cuentas, así que llamé a mi madre y le expliqué lo que pasó.

Treinta minutos después, mi padre se había presentado en mi casa.

Gavin Ark no era un hombre alto, pero sí robusto. Tenía la complexión de un defensa de fútbol americano. Apenas unas hebras grises le salpicaban el pelo en las sienes, lo que me llevaba a preguntarme si estaría experimentando con el tinte para el cabello Just For Men.

—Especialmente de tu hermano pequeño. —Se estaba preparando, sin duda, para soltarme un sermón—. A veces pienso que Thomas no tiene dos neuronas capaces de conectar entre sí. ¿Sabes qué hizo ayer? —Se detuvo en una punta del sofá y puso los brazos en jarras—. Bajó a buscar algo a la nevera del sótano y se dejó la puñetera puerta abierta de par en par, como si quisiera enfriar toda la casa.

Arqueé las cejas.

—Y entonces me entero de que tú rompiste un parabrisas de un librazo. —Levantó una mano para pasarse los dedos por el pelo castaño oscuro—. Ni siquiera sabía que se pudiera romper un parabrisas con un libro.

—Al parecer tienes que darle en un punto concreto —murmuré.

Cerré el pico cuando lo vi entrecerrar los ojos.

—Te hemos educado para ser más lista. Tu madre me ha explicado que Henry no te provocó.

—Es verdad —admití avergonzada.

Suspiró y se acercó hacia donde estaba sentada.

—Sé que no eres precisamente su fan, cielo. Nadie en este puñetero pueblo lo es, pero no puedes ir por ahí destrozándole las cosas, y sé que tú lo sabes.

Asentí.

Me puso una pesada mano en el hombro y me lo apretó con cariño.

—¿Necesitas dinero para pagarle el parabrisas?

Abrí la boca, pero la emoción me cerró la garganta. Tenía los ojos llenos de lágrimas. Se habían enfadado al enterarse de que había hecho algo tan estúpido, pero más que nada, estaban decepcionados. Mi padre tenía razón. Me habían educado mejor de lo que yo había demostrado y, aun así, seguía queriendo intervenir y sacarme del apuro.

Como hicieron cuando llevaba un mes viviendo por mi cuenta y se me averió el coche. O cuando solicité la ayuda económica para mi segundo curso demasiado tarde y me cubrieron el primer semestre de las clases hasta que me llegó la ayuda. Como habían hecho prácticamente toda mi vida.

Madre mía, cómo quería a mis padres. Sabía lo afortunada

que era. No todo el mundo contaba con un apoyo tan estupendo, pero yo sí. Sin ninguna duda.

Me tragué el nudo que tenía en la garganta y alcé los ojos hacia él con una sonrisa.

—Gracias, pero tengo el dinero.

—¿Cuánto va a afectar a tus ahorros? —me preguntó, dirigiéndome una mirada perspicaz.

—No mucho —mentí. Lo cierto es que iba a ser un palo, pero ya no era la niñita a la que tenían que rescatar. Además, les costaba lo suyo ganar dinero y me gustaría ver a mi padre jubilarse en algún momento de este siglo. Me puse bien las gafas, que habían empezado a resbalarse por mi nariz—. Estaré bien.

Mi padre me miró un momento más y después retrocedió y cruzó los brazos. Hubo algo en la repentina dureza de su mandíbula que me preocupó.

—Dime —soltó—, ¿qué es eso que me han contado de Reece y tú?

—¿Qué? —grazné a la vez que pegaba un brinco en la butaca reclinable.

—Me han dicho que habéis estado pasando tiempo juntos —añadió con los ojos entrecerrados.

Me quedé boquiabierta. Reece y yo solo habíamos salido una vez, y no tenía la menor intención de pensar en esa noche delante de mi padre.

—¿Quién te lo ha dicho?

—Ayer por la mañana me encontré con Melvin en la ferretería. Me dijo que Reece había estado esperando a que terminaras de trabajar hace unas cuantas noches.

—Melvin alucina —aseguré con los brazos cruzados y los ojos en blanco.

—¿No es verdad, entonces?

¿Era decepción lo que acababa de oír en la voz de mi padre? Claro que sí. Estoy segura de que quería adoptar a Reece y a Colton.

—Mira, no quiero saber ningún detalle, y puede que solo estuviera siendo un caballero y asegurándose de que llegabas a casa bien después de lo que les ha pasado a esas chicas en el pueblo... —Se le apagó la voz, a la espera de mi respuesta.

—Creo que Melvin tiene que dejar de cotillear. —Me pasé un mechón suelto hacia atrás y miré por la ventana delantera. Por fin había parado de llover esa mañana, pero seguía haciendo un día gris—. Reece y yo... —¿Cómo iba a explicar qué éramos si no tenía ni idea?—. Estamos pasando tiempo juntos —terminé sin convicción.

Mi padre frunció el ceño.

—Somos amigos —me apresuré a añadir. Me había sonrojado—. Esta noche hemos quedado para cenar.

—Ah, ¿sí? —Una sonrisa le iluminó despacio la cara.

—Sí. —Cambié el peso de un pie al otro.

—Es un buen chico —comentó, sacudiendo despacio la cabeza—. Siempre he pensado que tú y él haríais buena pareja.

—No se lo digas a mamá.

Su sonrisa se ensanchó y sus ojos oscuros danzaron de alegría.

—¡Papá! Que no se te ocurra decirle nada a mamá. ¡Pensará lo que no es, empezará a planear nuestra boda y llamará a la madre de Reece!

—Y seguramente las dos se pondrán a tejer patucos para un nieto inexistente —coincidió con una risita.

—Por favor —gemí frunciendo la nariz—. No tiene gracia.

—No diré nada —respondió, pero sabía que estaba mintiendo. En cuando saliera por esa puerta llamaría a mi madre—. Tengo que volver a la oficina. Ven aquí y dame un abrazo.

Tras estrujarme hasta dejarme sin aliento, se marchó, pero no sin antes detenerse en el porche para decirme:

—Cierra la puerta con llave, Roxy.

Asentí y lo hice. Aunque esas dos chicas y la que había desaparecido, Shelly Winters, no vivían por allí, no era idiota. De hecho, volví a mi estudio dándole vueltas a la sugerencia de Reece de hacerme con un arma.

—No —dije en voz alta con una carcajada—. Acabaría disparando sin querer a alguien.

Además, el incidente con el libro apuntaba a que no tenía el mejor autocontrol del mundo cuando mis emociones estaban a flor de piel. Lanzar un libro y apretar un gatillo eran dos cosas muy distintas, desde luego, pero la idea de tener esa clase de poder final en las manos me seguía incomodando.

Mientras echaba un vistazo a los pinceles, mis pensamientos derivaron hacia la noche. Todo mi cuerpo vibraba de entusiasmo, pero ese zumbido feliz estaba recubierto de inquietud. Tendría que decirle la verdad sobre lo que había pasado entre nosotros, y sabiendo lo mucho que Reece detestaba las mentiras, era un riesgo enorme.

Podría perderlo antes de... antes de haberlo tenido siquiera.

Pero no había nada en mí que se planteara en serio seguir con la mentira, a pesar de que sospechaba que, incluso si decidía hacerlo, Reece no llegaría a enterarse. Pero eso sería una cobardía, y yo tenía unos ovarios de un tamaño decente.

Solo tenía que encontrarlos.

Me pasé el resto de la tarde trabajando en una pintura de Jackson Square, en Nueva Orleans. Nunca había ido, pero estaba obsesionada con ese sitio desde que había leído una novela romántica paranormal que se desarrollaba allí en su mayor parte.

Había obligado a Charlie a leer los libros y cuando éramos más jóvenes ir a Nueva Orleans figuraba en la lista de cosas que queríamos hacer antes de morir. Me prometí a mí misma que un día iría, no solo por mí, sino también por Charlie.

Así podría contárselo.

Me había imprimido muchas vistas distintas de la plaza, y me había decidido por una en que las tres agujas de la espectacular iglesia se elevaban por encima de la estatua ecuestre de Andrew Jackson. Probablemente fuera una de las pinturas más difíciles que había decidido hacer, teniendo en cuenta los abundantes detalles y capas que precisaba.

Las horas se me pasaron volando mientras trabajaba en el círculo de flores blancas plantadas delante de la estatua de bronce de Jackson. Me dolía la muñeca de los aproximadamente mil movimientos rápidos que garantizaban que los pétalos tuvieran definición, pero los resultados hacían que ese dolor sordo valiera la pena. Sin embargo, todavía no tenía claro si podría conseguirlo con acuarelas.

Eran cerca de las cinco cuando mi móvil sonó y me sobresaltó. Salí del ensimismamiento en el que siempre me sumía cuando pintaba, me levanté del taburete de un salto y me sequé las manos en mis viejos vaqueros cortos.

Esbocé una sonrisa atontada cuando vi que era Reece quien me llamaba.

—Hola —contesté mientras cogía uno de los pinceles.

—Hola, tengo malas noticias —comentó. Se oyó un frufrú de tela, como si se estuviera pasando una camiseta por la cabeza—. Voy a llegar tarde esta noche. Acaban de llamarme para una situación con rehenes.

—¿Con rehenes? —pregunté, petrificada. Se me cayó el alma a los pies.

—Sí, puede que solo sea un paleto borracho al que hay que disuadir, pero han avisado a los SWAT.

Devolví el pincel a su sitio y parpadeé deprisa.

—¿Estás en el equipo de los SWAT?

—Llevo en él unos tres meses —explicó, y cerré los ojos con fuerza. Lo habría sabido si nos hubiéramos hablado—. Cariño, siento mucho tener que…

—No. No tienes que disculparte. —Y lo decía en serio—. Solo espero que todo salga bien y que… no corras peligro.

—Cariño —repitió, y el modo en que lo dijo provocó que mi corazón se pusiera en pie para ovacionarlo—. Yo nunca corro peligro. No tienes que preocuparte por mí.

—Ya lo sé... —susurré, tragando saliva con fuerza.

—Tengo que irme, pero si te apetece, puedo ir a verte después, en cuanto termine. Quiero verte, con o sin comida china.

Sonreí mientras cruzaba la habitación y descorría la cortina. Solo podía ver un roble inmenso. Por lo menos, creía que era un roble.

—Yo también quiero verte. Ven cuando quieras.

—Podría ser muy tarde —me advirtió—. Podría no ser hasta mañana por la mañana.

—No importa. Escríbeme por si estuviera dormida —le pedí—. Ven cuando puedas.

—Lo haré. Nos vemos entonces.

Me aferré al móvil sin respiración.

—Por favor, ten cuidado, Reece.

Hubo una pausa.

—Lo tendré. Hasta pronto —se despidió.

—Adiós.

Me alejé de la ventana, dejé el móvil en la mesa y miré el lienzo. Sí, me decepcionaba que quizá no pudiera verlo, pero lo que estaba sintiendo no tenía nada que ver con eso. En realidad era insignificante en comparación.

Reece me había dicho que no me preocupara, y lo cierto era que había hablado como si no fuera nada importante, pero se trataba de una situación con rehenes. ¿Cómo no iba a ser importante? No tenía ni idea de que formara parte del equipo de los SWAT. No era que ser agente de policía no fuera peligroso de por sí, pero ¿añadir el equipo de los SWAT a eso? Madre mía, no había pensado en lo peligroso que era para él.

Crucé los brazos alrededor de la cintura. Tenía un nudo en el estómago. Era como si hubiera vuelto a los días en que lo enviaron a combatir y tenía que lidiar con el angustioso temor de que le pasara algo terrible.

Por eso no podía enamorarme de él. Follar estaba bien. Salir era excelente. Pero enamorarme de él, permitirme llegar a algo tan profundo con él... Ni de coña. Podría perderlo como... como estaba perdiendo a Charlie.

Como ya había perdido a Charlie.

Y, aunque se trataba de una clase distinta de amor, ya estaba escarmentada de ese tipo de dolor.

Volví a concentrarme en la pintura, y cada vez que mis pensamientos empezaban a vagar, me centraba otra vez. Cerca de las siete, me di una ducha rápida por si Reece no llegaba tan tarde. A las nueve me preparé un bocadillo de atún y me lo comí sin apartar la mirada del teléfono.

Muy a mi pesar, hacia las once consulté las noticias locales en internet. Un titular de última hora parpadeaba bajo la fotografía de unas luces rojas y azules frente a un área densamente arbolada.

Se me tensó el estómago mientras repasaba el breve artículo. No se sabía gran cosa sobre la situación de *impasse* en la que estaba Reece en ese momento, salvo que un hombre tenía retenida a su esposa y, al parecer, a sus dos hijos pequeños, en su casa en contra de su voluntad.

—Dios mío —susurré, incapaz de imaginar lo que esa mujer y sus hijos debían de estar pasando, ni cómo nadie podía hacerle a su familia algo así.

Inquieta e incapaz de ver la tele, acabé cambiándome y poniéndome una de las camisetas demasiado grandes que había tomado prestadas con todo mi cariño de mi hermano mayor. Me llegaba hasta debajo de los muslos, justo el largo suficiente para hacer las veces de vestido. Estaba cubierta de pintura seca y era perfecta para trabajar. Me recogí el cabello hacia arriba y hacia atrás, apartado de la cara, y volví a pintar.

Las horas se difuminaron hasta convertirse en una nebulosa de tonos que se mezclaban entre sí mientras intentaba plasmar el color adecuado para la estatua de bronce y empezaba el casi doloroso esbozo del caballo y de Andrew Jackson. Dibujarlo tenuemente con un lápiz en el lienzo era la única forma en que podía hacerlo, pero creía que, una vez hubiera aplicado la pintura, nadie se daría cuenta de que lo había esbozado antes. A veces tenía la impresión de ser una farsante por hacer eso, porque había artistas que podían pintar cualquier cosa a mano alzada. ¿Pero yo? Yo no era uno de ellos.

Es probable que hubiera empleado mejor ese tiempo trabajando en el proyecto de las páginas web, pero me prometí a mí misma que lo haría el martes por la noche. Me quedaban unos cuantos días antes del plazo de entrega, y pintar…, bueno, era lo que necesitaba en aquel momento.

Tenía pintura seca en mis dedos doloridos cuando el móvil me avisó de la llegada de un mensaje. Salí disparada del taburete, como si me hubieran pinchado en el culo, y cogí el teléfono. Era de Reece. Dos palabras.

Estás levantada?

Respondí más deprisa que un pistolero en el salvaje oeste y disparé un Sí. Pasado un instante, él disparó de vuelta: Llegaré enseguida.

Con el corazón acelerado, dirigí la vista hacia donde aparecía la hora en el móvil. Madre mía, eran casi las tres de la madrugada. Fui rápidamente hacia el salón, dejé el teléfono en la mesita de centro e iba a correr hacia el dormitorio para cambiarme cuando vi unos faros por la ventana delantera.

Me acerqué a toda velocidad a la ventana y aparté la cortina. Los faros estaban justo delante de mi coche. Se habían parado. Un segundo después se apagaron. En el fondo sabía que tenía que ser Reece, que me había escrito de camino hacia mi casa.

Como un animal salvaje sorprendido delante de un coche, me quedé petrificada mientras observaba cómo una sombra alta cobraba forma y se acercaba por la acera. Puede que se me escapara un chillido cuando oí llamar con suavidad a la puerta.

Mi giré, dejé las gafas en la mesita de centro, salí disparada hacia la puerta y alargué el cuello. No pude ver una mierda por la mirilla, pero como sabía que tenía que ser Reece, abrí.

Y me quedé embobada mirándolo.

Reece iba vestido como si saliera de una de mis fantasías. Una ajustada camiseta negra acentuaba sus anchas espaldas, los brazos y el tórax. Era imposible no ver lo estrecha que era su cintura. Llevaba la prenda metida por debajo de unos pantalones tácticos negros, y las botas a juego que calzaba completaban el espectacular conjunto.

Vale. Me gustaba mucho el uniforme de los SWAT.

Retrocedí para dejarlo entrar mientras mi mirada ascendía por su cuerpo. Avanzó con una bolsa de lona en la mano derecha. Tenía los nudillos blancos. Estaba tan absorta mirándolo que no me había dado cuenta de que él me estaba observando con la misma avidez e intensidad. En ese momento caí en la cuenta de que solo llevaba puesta la camiseta.

No me hizo falta echarme un vistazo a mí misma para saber que estaba hecha un desastre.

Reece cerró la puerta al entrar e hizo girar la llave sin apartar los ojos de mí, lo que, a mi entender, exigía cierto talento. Inspiré hondo.

—¿Va... todo bien? —pregunté.

Había algo en el modo en que me miraba al dejar la bolsa de lona detrás de la butaca reclinable. Era tosco, carente por completo de filtro y algo... tenso. Como si fuera una cinta elástica que se ha estirado demasiado.

—No —respondió sacudiendo la cabeza.

Alcé los ojos hacia él sin saber qué decir. Un escalofrío me danzó sobre los hombros.

Su pecho se elevó y descendió al respirar hondo.

—Ese tío, el de la situación con rehenes. No ha habido forma de disuadirlo.

Contuve la respiración.

—Ha empezado a disparar por las ventanas y nos han dado la orden de entrar. —Mientras hablaba, sus ojos azules se oscurecieron hasta adquirir el color del cielo tormentoso—. Era demasiado tarde. Había disparado a su mujer y se había suicidado. Y no era un calibre pequeño. Los niños lo vieron. Uno de ellos era demasiado pequeño para entenderlo, pero el chaval… Él sabe perfectamente lo que ha pasado. Siempre lo sabrá.

Se me saltaron las lágrimas, boquiabierta.

—Dios, Reece, lo siento mucho. No sé qué decir.

Ni se me había pasado por la cabeza que la noche acabaría de esa forma para él. Sabía que se trataba de una situación grave. Evidentemente sabía que podía acabar mal, pero no podía ni imaginarme lo que era levantarse una mañana normal, con planes, para de repente recibir una llamada como aquella. Y acudir sin tener ni idea de que ibas a ver cómo alguien acababa con la vida de otra persona, y con la suya propia. Por no mencionar cómo tenía que haber sido para aquella familia.

Aunque, en cierto sentido, supongo que sí me lo podía imaginar.

Al despertarme aquella mañana, cuando tenía dieciséis años, jamás habría pensado que perdería a mi mejor amigo esa misma noche. Una nunca sabía cuándo la vida iba a cambiarle irrevocablemente. Sin avisar. En todo caso, siempre ocurría cuando todo estaba bien y en calma.

—¿Qué puedo hacer? —pregunté, parpadeando para contener las lágrimas. Lágrimas por una mujer y una familia a la que nunca había conocido, lágrimas por el hecho de que Reece había tenido que estar cerca de esa situación, especialmente dado su historial. Quería preguntarle si se encontraba bien, asegurarme de que lo estaba, pero antes de que pudiera hacer nada, él pasó a la acción.

Cruzó la distancia que nos separaba sin decir nada. La tensión impregnó el ambiente, que se volvió denso. Reece me sujetó las mejillas con una delicadeza increíble. Acercó sus labios a los míos, pero la forma en que me besó no tuvo nada de suave. No fue una lenta seducción para mis sentidos. Se apropió de ellos con un beso que me invadió y me dejó acalorada como si me hubiera pasado todo el día bajo el sol abrasador del verano.

—Roxy —dijo levantando la cabeza—. Te deseo. Muchísimo. Y necesito… Te necesito ya. —Extendió sus dedos en mis mejillas—. Si quieres que vaya despacio, puedo hacerlo. Lo haré. Pero dímelo ahora, Roxy, porque no puedo más y cuando te desnude no voy a perder el tiempo. Necesito estar dentro de ti.

Sus palabras enviaron una descarga desde mi corazón hasta mi alma. Temblé al mirarlo a los ojos.

—No… No vayas despacio.

13

Por descabellado que pareciera, sabía lo que Reece necesitaba. Cuando pasó todo aquello con Charlie, sentí una enorme frustración acumulada, surgida de la impotencia, y mi única vía de escape había sido pintar. Pero a veces eso no había sido suficiente, y había llenado la bañera, me había sumergido bajo el agua y había gritado con todas mis fuerzas. Esa frustración había aumentado hasta niveles horrorosos cuando Charlie empezó a desvanecerse para transformarse en lo que apenas era el caparazón de una persona.

Reece sentía aquello esa noche.

La vida estaba ahí y, de repente, ya no. Como un tren que descarrila. Y él no había podido hacer nada para impedirlo. Sentía la misma frustración, la misma impotencia que yo con Charlie, y yo sabía lo que necesitaba, ese impulso casi instintivo que nos recordaba que seguíamos vivos.

Me besó de nuevo, y si había pensado que antes me había vuelto los sentidos del revés, me equivocaba. Ese beso me hizo tambalear las rodillas y que lo necesitara a un nivel casi doloroso.

Enterró las manos en mi cabello para deshacerme con destreza el moño. Mi pelo cayó mientras él me pasaba los dedos por el cuero cabelludo. Ladeó la cabeza e intensificó el beso. Cuando me recorrió los brazos con las manos hasta la cintura, jadeé en su boca.

Emitió un sonido grave y me levantó del suelo. Mis piernas le rodearon la cintura como si hubieran anhelado hacerlo desde siempre. Le pasé los brazos alrededor del cuello susurrando su nombre.

—Tengo que llevarte a una cama —dijo, y comenzó a caminar—. O te haré mía aquí mismo, en el suelo.

Me estremecí, puede que más excitada por esa perspectiva de lo que debería. Le di un beso en la comisura de los labios y otro en la mandíbula mientras me llevaba a mi dormitorio. Deslicé los dedos por su pelo suave y por los músculos firmes de la parte superior de su espalda. No podía creerme lo fuerte que era.

Tras pararse el tiempo necesario para encender la luz del cuarto, me dejó en la cama, de rodillas. El calor invadió todas mis células cuando retrocedió y se sacó la camiseta de debajo de los pantalones tácticos. Yo prácticamente jadeaba cuando se la pasó por encima de la cabeza y la dejó caer al suelo.

Joder. Todo él era un espectáculo, desde la forma en que se le tensaban los músculos del abdomen hasta cómo se le contraían los bíceps al desabrocharse el cinturón.

De modo que se lo dije mientras me sentaba en cuclillas:

—Eres guapísimo.

—¿Guapísimo? —dijo, esbozando media sonrisa.

—Sí. Guapísimo.

Dejó el cinturón, me sujetó la cara y me echó la cabeza hacia atrás. Esa vez, cuando me besó, fue suave y dulce, como una especie de bendición. Me excitó tanto y tan deprisa como sus besos más apasionados.

Reece se enderezó una vez más y siguió con su estriptis personal, uno para el que yo habría deseado disponer de billetes de cien dólares. Los habría agitado en el aire como una posesa.

Sonriendo, se desabrochó el botón y, a continuación, se bajó la cremallera. Se detuvo el tiempo suficiente para quitarse las botas y los calcetines. Y luego se deshizo de los pantalones y los bóxers.

Era... Dios, ni siquiera podía pensar mientras me empapaba de él.

—Arriba —ordenó moviendo los dedos.

Me puse de rodillas. Sus ojos se encontraron con los míos cuando alargó la mano hacia la camiseta y me la quitó. Me quedé solo con unas bragas. Si hubiera sido lista habría elegido, sin duda, algo más sexy. Como el tanga de encaje negro que tenía. Pero no, llevaba un culote de rayas finas. Aunque pronto me di cuenta de que a él le daba absolutamente igual.

Reece me recorrió el cuerpo con su mirada apasionada.

—Tú... Tú sí que eres guapísima, Roxy. —Alargó la mano hacia mí y me acarició el pezón erecto con el pulgar—. No yo. Tú. Toda tú.

Arqueé la espalda y alargué la mano hacia él, hacia su miembro hinchado y duro, pero me atrapó las muñecas sacudiendo la cabeza.

—Quiero recorrerte entera. Con las manos y con la boca. —Me soltó las muñecas y me paseó los dedos por los pechos, entreteniéndose en las sensibles puntas—. Especialmente aquí. Y quiero saborearte.

Con el pulso latiéndome con fuerza, me humedecí los labios cuando él me echó con ternura hacia atrás para dejarme boca arriba.

—Quiero saborearte aquí. —Reece bajó las manos y me recorrió con ellas el abdomen. Me rodeó la entrepierna con una y levanté la espalda de la cama—. Sí. Esto. Me muero de ganas de saborear esto. —Desde luego, sabía lo que hacía cuando me frotaba a través del fino algodón—. Pero no puedo esperar.

—No esperes. —Alcé las caderas.

Sus ojos centellearon de pasión antes de quitarme las bragas.

Y ahí estábamos, los dos en pelotas. Ya habíamos estado antes en este punto, pero no llegamos lejos. Se me cayó el alma a los pies. Tenía que contarle lo de aquella noche, pero ¿cómo iba a hacerlo entonces, después de lo que le había pasado hoy? ¿Después de decirme que me necesitaba en aquel instante?

Estuviera bien o mal, no iba a dejar de estar ahí para él.

Reece apoyó una rodilla en la cama y se situó sobre mí de un modo que me recordó a una pantera acechando a su presa. Flexionó los brazos al acercar sus labios a los míos. Alcé la mano para tocarle la cara, pero me detuve.

—Tócame —me ordenó en voz baja—. Me gusta cuando me tocas.

—Tengo las manos llenas de pintura —dije entre beso y beso—. Lo siento.

Me agarró y entrelazó sus dedos con los míos mientras se apoderaba de mi boca con otro beso intenso, apasionado.

—No te disculpes. Eres tú. Es supersexy.

No tenía ni idea de cómo me seguía latiendo el corazón cuando se llevó mi mano a la boca y me dio un beso en el centro de la palma. Dios. En ese momento me hizo suya, suya por completo.

Llevó de nuevo sus labios a los míos y enredó mi lengua con la suya. Un placer abrasador me recorrió el cuerpo cuando pasó las manos por debajo de mis brazos y me levantó para colocarme en el centro de la cama. Sin separar en ningún momento su boca de la mía. Su fuerza era abrumadora, electrizante, de hecho.

Su cuerpo se acomodó encima del mío, y noté cómo su pene me presionaba la cadera. Sus besos se volvieron más intensos, más apremiantes. Me mordisqueó el labio cuando levantó la cabeza.

—¿Tienes un condón? —preguntó con la voz cargada de deseo.

—Sí —asentí mientras le recorría los hombros y la parte superior de los brazos con las manos. Su piel era fantástica, suave como el satén extendido sobre el acero. Me imaginé que así era como debía de ser la estatua de bronce de Andrew Jackson. Inmaculada—. Tiene que haber algunos en el cajón de arriba de la mesita de noche. —En cuanto esas palabras salieron de mi boca, me preocupó lo que pudiera pensar, ya que era obvio que tenía una reserva—. Puedo cogerlo...

—No. Ya lo cojo yo.

Me besó la punta de la nariz y la frente, y la dulzura con que lo hizo casi eclipsó el alivio que redujo la tensión en mi cuello. Le importaba cero. Ni siquiera se detuvo a preguntarse por qué. Ese hombre era perfecto.

Realmente perfecto.

Porque cuando apoyó una mano en la cama al lado de mi cabeza para incorporarse, sus músculos hicieron toda clase de cosas increíbles. Alargó el cuerpo sobre mí hacia el lado de la mesita, y me fascinó ver cómo se le movían los músculos de los costados. Apenas oí abrirse el cajón por encima del estruendo de mi corazón. Nunca en mi vida había estado tan excitada.

—Menos mal que estás preparada. —Su voz ronca me provocó una oleada de pequeños escalofríos por todo el cuerpo mientras metía la mano en el cajón—. Porque yo no... Joder, eres increíble.

—¿Tanto te excita un condón? —pregunté con una ceja arqueada.

—No. Qué va. —Alargó el cuerpo un poco más y levantó la mano. Miré lo que sostenía—. Pero esto sí.

—Mierda —murmuré. En la mano tenía mi fiable, y a menudo útil, vibrador. ¿Cómo coño había podido olvidar que lo guardaba en el mismo cajón? Con la cara coloradísima, me quedé mirando lo que había sido mi novio durante cierto tiempo. Era uno de esos bonitos de verdad. Un conejito rosa fuerte—. Necesito un puente del que tirarme. Ahora mismo. Ya.

—No —dijo esbozando media sonrisa—. Me encanta. Me

gusta pensar en ti usando esto. —Esa sonrisa se volvió pura picardía—. Y te aseguro que vamos a usarlo.

Se me desorbitaron los ojos mientras algunas partes de mi cuerpo se ponían a mil al oírlo.

—¿Ahora? —grazné.

—Te gustaría, ¿eh? —Agachó la cabeza para darme un beso rápido—. Esta noche, no. Necesito estar dentro de ti, pero vamos a usarlo fijo. Te lo prometo.

—Me gusta esa promesa —admití, ruborizándome hasta las raíces del pelo. Ningún chico con el que hubiera salido había mostrado el menor interés en usar juguetes durante el sexo. Ni siquiera sabía que les apeteciera hacer eso.

—Ya te digo. —Soltó una risa grave.

Tras dejar el vibrador donde lo había encontrado, se puso de costado con un condón en la mano. Rompió el envoltorio, hizo una pausa, y sus ojos azules se encontraron con los míos.

—¿Has pensado alguna vez en mí cuando lo usabas?

La verdad se me escapó en cuanto me incorporé apoyada en los codos:

—Sí.

—Joder —gruñó.

Mi mirada hambrienta observó cómo se colocaba el condón con una rapidez impresionante. Después me puso una mano en la mandíbula y me echó la cabeza hacia atrás. Esa vez, cuando me besó, fue más despacio, lánguido y sensual mientras me recostaba de nuevo en la cama. Una parte de mí esperaba que se pusiera encima y fuera al grano. No me habría quejado si lo hubiera hecho, pero no fue eso lo que hizo, a pesar de sus palabras.

Me recorrió el cuello con la punta de los dedos en dirección a uno de mis pezones, y sus labios los siguieron. El recorrido de sus besos apasionados y de sus suaves mordiscos hizo que le clavara las uñas en los hombros. Cuando llegó a mi pecho, se entretuvo en chuparlo, arañarlo con los dientes y lamerlo para aliviar la mezcla erótica de placer y punzadas deliciosas de dolor. Cuando pasó al otro, su mano avanzó por mi abdomen y entre mis piernas. Las separé para darle acceso a lo que ambos deseábamos. Me noté los pechos tensos y sensibles cuando me introdujo un dedo, lo que me hizo soltar un gemido agudo.

—Qué bien, ya estás preparada. —Reece se incorporó de nuevo y agachó la cabeza para mirar la totalidad de nuestros cuerpos. Al verlo observar lo que me estaba haciendo sentí como si por mis venas circulara lava fundida.

La combinación del contacto físico y de su imagen casi me llevó al límite. No podía pensar cuando me provocaba con sus caricias.

—Dios, me encanta tocarte. —Me introdujo otro dedo, y mis caderas reaccionaron agitándose mientras encogía los dedos de los pies—. Me apostaría algo a que podrías correrte así.

Le sujeté la muñeca, no para detenerlo, sino para que siguiera. La sensación de sus tendones moviéndose contra mi palma me volvía loca. Reece tenía mucha razón. Noté cómo la tensión se me acumulaba en la parte inferior de mi vientre. No sabía cómo le resultaba tan fácil llevarme al límite. Era como si dispusiera de un mapa secreto que le informara de cada paso necesario. Nunca había sido así. La mayoría de las veces todo había acabado incluso antes de que estuviera así de cachonda.

Alcé la mirada hacia él y, por un segundo, no pude respirar. Seguía concentrado en observar lo que estaba haciendo, y sí, solo eso ya era sensual, pero supe que no se había dado cuenta de que el corazón me había implosionado. Lo quería. Joder, lo había querido desde que podía acordarme. Me atraía físicamente, pero era más que eso. Se trataba de algo mucho más fuerte, y puede que lo que Katie había dicho sobre lo que sentía por él no estuviera demasiado lejos de la verdad. Noté una opresión en el pecho al mirarlo.

Mentiría si dijera que aquello no iba más allá del deseo. Mentiría si dijera que la historia entre nosotros no era importante. Lo era... para mí por lo menos.

Reece podía romperme el corazón.

Entonces hizo algo con el pulgar que acabó con todos los pensamientos que tenía en la cabeza. Arqueé la espalda y elevé las caderas para empujarlas contra su mano. Soltó una risa al alejarla de mí.

—Necesito estar dentro de ti. —Se situó sobre mí y noté los pezones incluso más sensibles cuanto mis pechos rozaron sus pectorales firmes. Estaba en llamas. Sentía cada roce de sus dedos en todo mi cuerpo.

Le rodeé las caderas con las piernas y lo noté entre mis muslos. Aquello iba a pasar por fin. Una parte de mí no podía creérselo y medio esperaba que se quedara dormido.

Mirándome con unos ojos tan azules que no parecían reales en aquel momento, me rodeó la cadera con la mano derecha. Me estremecí mientras le sostenía la mirada y le pasé un brazo por el cuello.

Sin apartar la vista de mí, Reece empujó con las caderas. Se me escapó un pequeño grito. Sentí una breve punzada, una sensación de presión casi dolorosa, que me indicaba que por bueno que fuera ese vibrador, no tenía ni punto de comparación con Reece.

—Joder. —Él balanceó las caderas mientras yo entrelazaba los tobillos, deleitándome con el gemido que le zarandeó todo el cuerpo. Se quedó quieto un instante, mientras se elevaba y descendía con rapidez. Estaba tan dentro de mí que notaba cada respiración suya.

Entonces, con la mirada fija en la mía, salió despacio casi por completo y volvió a penetrarme, alargando el movimiento. Le apreté el brazo cuando descansó su peso en mí. Me cubrió un pecho con la mano y describió círculos con el pulgar alrededor del sensible pezón.

Me perdí en sus ojos, me perdí en la forma en que su cuerpo me hacía sentir. Temblaba de tanto contenerse.

—No tienes ni idea de lo mucho que quiero follarte —dijo sacudiendo un poco la cabeza.

Era lo que me había advertido que quería hacer, pero se estaba refrenando. Alargué el cuello y lo besé. Sus labios se separaron y mi lengua jugueteó con la suya.

—Está bien —susurré rozándole los labios con los míos al hablar.

Reece apoyó su frente en la mía mientras movía despacio las caderas.

—Roxy...

—Fóllame —le pedí en voz baja. Esa palabra me abrasó el cuerpo de muchas formas.

Reece gimió y, tras elevar las caderas, volvió a empujar su cuerpo contra mí. Su boca encontró la mía al perder por completo el control que tenía. Se movió con fuerza, con un ritmo que casi me resultaba imposible seguir.

Me cogió la mano. Como antes, se la llevó a los labios y después entrelazó sus dedos con los míos. Apoyó nuestras manos unidas en el colchón y presionó sus caderas contra las mías.

Un placer intenso me recorrió el cuerpo. Eché la cabeza hacia atrás y le apreté la mano mientras la tensión iba creciendo. Increíblemente aumentó el ritmo y el cabecero de la cama empezó a golpear la pared. Eso y los sonidos de nuestros cuerpos me llevaron al límite.

Me corrí con un grito agudo que retumbó por toda la habitación mientras mi cuerpo se estremecía alrededor del suyo. El orgasmo me vació el aire de los pulmones. El placer me llegó a oleadas que me elevaron hasta que tuve la sensación de que cruzaría el techo flotando o que mis huesos acabarían hechos papilla.

Por un maravilloso instante supe cómo podría plasmar ese... ese sentimiento en el lienzo. Sería un cielo teñido de violetas y azules intensos, azules que hacían juego con sus ojos. Sería el cielo tras una tormenta tumultuosa.

Reece colocó la cabeza en el espacio entre mi cuello y mi hombro y me soltó la mano. Me pasó un brazo por debajo de la zona lumbar para levantarme de la cama. Se colocó sobre mí y me embistió con una necesidad febril. Al penetrarme lo más hondo que pudo, noté su respiración en mi oreja. Gruñó mi nombre a la vez que su cuerpo se contraía espasmódicamente, y me fue abrazando con más y más fuerza hasta que no quedó ningún espacio entre nosotros mientras yo me aferraba a él, recorriéndole con los dedos las puntas suaves de su pelo. Lo sujeté hasta que la tormenta pasó, hasta que mi frenético corazón empezó a latir más despacio.

Pasó un buen rato antes de que Reece se pusiera de costado. Todavía me rodeaba con el brazo. Seguía estando dentro de mí.

—Lo siento —murmuró con voz pastosa—. Debo de haberte aplastado.

—No me ha importado —respondí con la mejilla pegada en su pecho.

Su otra mano encontró el camino hasta mi cabello alborotado y me acarició la parte posterior de la cabeza.

—No te he hecho daño, ¿verdad?

—No. Al contrario —murmuré—. Ha sido…

—¿Más que perfecto?

—Sí, ha sido más que perfecto —coincidí con una risa débil.

Me echó la cabeza atrás y abrí los ojos. Me estaba sonriendo de un modo que hizo que sintiera un cosquilleo delicioso en mi interior. Agachó la cabeza para besarme con ternura.

—Deja que me encargue de esto, ¿vale?

Me mordí el labio inferior cuando salió de mí. Luego balanceó las piernas por encima del borde de la cama y se puso de pie, de modo que tuve una vista fantástica de su culo perfecto. Salió al pasillo, y yo me quedé despatarrada en la cama. Me recorrió las piernas desnudas una brisa fría que debía de proceder del armario, pero estaba demasiado exhausta para bajar la mano y taparme con las sábanas o cerrar la puerta.

Cerré los ojos y solté un suspiro saciado. Los músculos no me respondían y había partes de mi cuerpo que estaban ligeramente doloridas, pero eso no empañaba para nada la maravillosa sensación de felicidad que me recorría.

—Preciosa —murmuró Reece cuando regresó a la cama. Puso las manos a cada lado de mí y me tocó con la nariz la parte del cuello que no me tapaba el pelo—. ¿Puedo convencerte de alguna forma de que duermas así cada noche?

Se me escapó otra risa tonta.

—Quizá —respondí abriendo un ojo.

—¿Si te lo pido bien?

—Puede ser.

Tiró del edredón de debajo de mi cuerpo relajado y la cama se hundió bajo su peso. Una parte enorme de mí esperaba que, llegados a este punto, se largara a toda prisa. Supongo que porque no estaba segura de lo que estábamos haciendo, de lo que él pensaba que estábamos haciendo, me sorprendí cuando nos tapó con el edredón y me resituó para colocar mi espalda contra su pecho.

Aquello era… buena señal, y me pareció que tenía que significar que era algo más que un simple polvo o la necesidad de liberar frustraciones.

Soñolienta, volví la cabeza parar mirarlo. Había apagado la luz al regresar, pero podía distinguir la forma pronunciada de su pómulo.

—¿Estás bien? —pregunté.

Pasó un instante antes de que respondiera y, cuando lo hizo, demostró haber entendido a qué me refería.

—Mucho mejor. Siento haber venido así a tu casa. Es solo que… ver que hay vidas que se acaban sin motivo y no poder hacer nada para cambiarlo no se vuelve más fácil con el tiempo.

—No tienes por qué disculparte. —Me giré para estar de cara a él. Tenía los ojos abiertos y una sonrisa suave le iluminaba la cara—. Me alegra haber podido… estar aquí para ti.

—A mí también.

—Sé que tiene que ser duro. —Antes de que pudiera pensar en lo que estaba haciendo, le di un beso rápido en los labios—. Ojalá fuera distinto.

—Ojalá —dijo mientras su brazo me sujetaba la cintura con más fuerza. Entonces me besó la frente. Cerré los ojos de nuevo y pasó un momento—. Te propongo algo. Si me prestas unos huevos por la mañana, te prepararé una tortilla tan rica que la querrás todas las mañanas.

—Trato hecho, entonces —solté, apretujándome contra él con una sonrisa.

14

Me desperté antes que Reece.

Todavía era temprano y apenas se colaba una franja de luz a través de las persianas de la ventana que había al otro lado de la cama. Estábamos entrelazados, de forma que nuestros brazos y piernas formaban un *pretzel*. Yo estaba de costado, con la espalda cerca de la parte delantera de su cuerpo.

Cuando me atreví a volver la cabeza para mirarlo, me quedé contemplándolo lo que probablemente era una cantidad exagerada de tiempo, pero no resultaba fácil pillarlo tan relajado. Las líneas esculpidas de su cara estaban en calma. No había el menor rastro de su cara de poli, aunque no cabía duda de que era un hombre que había luchado en el extranjero por nuestro país, que había vuelto a casa y que seguía poniendo en peligro su vida cada vez que iba a trabajar.

Si era sincera conmigo misma, seguramente era el primer hombre con el que había estado. Eso no significaba que los demás chicos fueran críos, pero ninguno de ellos asumía la misma clase de responsabilidad que él. Lo peor a lo que cualquiera de ellos se enfrentaba era el retraso de un avión o que internet se les colgara cuando estaban jugando a *Call of Duty*.

Él era más que la mera suma de lo que hacía para ganarse la

vida. Sí, era valiente y fuerte, pero también era amable y honesto. Era leal. Era más listo que el hambre, y sabía tratar mi cuerpo como si estuviera hecho para él.

Mientras revivía mentalmente la noche anterior noté que me ardían las mejillas al recordar con meridiana claridad que le pedí que me tomara, pero sustituyendo el verbo «tomar» por el verbo «follar», y nunca le había dicho eso a nadie.

Recordaba haberme quedado dormida de cara a él, hablando de tortillas y de tratos, y ahora lo único en lo que podía pensar era en… en lo fantástica que había sido nuestra primera vez.

Nuestra primera vez.

Recorrí con la punta de los dedos su mano inmóvil, siguiendo los fuertes músculos y los huesos. Llevaba muchísimo tiempo fantaseando sobre acostarme con Reece. Años, en realidad. A pesar de que estuvimos a punto de hacerlo hacía meses, e incluso después de lo que hicimos la noche del sofá, nada de eso se acercaba a lo que era de verdad estar con él. Había sido increíble.

Nuestra primera vez.

Era eso en lo que estaba pensando cuando me desperté. Tal como había ido todo la noche anterior, había tomado la decisión de retrasar la conversación que debía tener. No me arrepentía de ello. Era la decisión correcta, pero iba a volverme loca si no aclaraba el…

Reece se movió detrás de mí sin avisar. Entrelazó sus dedos con los míos a la vez que metía la pierna entre mis muslos para separarlos. En menos de un segundo tenía sus caderas contra mi culo y su cara hundida en mi cuello. Podía notársela, caliente y dura, deslizándose entre mis piernas, situándose donde, de repente, la ansiaba.

—Buenos días —murmuró acariciándome el cuello con la nariz. Luego me soltó la mano, me sujetó la cadera y tiró de mí hacia atrás, contra su erección.

—Buenos días —gemí, mordiéndome el labio inferior.

Me atrapó el lóbulo de la oreja entre los dientes y yo solté un grito ahogado. Entonces, con una risa, giró las caderas para presionar mi entrepierna. Mi cuerpo se arqueó solo, y él me soltó la oreja para descender por mi cuello. Joder, sí que tenía ganas de jugar por la mañana.

—Tengo un dilema —comentó con la voz ronca por el sueño y la excitación.

Y yo también, porque estaba dividida entre detenerlo para tener una conversación muy necesaria y ver adónde llevaba aquello.

—Me apetece mucho una tortilla —prosiguió, mordisqueándome el hombro mientras movía de nuevo esas caderas mágicas—. Creo que he soñado con ella.

—¿En serio? —solté con la voz entrecortada.

—Sí, cariño. —Me subió la mano por la cintura y me rodeó con ella un pecho. Me lo apretó con suavidad—. Pero también quiero follarte hasta dejarte sin sentido.

Ay, Dios.

Era ridículo lo mojada que estaba, y no ayudó que me cogiera el pezón entre los dedos.

Vale. Tenía que concentrarme en lo importante.

—Reece… —Se me escapó un grito cuando él se restregó contra mí y me dio en ese punto—. Ay, Dios…

—Sé que a ti te apetece la tortilla, porque he de decir que preparo una tortilla de puta madre. —Me separó más las piernas con la rodilla y me apoyé en el antebrazo—. Tendrás un orgasmo gastronómico cuando la pruebes.

Era muy probable que fuera a tener un orgasmo en ese momento.

Tras pasarme el pelo por encima del hombro, me dio un beso en la base del cuello.

—Pero ¿cómo coño me alejo de esto…? —Sus dedos hicieron algo verdaderamente pecaminoso con mi pecho. Eché las caderas otra vez hacia atrás y pasó. No sé cómo. Llamadlo intervención divina, pero me introdujo la punta del pene —. Joder —gruñó manteniéndose inmóvil—. A la mierda la tortilla.

En un instante estaba dentro de mí, hasta el fondo.

—¡Reece! —chillé. Mi cuerpo era un torbellino de sensaciones intensas y abrumadoras. En esa postura, la plenitud y la longitud de su miembro era superior.

—Me encanta cómo gritas mi nombre. —Me apretó el pecho al empezar a moverse y a empujar despacio con las caderas para golpear todas las terminaciones nerviosas de las que gozaba mi cuerpo—. Hazlo otra vez —ordenó. Su voz me acarició como si fuera terciopelo.

Obedecí.

El placer me recorría la piel a medida que balanceaba las caderas hacia atrás contra las suyas. Reece me puso la mano en el abdomen y empujó, sellando su cuerpo con el mío al moverse, y me colocó de rodillas. La sensación de tenerlo detrás de mí era intensa, irresistible y maravillosa.

Me moví hacia atrás para ir a su encuentro, estremeciéndome al oír su aprobación. Me sujetó con más fuerza y empezó a embestir con rapidez y con fuerza. Deslicé las manos por la cama hasta alcanzar los barrotes del cabecero. Los sujeté, y me aferré a ellos mientras él me penetraba.

La cabeza me daba vueltas. No podía distinguir dónde terminaba su cuerpo y dónde empezaba el mío. Nos movimos los dos frenéticamente hasta que su fuerte brazo se deslizó por debajo de mis pechos y me levantó. Mis manos golpearon la pared por encima de la cama y sus caderas aceleraron el ritmo.

Reece, totalmente al mando, me rodeó la barbilla con la mano para ladearme la cabeza. Me pasó un pulgar por el labio inferior y yo se lo atrapé para chupárselo a fondo.

Soltó algo que habría dejado sin habla hasta al más pintado y cubrió mi boca con la suya. Su beso, la forma en que su lengua acarició la mía, no era tan intenso como el modo en que se movía dentro de mí, aunque tampoco menos hermoso o devastador.

—Quiero notar cómo te corres —me dijo, con voz áspera, al oído—. Hazlo por mí, Roxy.

Ningún hombre me había hablado nunca así durante el sexo, y en ese momento descubrí que me provocaba algo. Mucho, porque, cuando me puso la boca en ese punto situado debajo de la oreja, llegué al clímax con una fuerza atronadora, con una rapidez fulgurante, y el fuerte gruñido que soltó contra mi cuello fue la primera advertencia del espasmo frenético de sus caderas un segundo antes de que saliera de mí. Algo húmedo y cálido me roció la zona lumbar. Mi cuerpo se siguió estremeciendo mientras su mano deambulaba ociosamente por mi abdomen. Ninguno de los dos se movió por unos instantes. Después, me alisó con cuidado el pelo y me lo pasó por encima del hombro para apartarme los mechones que me caían en la cara. Recosté la cabeza en la almohada y dejé que volviera a dejarme despacio recostada en la cama, boca abajo.

La cabeza me daba vueltas cuando le oí decir:

—No te muevas.

Unos pocos segundos después noté que me pasaba algo suave por la espalda y el culo. Se me escapó algo parecido a un gimoteo; no había ninguna duda de que todo mi cuerpo estaba aún sensible.

La cama se sacudió cuando se dejó caer a mi lado, y me costó un esfuerzo enorme volver la cabeza hacia él.

Se cubría los ojos con un brazo, y mi mirada se quedó atrapada en su fuerte bíceps un momento. Reece estaba sonriendo.

Sonreía.

—Roxy —dijo, y bajó el brazo. Me miró con unas pestañas oscuras increíblemente tupidas. Me di cuenta de que nunca las había plasmado del todo bien cuando las había pintado—. ¿Tomas la píldora?

Empezaba a tener la cabeza más despejada, y se me tensaron las extremidades cuando mi cerebro asimiló su pregunta. «¿Tomas la píldora?». Sí. Tomaba la píldora. La tomaba. Cuando me acordaba. Había habido un periodo de sequía ese último año, y siempre usaba condones, así que a veces se me olvidaba. ¿Cuándo fue la última vez que se me olvidó? ¿Hacía dos semanas? ¿Fue más de una pastilla? Oh, por el amor de Dios. El corazón empezó a latirme con fuerza.

—No estaba pensando —dijo, y alargó la otra mano para acariciarme la espalda con la palma—. No me había pasado nunca. Te juro por Dios que nunca se me había olvidado ponerme un condón.

—Ni a mí. Tomo la píldora —comenté en voz baja—. Pero... Pero creo que me salté un día o dos hará un par de semanas.

No se levantó de la cama de un salto como si se le estuviera quemando el culo. Me observó un momento, se inclinó hacia delante y elevó el cuerpo para quedar sobre mí. Me besó la mejilla.

—He salido a tiempo. No pasará nada. Y si no ha funcionado... —Me besó la comisura de los labios—. Pues ya veremos juntos.

Dios mío.

¡Oh, mierda! Se me hizo un nudo en la garganta. No sé por qué. Era absurdo. Puede que fuera porque no lo hubiera acojonado la ligerísima probabilidad de que se hubiera producido algún tipo de inseminación. O tal vez fuera porque era tan... uf... tan todo.

Había vuelto a follar con él, sexo sin protección, porque me habían podido las hormonas, y seguía sin haberle contado la verdad sobre aquella noche.

Me besó otra vez y me dio una palmadita juguetona en el culo al levantarse.

—Venga. Una tortilla orgásmica nos espera.

Lo miré, tumbada boca abajo como estaba.

Una sonrisa despreocupada le cruzó el semblante mientras salía de la cama. Se agachó para recoger los pantalones del suelo y, tras ponérselos, me guiñó un ojo.

—¿Te importa si uso tu cepillo de dientes?

¿Importaba llegados a este punto?

—No —respondí.

—Será mejor que hayas levantado el culo de esta cama para cuando haya terminado. —Me guiñó un ojo de nuevo, se volvió y salió del cuarto.

Descalzo. Sin camiseta. ¡Si ni siquiera llevaba los pantalones abrochados!

Me quedé acostada un momento, sin saber qué debería asustarme más: ser una bruja por no haberle dicho todavía la verdad o la posibilidad de quedarme embarazada.

De acuerdo. Lo último era muy poco probable, y necesitaba dedicar toda mi energía a asustarme de algo más importante: lo de ser una bruja.

Cuando oí cerrarse el grifo del cuarto de baño y abrirse la puerta, fui yo la que dio un salto para levantarse de la cama a toda pastilla. Acababa de coger unos pantalones cortos de algodón y una camiseta sin mangas cuando apareció en el umbral.

Yo seguía en pelota picada, y él fue totalmente consciente de ello.

Volvió a entrar en la habitación, me rodeó la cintura con una mano, me levantó del suelo y me besó. Sabía a menta y a hombre, y casi se me cayó la ropa de la mano.

—Vas demasiado lenta esta mañana. —Me cargó en su hombro—. Tendré que intervenir.

Solté un chillido que era una carcajada medio sobresaltada.

—Madre mía, ¿qué estás haciendo?

—Llevando tu culo bonito... —Me puso una mano en el trasero, y yo me estremecí—. Este culo bonito de aquí al cuarto de baño.

Me aferré desesperadamente a mi ropa cuando él se giró y me llevó hasta el cuarto de baño, donde me dejó de pie en el suelo. Pero sus manos se entretuvieron en mis caderas desnudas y, después, en mis pechos. Emitió un sonido gutural y apoyó su frente en la mía.

—Ahora estoy pensando en meterte en esa ducha y…

—Vete. —Reí y le di un empujón en el pecho—. Aunque me apetece muchísimo que acabemos empapados y todo eso, no podríamos comernos la tortilla.

Ni hablar.

—Mmm… —Deslizó una mano hacia mi nalga y tiró de mí hacia él. Cuando se apretó contra mí, por descabellado que fuera, mi cuerpo empezó a excitarse otra vez. ¡Ese hombre era el sexo personificado! Me acarició la piel sobre la ceja con los labios—. Estaba pensando en mandar a la mierda la tortilla otra vez.

Bueno. La idea era tentadora. Todo en él era tentador, pero logré echarlo del cuarto de baño. Mientras me aseaba, me cepillaba los dientes y me lavaba la cara, me prometí a mí misma que no iba a permitir que nada me impidiera hablar con él.

Inspiré hondo y me miré al espejo mientras me hacía una coleta. ¿Dónde demonios estaban mis gafas? Buena pregunta. Tenía las mejillas sonrojadas, los ojos abiertos como platos y los labios con un aspecto hinchado de llevar horas recibiendo besos.

Coloqué bien el portacepillos azul con topos blancos y me puse muy seria conmigo misma en el espejo.

Parecía medio estúpida.

Todo iba a ir bien. Reece…, bueno, tampoco es que fuera a alegrarse, pero no se lo tomaría mal. Porque, a ver, no se había asustado por lo del sexo sin protección y, básicamente, había dicho que, si habíamos creado un bebé Reece o una bebé Roxy, ya veríamos. De modo que no se lo tomaría mal. Estaba haciendo una montaña de un grano de arena. Como habría dicho Charlie: estaba siendo una peliculera.

Era hora de calmarse.

Suspiré, me giré y salí del cuarto de baño. Vi mis gafas en la mesita de centro, las recogí y me las puse.

Reece estaba en la cocina y ya había encontrado la sartén, lo que no resultaba demasiado difícil, puesto que tampoco era que tuviera demasiados armarios. Los huevos estaban ya en la encimera. Volvió la cabeza para mirarme mientras sacaba pimientos frescos y una bolsita de queso rallado de la nevera.

Verlo allí, semidesnudo y descalzo, luciendo toda esa piel dorada, era algo a lo que realmente podría acostumbrarme.

Quería pintarlo así. De espaldas a mí, con los músculos tensos y fuertes.

—Estaba pensando… —comentó mientras colocaba las cosas sobre la encimera y cogía la leche—. Esta noche trabajo, y tú trabajas de miércoles a sábado, ¿verdad?

Asentí asomándome a la cocina.

Reece cascó un par de huevos en un bol que había sacado del armario.

—Eso complica lo de cenar y ver una peli. —Hizo una pausa y se giró hacia mí—. Por cierto, me entran muchas ganas de follar contigo cuando llevas las gafas puestas.

—Eres terrible —solté con las mejillas sonrosadas.

—No tienes ni idea de las cosas que quiero y planeo hacerte. Tengo años de ideas acumuladas —comentó con una media sonrisa en los labios.

—¿Años? —pregunté boquiabierta.

—Años —insistió—. Pero, bueno, hablando de lo de la cena y la peli. Estaba pensando que podríamos quedar para comer y dejar lo de la peli para otro día, porque será difícil hacer las dos cosas con nuestros horarios.

Solo pude mirarlo mientras buscaba los condimentos y preparaba las tortillas. Estaba haciendo planes para nosotros, planes para muchos días. Volví a sentir esa maldita opresión en el pecho.

—Es eso o esperar a que libremos los dos el próximo lunes —prosiguió, levantando los brazos por encima de la cabeza y estirándolos mientras las tortillas se cocían.

Santo cielo, lo que estaba viendo, con todos los músculos marcados y los pantalones indecentemente bajos, era puro pecado.

—No quiero esperar al lunes. ¿Y tú?

—No —susurré.

Una vez terminadas las tortillas, retiró la sartén del fuego, y yo, por fin, me moví. Reece cogió dos platos y dos vasos del armario.

—¿Qué me dices del jueves? —preguntó, deslizando una tortilla perfectamente doblada en un plato—. Sé que el viernes será duro para ti porque vas a ver a Charlie. Así que podríamos comer juntos.

Parpadeé para contener de nuevo las lágrimas. Maldita sea, era tan... considerado. Me dirigí rápidamente a la nevera y cogí el té.

—El jueves estaría bien.

—¿Estás bien? —preguntó.

Cuando me giré, estaba colocando los platos en la mesa, pero buscaba mis ojos con la mirada. Carraspeé y asentí mientras llevaba la jarra a la mesa y cogía los cubiertos. Él tenía una expresión de duda en la cara.

—Estoy bien —aseguré al sentarme. Él tardó en acomodarse delante de mí—. Es solo que...

—¿Qué? —preguntó, observándome atentamente.

—Es solo que... hace mucho tiempo que me gustas, Reece. Muchísimo tiempo.

Volvió a sonreír. Cogió un tenedor y me lo pasó.

—Ya lo sé, cariño.

Lo miré, inexpresiva.

—¿Lo sabías? —Corté un trozo de tortilla y me lo metí en la boca—. Oh, por favor —gemí—. ¡Está riquísima!

—Te avisé. La verdad es que me pasé gran parte de ese tiempo ignorando que te gustaba, porque era muy probable que tu padre me hubiera hecho picadillo si hubiera intentado algo contigo antes de que fueras lo bastante mayor como para comprar bebidas alcohólicas. Y, para cuando eso llegó, bueno... estaban pasando cosas... —Reece frunció el ceño y sus rasgos se tensaron—. Espera. Mierda. Acabo de pensar algo. ¿Usamos condón esa noche?

Se me cayó el alma a los pies. Si no hubiera estado sentada, seguramente me habría caído de espaldas. Oh, mierda. Mierda. Mierda. Mierda. Lo miré sintiéndome idiota.

Palidecí, aferrada al tenedor. La sabrosa tortilla se convirtió en arena en mi boca.

—Joder —soltó, cogiendo huevo con el tenedor—. No usamos condón, ¿verdad? Aunque supongo que es agua pasada a estas alturas.

Erguí los hombros e inspiré hondo. Era la hora de la verdad. Esperaba que no fuera la hora de los llantos y los lamentos. Dejé el tenedor en la mesa.

—Hay algo que tengo que contarte.

Puede que no fuera la mejor forma de iniciar esa conversación.

Un pedazo de huevo esponjoso le colgaba del tenedor al recostarse en la silla. Arqueó las cejas.

—Ah, ¿sí? —El tono era normal, pero hizo que me estremeciera igualmente—. ¿El qué, Roxy?

—Es sobre esa noche. —Tragué saliva con fuerza. La pequeña cantidad de tortilla que había comido se me estaba agriando en el estómago—. Cuando te llevé a casa en coche.

Me miró un momento y después se acabó la tortilla. Apartó el plato y apoyó los brazos desnudos en la mesa de la cocina.

—¿Qué quieres contarme?

El corazón me latía como si acabara de esprintar arriba y abajo por el pasillo.

—La verdad es que no sé cómo decírtelo, aparte de que me gustaría… me gustaría haber hablado contigo antes y haberme dado cuenta de que no te arrepentías de haberte acostado conmigo. De que más bien lamentabas haber estado tan borracho. Pero estaba tan avergonzada y cabreada…

—Sí, ya sé que estabas cabreada conmigo. Eso no es ninguna novedad —me interrumpió—. Y como ya te comenté antes, me gustaría haberte aclarado lo que te dije mientras tenía la peor resaca del mundo.

A mí también, pero eso no venía a cuento. Como Charlie siempre decía, yo era de esa clase de chicas que actúa primero y nunca pregunta. Ese embrollo era, sobre todo, culpa mía.

—Esa noche, una vez llegamos a tu casa, las cosas…, bueno, las cosas se descontrolaron mucho y muy deprisa.

—Eso ya lo sé —comentó con sequedad.

Bajé la mirada y solté despacio el aire.

—Cuando fuimos a tu cuarto, que muy bonito, por cierto… Me encantó tu cama. Es enorme. Y el edredón es precioso también.

—Roxy. —Le temblaban los labios.

Me puse las manos en el regazo y cerré los puños.

—No hicimos nada, Reece. —Ya estaba. Ya lo había dicho. Como si me quitara una tirita.

—¿Qué? —Ladeó la cabeza con el ceño fruncido y soltó una carcajada.

—Te… Te quedaste dormido antes de que pudiera pasar nada. No lo hicimos. —Decirlo en voz alta hizo que me resultara más fácil seguir adelante. Le sostuve su mirada incrédula—. Empezamos, pero te quedaste dormido. Yo me quedé contigo para asegurarme de que estuvieras bien. Hasta entonces no me había dado cuenta de lo borracho que estabas.

Se me quedó mirando.

Entonces proseguí:

—Y al despertarte por la mañana tú... tú creías que sí lo habíamos hecho, que habíamos follado —expliqué deprisa—. Me miraste y me dijiste que lo de la noche anterior no tendría que haber pasado, y en ese momento no pensé en que, en realidad, no había pasado.

Reece se recostó en la silla, quitó las manos de la mesa y volvió a ponerlas enseguida. Silencio.

—La mañana se me fue de las manos —proseguí con una creciente inquietud—. Ya sabes por qué, y me marché, y... entonces... toda esa situación se nos descontroló, sobre todo a mí. Tú me estabas evitando. Y yo me dije a mí misma que tenía que contártelo en cuanto empezamos a hablarnos de nuevo, pero...
—Se me hizo tal nudo en la garganta que mi voz sonaba ronca—. Lo siento. Tendría que habértelo dicho esa mañana. Tendría que haber sacado la cabeza de debajo del ala y decírtelo entonces. Iba a confesártelo ayer por la noche, pero no me pareció adecuado hacerlo. Pero esta... esta ha sido nuestra primera vez, Reece. No hubo ninguna otra antes.

Él sacudió despacio la cabeza y rio de nuevo, pero esa carcajada fue breve y cargada de incredulidad.

—Quiero... Quiero asegurarme de que lo estoy entendiendo bien.

La inquietud se extendió como una mala hierba nociva cuando sacudió la cabeza una vez más y cerró los ojos un instante.

—Este último año, ¿has estado cabreada conmigo porque creías que yo me arrepentía de haber follado contigo cuando, en realidad, ni siquiera había sucedido?

Abrí la boca, pero ¿qué coño podía responder a eso?

—Así que me has ignorado. Me has insultado. —Volvió a soltar esa carcajada brusca, áspera—. ¿Me has dicho de todo menos bonito por lo que creías que había querido decir sobre algo que nunca pasó?

Cerré los ojos un instante.

—Estaba disgustada porque creía que te arrepentías de haberlo hecho conmigo.

—Pero nunca sucedió.

Sacudí la cabeza.

Se le tensó un músculo en la mandíbula.

—¿Me estás tomando el puto pelo?

15

Siempre había sospechado que a Reece no iba a entusiasmarle enterarse de la verdad, pero aun así di un respingo.

Se levantó y se alejó de la mesa. Yo no tenía ni idea de adónde iba, pero se detuvo en medio de la cocina y me miró. Se produjo una pausa larga y elocuente entre nosotros.

—¿Tienes idea de lo preocupado que estaba porque no podía recordar esa noche? ¿Recordar lo que se sentía al abrazarte, al estar dentro de ti, dormirme y despertarme contigo? Porque, después de la mierda de año que había tenido, lo había rematado no recordando haberme acostado con la única chica que me ha importado en la vida. ¿Te haces una idea de cómo me ha jodido eso la cabeza?

El nudo en la garganta me dificultaba respirar.

—Me faltan manos para contar las veces que he intentado acordarme, y Dios sabe lo mal que me he sentido por olvidar nuestra primera vez. Por pensar que podía haberte hecho daño de algún modo, coño —soltó, frotándose el pecho con la mano izquierda sobre el corazón—. Y todo este puto tiempo, ¿no había pasado nada entre nosotros? ¿Me estás gastando una puta broma o qué?

—No —susurré, parpadeando para contener las lágrimas—. Tendría que habértelo dicho…

—Pues claro que tendrías que habérmelo dicho. Joder, Roxy, has tenido once meses para decírmelo. Es mucho tiempo.

—Reece... —dije poniéndome de pie.

—Y en lugar de eso, ¿me has estado mintiendo todo este tiempo? —Arqueó las cejas y, por un momento, vi todo lo que nunca quise ver reflejado en su espléndido rostro. Dolor. Angustia. Incredulidad. Todas esas cosas mezcladas con una rabia que le tensaba la mandíbula—. Espera. No has estado mintiendo activamente. Solo has permitido que me creyera una mentira.

—Lo siento. —Empecé a rodear la mesa—. Sé que no sirve de mucho, pero lo siento muchísimo. Es que al principio tú no me dirigías la palabra, después había pasado mucho tiempo y...

—¿Y luego no sabías cómo podías salir airosa de esa mentira? Me suena muchísimo —soltó. Supe al instante que estaba hablando de su padre—. Te lo juro, Roxy, jamás pensé...

No terminó la frase, pero ni falta que le hacía. Jamás pensó que le mentiría tan descaradamente, y lo había hecho. El dolor me oprimió el pecho. Quería esconderme debajo de la mesa, pero me obligué a quedarme allí plantada y aguantar el chaparrón como una adulta.

Reece abrió la boca, pero el sonido apagado de un móvil lo interrumpió. Se giró sobre los talones y se dirigió hacia donde había dejado caer su bolsa la noche anterior. Sacó el teléfono del bolsillo lateral.

—¿Qué hay, Colt? —Contestó la llamada con los ojos puestos en mí.

Era su hermano. No sabía si el asunto era personal o estaba relacionado con la policía.

—Mierda. ¿En serio? —Reece levantó la mano que tenía libre y se la pasó por el pelo. La dejó caer—. Eso no es bueno.

Yo no tenía ni idea de lo que estaba pasando, así que me volví y recogí su plato vacío. Al abrir el lavavajillas, casi se me cayó el plato de las manos.

En la cesta para utensilios había, apretujadas, unas bragas mías. Me las quedé mirando con las manos temblorosas. Era... Me cago en todo, era el tanga de encaje negro que me habría gustado llevar la noche anterior.

¿Cómo diablos había acabado en el lavavajillas?

No lo había abierto desde el domingo, si no recordaba mal. Ayer no había usado ningún plato y había dejado la taza en el fregadero.

Afectada, puse el plato dentro, pero no cogí la prenda. Ni siquiera quería tocarla. Casper me estaba rondando, y era un pervertido. Si la había puesto yo allí y no me acordaba, necesitaba que me radiografiaran la cabeza. A lo mejor tenía que aceptar la idea de Katie sobre la sesión de espiritismo.

—Sí. —La voz de Reece me sobresaltó—. Puedo hacer eso. Hablamos pronto.

Cerré el lavavajillas con el tanga dentro. Lo último que quería era sacarlo ahora de ahí. Ya tenía suficientes cosas que explicar como para intentar aclarar aquello. Me giré y vi a Reece de espaldas, sacando una camiseta de su bolsa de lona y pasándosela por la cabeza. No me estaba mirando cuando se abrochó los pantalones tácticos.

—¿Está bien tu hermano? —pregunté.

Levantó la cabeza para ponerse la camiseta. Su hermoso rostro lucía inexpresivo, desprovisto de toda emoción cuando sus ojos azul claro se encontraron con los míos.

—Sí. Todo va bien.

El nudo que tenía en la garganta creció al oír su tono apático. Abrí la boca, pero él se giró.

—Mira, tengo que marcharme —añadió, enfilando el pasillo.

Por un instante me quedé clavada en el suelo. ¿Se iba? No habíamos acabado nuestra conversación. Pasé a la acción y corrí detrás de él hasta alcanzarlo en mi cuarto, sentado en el borde de la cama, poniéndose los calcetines y las botas.

Solo vi las sábanas y el edredón arrugados. Las marcas en las dos almohadas. La camiseta que llevaba la noche anterior, la que había usado para limpiarme, hecha un ovillo en el suelo.

El corazón me latía tan deprisa que temía que me explotara como un globo demasiado hinchado.

—¿De verdad tienes que irte? ¿Ahora mismo?

—Sí. —Tras abrocharse las botas, se puso de pie. Me pasaba dos cabezas—. Tengo que sacar a pasear a la mascota de Colt.

Repetí en silencio sus palabras, porque no me podía creer que tuviera que marcharse por eso. A ver, no quería que el perrito hiciera sus necesidades en ningún lugar inadecuado, pero nosotros teníamos que acabar nuestra discusión.

—¿No puede… No puede esperar el perro un rato?

—Perra —replicó, agachándose y recogiendo su camiseta usada—. Se llama Lacey, y no, no puede esperar.

Noté una opresión en el pecho cuando se enderezó de nuevo y me rodeó. Luego salió de la habitación. Yo tenía los ojos llenos de lágrimas y me quedé… me quedé mirando la cama. Parecía que hiciera años de la mañana que habíamos pasado juntos.

Me giré y lo seguí hasta el salón. Ya tenía la bolsa de lona en la mano y se había puesto una gorra de béisbol negra. La llevaba muy calada, de modo que le tapaba los ojos.

—Reece, yo… —Me quedé sin palabras al verle abrir la puerta principal—. ¿Estamos bien?

Los músculos se le movieron bajo la camiseta blanca como si quisiera aliviar la tensión en sus hombros, y se volvió hacia mí. Se le marcaba la línea de la mandíbula.

—Sí —respondió en ese mismo tono monótono—. Estamos bien.

No lo creí ni por un segundo. Volvía a tener ese nudo en la garganta y parpadeé varias veces. No podía hablar, porque, si lo hacía, el nudo me saldría por la boca.

Reece tensó la mandíbula y se giró.

—Ya te llamaré, Roxy. —Estaba a punto de cruzar la puerta y se detuvo. En ese instante, la esperanza prendió en mí como el fuego al echar una cerilla en un charco de gasolina—. Asegúrate de cerrar esta puerta con llave.

Y se marchó.

Solté el aire con dificultad, aferrada a la puerta mientras Reece doblaba a la derecha y desaparecía de mi vista. Aturdida, cerré la puerta. Hice girar la llave. Y retrocedí. Tenía las mejillas mojadas. Con las manos temblorosas, me puse las gafas en lo alto de la cabeza y me apreté los ojos con las palmas.

Madre mía, la cosa había ido todo lo mal que podía ir. Me acerqué hasta el sofá arrastrando los pies, me dejé caer en él y bajé las manos.

—Dios —susurré.

Sabía que se cabrearía y me había aterrado que pudiera odiarme por haberle mentido. Al fin y al cabo, esa idea fue la que había hecho que me costara tanto contárselo cuando volvimos a dirigirnos la palabra, pero después de la noche anterior, después de esa mañana, no creí que fuera a largarse. Comprendía que se disgustara, pero… no sé lo que creía.

Las lágrimas me resbalaban por las mejillas. Inspiré, y el aire se me quedó atragantado en un sollozo. No era nada bueno, y era culpa mía. Aquello era culpa mía.

—Deja de llorar —me dije a mí misma. Era como si tuviera noventa kilos sobre el pecho. Entonces recordé lo que había dicho al marcharse—. Ha dicho que estamos bien. Ha dicho que me llamaría.

Y Reece no mentía.

No como yo.

No tuve noticias de Reece el resto del martes.

No pinté, ni siquiera puse un pie en el estudio. Lo único que hice fue estar tumbada en el sofá hecha una mierda, sin apartar los ojos del móvil, deseando que sonara o llegara un mensaje de texto.

Reece no me llamó ni me escribió el miércoles.

No entré para nada en el estudio, y la única razón por la que levanté el culo del sofá fue que tenía que ir a trabajar. Habría llamado diciendo que no iba si no hubiera sido por el parabrisas que había roto. Otra mala decisión que había tomado y por la que estaba literal y figuradamente pagando.

Trabajar en el Mona's el miércoles fue una auténtica mierda.

Sentía unas punzadas regulares que me iban de las sienes a los ojos y vuelta. Tenía los ojos hinchados, aunque me convencí a mí misma de que se debía a alguna alergia. Le dije a Jax que ese era el motivo por el que estaba hecha unos zorros cuando él me preguntó por qué estaba hecha un asco. Pero era mentira. El miércoles por la mañana, al despertarme, todavía podía oler la colonia de Reece en las sábanas. Lloré como cuando me enteré de que Reece estaba saliendo con Alicia Mabers, una perfecta jugadora de tenis rubia que acababa de mudarse al pueblo. Solo que entonces tenía a Charlie, que me ofrecía chocolate y pelis de miedo para que superara lo que me había parecido el fin del mundo.

No paraba de decirme a mí misma que las lágrimas eran por lo que seguramente sería el fin de una amistad más que por la posibilidad de lo que podríamos haber llegado a ser. Jamás me habría permitido plantearme en serio un futuro con Reece, por lo que las lágrimas no podían ser por eso.

No podían ser.

A mitad del servicio se presentó Brock Mitchell, la Bestia, sin su habitual séquito de chicas o de chicos musculosos. Brock era un tío importante por esos lares. Era un prometedor luchador de la UFC que se entrenaba cerca de Filadelfia. No sabía de qué conocía a Jax, pero Jax parecía conocer a todo el mundo. Más alto que Jax y con un cuerpo que demostraba que se pasaba horas en el gimnasio todos los días, Brock era un pibonazo. Llevaba el cabello oscuro de punta y tenía una piel que me recordaba la arcilla secada al sol. Brock tenía un aspecto crispado que le resultaba superintimidante a la gente que no lo conocía, pero siempre que habíamos coincidido había sido discreto y amable.

Se sentó a la barra y me guiñó un ojo cuando Jax se acercó hacia él. Al instante se inició el bromance entre los chicos. Yo no les estaba prestando atención, pero como era miércoles por la noche y en el bar solo estaban los parroquianos y no había música, no pude evitar oír su conversación. Al principio no era nada importante. Solo información sobre un próximo combate a muerte en jaula y algo sobre un contrato de patrocinio que parecía que iba a provocar un orgasmo a Jax, pero, entonces, el tema cambió.

—Hoy ha sido un día terrible, tío —comentó Brock, llevándose la botella a los labios para dar un trago—. Una de las chicas que trabaja en la oficina del club en el que entreno no vino a trabajar ayer. El entrenador Simmons dijo que había faltado sin avisar, pero... —Sacudió la cabeza y sus ojos castaños brillaron de rabia—. Cayó en las garras de un hijo de puta asqueroso.

Me detuve, apretujando el paño que estaba usando para limpiar las botellas de las bebidas alcohólicas más caras que había expuestas.

—¿Qué pasó? —preguntó Jax con la cabeza ladeada.

—Un cabrón allanó su casa. Se ensañó mogollón con ella, según tengo entendido. —Cerró su peligroso puño—. No alcanzo a comprender cómo un hombre puede hacer daño a una mujer, tío. No lo pillo, la verdad.

—Madre mía. —Jax sacudió la cabeza—. Este es, ¿qué? ¿El tercer incidente en un mes o así?

—Hubo lo de esa chica que desapareció a principios de verano. —Me acerqué donde estaban y dejé caer el paño en la barra—. Creo que se llamaba Shelly, o algo así.

Brock asintió con la cabeza.

—No soy policía. No soy psicólogo, pero diría que tenemos un psicópata rondando por aquí.

Crucé los brazos para contener el escalofrío que me recorría la espalda. Mis pensamientos vagaron hacia las cosas extrañas que ocurrían en mi casa y me puse tensa. Era una locura pensar siquiera que lo que estaba pasando tuviera algo que ver con esas pobres chicas. Además no tenía sentido. ¿Cómo iba alguien a entrar en mi casa para hacer esas cosas sin que yo lo supiera? Pero aun así tenía que preguntarlo:

—¿Sabéis si habían acosado a esas chicas o algo? En plan algún tipo de aviso…

—No he oído nada de eso —respondió Jax, inclinando su cuerpo hacia el mío. Arqueó una ceja—. Pero estoy seguro de que Reece lo sabría.

¡Oh! Esas palabras me retorcieron las entrañas como una patada en la tripa. No supe qué responder. Hasta donde Jax sabía, que se remontaba a unos días atrás, todo iba de maravilla entre Reece y yo. Ahora ya no estaba tan segura.

—Pero os diré algo. Quienquiera que sea ese tío, es hombre muerto. —Los labios de Brock esbozaron una sonrisa de satisfacción—. La chica que trabaja en nuestra oficina es prima de Isaiah.

—Joder —murmuró Jax.

Justo lo que yo pensé. Isaiah no era nada popular en aquella zona. Para los forasteros tenía el aspecto de un empresario legal, pero todos los residentes, policía incluida, sabíamos que era mucho más que eso. Dirigía Filadelfia y todos los pueblos y ciudades de los alrededores. En pocas palabras, no era un hombre con el que hubiera que meterse, y era un lince para los negocios sucios, porque las autoridades nunca habían podido imputarle nada.

Fue a Isaiah a quien la madre de Calla había robado drogas, un millón de dólares en heroína, ni más ni menos. Y el alcance y el poder de Isaiah era tal que la madre de Calla ya no vivía en nuestro mismo huso horario. El único modo en que pudo mantenerse con vida fue desaparecer.

Pero Isaiah tenía un código ético. Uno de sus hombres, Mack, tenía que encargarse de ella, así que había ido a por Calla. A Isaiah no le había parecido bien, porque Calla era inocente de todo aquel asunto. Nadie pudo demostrarlo, pero cuando encontraron el cadáver de Mack en una carretera secundaria con una bala en la cabeza, todo el mundo supo que había sido cosa de Isaiah.

A pesar de que sus hombres venían a pasar el rato en el bar, yo solo había visto a Isaiah unas cuantas veces. De ciento a viento entraba tranquilamente en el Mona's, y siempre dejaba unas propinas increíbles.

—Sí. Así que a ese cabrón no solo lo está buscando la policía, sino también los hombres de Isaiah, y más le vale que lo encuentren antes los polis o lo último que verá en su vida será el interior de un maletero. —Brock se echó hacia atrás y cruzó los brazos delante de su amplio pecho. Luego levantó un hombro—. Aunque yo, la verdad, espero que Isaiah lo encuentre primero.

Puede que eso me convirtiera en una mala persona, pero yo esperaba lo mismo.

Brock se quedó hasta que acabó el turno y los chicos me acompañaron hasta mi coche. Seguía sin haber ni rastro de Reece, ni una sola llamada perdida o mensaje de texto. El dolor que había estado cargando las últimas veinticuatro horas se convirtió en un pánico amargo.

Antes de que todo se hubiera ido a la mierda el martes por la mañana, me había dicho que quería que comiéramos juntos y, cuando se marchó, me aseguró que estábamos bien y que me llamaría. Una pequeña parte de mí tenía la esperanza puesta en el jueves por la tarde.

Reece me llamaría. Comeríamos juntos. No era ningún capullo. Nunca lo había sido, por lo que sabía que no me dejaría colgada de esa forma.

La calle frente a la casa victoriana estaba tranquila. El aire de la noche era un poco frío cuando me acerqué al porche. Casi podía sentir el otoño, para el que ya no faltaba demasiado. Después de un verano tan largo y tan cálido, me moría de ganas de ver pasteles de calabaza y crisantemos.

Abrí la puerta, entré en mi piso oscuro y cerré tras de mí. No sé por qué, pero en cuanto hice girar la llave en la cerradura se me puso la carne de gallina. Unos dedos helados me recorrieron la espalda, y me quedé petrificada contemplando los rincones en penumbra de mi piso.

Tuve la clara sensación de no estar sola. Se me erizó el vello de todo el cuerpo. Mi pecho se elevó y descendió rápidamente mientras seguía allí plantada. Quizá tendría que haber dicho algo a los chicos sobre las cosas extrañas que estaban pasando en mi apartamento. Si lo hubiera hecho, habrían venido a casa conmigo, pero me había parecido algo demasiado tonto, demasiado extraño e inexplicable como para mencionarlo.

En cambio ahora creía que iba a darme un infarto.

Alargué la mano a tientas, y mis dedos rozaron la pantalla de la lámpara antes de encontrar el pequeño interruptor. Encendí la luz y un tenue brillo se extendió por el salón, pero las sombras se oscurecieron en el resto del espacio.

Metí la mano en el bolso, cogí el móvil y lo saqué. Avancé despacio sin hacer ruido y dejé el bolso en la butaca reclinable. Sin soltar el móvil, entré en la cocina y encendí las luces.

No había nada fuera de lugar.

Abrí el lavavajillas, casi esperando encontrar un conjunto de braga y sujetador metido dentro, conteniendo la respiración y aguzando el oído para captar cualquier sonido.

Oí algo procedente de la parte trasera de la casa, donde estaban las habitaciones. ¿El ruido de una puerta que se cerraba suavemente? No estaba segura.

Me giré de golpe con el corazón acelerado. El miedo se paseó por mi piel. ¿Había oído una puerta? ¿O era solo mi imaginación? En ese momento no podía estar segura, pero, por si acaso, cogí de su soporte un cuchillo de cocina enorme, digno de un psicópata.

Inspiré hondo y recorrí el piso entero. No había nada fuera de lo normal, ninguna puerta abierta que no tuviera que estarlo o viceversa, y con todas las luces dadas, incluso la del cuarto de baño, me dejé caer en la cama y suspiré.

Tenía que ir sin falta a la iglesia local a encargar un exorcismo.

Bajé la vista hacia el aterrador cuchillo que todavía sostenía, lo dejé en la cama a mi lado y miré el móvil. Podría enviarle un mensaje a Reece. Decirle que creía haber oído algo en mi piso. Él vendría, y no sería ninguna mentira, pero…

Pero no estaría bien.

Eso… Eso era como alcanzar un nivel totalmente nuevo de desesperación, y no había llegado a ese punto. Todavía.

No dormí gran cosa. Aún inquieta por la sensación que me invadió al entrar en el piso y por todo lo demás que había estado pasando, me desperté cada hora hasta que salió el sol y, por fin, me rendí.

Al despuntar el alba ya estaba en mi estudio. Con la pintura de Jackson Square abandonada, me senté ante un lienzo en blanco y cogí mi pincel. No había ningún pensamiento tras lo que estaba haciendo. Mi mano tenía vida propia. Yo iba con el piloto automático. Pasaron horas. La espalda y el cuello me dolían de estar sentada tanto rato en prácticamente la misma postura.

Me froté los músculos tensos de la zona lumbar antes de echarme hacia atrás en el taburete.

—Joder —murmuré con la cabeza ladeada.

El fondo del cuadro era del color azul turquesa de las paredes de mi cocina y del blanco fuerte de los armarios. Nada especial ahí, pero era lo que había en el centro del cuadro lo que me hacía desear que me hicieran una lobotomía.

Me había costado plasmar el tono de la piel. Tuve que mezclar marrones, rosas y amarillos hasta acercarme todo lo que pude al tono dorado. Me resultó fácil dibujar los hombros en el lienzo, pero lo más complicado fue dar forma a los marcados músculos. Mi muñeca no había agradecido el trabajo que le exigió captar la curva correcta de su columna vertebral, los músculos a cada lado. Los pantalones negros habían sido lo más fácil.

Había pintado a Reece tal como lo había visto en la cocina el martes por la mañana.

Cerrar los ojos no me sirvió para que dejaran de escocerme ni evitar que se llenaran de lágrimas. La frustración creció en mí. Supe, sin mirar el móvil, que eran más de las diez de la mañana. Saber eso hizo que el pecho me doliera y se me revolviera el estómago, como si hubiera comido demasiado.

Ya no podía esperar más. Había esperado dos días.

Dejé el pincel en el caballete, me levanté de un salto y fui hasta mi móvil. Sin pensarlo demasiado, sin estresarme más, tecleé un rápido mensaje a Reece.

Te echo de menos.

Dios mío, era extraño, pero cierto. Me había pasado casi un año sin dirigirle la palabra y lo había echado de menos durante todo ese tiempo, pero aquella añoranza había estado envuelta en amargura y rabia. Ahora que todo eso había desaparecido, solo quedaba lo mucho que lo extrañaba.

Borré ese mensaje y tecleé:

Sigue en pie lo de hoy?

También borré eso y finalmente me decidí por un:

Hola.

Llevé el móvil a mi cuarto, me di una ducha rápida y me sequé el pelo. Hasta me lo ondulé y me maquillé para estar preparada por si acaso…

Empecé entonces a deambular de un lado para otro del salón y la cocina, demasiado atacada para sentarme. Con cada minuto que pasaba, la frustración y el pánico me iban minando.

Las doce pasaron a ser la una y, después, las dos, y cuando solo me quedaban treinta minutos para arreglarme e ir a hacer mi turno en el Mona's sin que hubiera ningún texto o llamada, aquella pequeñísima brizna de esperanza que había estado sujetando contra mi corazón se me escapó de las manos.

Reece me había mentido.

Por primera vez desde que lo conocía me había mentido. Porque en ese momento supe que no me llamaría. Que no estábamos bien.

16

Seguramente tener lo que una misma se ha buscado sea lo peor del mundo. Detestaba esa frase estúpida con la intensidad de mil soles ardientes, pero era verdad. Cuando algo sobre lo que no tenías ningún control te decepciona o te entristece, era más fácil dejarlo ir, pero cuando era algo que te habías hecho a ti misma, la situación resultaba mucho más difícil de manejar.

El problema con Reece era culpa mía. Desde luego, se necesitaban dos para bailar un tango, y bastó uno para cogerse una cogorza, pero fui yo quien ocultó la verdad sobre aquella noche de un año atrás. Traicioné su confianza. Puede que hubiera quien no lo considerara importante, pero no Reece. La sinceridad lo era todo para él.

Katie se pasó por el bar durante mi turno el jueves por la noche, justo antes de que hiciera mi pausa. Solo con una mirada supo lo que pasaba. O puede que fueran sus poderes de superestríper.

Cogí una cesta de patatas fritas de la cocina y nos escondimos en el despacho. Katie se sentó sobre el escritorio de Jax, lo que me hizo sonreír a pesar de lo mal que me sentía. Su vestido, si es que podía llamarse vestido a aquella camiseta, no le cubrió el culo al sentarse.

—Cuéntamelo todo —pidió, sujetando la cesta de patatas fritas.

Me senté a su lado y le expliqué lo que pasaba. Confiaba en Katie, así que le conté todos los detalles. Bueno, no le di demasiados sobre cómo me aferré al cabecero de la cama el martes por la mañana. Eso no era una parte necesaria de la conversación.

Cuando hube terminado, Katie ya se había zampado la mitad de las patatas fritas.

—Bueno, verás. Hay muchas cosas que podías o deberías haber hecho. No puedes cambiar el pasado y, seamos sinceras, tampoco es que ahogaras a un gatito.

Hizo una mueca.

—Deja de rayarte con eso. Sabes que estuvo mal. Te has disculpado, y de corazón. —Me pasó la cesta, se levantó del escritorio de un salto y se situó delante de mí con las manos en las caderas—. Si no puede dejar eso atrás, es que no te merece. Y no estoy tirando de tópico para nada.

Me metí la última patata frita en la boca y dejé la cesta a un lado.

—Ya lo sé, pero me gusta...

—Lo quieres —me corrigió, y se dejó caer en el sofá de piel que había contra la pared.

Con los ojos entornados, agité la mano para descartar la idea, a pesar de que el corazón me había dado un buen vuelco.

—Yo no diría tanto.

—Si no lo quieres, ¿por qué llevas llorando desde el martes?

—Porque me gusta mucho —le lancé una mirada con los ojos entrecerrados—. Hace tiempo que me gusta. Y éramos amigos y ahora eso se acabó. Y no llevo llorando desde el martes. —Al ver su expresión de duda, fruncí el ceño—. No todo el rato.

—Vale —aceptó, arqueando una ceja rubia—. Lo primero que tienes que hacer es dejar de mentirte a ti misma. Admite de una vez que llevas siglos enamorada de él. No hay nada de malo en ello. —Levantó una mano cuando abrí la boca—. En segundo lugar, que lo jodan. No tú literalmente, a no ser que entre en razón, pero, como te he dicho, si no deja esto atrás, es cosa suya, no tuya.

Asentí con la cabeza y me pasé el pelo por detrás de la oreja antes de bajarme de la mesa. Entendí lo que me quería decir.

—Calla y Teresa van a venir el próximo finde. Necesitamos quedar las cuatro y pillarnos un buen pedo —anunció, levantándose del sofá como una diosa a la que hubieran invocado—. En plan, necesitamos emborracharnos a tope, hablar sobre lo idiotas que son los tíos y despertarnos deseando no volver a beber jamás.

—Vale —murmuré.

—En plan tan pedo como la noche antes de que Calla nos dejara —prosiguió, y me morí de la vergüenza, porque sabía dónde quería ir a parar—. ¿Te acuerdas? Estabas convencida de que uno de esos organizadores de plástico para el armario podía soportar tu peso.

—Sí que soportó mi peso —respondí enojada.

Katie echó la cabeza hacia atrás y soltó una carcajada.

—Sí, unos treinta segundos. Te metiste en aquel maldito contenedor con las piernas tocándote el pecho.

—¡Cerrasteis la cremallera!

—El trasto se rompió y creí que te habías partido la crisma.

Yo también creí que me había partido la crisma. Y también Calla y Teresa, lo que me recordaba lo agradecida que estuve por no haberme roto nada, porque ninguna de las chicas pudo dejar de reír el rato suficiente como para asegurarse de que estuviera viva siquiera.

Puto tequila.

Katie se lanzó hacia delante y me abrazó, estrujándome con tanta fuerza que creí que iba a explotar.

—Todo irá bien. Va a entrar en razón.

—¿Lo crees o te lo dicen tus superpoderes? —pregunté al devolverle el abrazo.

Soltó una risita al separarse de mí.

—Llámalo intuición femenina —respondió.

—¿En serio? —Arqueé una ceja.

—Sí. —Se dirigió hacia la puerta haciendo aspavientos—. Tengo que ir a menear sensualmente este culo tan sexy que tengo. —Se dio una palmadita en el culo y soltó una carcajada—. Nos vemos, amiga.

Esbocé una sonrisa. Katie era... diferente, y era lo más. Me puse bien las gafas y me dije a mí misma que no debía hacerlo, pero antes de salir del despacho cogí el bolso de la taquilla y saqué el móvil.

La sonrisa se desvaneció de mis labios. Había un mensaje, pero era de Dean. Flipé al verlo. Aparte de que la última vez que hablamos le colgué, era el mismo mensaje que yo le había enviado antes a Reece y que no había recibido respuesta.

Hola

Solté temblorosa el aire, presa de la tristeza. Madre mía, en aquel momento era la versión femenina de Dean, escribiéndole a alguien a quien no le interesaba en absoluto. ¿Le habría agobiado tanto mandar ese mensaje como a mí? Seguramente habría pasado por tres versiones distintas antes de decidirse por el saludo inocuo. Verlo fue como recibir un puntapié en el pecho. Me dolió el corazón.

Me metí el móvil en el bolsillo trasero de los vaqueros y me tragué las lágrimas que estaban amenazando con convertirme en una cría quejica y enfadada. Tenía que controlarme. Yo la había liado. Reece había tomado su decisión. Contrariamente a lo que Katie creía, no estaba enamorada de él.

No sentía algo tan fuerte por él.

No había sentido algo tan fuerte por nadie y jamás lo sentiría.

El viernes por la tarde no estaba pensando en Reece en absoluto. Había surgido otra clase de problema, uno mucho más serio que mi relación o mi falta de ella.

La enfermera Venter estaba de pie a mi lado, a los pies de la cama de Charlie, con una expresión de compasión en la cara que le llegaba a sus ojos cansados.

—Si necesitas algo, ya sabes dónde encontrarme.

Temerosa de hablar, me limité a asentir con la cabeza. La enfermera Venter se fue de la habitación y cerró la puerta sin hacer ruido al salir. Yo me quedé allí plantada. Era como si alguien hubiera pulsado la tecla de pausa en la vida.

Charlie volvía a llevar la sonda nasogástrica.

Quise cerrar los ojos, pero ¿qué sentido tenía? No cambiaría lo que estaba pasando. No desharía nada. Cuando volviera a abrirlos, Charlie seguiría en la misma postura. Su vida no se rebobinaría.

El edredón lila pálido cubría a Charlie hasta el delgado tórax, ocultando su cuerpo desde los hombros hacia abajo, pero yo sabía que tenía las manos atadas bajo las sábanas, sujetas a la cama.

No podía soportarlo, detestaba que estuviera atado. Me parecía demasiado inhumano y cruel, a pesar de que sabía que había un motivo válido para ello. En cuanto la sonda estuviera conectada, empezaría a tirar de ella. Lo hacían por su propio bien, pero verlo me dolía igualmente.

Me obligué a mí misma a sentarme en la silla junto a su cama, y ahí estaba, tensa, con la bolsa de tela a mi lado. Alargué los brazos y, cuando encontré su mano bajo las sábanas, la rodeé con las mías.

—Charlie —susurré—. ¿Qué vamos a hacer?

Tenía los ojos abiertos. Habría preferido que los tuviera cerrados, porque había algo mal en ellos. Estaban apagados, sin vida. Habría pensado que era un maniquí si no fuera por el esporádico parpadeo o temblor que le recorría el brazo.

El miedo me atenazó al mirarlo. Dios mío, no tenía buen aspecto. No podía recordar haberlo visto jamás tan frágil y cetrino.

Pasaban los minutos y lo único que se oía era el gorjeo de los pájaros al otro lado de la ventana y el murmullo de voces procedentes de otras habitaciones. Allí sentada noté que un temor frío me oprimía el pecho. Aquello me recordaba a mi abuelo, que había recibido cuidados paliativos antes de fallecer por una enfermedad. Yo era una niña pequeña entonces, pero recordaba a mi madre sentada a su cama igual que yo en ese momento, sujetando la mano de mi abuelo y susurrándole mientras él dormía tan profundamente que no recordaba ver que se le moviera el pecho.

La situación parecía igual, y no pude desprenderme de la sensación de que no estábamos solos en aquella habitación. De que había una tercera entidad, la muerte.

Me acerqué lo más que pude a la cama, cerré los ojos y recosté la cabeza en la almohada, al lado de la suya.

—Te echo mucho de menos —susurré con voz emocionada—. Sé que lo sabes.

Las lágrimas me resbalaron por el rabillo de los ojos mientras me aferraba a su mano bajo las sábanas. Quién iba a imaginarse que todavía pudiera llorar con tanta facilidad después de la semana que había pasado. Puede que acabara destrozada emocionalmente. En ese momento me daba igual. La confusión que me invadía por lo de Reece no era nada en comparación con lo que sentía entonces. Quería meterme en la cama con Charlie, pero me daba miedo cargarme la sonda nasogástrica.

Sabía que tenía que actuar como si no pasara nada. Sacaría una de las pinturas que le había llevado, una que había hecho hacía semanas, y le leería. Era lo que hacía durante mis visitas. Me gustaba pensar que los dos lo necesitábamos.

Pero mientras estaba allí solo podía pensar en los minutos que lo habían cambiado todo para Charlie, para mí. Daba igual la cantidad de años que hubieran pasado, seguía pareciendo que había sido ayer.

Era un viernes por la noche, pocas semanas después de haber comenzado las clases, y la única razón por la que había ido al partido de fútbol americano era que jugaba Colton y eso significaba que Reece estaría ahí, en las gradas, viendo jugar a su hermano mayor.

Charlie y yo pasamos por quinta o sexta vez por delante de la zona de asientos en la que Reece estaba sentado con sus amigos.

—Bueno, que sepas que ya se te puede catalogar de acosadora.

—Es acoso del bueno —repliqué a la vez que le daba un golpecito con la cadera.

—¿Cuándo es bueno acosar a alguien? —preguntó mirándome de reojo.

—Cuando se trata de Reece Anders —bromeé, y solté una risita cuando Charlie puso los ojos en blanco—. Venga ya, a ti también te parece guapo.

—Eso no puedo negarlo. —Miró atrás, hacia donde Reece estaba sentado, y volvió a girarse enseguida hacia delante—. Está mirando hacia aquí.

—¿Qué? —chillé, y tras tropezar con mi propio pie, lo miré con los ojos desorbitados—. Me estás mintiendo.

—No, para nada —aseguró con una sonrisa—. Compruébalo tú misma, pero procura no ser tan obvia, coño.

—¿Cómo se puede no ser obvia? —murmuré. Luego di otro paso y giré la cabeza como si tal cosa. Mi mirada encontró a Reece de inmediato, como si fuera una especie de misil autodirigido hacia chicos guapos.

Reece no nos estaba mirando..., me estaba mirando a mí. Y sonreía. Tenía una sonrisa espléndida. Amplia. Simpática. Desinhibida. El corazón empezó a revolotearme por el pecho cuando se la devolví.

—Ah —dijo Charlie—. Me he equivocado.

Al principio no entendí de qué estaba hablando, pero una voz aguda me hizo volver la cabeza a toda velocidad.

Una de las animadoras había gritado el nombre de Reece. De puntillas con sus zapatillas deportivas blancas, le lanzó un beso. Se me cayó el alma a los pies. Me giré hacia Charlie.

Él parecía avergonzado.

Reece no me estaba mirando a mí. No me estaba sonriendo a mí. Qué vergüenza. Con un suspiro, aceleré el paso.

—¿Preparado para largarnos?

—Llevo preparado para largarnos desde que llegamos —replicó Charlie—. Pero tú tenías que acosarlo o te daba algo. ¿Y ves lo que ha pasado? No se saca nada bueno de acosar, Roxy.

—Te odio.

Me rodeó los hombros con el brazo y tiró de mí hacia él con una carcajada.

—Venga. Volvamos a mi casa. Mis padres siguen en la del lago y he vuelto a encontrar la llave del minibar.

Cambié enseguida de opinión.

—Te quiero —dije.

Charlie resopló.

Me obligué a mí misma a olvidarme de Reece y salimos juntos del recinto del campo de fútbol. Todavía me rodeaba los hombros con un brazo.

—No soporto venir a estas cosas —se quejó—. Siempre tenemos que aparcar en medio del campo. Vamos a acabar cubiertos de garrapatas.

Sonreí y levanté la vista hacia el cielo estrellado mientras avanzábamos por la hierba, que nos llegaba hasta media pantorrilla.

—Es probable que ya tengas doce pegadas a las piernas.

—Cómo te pasas, tía. —Separó el brazo de mí y me dio un empujón.

Me tambaleé hacia un lado y solté una risita, porque sabía que iba a pedirme que le mirara el cuero cabelludo cuando llegáramos a casa de sus padres.

—Esta noche me apetece ver Nunca me han besado.

Incluso en la penumbra y sin mirarlo, supe que había puesto los ojos en blanco.

—Esa peli es tan antigua que tendrían que retirarla.

—¡Nunca! —chillé mientras saltaba sobre una piedra en la que alguien casi había aparcado su camioneta—. Ese chico está muy bueno.

—Ese chico es muy viejo en la vida real —replicó.

—No me arruines la ilusión —protesté con una peineta.

Él se metió las manos en los bolsillos de los pantalones cortos y sacudió la cabeza. Podía ver el coche de Charlie aparcado junto a una camioneta que no estaba ahí cuando habíamos llegado.

—Eh —nos llamó una voz—. ¿Adónde vais, chicos?

Giré el cuerpo por la cintura para mirar hacia atrás y contuve un gruñido al ver quién era. Henry Williams. Y no estaba solo. Lo acompañaban dos amigos. Los tres iban un curso por encima de nosotros. Los tres eran unos auténticos capullos. Sobre todo Henry. Él era un tipo especial de capullo. De los que eran atractivos y lo sabían, de modo que lo segundo se cargaba por completo lo primero.

—Sigue andando —dijo Charlie en voz baja.

No le hice caso.

—A ningún sitio al que estéis invitados —respondí, mirándolos con las manos en las caderas.

Charlie murmuró algo al pararse y volverse. Creo que dijo que mi bocaza iba a meterme en problemas, pero no sería la primera ni la última vez que había oído eso.

Uno de los amigos de Henry se rio, y el sonido me puso de los nervios. Era agudo, como la voz de la animadora de antes, pero su carcajada me recordó a un gato atropellado por un coche.

A Henry le resbaló del todo mi respuesta. Se acercó hacia donde estábamos hinchado como un pavo real.

—Hoy estás muy guapa, Roxy.

Arqueé las cejas.

Charlie suspiró.

—*Yo siempre estoy guapa.* —*Crucé los brazos sobre el pecho.*

Sonrió satisfecho mientras me recorría el cuerpo con la mirada, lo que me provocó la sensación de que un montón de hormigas se paseaba por mi piel. Era una verdadera lástima que fuera tan gilipollas, porque no era feo.

—*Cierto.* —*Dirigió una mirada hosca a Charlie y se me tensó la espalda*—. *¿Algún plan para esta noche?*

—*Vamos a…* —*respondió Charlie.*

—*No estaba hablando contigo* —*lo interrumpió Henry. Fue como si yo tuviera en mi interior un interruptor de mala leche y él acabara de conectarlo*—. *¿Por qué no dejas a este marica y sales con…?*

—*¿Perdona?* —*Perdí los estribos*—. *¿Qué coño acabas de llamarlo?*

—*Déjalo estar* —*pidió Charlie, sujetándome el brazo*—. *Ya sabes que no tiene sentido discutir por estupideces.*

Ni de coña iba a dejarlo estar.

Salí de mi ensimismamiento sobre lo que pasó aquella noche, me recosté y me froté las mejillas, justo debajo de las gafas, con las palmas. La culpa me cubría la piel de un sudor pegajoso. Bajé las manos sin apartar los ojos de Charlie. Tenía la cabeza ligeramente vuelta hacia un lado, como si me estuviera mirando, pero tenía la vista puesta más allá de mi hombro, en la ventana.

«Déjalo estar», había dicho.

Ojalá le hubiera hecho caso.

El viernes por la noche fue más ajetreado de lo habitual, pero solo estábamos Nick y yo tras la barra. Jax se había tomado el fin de semana para ir a ver a Calla a Shepherdstown. Estaba hecha un desastre, con el pelo recogido en un moño alborotado en lo alto de la cabeza y con una vieja camiseta de tirantes que me venía dos tallas grande, y agradecí que la noche se me pasara volando. La falta de sueño estaba haciendo mella en mí y mi mal humor se situaba en algún punto entre «me cago en todo» y «vete a tomar por culo».

A medida que avanzaba la noche, mi estado de ánimo viró hacia «todo es una mierda». Normalmente, Reece se pasaba los viernes en el Mona's. Puede que no la noche entera, pero solía presentarse hacia las diez. Sus compañeros habituales estaban allí, en su mesa, pero no había ni rastro de él, y yo sabía que era por mí.

Dean llegó cerca de las once, y yo me escondí al otro lado de la barra para no tener que lidiar con él. Nick le cerró el paso y le dijo algo para que se marchara hacia medianoche, aunque la verdad es que, en ese momento, me dio igual.

Sí, todo era una mierda.

Lucir una sonrisa en la cara me costó más de lo que debería mientras mezclaba bebidas y charlaba con quienes estaban en el bar. Mantenerme concentrada en mi trabajo era lo único que me permitía seguir adelante con mi turno.

Eso, y saber que había una bolsa inmensa de nachos en casa que iba a zamparme como una loca al salir de trabajar. Pensaba recubrirlos de queso suizo y disfrutar de ellos como si no hubiera un mañana.

Sherwood, nuestro jefe de cocina provisional, acababa de volver de hacer su pausa cuando me volví para servir al siguiente cliente que había logrado acercarse a la barra.

Me quedé boquiabierta. Joder, pero ¿qué pasaba esa noche?

Henry Williams estaba delante de mí, y tenía un aspecto algo mejor que la última vez que lo había visto. Como si hubiera tomado un poco el sol. Bien por él.

—Solo quiero hablar —dijo, aunque apenas pude oírle por encima de la música.

Sujeté la botella de Jack Daniel's con tanta fuerza que me sorprendió que no explotara.

—No me puedo creer que estés aquí —solté como una tonta.

—He visto a Charlie. —Se inclinó hacia mí, y noté un fuerte calor en la nuca—. Sé que está muy mal y…

—No hables de él. Ni siquiera menciones su nombre. —Hice ademán de lanzar la botella como si fuera el libro, pero a pesar de que mi mano ansiaba hacerla volar y de que la necesidad que sentía de hacerle daño era casi imperiosa, no lo hice.

De algún modo había aprendido la lección.

Una chica que agitó la mano captó mi atención. Dirigí una mirada de odio a Henry y fui a tomarle nota. Él, por supuesto, seguía ahí cuando terminé de preparar el cóctel.

—Por favor, Roxy —empezó a decir—. De verdad que quiero…

—¿Sabes cuánto me la suda lo que tú quieras? —Extendí los brazos a los lados—. Muchísimo.

Nick estaba de repente ahí, con las manos apoyadas en la barra.

—Creo que tendrías que marcharte —dijo.

—Lo siento. —Henry alzó las manos mientras nos miraba primero a uno y luego al otro—. No estoy intentando causar problemas. Solo quiero hablar con ella. Eso es todo.

La rabia creció en mi interior tan deprisa que, cuando abrí la boca, creí que iba a expulsar fuego.

—No quiero verte la cara y mucho menos hablar contigo.

—Ya la has oído —intervino Nick, que levantó un brazo para señalar la puerta—. Largo.

Dio la impresión de que Henry pretendía rebatirlo, pero sacudió la cabeza. Se metió una mano en el bolsillo para sacar de él un cartoncito blanco y lo dejó en la barra. Clavó sus ojos en mí.

—Llámame. Por favor.

Bajé la vista hacia lo que resultó ser una tarjeta de visita con algún tipo de coche impreso y la levanté de nuevo hacia él. Ya se había dado la vuelta y se abría paso entre la gente. Antes de poder contenerme, solté una carcajada. Fue un sonido algo excéntrico, parecido al que haría una hiena antes de matar a su presa.

Nick alargó la mano hacia la tarjeta, pero, por algún motivo que desconozco, yo la recogí antes. Aunque arqueó una ceja, me la guardé en el bolsillo.

Él agachó la cabeza para poder hablarme al oído.

—¿Por qué? —preguntó.

—No lo sé —admití, retrocediendo y mirándolo—. No lo sé.

El resto del turno transcurrió sin incidentes. En lugar de ver a Reece, quien, en secreto, seguía esperando que cruzara la puerta, me tuve con conformar con Dean, Henry Williams, dos chicas borrachas que habían potado en el suelo y un tío que se ofreció a invitarme a una copa y a dejar que se la chupara.

Cuando llegué a casa, estaba demasiado cansada para preocuparme por las cosas raras que habían estado pasando en mi piso. Dejé el móvil en la mesita de noche, me quité los pantalones y el sujetador para quedarme en bragas con la camiseta de tirantes puesta, ya que podía hacer las veces de pijama. Me metí en la cama y me tapé con las sábanas hasta la barbilla.

Hoy había sido un día de mierda.

Ayer había sido un día de mierda.

Mañana tenía que ser mejor.

Eso era lo que no paraba de decirme a mí misma ahí tumbada, totalmente exhausta. Mañana tenía que ser mejor, fijo. ¿Y la verdad? Cuando pasó todo lo de Charlie fue peor que ahora: la impotencia, la rabia, la depresión. Todo eso había sido más crudo, más intenso. Y lo había superado. Superaría todo lo malo que me estaba pasando ahora, porque ¿qué otra opción tenía? ¿Hacerme un ovillo y rendirme? Eso no era propio de mí.

No me di cuenta de que me había quedado dormida, pero debí de hacerlo, porque me desperté de repente. Nada de parpadear hasta vencer el sueño. Estaba totalmente alerta, mirando la ventana que había al otro lado de mi cama. Había estado soñando. No recordaba de qué iba el sueño, pero alguien había estado diciendo mi nombre.

Mientras estiraba los brazos y las piernas, miré hacia la mesita de noche. Ni siquiera eran las cinco de la madrugada. Había dormido una hora y media como máximo. Qué mal.

Iba a girarme hacia el otro lado cuando me di cuenta de que mi móvil estaba iluminado, como si acabara de llegarle un mensaje o una llamada y todavía no hubiera vuelto al modo reposo.

Me incorporé de golpe, cogí el móvil y, con el corazón en un puño, lo pulsé. Solo había una persona que podría haberme escrito o llamado tan tarde. Reece. La esperanza me sacudió el cuerpo como un cañonazo. Sí, vale, comunicarse conmigo casi a las cinco de la madrugada no era lo mejor del mundo, pero era algo y era más que nada.

La pantalla cobró vida y deslicé el dedo por ella para desbloquear el móvil. Al principio no supe lo que estaba viendo. No lo entendía, no conseguía que mi cabeza lo asimilara.

No era ningún mensaje ni ninguna llamada perdida.

Empezó a temblarme la mano.

Al desbloquear el móvil había accedido al programa que se estaba usando, que no tendría que haber sido ninguno, simplemente la pantalla de inicio. Solo que no estaba en la pantalla de inicio. Tenía abierta la galería de imágenes: mis fotos.

Y había una foto en la pantalla.

Un grito se originó en mis entrañas y me subió hasta la garganta, pero cuando abrí la boca, no emití ningún sonido. El horror me había dejado muda. Había una foto en mi móvil, una que yo nunca podría haber sacado, porque era de mí.

Una foto de mí durmiendo.

17

El miedo y la incredulidad me dejaron petrificada, contemplando la foto de mí durmiendo. Supe que era de aquella misma noche porque podía distinguir el azul oscuro y la cinta rosa que formaba un lazo en los tirantes de mi camiseta.

Dios mío.

El terror que crecía en mi interior me hacía sentir como si estuviera empapada de agua helada. Con el pulso acelerado y la respiración tan rápida y superficial que apenas me entraba aire en los pulmones, me levanté de la cama de un salto. Mis pies descalzos resbalaron en el suelo de madera noble. Alargué la mano hacia la puerta de mi cuarto, la abrí del todo y corrí por el pasillo corto y angosto. Había llegado a la puerta principal cuando caí en la cuenta de que quienquiera que hubiera sacado esa foto (porque tenía que ser una persona; dudaba que un fantasma fuera capaz), podría estar ahí fuera.

Por favor, no.

También podía seguir dentro.

No supe qué hacer, presa del pánico. Nunca en mi vida había estado en una situación como aquella. Me alejé de la puerta y me di la vuelta para refugiarme en el cuarto de baño. Una vez dentro, cerré con llave y retrocedí hasta chocar con el retrete. Me senté sobre la tapa, intentando respirar a pesar de la presión aplastante del miedo. Fui a llamar a la primera persona que me vino a la cabeza.

Reece.

Tenía el dedo justo encima de su contacto cuando me detuve. ¿Qué sentido tenía llamarlo a él? No me contestaría. A punto de echarme a llorar, busqué el número de Jax, pero recordé que no estaba en el pueblo. Una parte de mí sabía que no estaba pensando con claridad. Tenía que llamar a la policía porque alguien había estado en mi piso mientras dormía. Todavía podía seguir por ahí. Pero mis neuronas no se comunicaban entre sí.

Llamé a Nick.

Me respondió al segundo tono.

—¿Roxy?

—¿Te he despertado? —Era una pregunta estúpida, pero fue lo que salió de mis labios.

—No. Todavía no me había acostado. ¿Estás bien?

Sin apartar los ojos de la puerta del cuarto de baño, acerqué las piernas a mi pecho. Oía un zumbido en mis oídos, como si estuviera sentada junto a una colmena de abejas.

—Creo… Creo que hay alguien en mi casa.

—¿Qué? —Su voz sonó con la potencia de un latigazo.

Inspiré aire, temblorosa, y susurré:

—Me he despertado y había una foto de mí en mi móvil… Una foto de mí durmiendo.

—No me jodas.

—Yo no la he hecho. —Inspiré hondo, pero el aire se me atragantó—. Han estado pasando un montón de cosas raras en casa. El lavavajillas se ponía en marcha cuando yo no estaba. El mando a distancia apareció en la nevera. La tapa del váter estaba levantada y otras cosas. Creía que el piso estaba embrujado, pero esto… Sé que alguien, alguien de carne y hueso, ha tenido que hacer esto.

—Joder, Roxy, ¿va ya de camino la policía? —quiso saber.

—No. No les he llamado.

Hubo un nanosegundo de silencio.

—¿Y a Reece?

—No. —Me enderecé y puse los dedos de los pies en las frías baldosas del suelo—. No puedo llamarlo. Es que…

—¿Se te ha ido la puta olla o qué? Tienes que llamar a la policía ya. Espera. —Dio la impresión de que se estaba moviendo. Una puerta se cerró de golpe—. ¿Dónde estás?

—En el baño. —Me levanté y me aparté el pelo de la cara—. No podía pensar. Me he despertado, he visto la foto y me he acojonado.

—Ahora mismo estoy yendo hacia tu casa y voy a llamar a Reece. Libra los viernes, ¿verdad?

—No lo llames. Por favor, no lo llames. —Cerré los ojos con fuerza—. No… No nos dirigimos la palabra ahora mismo y no quiero que… No lo llames. —Era perfectamente consciente de lo descabellado que parecía aquello, lo raro que sonaba que me hubiera despertado y visto una foto de mí en el móvil. La gente podría pensar que lo había hecho para llamar la atención, y tal como estaban las cosas con Reece, no quería que él lo hiciera—. ¿Sigues ahí?

—Sí. Voy de camino, pero necesito que cuelgues y que llames a la policía. Ahora mismo —dijo con la voz tranquila mientras oía que un motor rugía al ponerse en marcha—. Y tienes que quedarte en el baño hasta que tengas noticias mías o de la poli. ¿Entendido?

Me sentí estúpida por no haber llamado inmediatamente a la policía.

—Vale. Ahora les llamo. Lo siento…

—No te disculpes, Roxy. Llama a la policía. Enseguida estaré ahí.

Hice lo que tendría que haber hecho desde el principio.

Llamé a la policía. La persona que atendía la centralita no se rio histéricamente cuando le dije que me había despertado y había encontrado una foto de mí misma durmiendo en el móvil. Anotó mi información y no me colgó hasta que Nick me llamó por la otra línea para hacerme saber que estaba fuera.

No tenía ni idea de cómo había llegado tan deprisa a mi casa. El número de leyes que tenía que haber infringido me dejó pasmada.

Abrir la puerta del cuarto de baño fue lo más aterrador que había tenido que hacer en la vida. Todo mi cuerpo se estremeció al asir el pomo. Cuando lo giré, esperaba encontrarme a un asesino en serie con una máscara de payaso esperándome, pero el pasillo estaba vacío. Corrí hacia la entrada una segunda vez.

Nick pasó, vestido como iba antes en el bar. Apenas me miró cuando me cogió la mano libre con la suya y empezó a encender las luces de toda la casa.

—¿Estabas en tu cuarto?

—Sí. En la cama. —La voz se me quebró mientras lo seguía con piernas temblorosas.

Me llevó hacia el sofá.

—Quédate aquí. —Alargó la mano hacia el respaldo para coger la manta del sofá y me tapó las piernas desnudas con ella. Fue entonces cuando me di cuenta de que había estado corriendo de un lado a otro en bragas y camiseta de tirantes—. Voy a echar un vistazo rápido a tu cuarto, ¿vale?

Aturdida, me cubrí con la manta, aferrada al teléfono. Los siguientes minutos fueron surrealistas. En cuanto Nick salió del salón fui consciente de que no quería estar sola. Me levanté, aún arropada, y me lo encontré mientras él salía de la habitación de invitados y se dirigía hacia la principal.

Nick me miró mientras comprobaba la ventana.

—No quiero estar sola —admití con voz ronca. No quería estar sola en ningún lugar de la casa.

Asintió y, tras cruzar la habitación, abrió la puerta del armario. Oí cómo las perchas golpeaban entre sí. Entonces se volvió hacia mí.

—¿Tienes algo que ponerte? Creo que la policía está fuera.

Ruborizada, corrí hacia el tocador y saqué unos pantalones cortos de algodón. Nick hizo ademán de salir del dormitorio.

—¿Podrías quedarte? ¿Por favor? —pedí.

Se pasó una mano por el pelo oscuro y se volvió para darme algo de privacidad.

—Joder, Roxy, creo que nunca te he visto tan asustada.

Dejé caer la manta y me puse los pantalones con manos temblorosas. Luego volví a cogerla y me la acerqué al pecho. No dije nada mientras regresábamos al salón. Pude ver luces azules y rojas centelleando en el exterior.

El agente al que Nick dejó entrar tenía más o menos la edad de Reece. Lo reconocí vagamente. Había venido al bar un par de veces con los chicos. Creía recordar que estaba prometido. Sin las gafas no terminaba de ubicarlo. Menos mal que se presentó y me ahorró el marrón de adivinarlo.

Era el agente Hank Myers.

Ah, sí. Hankie Hank. Me acordaba de él. Ese era el apodo que le había puesto Katie, y no estaba prometido. En realidad, era más que probable que estuviera colado por Katie, porque, si no me equivocaba, había dejado que ella lo usara como barra de estriptis un par de veces en el Mona's.

Pero, bueno, nada de eso era importante.

—He echado un vistazo por el piso —comentó Nick—. La ventana de la habitación de invitados estaba abierta.

—¿Qué? —exclamé.

—Creo que así entró quien fuera en tu casa. Me ha parecido raro que no tuvieras mosquitera.

—No… No tengo en esa ventana ahora mismo. —Vi cómo Hank salía del salón—. Se estropeó hace unos meses y el casero la

llevó a reparar. —Se me entrecortó la respiración—. Entonces...
¿Han entrado por la ventana? Madre mía.

Hank hizo un reconocimiento rápido, al que dedicó un minuto como máximo, antes de volver al salón.

—¿Qué ha pasado, Roxy?

Volví a sentarme en el sofá y, envuelta en la manta como si fuera un burrito, le conté a Hankie Hank lo de la foto.

—¿Puedo ver tu móvil? —pidió con el rostro inexpresivo.

Se lo pasé. Cuando me miré la mano, me di cuenta de que lo había estado agarrando tan fuerte que tenía una marca en la palma.

—Tienes que acceder a la galería.

Nick se sentó en el brazo del sofá. Estaba callado, pero agradecí su presencia y el hecho de no tener que enfrentarme sola a aquella situación.

Sentí una punzada en el pecho cuando pensé que, hacía solo unos días, habría llamado a Reece. Coño, lo habría hecho incluso durante los once meses en los que no nos habíamos llevado precisamente bien, y estaba convencida de que él habría acudido para estar a mi lado.

El uniforme azul oscuro le tiraba de los hombros a Hank mientras echaba un vistazo al teléfono con las cejas rubias arqueadas. Alzó la vista hacia mí.

—¿Esto estaba en tu móvil cuando te despertaste? —Asentí y volvió a mirar la foto—. ¿No hay ninguna posibilidad de que sea de antes de esta noche?

—No —aseguré sacudiendo la cabeza—. Y cuando me desperté, la pantalla todavía estaba iluminada. Acababan de hacerla.

—¿Crees que podría ser una broma de alguien? Que tenga acceso a tu piso, claro.

—Solo mi familia tiene las llaves de mi casa y ninguno haría esto. Además la ventana de la otra habitación estaba abierta. Si alguien tuviera las llaves, ¿por qué iba a entrar por la ventana?

—A veces la gente hace estupideces porque sí, Roxy. Estupideces que no tienen ningún sentido —explicó Hank.

—Cuéntale lo otro que me has dicho que estaba ocurriendo —me dijo Nick, inclinándose hacia delante.

Cuando los ojos castaños del agente se posaron en mí, me sentí repentinamente avergonzada de lo que iba a decir. Me dio la sensación de que Hank me estaba mirando con recelo, la duda nublaba sus ojos. Empecé a contárselo, pero una llamada a la puerta me sobresaltó.

—¿Esperas a alguien? —preguntó Hank.

Nick se levantó, pero al verme sacudir la cabeza el agente le indicó con un gesto que se quedara donde estaba. Me sorprendió que Nick le hiciera caso, y todavía me asombró más que se sentara a mi lado.

—¿Estás aguantando el tipo? —preguntó en voz baja.

—Sí. Gracias —respondí. Asentí y miré hacia donde estaba Hank. Desde mi posición pude ver quiénes eran los recién llegados en cuanto abrió la puerta.

Se trataba James y (¿cómo se llamaba el otro?) Kip. Mis vecinos de arriba.

—Hemos visto las luces de la policía —dijo James, alargando el cuello para ver por encima del hombro de Hank—. Queríamos asegurarnos de que Roxy estaba bien.

Que se hubieran levantado a aquella hora de la madrugada para cerciorarse de que no me pasaba nada hizo que me dieran ganas de abrazarlos a ambos.

—Todo bien —aseguró Hank—, pero deben regresar a su domicilio. Si necesitamos algo, iremos a buscarlos.

—Roxy se encuentra bien, ¿verdad? —insistió James sin moverse de su sitio.

—¡Sí, estoy bien! —grité para asegurarme de que los dos pudieran oírme. No me gustó nada la forma en que me tembló la voz. No me gustaba nada estar así de asustada—. Todo va bien.

Hank consiguió que se fueran, pero no cerró la puerta, como yo esperaba. En lugar de eso, se hizo a un lado y dijo:

—Lo tengo controlado, compañero.

El corazón casi me salió del pecho cuando otro agente de policía entró en mi piso. Solo que no era uno cualquiera.

Era Reece.

Tal vez estuviera soñando y todo aquello fuera una pesadilla.

Reece entró como si estuviera en su casa. Sin responder a Hank, dirigió una breve mirada a Nick al llegar al salón.

—¿Qué coño está pasando? —preguntó.

Incapaz de articular una respuesta, me lo quedé mirando.

Hank suspiró a la vez que cerraba la puerta principal.

—Hemos recibido un aviso…

—Yo también lo he recibido —lo interrumpió Reece. Sus ojos eran de un tono oscurísimo de azul mientras me miraba—. Y al oír cuál era la dirección de este posible allanamiento de morada, me he quedado de piedra. Porque estaba seguro de que, si realmente hubiera pasado en tu casa, no habrías llamado a la policía y punto. —Se dio un golpe con la mano en el pecho, encima de la placa—. Me habrías llamado a mí.

Se me desencajó la mandíbula. Bueno, ahora sí que estaba claro que todo aquello era un sueño.

—Creía que librabas los viernes —comentó Nick con sequedad.

—Le cambié el turno a un compañero. —Lanzó esos ojos color negro azulado hacia él—. ¿Qué coño estás haciendo tú aquí?

Nick se recostó en el sofá y extendió un brazo encima del respaldo.

—Me ha llamado Roxy.

Reece miró con los ojos entrecerrados el brazo situado detrás de mí.

—Ah, ¿sí?

Hank carraspeó antes de hablar.

—La ventana de la habitación de invitados estaba abierta, y dice que le han sacado una foto mientras dormía.

La forma en que lo dijo, con un poco de incredulidad, me sacó de mi estupor.

—Es que es lo que ha pasado.

Reece ladeó la cabeza y tensó sus anchas espaldas.

—¿Cómo dices? —preguntó.

—Alguien le ha sacado una foto con su propio móvil mientras estaba durmiendo —repitió Nick. Evidentemente, Reece no había oído esa parte del aviso.

¿Le había bastado con escuchar mi dirección para venir corriendo hacia mi casa? Ni siquiera sabía qué pensar de eso.

Alargó la mano hacia Hank.

—Déjame verlo —pidió. Hank le pasó el teléfono y Reece maldijo en voz baja—. ¿La ventana de la habitación estaba abierta?

Hank asintió con la cabeza.

—Si estaba cerrada, no tengo ni idea de cómo podrían haberla abierto. El cristal no está roto —explicó y, tras mirarme, añadió—: Imagino que sueles cerrarlas. Si no, tal vez tendrías que empezar a hacerlo.

—Claro que lo hago —aseguré mientras sujetaba con fuerza la punta de la manta con los dedos—. Siempre las cierro.

Todos los presentes en el salón se intercambiaron miradas de duda, lo que me pareció comprensible, dada la situación.

—Un momento —solté. Me eché hacia delante hasta que mis pies tocaron el suelo—. ¿Qué estás haciendo aquí, Reece?

Se le tensó un músculo de la mandíbula.

—Me parece mentira que digas eso. Aunque, ¿sabes qué? Bien pensado, tampoco me sorprende tanto.

—¿Perdona? —dije.

—¿Me vas a preguntar en serio por qué estoy aquí? —insistió, mirándome con un brillo en los ojos.

Me levanté del sofá, dejé caer la manta al suelo y me enfrenté cara a cara con él. Lo cual me puso en realidad los ojos a la altura de su pecho, pero bueno.

—Sí, pues claro que te lo pregunto, y si te sorprende ¡es que eres idiota!

—¿Idiota? —Alzó la enorme mano con la que rodeaba mi móvil y señaló mi dormitorio—. Has sido tú la que se ha dejado una ventana abierta aun a sabiendas de que hay alguien por aquí que…

—¡Que no me he dejado ninguna ventana abierta! ¡Lo sé con la misma seguridad con la que no te he llamado para que vinieras!

Bajó el mentón sin apartar sus ojos de los míos.

—Hablaremos de esto después, Roxy.

Todas las emociones que guardaba en mi interior acabaron desbordándose.

—Esto es de coña —solté con los puños cerrados—. Llevas días ignorándome. Y además… me has mentido.

Retrocedió con un respingo.

No me importó que tuviéramos público. No me detuve, y sé que tendría que haberlo hecho. Aquello no era asunto de nadie y mi voz se entrecortaba cada dos palabras, pero no entendía cómo se atrevía a estar ahí plantado y a actuar como si tuviera derecho a estar allí.

—Tú también me has mentido, Reece. Me dijiste que todo estaba bien y que hablaríamos. Sí, bueno, llámame idiota, pero hasta donde yo sé, no lo has hecho, y las cosas no están bien. «Ay, vamos a comer» —dije imitando su voz—. ¡Y una mierda! Ni siquiera me respondiste al mensaje, pedazo de capullo.

—Esta situación… está avanzando en un rumbo que no me esperaba —murmuró Nick.

—¿Que no te respondí? —se extrañó Reece con los ojos desorbitados—. Te respondí el jueves. Te escribí que… —Se interrumpió—. Te escribí.

No podía creer que me estuviera mintiendo tan descaradamente y solté una carcajada ronca.

—No, no lo hiciste.

Hank nos miró primero a uno y luego al otro mientras cambiaba el peso de pie.

—Mirad, chicos, creo que tendríamos que volver a…

—Joder, Roxy —siguió Reece—. Sí que lo hice.

—Claro que sí, y el mensaje desapareció por arte de magia. Venga ya. —Crucé los brazos—. ¿No tienes que ir a atender ningún otro aviso? Creo que Hank tiene este controlado. ¿No es verdad, Hank?

El aludido levantó las manos como diciendo que no quería tener nada que ver con aquello. No me fue de mucha ayuda.

—No me lo puedo creer. —Reece se metió la mano en el bolsillo trasero y sacó su móvil. Tras activar a la pantalla, lo volvió hacia mí—. Toma —dijo, y cuando yo desvié la mirada, se acercó más a mí—. Léelo, Roxy.

Solté el aire con fuerza e hice a regañadientes lo que me pedía. Mejor dicho, lo que me ordenaba. Eché un vistazo rápido a su móvil y abrí la boca, preparada para lanzarle alguna réplica mordaz, pero tuve que cerrarla de golpe.

¿Qué…?

Le arrebaté el teléfono y me lo acerqué a la cara para poder distinguir las palabras y la hora.

Hola, pasemos la comida al domingo. Podemos hablar entonces.

El mensaje indicaba la hora de envío. Mostraba que había sido entregado unos diez minutos después de que yo le escribiera, mientras debía de estar en la ducha. Me quedé mirando el texto, medio esperando que desapareciera, como si fuera un producto de mi imaginación.

—Te lo juro —susurré, alzando los ojos hacia él—. Nunca lo recibí. Pone que me llegó, pero yo nunca lo vi.

Reece me sostuvo la mirada un buen rato.

—Creí que te habías enfadado por que cambiara el día. —Recuperó con cuidado el móvil que yo tenía en la mano—. Y que por eso no me volviste a escribir. Y que sepas que planeaba presentarme aquí el domingo, tanto si recibía noticias tuyas como si no.

—¿Podría alguien haber borrado el mensaje antes de que tú lo vieras? —sugirió Nick.

Un escalofrío me bajó por la espalda y se me erizó el vello de la nuca. La posibilidad… me ponía los pelos de punta.

—¿Quién iba a allanar la casa solo para borrar un mensaje de texto? —preguntó Hank, cruzándose de brazos—. Por no hablar de que tuvo que entrar en el momento adecuado para eliminar justo el de Reece. No quiero ser duro, pero me parece una posibilidad muy remota.

Aunque parecía una locura, era lo que tenía que haber pasado. Yo no había visto ese mensaje. Si lo hubiera hecho, habría respondido y me habría ahorrado bastante dolor. No todo, pero algo. De todas formas, aquel no era el momento para distraerme con el hecho de que Reece sí que me había respondido y, lo que es más, planeaba verme. Teníamos asuntos más importantes entre manos.

La tensión se había adueñado del atractivo rostro de Reece mientras observaba mi móvil. Tenía los nudillos blancos de tanto apretarlo.

—Pero es que esto no es lo único raro que ha pasado —intervino Nick, que se ganó una mirada de Reece que habría puesto nervioso a cualquiera—. Diles lo que me has contado.

Me senté en el borde del sofá, muy inquieta.

—Hace un par de semanas llegué a casa del trabajo y el lavavajillas estaba en marcha. No lo había programado. La verdad es que ni siquiera sé hacerlo.

Hank arqueó una ceja.

—Sigue hablando —pidió Reece en voz baja.

No fue fácil, porque sabía lo descabellado que sonaba todo aquello.

—Una mañana me desperté y me encontré el mando a distancia en la nevera. Pensé que quizá lo había dejado ahí y no me acordaba, pero nunca he hecho algo así. Después pasó lo de la tapa del váter… —Mientras hablaba, Reece cerró un puño—. No fui yo. Estoy segura. Y luego está esa otra vez en que me sorprendió un lienzo nuevo colocado en el caballete. Son todos detalles así, cosas que no podía estar segura de haber hecho o no. Incluso llegué a pensar que a lo mejor la casa estaba embrujada. Se lo dije a mi madre y a Katie. —Se me escapó una pequeña carcajada—. Sé que parece una estupidez, pero entonces…

Nunca había visto a Reece tan quieto como estaba, delante de mí, con su atractivo rostro luciendo una expresión que parecía que cada rasgo estuviera grabado en mármol.

—Entonces ¿qué?

Me ardían las puntas de las orejas. Era lo último que quería mencionar delante de Hank y de Nick.

—Lo peor, casi tanto como que me hayan sacado una foto mientras dormía, pasó hace un par de días. El martes por la mañana —añadí, y la mirada de Reece se intensificó a la vez que su pecho se elevaba—. Estaba poniendo los platos en el lavavajillas.

—Me acuerdo —comentó.

Vale. Bueno, supuse que ya no estábamos ocultando nada llegados a ese punto.

—Había unas… —Tragué saliva con fuerza mientras el calor me cubría las mejillas—. Había unas bragas mías en la cesta para los cubiertos. Y no, yo no las metí ahí.

—Joder —murmuró Nick, que se puso de pie y se pasó la mano por el pelo. Miró hacia la cocina con una mueca en los labios, como si el lavavajillas le diera asco.

Hank no dijo nada. Se limitó a mirarme con la expresión de «pero qué coño» más exagerada que había visto en la vida.

Sin embargo, era Reece quien tenía toda mi atención. Seguía inmóvil como una estatua, mirándome.

—¿Por qué no dijiste nada? —Su voz era apenas un susurro.

Se me hundieron de golpe los hombros, presa de un agotamiento aplastante.

—Estábamos hablando de… otras cosas en ese momento y no… —Se me apagó la voz y sacudí la cabeza.

Capté el segundo exacto en que se dio cuenta de lo que significaba lo que le estaba diciendo. Se puso rojo. Aquella rabia repentina suya imponía, y si, en el fondo, no hubiera sabido que no la sentía por mí, incluso habría asustado. Un sinfín de emociones complicadas se le reflejaron en la cara.

—Yo estaba aquí y… —No terminó de elaborar ese pensamiento. Se volvió hacia su compañero—. De este aviso me encargo yo, Hank.

—Pero…

—De este aviso me encargo yo —repitió con una voz lo bastante dura como para hacer que me estremeciera.

Hank lo miró un momento y después puso los ojos en blanco.

—Como quieras. —Pulsó una tecla de la radio que llevaba al hombro y dijo—: Aquí diez ocho. La unidad tres cero uno se encarga del posible allanamiento.

Hubo una respuesta llena de interferencias que apenas oí, y Hank se marchó de casa. Nick siguió de pie junto a la butaca reclinable. Levantó una mano para frotarse la mejilla.

—¿Estás bien? —preguntó.

No estaba segura de querer que Nick se fuera, porque eso significaría quedarme a solas con Reece, pero, a pesar de lo exhausta que estaba, sabía que tenía que irse.

—Gracias por venir —dije, y asentí—. Te debo una.

Reece desvió la mirada hacia la ventana con la mandíbula apretada.

—No me debes nada —respondió Nick. Entrecerró los ojos

y le echó un vistazo a Reece—. ¿Seguro que vas a estar bien aquí ahora?

—Sí —murmuré mientras mis pensamientos vagaban hacia mil sitios distintos.

Nick se detuvo en la puerta. Tenía una sonrisa en la boca que no podía significar nada bueno.

—Por cierto —comentó—, los lazos de tus bragas son monísimos.

Oh, por el amor de Dios.

Reece apretó tanto los dientes mientras observaba cómo Nick se marchaba que pensé que se los iba a partir. Nos quedamos solos. Permaneció unos segundos de espaldas a mí antes de volverse. Se acercó al sofá y se sentó en el borde de la mesita de centro, justo delante de mí.

—¿Te encuentras bien?

Sí. No. ¿Quizá? No tenía ni idea. Sentía demasiadas cosas. «Asustada» no era la palabra adecuada para definir mi estado. Alguien había estado en mi casa... varias veces. Me sentía... Me sentía violada, como si hubieran arrancado todas las paredes de mi hogar, y me sentía imbécil por haber achacado todas las cosas raras que pasaban a algo sobrenatural. Aunque, claro, ¿por qué iba nadie a sacar la conclusión de que alguien entraba en su casa solo para toquetear sus cosas?

Me estremecí al asimilarlo del todo. Alguien había estado en mi casa. Alguien había estado ahí muchas veces, incluso mientras yo me encontraba allí. El miedo residual creció de nuevo. ¿Cómo coño iba a sentirme segura entre esos muros a partir de entonces? Me invadió la ira al pensar que me había arrebatado mi hogar y que no podría hacer nada al respecto

—No sé qué sentir —dije por fin, recostándome en el respaldo.

Reece apoyó las manos en sus rodillas dobladas y soltó un suspiro que sonó cansado. Alcé los ojos, me encontré con los suyos y le sostuve la mirada. En un segundo, las corazas cayeron e inspiré vacilante. Él parecía confundido, dividido. Como si estuviera sintiendo el mismo abanico furioso de emociones que yo.

—¿Por qué no me contaste que estaba pasando todo esto? —quiso saber.

Agaché la barbilla y me encogí de hombros.

—Sinceramente creía que la casa estaba embrujada. A ver, ¿por qué iba a pensar que alguien se colaba aquí dentro solo para mover trastos de un sitio para otro y hacer estupideces? Y algunas de las cosas podía haberlas hecho yo sin darme cuenta y luego haberme olvidado de ellas, como lo del lavavajillas o el mando a distancia.

—¿Metiste tú tus bragas en el lavavajillas?

—No. —Hice una mueca.

—Pues entonces sabías que no podía ser cosa tuya. —Se enderezó y echó un vistazo a la casa—. ¿Cuándo fue la última vez que usaste el lavavajillas antes de encontrarlas dentro?

Supe lo que estaba pensando.

—No había abierto el lavavajillas desde el lunes.

—Pero estuviste en casa todo el día, ¿verdad?

Asentí, me acerqué las piernas al pecho y me las rodeé con los brazos. No hacía falta que lo dijera en voz alta. Sabía lo que estaba pensando. Esa noche no era la primera vez que aquella persona había entrado en mi casa mientras yo dormía. Era la única explicación posible. Cerré los ojos y apoyé la frente en las rodillas. Me salió un hilito increíblemente fino de voz al hablar.

—¿Por qué iba alguien a hacer esto?

—Para ponerte nerviosa, Roxy. La clase de cosas que estaban pasando eran tan insignificantes que te sorprendían y hacían que te preguntaras si no habrías sido tú, pero, lo más importante de todo, te hacían dudar de ti misma. Lo que significaba que no se lo contabas a nadie. Te lo guardabas para ti. —Hizo una pausa—. Joder, Roxy, ojalá lo hubiera sabido. No había ninguna razón para que te enfrentaras a esto sola.

—¿Me crees? —pregunté. Mis piernas sofocaron mi voz.

—¿Por qué coño no iba a creerte?

Me encogí de hombros.

—Hank me estaba mirando con cara de no creerme. Y no lo culpo. Suena todo muy raro.

—A la mierda Hank. Es idiota. Y cuando le ponga las manos encima al cabrón que te está haciendo esto, te juro que lo mato. Pero ya hablaremos de eso después.

Levanté la cabeza de golpe y lo miré boquiabierta. Su reacción me asombraba, dada la situación.

—No quiero que estés aquí sola —dijo, levantándose.

La idea de quedarme allí después de lo que había pasado tampoco me apetecía nada.

—Tengo que llevarme tu móvil para ver si podemos obtener huellas que no sean mías, tuyas o de Hank. Nick no lo ha tocado, ¿verdad?

—Diría que no —respondí, sacudiendo la cabeza. La noche estaba borrosa.

—¿Tienes algún otro móvil que puedas usar mientras tanto?

—Sí, uno más antiguo.

—Bien. Coge lo que necesites y te llevo a mi casa —sugirió mientras rodeaba el sofá—. Todavía me faltan un par de horas para acabar el turno, pero por lo menos podrás dormir un poco.

Volvía a pensar que estaba soñando.

Al ver que no me movía, Reece prosiguió:

—Ni se te ocurra discutir. Quiero que hables con Colton. Puede pasarse por mi casa. Ha estado investigando los incidentes que han tenido lugar por aquí. Por eso tuve que ir a sacar a pasear a su perrita el martes por la mañana.

Me vino a la cabeza la conversación entre Brock y Jax.

—¿Te refieres a lo de la chica que trabaja donde entrena Brock?

—¿Te has enterado de eso? —Reece me miró con los ojos entrecerrados.

—Sí, Brock estuvo en el bar. Ha dicho que... —Me estremecí—. Ha dicho que se ensañó mucho con ella. ¿La...? —Ni siquiera fui capaz de decirlo.

Puso la cara de poli, desprovista de toda emoción.

—No puedo entrar en detalles. No porque no confíe en que no vayas a decir nada, sino por respeto a la víctima. Pero estamos bastante seguros de que todos los ataques que ha habido recientemente están relacionados. El nivel de violencia ha ido en aumento.

—¿Cómo? —susurré.

—Ha sido físico —respondió sosteniendo mi mirada—, peor de lo que puedes imaginarte.

Me estremecí de asco.

—Madre mía, esas pobres chicas... —Abrí mucho los ojos—. No crees que esto tenga nada que ver con lo que les ha pasado a ellas, ¿verdad?

Se agachó y me puso una mano en la rodilla.

—No lo sé, pero te juro que a ti no te va a pasar nada. Nada. Y ahora, vamos, en marcha.

Vi cómo se levantaba y se volvía.

—Espera —solté—. No puedo ir a tu casa.

—¿Por qué no? —Se giró para mirarme con la cabeza ladeada.

—¿Cómo que por qué no? Dejaste muy claro que tú... que yo te mentí y que no puedes aceptar eso. Así que no puedo quedarme contigo. —Ni de coña pensaba pasar por eso—. Mejor me voy a casa de mis padres.

Su cara se suavizó un poco.

—Tú y yo todavía tenemos que hablar. Ahora no es el momento adecuado para hacerlo, pero te vienes a casa conmigo.

—No sé por qué crees que puedes darme órdenes, la verdad —comenté con los ojos entrecerrados.

—¿De verdad quieres despertar a tus padres? ¿Has visto la hora que es? ¿Sabes el susto que vas a darles?

Lo miré boquiabierta.

—Joder. Tienes razón, pero es un golpe bajo.

—No es ningún golpe bajo. Es solo la verdad —replicó—.
Venga, recoge tus cosas y vámonos de aquí enseguida.

A ver, podía quedarme ahí sentada discutiendo con él, o ir a
casa de Katie, o esperar a que fuera una hora más decente, pero
pude ver la decisión marcada en sus rasgos. No era una batalla
que fuera a ganar con facilidad y, sinceramente, estaba exhausta
y no quería quedarme allí más tiempo del imprescindible.

Me levanté de mala gana y me dirigí hacia mi dormitorio con
él pisándome los talones. Mientras yo cogía algo de ropa, él fue a
echar un vistazo a la otra habitación. Ahora estar en mi cuarto me
ponía los pelos de punta, y no sabía si eso cambiaría alguna vez.

Solté el aire con fuerza, combatiendo la necesidad de gritar.

Cuando Reece salió del cuarto de invitados, estaba un poco
más pálido. Me quedé quieta, con la mano sobre la correa de mi
bolsa de viaje.

—¿Has encontrado algo?

Sacudió la cabeza parpadeando.

—No. ¿Estás lista?

Tras meter un suéter largo y grueso que me llegaba hasta las
rodillas en la bolsa, la cogí y me calcé unas zapatillas. No confiaba en ser capaz de hablar, de modo que me limité a asentir.

Reece permaneció callado mientras salíamos y cerraba con
llave. Al dejar el porche, vi que los dos pisos de arriba tenían la
luz encendida, y me dije a mí misma que tenía que hacerles unas
galletas o algo.

Me senté en el asiento del copiloto del coche patrulla que,
sorprendentemente, olía bien, a manzanas frescas. En cualquier
otro momento me habrían entusiasmado todos aquellos botones
y la posibilidad de poner la sirena, pero me quedé mirando por la
ventanilla, escudriñando la oscuridad mientras el alba empezaba
a despuntar por el horizonte.

—¿Estás bien? —preguntó Reece.

Me volví hacia él. Me sorprendió la necesidad que tenía de

alargar la mano para acariciarle la mandíbula con los dedos. De tocarlo. De que él me tocara.

—Sí.

Me dirigió una mirada de reojo entre divertida y preocupada.

—Es normal no estar bien en una situación como esta.

Bajé la vista hacia mis manos sin despegar los labios.

No volvimos a hablar mientras me llevaba hasta su casa. Reece vivía en un bloque de apartamentos cerca de Jax, en un piso bastante grande en la segunda planta. Cuando se apartó para dejarme pasar, percibí el fuerte olor de la colada.

Reece se movió con rapidez a mi alrededor para encender las luces. Parpadeé, deslumbrada, preguntándome cómo era posible que mi noche hubiera acabado en su casa.

Tenía un amplio recibidor que daba a un gran salón con cocina abierta. La estancia estaba ordenada, salvo por una cesta con ropa para lavar que descansaba en una mesita de centro.

Frunció el ceño al verla.

Se dirigió hacia la cesta y la cogió.

—Ya sabes dónde está la cama. Si no recuerdo mal, te pareció comodísima, así que como si estuvieras en tu casa.

La falta de rencor en su tono al mencionar aquella noche me llenó de sorpresa. Apenas había dejado mis cosas cerca del sofá cuando reapareció en el salón. Divertida, vi que recogía una bolsa de patatas fritas que estaba en la mesita auxiliar y la tiraba al cubo de la basura de la cocina.

—Tengo que ir a la oficina a dejar tu móvil en Pruebas para ver si podemos encontrar huellas —explicó, pasándose una mano por el pelo. Ese movimiento hizo que se le marcaran los bíceps contra el dobladillo del uniforme—. Tengo teléfono fijo en varias habitaciones. El número de la comisaría está en la nevera. Llama ahí o al móvil si es necesario. Tendría que estar aquí de nuevo algo después de las ocho más o menos.

Asentí.

Se paró delante de mí. Inspiré hondo. Tiré del borde de mi suéter y levanté la cabeza. Sus ojos buscaron los míos.

—No estoy bien después de lo que ha pasado —admití con un hilo de voz—. Para nada.

De algún modo creo que él entendió que no hablaba solo de lo que había pasado en mi casa. Por un instante creí que no diría nada. Que iba a volverse y a marcharse de su casa.

Pero entonces avanzó despacio, muy despacio, me rodeó los hombros con un brazo y tiró de mí. Titubeé un instante, pero me rendí y apoyé mi mejilla en su pecho. El relieve frío de su placa se me iba a quedar marcado en el pómulo, pero me daba igual. La calidez de su cuerpo, de su abrazo, me compensaba.

Me puso la otra mano en la nuca y bajó la barbilla hasta la parte superior de mi cabeza agachada. Inspiró tan hondo que lo noté en mi pecho, y cerré los ojos.

—Lo sé —respondió con voz ronca—. Lo sé, Roxy.

Me sujetó así unos segundos más y después se separó de mí. Deslizó la mano que me había puesto en la nuca hacia mi mejilla y fijó sus ojos en los míos.

—Descansa un poco. Volveré lo antes posible.

No me moví hasta que oí cerrarse la puerta y girar la llave, y aun así seguí quieta varios minutos. Reece me había dicho que ocupara su cama, pero ni de coña podría dormir otra vez en ella. No tal como habían quedado las cosas entre nosotros. Sí, ahora me estaba ayudando, pero porque era un buen hombre, y eso era lo que hacían los hombres buenos.

Puse dos de los cojines a un lado de su recargado sofá beis, cogí la manta que descansaba en el respaldo y la extendí. Hundí la cabeza en los cojines y, en cuanto cerré los ojos, supe que no tardaría en quedarme dormida. Aunque pareciera una locura, me sentía segura en esa casa y no combatí el sopor que me invadía.

Me sumí en un sueño tranquilo durante no sé cuánto rato.

¿Minutos? ¿Horas, quizá? Esa clase de letargo tan profundo que, al despertar, no reconocí de inmediato dónde me encontraba.

Estaba en casa de Reece. Claro. Recordaba haberme quedado dormida casi al instante en su comodísimo sofá. Tenía muy buen gusto para los muebles. Empecé a desperezarme, pero me quedé quieta al darme cuenta de que el sofá era extrañamente duro… y cálido.

Aturdida, moví la mano derecha y esta se deslizó por algo suave, como si fuera seda sobre mármol, algo también sólido, caliente y con relieves. Lo apreté con los dedos. ¿Era eso un ombligo?

Abrí los ojos de golpe.

Dios, no seguía para nada dónde me había quedado dormida. El sitio en el que estaba recostada y lo que palpaba no era el sofá.

Era Reece, dormido, sin camiseta. Estaba acurrucada contra él. En su cama.

18

Si aquello era un sueño, no quería que terminara. Por muchas razones, pero, sobre todo, porque no existía nada parecido a despertarse al lado de ese hombre. Solo lo había vivido dos veces antes y no me bastaba en absoluto.

A una parte de mí le sorprendía haber estado tan profundamente dormida como para que él hubiera podido trasladarme sin que me diera cuenta. Traté de imaginarme lo que había hecho al regresar a casa. Fijo que lo primero que hizo fue desnudarse. Notaba que llevaba un pijama con botones, porque podía sentir el algodón suave y gastado en mis piernas desnudas. Debió de cargarme en brazos y llevarme a su cuarto. No sabía si me había dejado tan cerca de él como estaba o si yo me había arrimado después. En cualquier caso, no había espacio entre nosotros, y él tenía la mano apoyada en mi cadera.

Me dolía el alma y, ahí acostada, escuchando sus suaves ronquidos, me di cuenta de lo mucho que había anhelado algo así. No solo con alguien, sino con él. A pesar de nuestro pasado desastroso y de todo lo que teníamos que hablar, él... seguía cuidando de mí.

Eso decía mucho de la clase de hombre que era: decente y amable hasta la médula. Había poquísimos como él.

Y él en concreto además era guapísimo.

Con los rasgos relajados por el sueño, tenía un aire vulnerable que rara vez mostraba cuando estaba despierto. Siempre solía envolverlo un aura de poder concentrado que seguía ahí incluso mientras dormía. No creía que se debiera a que fuera policía. Simplemente era algo innato en él, como una segunda piel.

Tenía separados los labios carnosos, bien formados, y tuve que contener la necesidad de pasarle el pulgar por el inferior. Más difícil aún fue reprimir el impulso de besarlo, porque me moría de ganas de volver a tener su boca sobre la mía.

Su piel era cálida y suave bajo mi mano. Era consciente de que tenía que sacar el culo de esa cama antes de hacer algo totalmente inapropiado, como deslizar los dedos bajo la cinturilla de los pantalones de su pijama.

Me separé con cuidado de él y me levanté. Encontré mi suéter en el borde de la cama, me lo puse y me arrebujé en él al extrañar al instante la calidez de su cuerpo. Como no quería despertarlo porque todavía era temprano y no podía llevar durmiendo demasiado rato, me marché con sigilo del cuarto y cerré sin hacer ruido la puerta al salir.

El piso estaba silencioso como una tumba cuando regresé al salón. Recordé que tenía terraza, así que abrí la puerta cristalera y salí. Inspiré el aire de la mañana y eché un vistazo a mi alrededor. El balcón daba a una zona boscosa y bastante privada.

Reece cuidaba de sus plantas.

O alguien lo hacía.

De la barandilla de hierro forjado colgaban unas jardineras repletas de unas preciosas flores rosas y púrpuras. Había dos macetas con hierbas, y un helecho frondoso colgaba en el rincón, donde no le daba el sol. Dos amplias sillas de mimbre estaban dispuestas juntas.

Doblé las piernas hacia un lado y me acurruqué en una de ellas. Era muy cómoda. No me podía creer el fresco que hacía.

Si pensaba en lo deprisa que cambiaban las estaciones, me estallaba la cabeza.

Mi mente divagó mientras permanecía ahí sentada. No conseguía recordar si había cogido las gafas antes de salir de casa. La verdad era que daba lo mismo, porque no tenía coche. Tendría que regresar a mi casa a buscarlo antes de ir a trabajar por la noche.

Tendría que regresar a mi casa...

Me estremecí sin que tuviera nada que ver con la temperatura. Apenas podía creérmelo. Me habían estado acosando. Acosando, joder. A mí. Sacudí ligeramente la cabeza. Había sucedido de verdad. Ya no podía bromear diciendo que era Casper, el Fantasma Pervertido, ni atribuirlo a algún tipo de trastorno de la memoria. Era alguien que se colaba en mi casa mientras yo estaba en ella. Que borraba mensajes cuando yo estaba en la ducha. Que me sacaba fotos. De todas esas cosas, esas dos últimas eran las que más miedo me daban. Aunque peor todavía era que yo no tuviera ni idea de que aquello estuviera pasando. Ni siquiera se me ocurrió imaginármelo, ni tampoco quién podría hacerlo.

Estaba Dean, pero, aunque era insistente, no me parecía ningún psicópata. Podía tratarse de un desconocido, como el hombre responsable de lo que les había pasado a las demás chicas, y eso me horrorizaba más todavía. Hasta donde yo sabía, podía ser alguien que iba al bar todas las noches. Alguien con quien había hablado, a quien había sonreído.

Dios mío, era aterrador imaginarlo siquiera. Me daban ganas de no poner un pie fuera de mi casa, solo que tampoco estaba a salvo allí. Joder. Cerré los ojos. ¿Qué iba a hacer? No soportaba la idea de cambiar del todo mi vida por un tarado que era un auténtico fantasma para mí.

Aunque, bien mirado, eran precisamente los fantasmas del pasado los que habían cambiado por completo mi vida. Hacía y dejaba de hacer las cosas por lo que había ocurrido con Charlie.

Era algo que daba que pensar, pero no estaba lo bastante despierta como para profundizar en ello.

Una idea se abrió paso en mi cabeza. Puede que el acosador sí que fuera un conocido. No Dean. Ni ningún chico con el que hubiera salido. Tal vez fuera alguien que acababa de regresar a mi vida, una incorporación reciente y para nada bienvenida.

Henry Williams.

Aunque no había tenido razones para ello entonces, durante la secundaria siempre me había dado mal rollo. Era un chaval guapo, pero, aun así, me daba mala espina. Puede que no se conformara con haberle jodido la vida a Charlie. Puede que quisiera volverme loca. Sinceramente sonaba descabellado, tan descabellado como que alguien se colara en mi piso y me sacara fotos mientras dormía.

Abrí los ojos justo a tiempo de ver un conejito marrón corriendo por la hierba hacia el límite del bosque. Bueno, supuse que era un conejo. Era más bien una forma parduzca. Podía haber sido una zarigüeya.

Madre mía, no me podía creer que estuviera en casa de Reece. No podía permitirme darle demasiada importancia. Me aparté el pelo de la cara y dejé escapar un suspiro cansado. Incluso en medio del silencio, rodeada de conejos que corrían por la hierba y de preciosas flores, me costaba comprender lo que realmente sentía por Reece. Mis sentimientos por él estaban enmarañados en la red de nuestro pasado y nuestro presente. Un deseo cultivado a lo largo de los años y…

Ni siquiera podía pensarlo.

Aunque podía admitir que Reece me importaba muchísimo desde hacía tiempo, el amor daba miedo. Lo había aprendido con Charlie. Quería a ese chico más que a nada en el mundo, y verlo herido había matado una parte de mí a los dieciséis años, y seguía matándome. No podía enamorarme de Reece perdidamente. No cuando su trabajo entrañaba, a diario, el riesgo de que lo hirieran o algo peor. Me estremecí, pero esa era la verdad. Joder, pensar eso no tenía el menor sentido, porque…

La puerta cristalera se abrió, Reece salió a la terraza y sus somnolientos ojos azules se posaron en mí. Me dio un vuelco el corazón al empaparme de él. Dios mío, qué guapo estaba por la mañana, con el cabello alborotado y la incipiente barba de un día cubriéndole la mandíbula.

—Hola —dijo, y elevó una parte de los labios para esbozar una sonrisa torcida.

Los míos le respondieron. Era obvio que todavía estaba medio dormido.

—Hola. No te he despertado, ¿verdad?

—Diría que no. —Levantó un brazo y se pasó los dedos por el pelo. Mis ojos se quedaron clavados en su bíceps y en los músculos de su costado. Me moví en la silla, asombrada de poder excitarme de aquella manera por un tío que se estaba rascando la cabeza. Reece se sentó a mi lado—. Bueno, me desperté y no estabas —dijo. Luego se recostó en el asiento y separó los muslos a la vez que inclinaba la cabeza hacia mí—. Me he preocupado. ¿Estás bien?

Separé los labios al oír sus palabras.

—Sí, no quería despertarte. No podías llevar demasiado rato durmiendo.

Se desperezó, estirando con abandono sus anchas espaldas.

—No duermo demasiado, la verdad —comentó—. Un par de horas aquí y allá, sobre todo cuando trabajo.

Pensé en la noche que pasamos en mi sofá, cuando lo despertó de golpe lo que parecía ser una pesadilla.

—Pero tienes que estar cansado.

Dirigió sus ojos entornados hacia mí y se encogió de hombros.

—Igual que tú, cariño. Trabajas mogollón de horas, como yo. Te las apañas, ¿no? Yo también.

—Cierto —murmuré, echando un vistazo al césped—. Me gusta esto. La terraza, quiero decir. —Sonrojada, me di mentalmente un puntapié—. Es muy reservado y tranquilo.

—A mí también me gusta. Procuro salir aquí una vez al día por lo menos para tomar café. —Por el rabillo del ojo vi cómo levantaba los brazos por encima de su cabeza y se estiraba de nuevo. No pude evitar mirarlo. Era humana y no pensaba avergonzarme de ello. Arqueó la espalda y le crujieron los huesos. Aquel hombre era puro pecado—. Es un buen sitio para pensar —terminó, dejando caer los brazos.

Mi mirada recorrió su pecho y su tenso abdomen hasta el reguero de vello oscuro que desaparecía bajo la cinturilla de los pantalones de su pijama.

—Puedo… entenderlo.

—He hablado con Colton —dijo tras una pausa—. Vendrá enseguida. Yo estaré presente mientras habla contigo.

Sentí un escalofrío en la nuca y me tapé mejor con el suéter. Asentí.

—¿Sabe lo que ha pasado? —pregunté.

—Sí.

Contemplé cómo un pájaro pasaba volando por la terraza.

—¿Cree que está relacionado con las otras cosas? —quise saber.

—No lo sé. Creo que quiere hablar primero contigo antes de llegar a esa conclusión. —Suspiró con suavidad—. En serio, Roxy, ¿estás bien?

No era una pregunta fácil de responder. Habían pasado tantas cosas, había tanto entre nosotros, y no estaba preparada para todo lo que teníamos que hablar.

—Han conectado a Charlie a una sonda nasogástrica —dije por fin, alzando la mirada al despejado cielo azul. El color era muy parecido al de los ojos de Reece—. Es algo que ya han hecho antes, y no lo soporta, así que han tenido que atarlo, y es muy duro verlo así.

—Lo siento mucho. —Su voz emanó verdadera compasión.

—La última vez que dejó de comer acabó teniendo un ataque —expliqué asintiendo.

—Lo recuerdo —comentó en voz baja.

Lo miré, estupefacta.

—Ah, ¿sí?

—Sí —asintió—. Me lo has mencionado, y sé lo cerca que estuviste de perderlo.

—Tengo mucho miedo. —Me recosté en la silla con una punzada de dolor.

—¿Por Charlie?

—Sí —susurré, y me mordí el labio inferior cuando alargó la mano hacia mí para sujetarme el brazo. Fue como si mi corazón duplicara su tamaño—. Tengo miedo de perderlo. De verdad.

Me dio un apretón con cuidado.

—No sé qué decir.

—Ya. —Tragué con fuerza para intentar deshacer el nudo que tenía en la garganta.

Me sostuvo la mirada un instante y movió la mano. Quise sentarme en su regazo y rodear su cuerpo con el mío como un pulpo, pero sabía que seguramente no era la mejor idea del mundo.

—Quiero volver a preguntarte algo. Espero que esta vez me des una respuesta diferente.

Madre mía, no estaba segura de estar preparada.

—Dime.

—¿Por qué no me contaste lo que estaba pasando en tu casa, Roxy?

Al principio no supe qué contestar.

—No sé. Supongo que no quería que nadie pensara que estaba loca por creer en fantasmas o que me lo estaba inventando para llamar la atención. Porque, ¿cuántas mujeres van a la comisaría porque temen que las están acechando y se las quitan de encima? Es la clase de machismo que tenemos que soportar.

—No cuando me encargo yo —aseguró Reece sacudiendo la cabeza.

—Tú eres distinto —señalé, extendiendo las piernas. El cemento estaba frío bajo mis pies.

—¿Por qué no me dijiste nada entonces?

Me mordí el labio interior mientras me aferraba a los brazos de la silla.

—No sabía muy bien lo que estaba pasando, y cuando encontré mi… mi prenda de ropa en el lavavajillas, no me pareció adecuado comentarlo cuando… —Incapaz de seguir sentada, me levanté y me acerqué a la barandilla—. Bueno, ya sabes lo que estaba pasando.

Me sostuvo la mirada un momento antes de desviarla. Se frotó el pecho con la palma de la mano y frunció el ceño.

—Antes, cuando me di cuenta de que estaba allí en el momento en que lo encontraste y no me enteré de nada, quise darme un puñetazo a mí mismo en los huevos.

Arqueé las cejas de golpe.

—Hablo en serio —dijo, tensando un músculo en su mandíbula—. Lo que te ha estado pasando ha tenido que asustarte de cojones. ¿Encontrar tus bragas en el lavavajillas? No saber cómo ha ocurrido, preguntarte si tu casa tendría que salir en *Buscadores de fantasmas* o si deberías revisarte la cabeza ha tenido que estar volviéndote loca. Y te comiste todo esto tú sola… incluso cuando yo estaba allí. —Se situó en el borde de la silla y se inclinó hacia delante—. No soporto la idea de que hayas pasado por esto, joder.

Inspiré hondo, pero el aire se me atragantó.

—Estabas cabreado… y con toda la razón del mundo.

—Lo estaba. —Alzó los ojos hacia mí y me miró a través de sus tupidas pestañas—. Pero habría estado ahí para ti. Tendrías que haber sido capaz de pararme y enseñarme lo que había pasado. No es culpa tuya que no lo hicieras. Yo te puse en esa situación y me sabe mal.

Abrí la boca, pero no supe qué decir.

—Es hora de que hablemos en serio —dijo con una voz que no daba pie a discutirlo—. Y tenemos que ser sinceros el uno con el otro. Los dos. Se acabaron las chorradas.

Me apoyé en la barandilla. Me sentía un poco débil, pero no salí huyendo ni traté de esquivar la situación. No era ninguna cobarde. Por lo menos procuraba no serlo.

—Tienes razón —reconocí, pero deseé que se hubiera puesto una puta camiseta, porque con ese cuerpo delante era superfácil distraerse.

—Sabes que estaba cabreado. Sabes por qué estoy cabreado.

—Odias que te mientan más que nada en el mundo. Sé que es por tu padre —solté, y seguí a toda pastilla sin detenerme—. Pero saber eso hizo que me resultara aún más difícil confesarte lo de aquella noche. No es ninguna excusa, te lo digo para que conozcas mis motivos.

—Que me mientan no es lo que más odio en el mundo, Roxy. Odio muchísimo más a los putos depredadores que acosan a las mujeres y a las personas que me importan. Eso ocupa un lugar muy alto en la lista. Lo mismo que el asesinato y la violación —prosiguió, y entendí lo que quería decir—. Pero sí, estaba cabreado. Todavía lo estoy, en cierto modo.

Me encogí por dentro. Allá íbamos...

—Por eso me fui. Ojalá no lo hubiera hecho... Aunque, si te soy sincero, puede que fuera lo mejor, porque lo último que quería era decir algo que después lamentara y no pudiera retirar, pero ahora que sé por lo que estabas pasando, desearía haberme quedado. Tal vez entonces me hubieras contado lo que estaba ocurriendo. —Se frotó la nuca con una mano—. Vamos a dejar toda esa mierda de lado un momento, ¿vale? Ya hablaremos en concreto esa situación cuando venga Colton.

—De acuerdo —respondí, tensa.

Agachó la cabeza mientras se le elevaba el pecho al inspirar hondo.

—Necesitaba espacio. Necesitaba quitarme de encima la rabia que sentía. He comprobado más de una vez que intentar tener una conversación importante cuando estás cabreado no es nada inteligente. Normalmente jode las cosas, y lo último que quería era que me pasara eso contigo.

Pero ¿no estaban ya jodidas las cosas?

Los ojos de Reece eran de un asombroso azul intenso cuando se posaron en los míos.

—No estaba preparado para hablar contigo el jueves, pero sabía dónde iba a llevarnos esto.

Mi pecho se elevó y descendió con fuerza mientras me preparaba.

—He estado pensando. Ahora comprendo por qué te molestaste y sé que tú comprendes por qué lo hice yo. Los dos la cagamos de un modo u otro en esto.

—Entiendo —susurré, con ganas de llorar. Fui a girarme, pero alargó la mano y me sujetó. Lo miré con los ojos muy abiertos.

—Creo que lo hemos hecho todo mal —comentó, y entrelazó sus dedos con los míos.

No tenía ni idea de dónde iría a parar aquello, pero me estaba sujetando la mano, por lo que estaba dispuesta a seguirlo a algún lugar en el que no quisiera tirarme desde la terraza.

—¿Tú crees?

Asintió.

—Nada de chorradas, ¿vale? Hay algo que tengo que decirte.

—Nada de chorradas —repetí.

Esbozó media sonrisa.

—La primera vez que me fijé en ti, en plan fijarme en ti en serio, fue cuando cumpliste los dieciséis y estabas en el jardín trasero con Charlie —dijo—. No tenía ni puta idea de lo que estabais haciendo con aquel tobogán de agua porque llevabas el biquini más pequeño que había visto nunca.

—No recuerdo ningún tobogán de agua —murmuré.

Tiró de mí un paso hacia delante.

—Yo sí. Era junio. Alrededor de las dos de la tarde, y yo te estaba mirando desde la ventana de la cocina. No paraba de decirme que eras demasiado joven para que pensara en ti como lo estaba haciendo.

Me picó la curiosidad y no pude dejarlo pasar.

—¿En qué estabas pensando?

—En lo que piensa un adolescente al ver a una chica guapísima que lleva un biquini que apenas le cubre el culo —respondió—. Creo que no me moví de esa ventana hasta que ya no pude aguantarlo más, y no creo que quieras saber lo que hice después.

Separé los labios.

—¿Qué hiciste? —pregunté.

—Te daré dos pistas. La ducha. Mi mano —respondió arqueando una ceja.

—Ah. —Noté un cosquilleo en la piel cuando el calor me recorrió el cuerpo.

—Sí —murmuró, y tiró de mí otro paso más hacia delante. Mi pierna le presionó la rodilla—. Después vino cuando, con diecisiete años, me hiciste una tarjeta de cumpleaños. No sé por qué, pero cuando me sonreíste y me la diste, llamaste mi atención y ya nunca me la devolviste.

Recordaba perfectamente esa tarjeta. Me había pasado días haciéndola, dibujando la Estatua de la Libertad, porque sabía que le iba todo aquello de los marines y Estados Unidos. Me había sentido como una imbécil al entregársela, pero él había sonreído y me había dado uno de esos abrazos incómodos. Pensé que me veía como una niña tonta.

—Cuando regresé de mi destino en el extranjero y te vi... —Sacudió la cabeza—. Ese abrazo que me diste. Nunca me habían abrazado así en mi vida. No entendía por qué eras la primera persona a la que quería ver en cuanto llegué. No entendí durante muchísimo tiempo por qué empecé a ir a ese tugurio que era antes el Mona's. Y cuando por fin sumé dos y dos, y llegué a la conclusión de que te deseaba, pasó lo del tiroteo.

Tragué saliva con fuerza. Sabía que a Reece le había afectado mucho aquello y había estado bebiendo demasiado en aquella época, pero antes de que yo pudiera abrir la boca, prosiguió:

—No tenía la cabeza como para poder gestionarlo. La razón por la que iba al Mona's fue cada vez más para pillar una cogorza que para verte, y después... pasó lo de esa noche entre nosotros. —Ladeó la cabeza—. Por eso me arrepentí tanto. Porque estaba borracho y no sabía lo que hacía. No quería a nadie cerca, y menos a ti.

—Reece —susurré.

Sus ojos escudriñaron los míos intensamente.

—Para cuando averigüé lo que sentía por ti, tú no me dirigías la palabra y, como siempre, las cosas se descontrolaron.

El corazón me latía con fuerza al mirarlo.

—¿Qué intentas decirme, Reece?

Su sonrisa torcida volvió a aparecer cuando me pasó el brazo por la espalda. Cuando me levantó para sentarme en su regazo y mi cadera quedó acunada entre sus fuertes muslos, se me escapó un grito ahogado. Sin soltarme la mano, me rodeó la cintura con el otro brazo y se recostó en la silla. No me quedó más remedio que acompañarlo y acabé tendida sobre su pecho con la mano libre apoyada en su hombro. Sentí calor en todo el cuerpo en cuanto estuve tan cerca de él.

Estábamos cara a cara.

—Y por culpa de eso, de todo eso, lo hemos hecho mal. No me arrepiento de haberme enrollado contigo. Joder. Ni de coña. Al echar la vista atrás, me parece bien, al cien por cien, que aquella fuera la primera vez que estaba contigo. —El brazo que me rodeaba la cintura se movió y su mano se deslizó por mi cadera hasta donde acababan mis pantalones cortos para posarse en mi pierna desnuda. Se me puso la carne de gallina—. Pero tendría que haber hecho más por ti. Una cena. Una película. Todo eso. Te lo merecías. Creo que, después de tanto tiempo, nos merecemos eso.

—¿En serio? —Se me quebró la voz. No me podía creer lo que estaba oyendo.

—Sí, en serio. —Paseó la mirada por mi rostro hasta detenerse en mis labios—. ¿Y si empezamos de cero? ¿Qué te parece?

Seguía sin tener ni idea de qué responder.

—La forma en que me estás acariciando el cuello me dice que estás de acuerdo, pero quiero oírlo de esos labios tan bonitos que tienes —soltó con una ceja arqueada.

¿Mi mano? Dirigí la vista hacia ella. Coño, le estaba acariciando el cuello.

—No me esperaba esto —admití—. Creía que me ibas a decir que quedáramos como amigos... o algo así.

—Roxy, ya te dije que quería que fuéramos algo más.

—Pero...

Inclinó la cabeza hacia delante y apoyó su frente en la mía.

—Me cabreé, sí, pero lo que siento por ti no ha cambiado —dijo y, pasado un instante, añadió—: ¿Ha cambiado para ti?

Una parte de mí deseó que lo hubiera hecho, porque todo esto con Reece era peligroso para mi corazón y mi sentido común. Podía acabar localmente enamorada de él, pero... pero lo deseaba y... y no iba a acabar ese pensamiento.

—Sí. Estoy de acuerdo contigo —afirmé.

—Me lo imaginaba.

—Qué creído eres. —El corazón me dio un salto.

—Solo sincero —bromeó mientras se enrollaba en el dedo un mechón púrpura de mi pelo.

Inspiré hondo mientras su cálido aliento danzaba sobre mis labios. Tenía la cabeza hecha un lío. Y también el corazón, pero en el buen sentido. Aquello era lo último que me había esperado. De repente mi presente y mi futuro con él habían cambiado.

—Espera —dije echándome hacia atrás—. ¿Que empecemos de cero significa que no podemos acostarnos hasta la tercera cita o algo así?

—¿En serio?

—Es una pregunta válida —aseguré mirándolo con los ojos entrecerrados.

—Venga ya, cariño. —Me subió la mano por la pierna para agarrarme el culo, y un calor intenso me atravesó—. Creo que ya sabes la respuesta.

—Me la imagino, pero tal vez necesitaría…

Me acalló con la boca. Con un beso tierno que hizo que se me desbocaran los sentidos. Un solo beso, y ya me notaba los pechos sensibles y un ansia espasmódica entre los muslos. Bueno, puede que la mano que tenía en mi culo también tuviera algo que ver en ello, sobre todo cuando un dedo encontró infaliblemente la costura central de mis pantalones cortos. La recorrió y me provocó un escalofrío por todo el cuerpo.

—Seguro que ahora ya te lo imaginas mejor, ¿no? —comentó con voz áspera.

Me humedecí el tembloroso labio inferior con la punta de la lengua. Ansiaba rodear sus caderas con mis piernas y apretarme contra la parte donde realmente lo quería cuando él gimió.

—¿Estás seguro de que esto es buena idea? —pregunté.

Su mano abandonó la costura de mis pantalones y se deslizó por debajo del suéter y de la camiseta de tirantes para recorrerme la piel de la espalda.

—¿Por qué no iba a serlo?

Me eché hacia atrás y le rodeé la cara con las manos. Me gustaba el modo en que la barba incipiente de sus mejillas me hacía cosquillas en las palmas.

Lo único que se me ocurrió fue:

—No voy a enamorarme de ti.

Reece esbozó una sonrisa de oreja a oreja que me envolvió el corazón.

—Claro que no.

19

Colton se presentó poco después de que me hubiera duchado y secado el pelo. Vestida con unos vaqueros y una camiseta que decía ESTA CHICA NECESITA UNA SIESTA, fui arrastrando los pies hasta el salón. Parecía lo más adecuado cuando me dejé caer en el cómodo sofá y miré a Colton, que observó cómo su hermano se sentaba a mi lado.

Muy muy cerca de mí.

La pierna de Reece tocaba la mía y tenía el brazo extendido en el respaldo de mi parte del sofá. Si estuviéramos más pegados, se nos habría podido considerar hermanos siameses.

Colton, que no perdía detalle con mirada astuta, tomó asiento en el sillón situado cerca de la puerta cristalera, frente al sofá.

—¿Y esto, hermano?

—¿A ti qué te parece? —respondió Reece.

A decir verdad, yo no tenía ni idea de cómo responder a qué era lo que había entre nosotros. Aunque lo habíamos aclarado todo y estábamos «empezando de cero» o algo así, no sabía muy bien si nos encontrábamos en un punto en el quisiéramos pregonar a los cuatro vientos nuestra relación.

—Me parece que estoy a punto de darte una colleja —replicó Colton.

Reece soltó una risa grave, y no pude evitar estremecerme al oír ese sonido profundo y agradable.

—¿Se está portando bien contigo? —me dijo Colton.

Miré a mi alrededor, como si de repente fuera a salir alguien de detrás del sofá y a responder esa pregunta por mí.

—¿Sí?

—Más le vale —y añadió, bajando la voz a la vez que lanzaba una mirada de advertencia a Reece, que se limitó a sonreír satisfecho a modo de respuesta—: o estoy seguro de que tu padre o cualquiera de tus hermanos le darán una buena patada en el culo.

Contraje los labios al intentar imaginar a mi hermano menor peleándose con algo que no tuviera que ver con un mando y un Xbox.

Colton metió la mano en el bolsillo interior de su chaqueta y sacó un bloc de notas y un bolígrafo. Abrió el cuaderno y, al igual que podía hacer su hermano, adoptó su expresión de policía. Había llegado el momento de ponerse serios.

—Necesito que me cuentes todo lo que ha pasado sin omitir ningún detalle, ¿vale? Por pequeño que sea, podría ser muy importante.

Junté las manos, inspiré hondo y se lo expliqué todo, empezando por el mando a distancia en la nevera y acabando con la foto en mi móvil. Colton lo anotó todo mientras Reece permanecía callado a mi lado, aunque cuando llegué a la parte de las bragas en el lavavajillas, movió la mano del respaldo del sofá y la puso en mi hombro, donde sus dedos buscaron los músculos tensos y los masajearon.

—¿Algo más? —preguntó Colton con el bolígrafo suspendido sobre el papel.

No pude evitar pensar que se me había olvidado algún detalle. Me devané los sesos, pero fui incapaz de averiguar qué me provocaba esa sensación.

—No —dije por fin.

—¿Hay alguien que te haya estado causando problemas? —preguntó.

Estuve a punto de decir que no.

—Tuve una cita con un chico. Se llama Dean Zook. La verdad, no creo que sea ningún loco, pero es bastante insistente. —A mi lado, Reece se puso tenso y me atreví a echarle un vistazo—. Y también está Henry Williams. El viernes por la noche vino al bar, pero Nick lo echó.

Colton garabateó esos dos nombres.

—Tengo la información de Henry. ¿Tienes el contacto de Dean en tu móvil?

Asentí.

—Si no son ellos, ¿crees que está relacionado con lo que les ha ocurrido a las otras chicas?

Miró a Reece antes de responder.

—Ahora mismo es imposible saberlo con certeza. Tengo que hablar con las víctimas, pero, hasta donde yo sé, no han informado de nada parecido a lo que te ha sucedido a ti.

—No sé si eso tendría que tranquilizarme o no —admití.

—En cualquier caso, estás a salvo. —Reece me pasó la mano por el pelo para rodearme la nuca con los dedos. Lo miré a los ojos—. No dejaré que te pase nada.

—Aunque no tenga nada que ver con el violador en serie, no nos podemos tomar a la ligera lo que está pasando —comentó Colton antes de guardarse el bloc de notas en el bolsillo interior de la chaqueta. Inspiré bruscamente. Lo había dicho: había un violador en serie que atacaba mujeres. Me dio un vuelco el estómago—. Es evidente que alguien te está acosando, Roxy. Lleva un tiempo haciéndolo, y lo de sacar esa foto…

—Significa que el cabrón que está detrás de esto está envalentonándose —acabó Reece, que apartó la mano y se inclinó hacia delante. Sus ojos eran como pedacitos de hielo—. Antes hacía cosas que no te alertaban de su presencia. Ahora, sí.

—Coincido —aseguró Colton. Sus ojos, muy parecidos a los de su hermano, se fijaron en los míos—. Esto es serio, Roxy.

—Lo sé. No me lo estoy tomando a la ligera. Te lo aseguro.

—Entonces estarás de acuerdo en que no puedes quedarte en tu casa —comentó Reece arqueando una ceja—. No hasta que averigüemos quién está detrás de esto.

Abrí la boca.

—El único modo de que ese piso sea seguro para ti es bloqueando las ventanas, pero eso sería una idea estúpida de cojones —explicó Reece—. Si hubiera un incendio, estarías jodida si te quedaras atrapada.

—¿Qué tal un sistema de seguridad? —pregunté, mirando a ambos hermanos—. No son tan caros como antes.

—Tienes razón en cuanto a la cuota mensual, pero te pegan un sablazo con la instalación y todos los sensores para las puertas y las ventanas —avisó Colton.

Frustrada, me volví hacia Reece con los ojos abiertos como platos.

—No va a echarme de mi casa. No podría soportarlo.

—Vas a tener que soportarlo, cariño —replicó Reece con la mandíbula apretada—. Necesito que estés a salvo, y no admito discusión al respecto. Será algo temporal. Conocemos a un tío que seguramente nos hará la instalación a buen precio.

—Es policía en Filadelfia —asintió Colton—. Sé que lo hará. Nos debe una, pero puede que tarde una o dos semanas. Le pediremos que nos anote en su agenda, pero sé seguro que le toca pasar tiempo con su hijo el fin de semana que viene.

—Vale —acepté. La cosa no estaba para exigencias—. Supongo que puedo quedarme con Katie o con mis padres hasta entonces.

—Puedes quedarte conmigo —comentó Reece ladeando la cabeza—. Espera un momento, que te estoy viendo pensar y creo que vas a decir algo...

Entrecerré los ojos.

—En mi casa estarías a salvo. De eso no hay duda, y estoy convencido de que preferirás estar aquí que con tus padres o con Katie, porque ellos viven muchísimo más lejos del Mona's. —Me sonrió encantado—. Además, yo soy mejor compañía.

—Eso es discutible —murmuró Colton.

Su comentario pasó desapercibido.

—Y seguro que conmigo te lo pasas mejor —añadió Reece.

Me mordí el labio inferior y desvié la mirada. Notaba las mejillas rojas. Entendía a la perfección lo que quería decir. Sí, con él me lo pasaría muchísimo mejor, pero...

—¿Puedes darnos un momento? —le pidió Reece a su hermano.

—Claro. —Colton se puso de pie con un suspiro—. Me tengo que ir de todas formas. En cuanto me digan algo de tu móvil o averigüe cualquier otra cosa, seréis los primeros en saberlo. —Se dirigió hacia la puerta y se detuvo para mirarme—. Creo que deberías quedarte con mi hermano. No lo digo porque sea buena compañía. Pero, aunque es de los que se dejan la toalla empapada en el suelo, yo dormiría más tranquilo sabiendo que estás con él.

Cuando Colton se marchó, miré a Reece.

—¿Dejas la toalla mojada en el suelo? —le pregunté.

La verdad es que parecía avergonzado.

—Puede. A veces.

Arqueé una ceja.

—Vale. Por ti, después de ducharme, la recogeré —propuso.

—No sé yo. Me da mucha grima.

Soltó una carcajada, pero se puso serio en cuanto sus ojos se encontraron con los míos.

—Ya sé que quedarte conmigo parece un paso enorme, pero es temporal, cariño.

Lo entendía; sin embargo, quedarme con él me parecía meterme en terreno pantanoso en cuanto…, bueno, a muchas cosas. Estaba muy a favor de empezar de cero con él. Estaba muy a favor de la amistad y el sexo. Incluso me parecía bien salir con él, pero quería mantener mi corazón al margen, porque sabía que…

Sabía que podía perderlo y eso me aterraba.

Pero él tenía razón. Quedarme con mis padres sería horroroso, y quedarme con Katie, una auténtica locura. Divertida, sí, pero también de las que te dejan pasando la noche en la cárcel.

Joder. Era idiota, pero asentí.

Por lo menos logré aguantar sin contarles a mis padres lo que había pasado. Sabía que se asustarían, y con motivo, pero también me esperaba un largo turno y tenía demasiadas cosas en la cabeza. Como yo debía ir al bar y Reece a trabajar, no tuvimos tiempo para hablar, lo que resultó en que así pasé el domingo. Como mi coche seguía en mi casa, Reece me llevó al Mona's en el suyo.

Había una primera vez para todo.

Aparte de mis hermanos, ningún chico me había llevado antes al trabajo. Despedirme de Reece también fue una novedad. Agité los dedos hacia él y le di las gracias.

No fue suficiente.

—Oye. —Me cogió el brazo antes de que pudiera salir de la camioneta—. ¿Dónde te crees que vas?

—Mmm… ¿A trabajar?

—Así no.

Aturdida, abrí la boca para pedir algún detalle más, pero Reece tiró de mí hacia él.

—Nosotros no nos decimos adiós con la mano —aseguró—. Nos decimos adiós con un beso.

Y lo hicimos.

Ladeó la cabeza para alinear sus labios con los míos. Después de un instante cargado de anticipación, rozó mi boca. Pensé que iba a ser un gesto dulce y rápido, pero me equivocaba. Entonces me besó de verdad, con pasión y fuerza. Hizo que me hirviera la sangre y que me ardiera la piel. Me besó como si creyera que nunca más podría volver a hacerlo. Cuando terminó, me sentía embriagada por él, por su sabor y su calidez.

Me bajé tambaleándome de la camioneta y entré aturdida en el Mona's. Horas después seguía sintiendo un hormigueo en los labios por culpa de ese beso abrasador.

Esa noche trabajar fue, desde luego, muy distinto a los días anteriores. Charlaba con los clientes con más facilidad y mis sonrisas eran más sinceras, lo que hizo que mis propinas se dispararan.

Me vino genial, ya que parecía que iba a añadir otra factura mensual a mi lista de gastos. Era una mierda, pero necesario.

En un momento en que apenas había clientes, Nick me llevó hacia la parte posterior de la barra, delante de las botellas expuestas.

—Quería asegurarme de que no te vas a quedar en tu casa esta noche.

—No, tranquilo —le prometí.

—¿Te quedas con Reece? —preguntó con una expresión inescrutable.

—¿Cómo lo sabes?

Me dirigió una mirada aburrida que entendí perfectamente.

—Soy vidente. En lugar de caerme de una barra de estriptis, me golpeé la cabeza con una botella de alcohol.

—Cállate. —Le di una palmada en el brazo entre carcajadas.

—Ahora en serio —dijo haciendo una mueca—, me alegra saber que no te vas a quedar en tu casa sola. —Echó un vistazo a los clientes sentados a la barra—. ¿Estás bien?

Sinceramente, no me permitía a mí misma pensar en que tenía un acosador de verdad. Si me concentraba en ello, me volvería loca. Acabaría balanceándome en un rincón.

—Sí —respondí—. Todo lo bien que puedo estar.

Me observó un momento.

—Si necesitas algo, dímelo, ¿vale?

—Vale. —El cariño que sentía por Nick aumentó, y no pensé antes de actuar. Me lancé hacia delante y le rodeé la cintura con los brazos. Él se puso tenso, como si alguien le hubiera vertido cemento por la espalda, pero lo estrujé con fuerza, ignorando la incomodidad del abrazo—. Gracias por lo de ayer por la noche. Gracias por preocuparte por mí.

Sus brazos me rodearon e, incómodo, me dio unas palmaditas en la espalda.

—Ah… No tiene importancia.

—Tiene muchísima —repliqué, y me separé de él. Alcé los ojos hacia él y le sonreí—. Eres un buen tío, a pesar de que tus métodos en cuanto a las relaciones sean cuestionables.

Me sonrió antes de volverse hacia un chico que se había acercado a la barra.

—No se lo digas a nadie.

El resto de la noche fluyó sin problemas y, cuando llegó la hora de que Reece viniera a recogerme, sentí en el estómago un entusiasmo nervioso parecido a un nido de mariposas hambrientas.

Estábamos cerrando la puerta del local cuando Reece entró en el aparcamiento. Saludó con la cabeza a Nick, que respondió con un extraño asentimiento masculino. A veces no comprendía a los tíos. ¿No podían decirse hola como la gente normal?

Cuando me subí al coche, me puso una bolsa de Subway delante.

—De ternera para ti, de pavo para mí —explicó, poniendo el coche en marcha—. He pensado que tendrías hambre.

—Gracias. —Sujeté la bolsa cerca de mi cuerpo—. Es todo un detalle.

Me respondió con otro asentimiento varonil.

A través de la ventanilla vi cómo el bar se desvanecía en la noche. Se me ocurrió algo.

—¿Te vas a meter en un lío por venirme a buscar en el coche patrulla? —Desconocía las normas, pero imaginaba que era una pregunta válida.

—Se supone que es mi descanso para comer —respondió encogiéndose de hombros—, y tampoco es que se salga de mi ruta, porque seguimos en el condado, así que da igual.

—Pero ¿podrías meterte en algún lío? —pregunté de nuevo, preocupada.

—No pasa nada —me aseguró, sonriendo ligeramente—. ¿Qué tal el curro?

—Se me ha pasado volando. Creo que Clyde va a volver la semana que viene, y estoy segura de que Sherwood estará encantado de tenerlo de vuelta.

—Genial. Nadie prepara las alitas de pollo con Old Bay como Clyde.

Era raro poder hablar con alguien, con Reece, de cómo me había ido el día. Resultaba íntimo y lo hacía todo mucho más real. Disfruté de la conversación relajada mientras conducíamos a su casa y, una vez dentro, nos comimos los bocadillos.

—Nunca he hecho esto —solté mientras enrollaba mi envoltorio.

Reece, que estaba sentado en la silla que tenía delante, se recostó en ella. Su uniforme azul marino le tiró de los hombros.

—¿El qué? ¿Comer un Subway a las tres de la mañana?

—Ja. Eso lo he hecho tantas veces que ni siquiera sabría decirte cuántas. —Me levanté, recogí la mesa y entré en la cocina—. Esto. Lo de contarle a un chico cómo me ha ido en el trabajo. —Agradecí la tenue luz, porque notaba que me había ruborizado—. Verás, los tíos con los que he salido... hablábamos, pero no así.

—¿Era superficial? —preguntó.

Me giré para mirarlo y mis ojos se deslizaron por sus mejillas suaves y angulosas hasta posarse en la empuñadura de su arma, un verdadero recordatorio de lo peligrosa que era su vida. Lo increíblemente corta que podía ser. Aparté esos pensamientos de mi cabeza y volví a dirigir la vista hacia su cara.

—Sí, esa es la palabra.

Le di la espalda de nuevo y me mordí el labio inferior. Era, desde luego, la forma adecuada de definir las relaciones que había tenido con los hombres con los que había salido. Busqué el cubo de la basura y tiré lo que había recogido. Cuando me incorporé, contuve un grito ahogado de sorpresa al encontrarme a Reece detrás de mí. Ni siquiera lo había oído moverse.

—Madre mía, ¿es que te puedes teletransportar?

Me acorraló del modo más agradable posible, poniendo las manos en la encimera a cada lado de mí. El calor que noté en la espalda hizo que fuera muy consciente de lo que estaba pasando. Reece soltó una risita grave.

—¿Sabes que unos científicos fueron capaces de teletransportar con éxito un átomo?

—No —respondí, sacudiendo la cabeza con la boca seca.

—Pues sí. —Movió una mano de la encimera y me apartó el pelo hacia un lado para dejarme el cuello al descubierto—. Dentro de nada nos estaremos teletransportando a todas partes.

Al sentir su aliento en la nuca, me ardió la piel y me tembló el pulso.

—Si pudieras elegir entre teletransportarte y volar, ¿qué elegirías?

—Qué pregunta más rara. —Rio de nuevo, y yo sonreí—. Yo me teletransportaría.

—¿En serio? —Me estremecí cuando noté que su dedo me recorría un lado del cuello—. Porque si te teletransportaras, podrías acabar con el brazo saliéndote de la cabeza. Es como si eligieras un noventa y nueve por ciento de probabilidades de morir de un modo horrible frente a un uno por ciento de probabilidades de solo morir.

—Odio volar. —Me pasó el dedo por la mandíbula—. Lo hago cuando no me queda más remedio, pero nada más.

—A mí me encanta —comenté con los ojos cerrados.

—No eres humana —murmuró, y me plantó un beso en el pulso—. Todavía me queda algo de tiempo de descanso. —Me rozó el lóbulo de la oreja con los dientes. La descarga eléctrica que sentí me hizo jadear—. Y me apetece el postre.

Sí, era un comentario que estaba trilladísimo, pero aun así me pareció muy atractivo.

—Es en lo que he estado pensando todo el rato. —Me deslizó la mano por la garganta hacia el pecho. Cuando me pasó los dedos por los pezones, se me irguieron de inmediato—. Desearte tanto es una distracción enorme.

—¿Perdón? —Me estremecí, acalorada.

—No sé si perdonarte —bromeó mordisqueándome la piel—. La he tenido toda la noche dura como una piedra.

—Eso explicaría los frenazos tan raros que has dado con el coche.

—Qué mala eres —dijo, sujetándome el pezón entre el índice y el pulgar. Incluso a través de la ropa, la punzada de placer me llegó hasta la médula—. Te deseo, Roxy.

—Soy tuya —solté las palabras antes de poder pensármelas mejor. Se quedaron suspendidas entre nosotros como una promesa, como una llave que abría algo en lo más profundo de Reece.

Se echó hacia atrás para sujetar el dobladillo de mi camiseta y levantarla. El aire fresco me acarició la piel mientras volvía la cabeza, sonrojada, para mirarlo. Su rostro estaba en penumbra, pero sus rasgos eran intensos. Me estremecí de nuevo cuando alargó la mano hacia el botón de mis vaqueros. Me quité las sandalias de un puntapié mientras él se encargaba de bajarme los pantalones.

Hizo una pausa para darme un beso entre los omoplatos, y después me recorrió las piernas con las manos mientras se incorporaba, no sin detenerse el tiempo suficiente para acariciarme la base de la columna vertebral.

—Reece —susurré.

—¿Sí? —Siguió subiendo las manos por mi cuerpo hasta llegar a la cintura.

—¿Qué haces?

Las puntas de sus dedos juguetearon con la tira de mi tanga y apoyó sus caderas contra mí. Noté su erección en la espalda.

—¿A ti qué te parece? —No me dio tiempo a responder, porque deslizó una mano por mi vientre y la pasó por debajo de mi anecdótica ropa interior. Me rodeó con ella—. Por si necesitas que te dé una pista. Has dicho que eras mía. Estoy actuando en consecuencia.

Joder. Ya lo creo que estaba actuando en consecuencia. Introdujo un dedo en mi interior, donde yo literalmente vibraba de deseo, abriéndose paso entre la humedad. Sacudí las caderas cuando acarició el punto del que yo creía que solo mi fiable vibrador conocía la ubicación, mientras describía círculos en mi clítoris con el pulgar con una habilidad exquisita. Mi cuerpo asumió completamente el control y me moví contra su mano sin la menor vergüenza.

Él restregaba sus caderas contra mí mientras seguía excitándome con los dedos.

—Podría correrme solo con que tú montes mi mano.

Sus palabras me abrasaron el cuerpo. Había algo hedonista en ello, algo que era intenso y nuevo para mí. Y estaba muy cerca de llegar al clímax, tanto que, cuando apartó la mano, gemí.

Oí entonces el sonido fuerte del cinturón de su uniforme al caer al suelo, el murmullo suave de la cremallera. El corazón me latió con fuerza.

—Date prisa —lo apremié.

Me besó un hombro mientras me rodeaba la cintura con un brazo.

—Si me doy más prisa, se habrá acabado antes de que esté dentro de ti, cariño.

Intenté quitarme el tanga, pero él me lo impidió.

—Déjatelo puesto —ordenó—. Y pon esas manos en la encimera. No las muevas de ahí.

Sorprendida y excitada, coloqué las palmas sobre la encimera conteniendo un gemido. Me gustaba bastante... Vale, me gustaba muchísimo cuando se ponía así de mandón.

Usó un pie para separarme las piernas mientras me recorría el cuello con unos besos apasionados que me dejaron ardiendo la piel. Luego hizo que me pusiera de puntillas al recostar la parte delantera de mi cuerpo en la encimera.

—Quédate ahí —ordenó. Me estremecí al oír rasgarse un envoltorio. Hubo una pausa y después me puso suavemente las manos en el culo, masajeándomelo. Solté un grito cuando apartó la fina tira de tela hacia un lado—. Ojalá pudieras verte ahora mismo, Roxy. Eres preciosa, coño.

Cerré los ojos y dejé que sus palabras me envolvieran. En ese momento, más que nunca, creí lo que me decía.

—Dios mío —jadeé al sentirlo entre mis piernas. Volvió a rodearme la cintura con el brazo y me izó hasta que los dedos de mis pies apenas tocaban el suelo.

Follar sin haber terminado de quitarme la ropa tenía algo que me resultaba irrevocablemente sensual; me sentía más expuesta que cuando estaba desnuda. Sin embargo, todo pensamiento se desvaneció cuando Reece empujó las caderas contra mi culo, deteniéndose cuando solo me había penetrado apenas un par de centímetros.

Entonces embistió hacia delante y se introdujo en mí rápida y profundamente. Así, al sentirlo dentro de mí hasta el fondo, me provocó un grito de placer total.

—Joder, qué apretada estás —comentó, y selló nuestros cuerpos entre sí—. No te duele, ¿verdad?

—No. Para nada. En absoluto. —Hice girar mis caderas por si acaso no me creía y, cuando jadeó, volví a hacerlo—. Por favor, Reece, lo necesito.

—No. —Retrocedió y salió de mí hasta que solo dejó dentro la punta—. No es esto lo que necesitas.

—Sí que lo es. De verdad.

Entonces empujó con sus poderosas caderas y me juntó en ese punto.

—Me necesitas a mí. No solo mi polla. A mí.

Quise desmentirlo a gritos, pero las palabras no llegaron a cruzar mis labios. Reece tiró de mí hacia él de modo que cargaba mi peso con los brazos. Me cogió el pelo con la mano y lo enrolló hasta hacerme girar la cabeza a un lado. El beso era apasionado y agresivo, lo bastante para llevarme al límite, y él lo sabía.

Tal como estaba y debido a la diferencia de altura, no podía moverme. Ni siquiera cuando empezó a empujar con rapidez y con fuerza, a un ritmo que me llevó al borde del clímax. Dejó de sujetarme el pelo con la mano y la situó entre mis muslos.

—Así, muy bien —me apremió, haciendo algo realmente espectacular con los dedos en mi entrepierna—. Córrete para mí.

Sus penetraciones imperiosas, sus palabras y lo que me estaba haciendo con la mano me hicieron llegar al éxtasis. Con un grito, levanté los brazos hacia atrás y entrelacé los dedos entre su suave pelo. El orgasmo me recorrió el cuerpo en oleadas tumultuosas. Fue como si todas mis terminaciones nerviosas se hubieran disparado a la vez. Mi cuerpo temblaba por lo fuerte y lo hermoso que había sido.

—Joder, siento cuando te corres —jadeó—. Es más que perfecto. Tú eres perfecta.

No ofrecí ninguna resistencia cuando me dobló el cuerpo para dejarme de nuevo medio tendida en la encimera. Mis dedos se deslizaron por el granito mientras descansaba mi peso en los antebrazos. Giré la cabeza para mirarlo. A través de mi cabello despeinado vi su atractivo rostro tenso, con la mandíbula apretada.

Era guapísimo.

—No puedo contenerme más —dijo con la voz entrecortada.

—No lo hagas —repliqué, y sentí cómo un escalofrío me recorría la espalda.

Me sujetó por la cintura y no se contuvo. Mis caderas golpearon la encimera mientras él empujaba frenéticamente las suyas para seguir penetrándome. Mis músculos se tensaron, y antes de que me diera cuenta, esos pequeños estremecimientos posteriores al clímax se convirtieron en otro orgasmo que me hizo soltar un grito profundo.

Reece dobló su cuerpo sobre el mío, embistió una vez más y gritó con voz ronca. Yo apoyé la mejilla en la fría encimera con los ojos cerrados, jadeando. El movimiento de sus caderas se redujo y sus labios rozaron la comisura de los míos.

—Ha sido el mejor postre de mi vida —susurró—. Creo que va a ser un requisito después de cada comida.

—Mmm… —murmuré, incapaz de decir nada más.

—Aunque no estoy seguro de que sea buena idea. —Me besó la mejilla—. Es probable que no puedas andar si seguimos así.

Cierto.

Reece se separó de mí y se quitó el condón. Yo no me moví mientras él se apartaba discretamente y se abrochaba la cremallera de los pantalones. Seguía extasiada tras el polvo cuando me dio la vuelta y me acercó a su pecho.

Rozó mis labios con los suyos con suavidad y ternura. Tras apartarme el pelo de la cara, me dio otro igual de dulce, esta vez en la frente.

—Descansa un poco —sugirió—. En mi cama, no en ese maldito sofá. Mañana nos espera un día importante.

—Ah, ¿sí? —pregunté, alzando los ojos hacia él.

—Sí. —Sus rasgos se suavizaron. Mi corazón se estremeció e hizo que pensara cosas descabelladas como que aquello era para siempre—. Mañana hablaremos con tus padres.

20

Por alguna razón no había pensado en que Reece estaría conmigo cuando yo fuera a hablar con mis padres. No sé por qué, supongo que porque nunca había ido a casa de mis padres a contarles nada acompañada de un chico.

Bueno, había llevado a uno a casa una vez, y, la verdad, fue por casualidad. Yo tenía diecinueve años. Estuve con mis padres antes de una cita y me di cuenta de que me había dejado la cartera con el documento de identidad en la mesa de la cocina. Tras encontrarme con el chico, tuvimos que volver para recogerla. Fue como si toda mi familia hubiera estado a la espera, y el pobre chaval no volvió a salir conmigo después de aquello.

Aunque, no sé por qué, dudaba que nadie fuera a hacerle el tercer grado a Reece. Conociendo a mis padres, le pondrían una alfombra roja.

Nos pasamos antes por mi piso. Reece insistió en entrar primero y yo me quedé esperando en la puerta mientras él echaba un vistazo.

—Parece que todo está bien —dijo al volver junto a mí—. ¿Necesitas ayuda para coger algo?

—No. Gracias.

Dejé a Reece entreteniéndose en el salón y me dirigí hacia

mi cuarto. No pude contener el escalofrío que me recorrió la espalda al mirar alrededor y ver la cama deshecha, con las sábanas echadas hacia un lado, tal como se quedaron por las prisas con las que me fui.

Comencé el proceso sorprendentemente doloroso de reunir la ropa y los artículos de aseo suficientes para pasar fuera una semana más o menos. Me sequé una estúpida lágrima que había derramado sin querer. Se suponía que mi piso tenía que ser un sitio cómodo y seguro para mí, no uno que me provocara miedo y paranoia.

Al salir del cuarto de baño encontré a Reece sentado al borde de la cama. Me echó un vistazo y se levantó con soltura.

—¿Estás bien?

—Por supuesto. —Se me quebró la puta voz.

La duda cruzó sus atractivos rasgos. No dijo nada mientras yo metía mi neceser en una maleta que había llenado de ropa. Con una sonrisa forzada la cerré.

—Eso tendría que ser todo.

—¿Recuerdas lo que te dije? —preguntó con la cabeza ladeada.

—Me dices muchas cosas. No siempre te presto atención —bromeé.

—No pasa nada si no estás bien por todo esto —comentó con una ceja arqueada.

—Qué buen psicólogo eres. ¿Seguro que no te has equivocado de profesión?

—No me seas respondona o te pondré sobre mis rodillas. —Sus ojos adquirieron un tono azul cobalto—. De hecho, no es mala idea.

No, no lo era en absoluto. Me pregunté si me ordenaría que me estuviera quieta cuando lo hiciera, y el calor me recorrió el cuerpo.

Reece dejó escapar un gruñido y avanzó hacia mí para rodearme la mandíbula con una mano.

—Puedo leer tus pensamientos como si fueras un libro abierto —comentó, y siguió en voz baja, ronca—: Eso te gustaría.

Cerré los ojos, mecida por el timbre grave de su voz.

—Puede —admití.

—Nada de «puede». Fijo. Igual que te gustó lo de la cocina.

—¿Qué hora es? —pregunté—. Porque me da que tenemos tiempo de comprobar esta teoría antes de ir a casa de mis padres.

Reece echó la cabeza hacia atrás y soltó una carcajada.

—Las veces que he estado dentro de ti han sido demasiado rápidas, cariño. La próxima, pienso desnudarte entera y tomarme mi tiempo contigo.

Noté el comentario directamente en la entrepierna.

Se agachó para darme un beso rápido antes de coger mi maleta. Con un suspiro, salí del cuarto y recogí mi portátil del salón. No me permití echar la vista atrás al marcharme de mi piso.

—¿Sabes si Colton ha podido hablar con el tío que va a instalar el sistema de seguridad en mi casa? —pregunté al cerrar la puerta con llave.

—Anda, ¿ya te has hartado de quedarte conmigo?

Sonreí al oír su tono desenfadado.

—Sí —respondí.

—Me rompes el corazón. —Esperó a que bajara del porche y se dirigió hacia donde tenía aparcada la camioneta—. No lo sé, pero hablaré hoy con él y le preguntaré por tu móvil. Aunque el antiguo te va bien, ¿verdad?

—Sí.

Reece abrió la puerta de la camioneta para que subiera y me cogió las bolsas para meterlas con cuidado en el espacio que había detrás de los asientos. Al apartarse me puso bien las gafas y se agachó para darme un beso en la mejilla. Una parte inmensa de mí quería reírse como una niña pequeña, porque el hecho de que te besaran así era algo de lo más adorable, pero logré conservar la compostura mientras él rodeaba el capó de la camioneta.

Giré la cabeza hacia la parte de atrás y después le eché un segundo vistazo. Al principio no podía creer lo que estaba viendo. Me quedé mirando el asiento trasero, petrificada. Metidos detrás del asiento, puestos con mucho cuidado, estaban mi caballete, mi lienzo en blanco y mis pinturas, todo bien recogido. No podía moverme. Ni siquiera lo había oído entrar y salir del piso, y menos aún de mi estudio, pero…

¡Había recogido mis pinturas!

Al levantar la vista me lo encontré sentado al volante. Me estaba mirando de un modo extraño. No tenía ni idea de lo que debía de transmitir mi cara, pero lo más seguro era que pareciera una desquiciada.

—¿Qué? —preguntó.

—Has pensado en mis pinturas —susurré.

Dirigió la vista hacia atrás y después hacia mí.

—Sí. Me he imaginado que querrías tenerlas. Tengo espacio para ellas en la habitación de invitados.

Pensé en lo que había dicho la noche anterior, aquello de que yo lo necesitaba, e inspiré entrecortadamente. Ni siquiera sé por qué pensé en eso, pero necesitarlo significaba volver a sentir algo muy fuerte por él, lo que también quería decir que, si lo perdía, viviría en un mundo lleno de dolor. Y haber llegado a aquella conclusión parecía una locura, con ración extra de loca.

¡Pero había recogido mis pinturas!

De pie junto al coche, solo pude mirarlo como una tonta hasta que un lado de sus labios se inclinó hacia arriba.

—¿Vas a subir a la camioneta o no, cariño?

Sujeté la puerta y sentí cómo el corazón se me henchía en el pecho. Era muy probable que fuera a explotarme por algo que no parecía ser gran cosa para Reece, pero que sí lo era para mí.

Soltó esa risa suya suave y grave.

—¿Roxy?

—Voy a subirme a la camioneta —le dije.

—¿Este año? —preguntó con la ceja arqueada pasado un momento.

—Me estoy tomando mi tiempo. —Me sonrojé, consciente de que parecía idiota—. No quiero que me dé un tirón al subirme a este monstruo. Necesito una escalera para meterme en este puto trasto.

Le hice una mueca y él se rio. Finalmente dejé de actuar de forma extraña y me monté.

—¿Quién es ese? —me preguntó cuando me estaba abrochando el cinturón de seguridad.

Miré por la ventanilla y vi que Kip cruzaba el porche delantero de la casa victoriana y que la puerta del vestíbulo se cerraba tras él.

—Ah, es Kip. No recuerdo su apellido. Es el chico que se ha mudado al piso de arriba.

—Ah.

Kip alzó la vista y yo levanté la mano para saludarlo alegremente. Él me devolvió el gesto con algo menos de entusiasmo.

Mientras me ponía bien el cinturón de seguridad para que no me estrangulara, Reece arrancó. Al separarse de la acera echó un vistazo por el retrovisor y después a mí. Me guiñó un ojo. Yo entrecerré los míos. Cuando soltó una carcajada, mis labios empezaron a moverse. Había algo contagioso en el modo en que sonreía y en el sonido de su risa. Recosté la cabeza en el asiento. Simplemente había algo en él.

«Me necesitas a mí».

Sus palabras estaban suspendidas en mis pensamientos y, a pesar de que quería ignorarlas, no me ofendían ni me las tomaba como una señal de debilidad. No quería decir que yo fuera una mujer que necesitaba a un hombre ni ninguna chorrada así. Querían decir algo mucho más intenso, algo en lo que no estaba segura de querer profundizar.

—Gracias —dije.

—¿Por qué? —preguntó—. ¿Por los orgasmos de ayer por la noche?

Solté una carcajada.

—Sí, bueno, gracias, pero no me refería a eso, sino a las pinturas. Ha sido un detalle por tu parte.

—Ese soy yo. El señor Detallista.

Sacudí la cabeza para ponerme bien las gafas, que empezaban a resbalarme por la nariz.

—También eres el señor Arrogante.

—Es lo que se llama ser polifacético.

Solté un resoplido nada atractivo.

—Tú sigue diciéndote eso.

Para cuando llegamos a casa de mis padres casi había olvidado por qué habíamos ido. Las puyas que habíamos intercambiado de camino hacia allí me habían distraído felizmente del todo, pero en cuanto aparcamos detrás del sedán Volkswagen negro de mi hermano mayor deseé esconderme bajo el asiento de la camioneta. No iban a estar solo mis padres, por supuesto. Cómo no, era la ley de Murphy en su máxima expresión.

—¿Quieres que hagamos una apuesta? —soltó Reece, mirándome con una sonrisa.

—¿Sobre que al final de esta visita voy a querer tirarme a las vías de un tren? —Me desabroché el cinturón de seguridad.

La risa le formó unas arruguitas en las comisuras de los ojos.

—No. Sobre que tu madre me dará la bienvenida a la familia antes de que nos vayamos.

—Dios mío —gemí y sacudí la cabeza—. No voy a apostarme nada, porque sé que lo hará, fijo. Seguramente empezará a tejer patucos para un bebé inexistente.

Rio de nuevo, y al hacerlo consiguió resultar mucho más atractivo. La mayoría de los chicos infringirían un montón de leyes para huir de una madre obsesionada con el matrimonio y con los bebés. Pero no se lo iba a decir a Reece.

Suspiré y me obligué a salir de la camioneta. Cuando ni siquiera habíamos recorrido la mitad de las losas de la entrada, se abrió de golpe la puerta principal y mi madre salió como una exhalación con los ojos abiertos como platos dirigidos de mí a Reece, y a mí y a Reece de nuevo.

Contuve una palabrota.

Mi madre se detuvo en el borde del porche y dio una palmada. Literalmente. Dio una auténtica palmada.

—Cielo —dijo, sonriendo tanto que pensé que podría llegar a partírsele la cara—. ¿Vas a hacer que tu madre esté muy orgullosa de ti?

—Por el amor de Dios —gemí.

Reece me adelantó y subió los peldaños riendo entre dientes. Antes de que yo pudiera decir o hacer nada, mi madre le dio un abrazo que sabía que podía ser doloroso y aturdidor, porque cuando se entusiasmaba te balanceaba de un lado a otro y te apretujaba mogollón.

—Mamá —suspiré—. Es probable que Reece no pueda respirar.

—Cállate —respondió—. No pasa a menudo que pueda abrazar a un muchacho atractivo que no es hijo mío.

—Dios —murmuré.

La risa de Reece no ayudaba, pero cuando pudo separarse por fin, volvió la cabeza para mirarme y me guiñó un ojo. Yo le dirigí una mirada mientras subía los peldaños, pero habló antes de que yo pudiera hacerlo:

—Tengo la impresión de que mi chica sí que está a punto de hacer que te sientas orgullosa de ella.

Mi madre se quedó boquiabierta.

—¿Mi chica? ¡Ay! —Agitó las manos delante de la cara y enseguida llamó a mi padre—. Es la mejor noticia que me han dado en todo...

—Mamá. —Iba a hacerles daño a ambos—. No hemos venido aquí por eso y...

—No me lo estropees. —Se volvió mientras yo ponía los ojos en blanco. Mi padre estaba en la puerta principal con las cejas arqueadas—. ¡Wit, no te lo vas a creer! Reece ha llamado a nuestra niña su chica!

—Bien. —Mi padre arrastró la palabra e hizo un gesto con la cabeza hacia Reece—. Ya era hora, hijo.

Cuando adelanté a Reece en los peldaños, le clavé el codo en el estómago, y lo hice a conciencia. Él gruñó, y eso me proporcionó algo de satisfacción.

Mi madre, que parecía a punto de echarse a llorar, iba de un lado para otro del porche, de modo que casi tiró los coloridos crisantemos púrpura y naranja. Se paró y se giró hacia Reece.

—Tengo que llamar a tu madre. Tenemos que…

—Ay, Dios, de verdad. —Levanté las manos—. Alguien se coló en mi piso en mitad de la noche y me sacó una foto mientras dormía, y es probable que me estén acosando. ¡Por eso estoy aquí!

Mis padres se me quedaron mirando.

—Qué buena forma de soltárselo —comentó Reece en voz baja con ironía.

Mi padre se volvió haca mí. La puerta se cerró de golpe detrás de él.

—¿Qué?

Quise tirarme al suelo en el porche y agitar el cuerpo como un bebé con una pataleta descomunal.

Reece me puso una mano en la zona lumbar.

—¿Por qué no entramos y hablamos? Os contaremos lo que ha pasado —sugirió.

Y eso fue lo que hicimos, solo que antes de que pudiera contar la historia, Gordon y su mujer, que estaban en la cocina preparando albóndigas, supusieron que Reece y yo íbamos a irnos a vivir juntos mañana mismo, a casarnos la semana siguiente y a tener un hijo antes de que Megan llegara a término.

Megan estaba sentada a la mesa de roble, y mi hermano, de pie cerca de la isla. No tenía ni idea de cómo podían cocinar juntos de esa forma. Gordon tenía la carne. Megan tenía los huevos y el pan rallado. La isla y la mesa estaban separadas un metro y medio más o menos. La cabeza me dio vueltas al intentar averiguarlo.

Mi hermano era fornido como mi padre y había heredado la mala vista de nuestra madre. Sin embargo, sus gafas con montura metálica parecían no deslizársele nunca por la nariz, al contrario que las mías. Me sonrió de una forma que me indicó que iba a decir algo que iba a avergonzarme.

—¿Sabías que ha estado colada por ti desde que tenía quince años?

—Cariño —dijo Megan sacudiendo la cabeza.

—Sí, ya lo sé —sonrió Reece.

—Todo el mundo lo sabía —añadió Gordon—. Recuerdo que dibujó tu cara en la pared de su cuarto y papá tuvo que pintar…

—¡Gordon! ¡Cállate! —chillé.

Mi padre entró en la cocina.

—Sí, Gordon, cállate —me secundó—. Alguien ha estado molestando a tu hermana.

Gordon levantó las manos cubiertas de carne picada del bol y se puso serio en un nanosegundo.

—¿Qué?

Me dejé caer en la silla al otro lado de la mesa, frente a Megan. Sospeché que sería mejor que me sentara para esa conversación. Entre Reece y yo se lo explicamos todo. Bueno, casi todo. Me dejé lo del tanga en el lavavajillas porque, a ver, no tenía que compartir eso con mis padres, y tampoco les conté lo del sexo desenfrenado por motivos obvios.

Como era de esperar, mi madre se asustó y después se enfadó mucho, muchísimo.

—¡Cómo se atreve nadie a hacerle esto a mi hija! —Golpeó la mesa con el puño con tanta fuerza que hizo repiquetear los boles de comida antes de girarse hacia Gordon—. ¿Todavía tienes la escopeta? Espera. —Levantó una mano y miró a Reece—. Tápate los oídos, hijo, porque lo que voy a sugerir infringe varias leyes.

Reece cerró la boca de golpe.

—Mamá… —protesté tímidamente.

No me hizo el menor caso.

—Todavía la tienes, ¿verdad? Ve y pasa una noche en su casa, y si alguien entra por esa puerta…

—Señora Ark, no creo que sea una buena idea. Me parece que Gordon querrá estar en casa cuando nazca su primer hijo —intervino sabiamente Reece—. Roxy está a salvo, y ahora mismo eso es lo que importa.

—Lo que importa es que vosotros atrapéis a ese hijo de puta pervertido. —Mi padre tenía los brazos tensos, cruzados sobre el pecho, mientras Reece explicaba todo lo que se estaba haciendo: que estaban buscando huellas en mi móvil, que tendría un sistema de alarma en mi piso e iba a quedarme con él hasta que estuviera instalada…

Tardamos un rato en tranquilizar a mis padres y a mi hermano. No es que los culpara por su reacción. Me querían y estaban preocupados por mí. Por mi parte, no deseaba que tuvieran miedo ni sentirme atemorizada por culpa de un monstruo sin nombre y sin rostro.

Una hora más tarde, con el olor a ajo y a carne impregnando el ambiente, mi madre nos invitó a unirnos a la tradicional cena de los domingos: espaguetis. Miré a Reece, que asintió. Entonces sentí ese hormigueo estúpido en el estómago, como si un nido de mariposas fuera a salir de él. Cuando me levanté para ayudar a poner la mesa, me di cuenta de que faltaba alguien.

—¿Dónde está Thomas? —pregunté, dejando un montón de platos en la mesa.

—Ah, está en casa de una amiga, adorando a Satán o lo que sea que esté haciendo —respondió mi padre mientras sacaba una cerveza de la nevera.

Mis cejas se elevaron ligeramente y clavé los ojos en Megan, que agachó la cabeza con una sonrisa.

—Bueno, suena divertido.

—Cierto. —Reece esbozó una sonrisa desde donde se había sentado—. Nada como dedicar el domingo a una pequeña adoración satánica.

Mi madre le dio un manotazo en el brazo a mi padre al dirigirse hacia la mesa.

—Thomas está con su novia. Y están estudiando.

Gordon resopló.

—Vaya, mirad lo que habéis conseguido. —Mi madre levantó las manos con las manoplas para el horno puestas—. He olvidado sacar el pan de ajo. —Cuando lo tuvo fuera, se giró hacia mí y el pan se deslizó peligrosamente por la bandeja—. ¡Ah! Como ayer no tuve ocasión de verte, casi se me olvida decírtelo, lo que al parecer fue una suerte, porque seguramente ahora parecería Dog el Cazarrecompensas detrás de alguien.

Mi padre suspiró.

Fui incapaz de poner cara de póquer y me senté al lado de Reece soltando una risita.

—Ahora mismo te estoy imaginando rubia con un corte *mullet* —afirmé.

—Me quedaría genial ese estilo. —Depositó el pan en una cesta—. Me encontré con la señorita Sponsito. ¿Te acuerdas de ella? Es conservadora en una de las galerías de arte de la ciudad.

Oh, no. Me subí las gafas por la nariz.

—Sí, me acuerdo de ella.

Gordon acercó un recipiente con salsa de espaguetis mientras mi madre me observaba como una arpía.

—¿Recuerdas también que le enseñé algunas de tus obras?

—¿Cómo iba a olvidarlo? —Fijé la vista en mi taza de té, deseando que llevara alcohol. Puede que incluso metanfetaminas… Un momento. ¿Existía la metanfetamina líquida? Tendría que preguntárselo a Reece. Pero tendría que ser en otra ocasión, porque no me quitaba ojo de encima mientras mi padre le servía una cantidad enorme de espaguetis en el plato.

Todo el mundo se sentó, pero mi madre era como un pitbull.

—Sigue estando muy interesada.

—Ah —murmuré, y cogí la albóndiga más grande que pude encontrar—. Haces las mejores albóndigas del mundo —le dije a Gordon—. ¿Te lo había dicho alguna vez?

Mi hermano sonrió.

—¿Interesada en qué? —preguntó Reece.

—En nada. —Fue mi respuesta inmediata.

Mi madre me reprendió con la mirada.

—Hace un par de meses le enseñé varios cuadros de Roxy a la señorita Sponsito. Está interesada en encargarle algunas obras. Imagina —añadió mirándome—. Le pagarían por hacer algo que le encanta. Un sueño, vamos. Pero Roxy todavía no ha aceptado la oferta.

Hice una mueca mientras hacía girar los espaguetis y casi solté un grito cuando una mano aterrizó en mi muslo. Arqueé las cejas hacia Reece. Él entrecerró los ojos.

—¿Por qué no lo has hecho?

Buena pregunta. Sin una respuesta fácil.

—No he tenido tiempo —contesté encogiéndome de hombros—. Tengo la sensación de que espera que haga algo muy original, algo fantástico.

—Por eso tendrías que dejar esas malditas clases —sentenció mi padre, clavando el tenedor en los espaguetis.

—Estoy intentando sacarme unos estudios, papá. ¿No es lo que todos los padres quieren para sus hijos? —pregunté.

—Lo que quieren todos los padres es que sus hijos sean

felices —me corrigió—. Y tú no serás feliz con un título en diseño gráfico.

—Soy feliz —aseguré tras inspirar hondo.

Nadie pareció creerme, y, joder, me molestó. Quise gritar que era feliz... O, bueno, todo lo que podía serlo en aquel momento. Porque, hola, había un tío que me sacaba fotos mientras dormía, y Henry estaba fuera de la cárcel, campando a sus anchas, en total libertad, y Charlie...

Charlie había dejado otra vez de comer.

Ya no tenía apetito.

Reece me observaba atentamente, con demasiada intensidad.

—Todos los cuadros tuyos que he visto son fantásticos.

—Es verdad —sonrió Megan—. Hiciste ese tan bonito para la habitación del bebé. El del osito de peluche. Cada vez que entro en el cuarto me impresiona lo real que parece.

—Gracias —murmuré, incómoda. Cuando miré a Reece, pude ver que estaba dándole vueltas a todo aquello. Preferiría hablar del acosador y de mi tanga en el lavavajillas.

Pero, claro, siendo como era mi familia, la conversación se volvió más incómoda todavía a medida que avanzaba la cena.

—¿Cómo está tu padre? —le preguntó mi padre a Reece.

Clavé los ojos en él, tensa. Mi padre no se enteraba de nada.

—Le va bien. Tramitando su divorcio número quinientos —respondió Reece con aire despreocupado, pero yo sabía que la incapacidad de ser fiel y de no mentir de su padre le dolía. Aunque no le suponía un problema en el día a día. Si lo hubiera sido, no habría superado mi mentira. Aun así le afectaba—. Lo mismo de siempre, básicamente.

—Bueno —carraspeó él—, espero que algún día encuentre la felicidad. Todo el mundo se la merece.

¿En serio? No estaba segura de eso, pero mis padres se encontraban a unos segundos de buscar un árbol y abrazarlo. Mientras ayudaba a mi madre a recoger la mesa, mientras Reece desaparecía en el estudio con mi padre, mi hermano y Megan, ella me acorraló con sus sueños de tener más nietos.

—¿Vais a pasaros por casa de su madre antes de volver? —preguntó mientras cargaba el lavavajillas.

Un segundo. ¿Íbamos a hacerlo? Ni siquiera lo había pensado. No estaba segura de poder librar un segundo asalto.

—No lo sé —admití.

Fue cogiendo los platos que le pasaba tras enjuagarlos. Transcurrió un minuto.

—¿Qué está pasando entre vosotros? Y no me digas que no lo sabes. La última vez que hablamos sobre cómo iba tu vida amorosa, él no aparecía en escena, y ahora sí.

Abrí la boca.

—Y ya sé que tu hermano te lo ha hecho pasar mal —prosiguió. Giró medio cuerpo para mirarme a los ojos—. Pero, cielo, todo el mundo sabe que llevas enam…

—Estamos saliendo —la interrumpí antes de que pudiera acabar—. ¿Vale? Supongo que es eso lo que estamos haciendo. No es nada serio. ¿De acuerdo? Ya no tengo quince años.

Arqueó una ceja.

Ya no me dedicaba a dibujar su cara en las paredes. Ahora le pintaba retratos. Uf. Me alejé de ella, cogí el resto de los cubiertos y los fui distribuyendo en sus huecos.

—Cielo. —Me tocó el brazo . Estoy preocupada por ti.

Me enderecé, me apoyé en el fregadero y bajé la voz.

—¿Por lo de Reece?

Sonrió, pero era triste y sentí una punzada en el pecho.

—Sí. Porque hace años que te importa mucho, y ahora está aquí, contigo. Está aquí, ¿y tú te comportas como si no pasara nada?

—Mamá…

Levantó una mano para acallarme.

—Y sigues sin querer probar lo de la galería. Y ahora, encima, alguien se cuela en tu piso. Sé que esto último no tiene nada que ver con las dos primeras cosas y no tiene nada que ver con lo que voy a decirte ahora. Pero ya es hora de que tengamos una conversación seria.

Oh, no.

—Que Charlie esté postrado en esa cama no significa que tú no debas vivir al máximo.

—¿Qué? —Retrocedí como si me hubiera dado un bofetón.

—Cielo, tu padre y yo sabemos que cargas con un fuerte sentimiento de culpa y que…

—¿Roxy? —Reece entró en la cocina con mi padre y mi hermano pisándole los talones. Al ver la mirada tormentosa de los tres, se me cayó en el acto el alma a los pies.

—¿Qué pasa? —pregunté.

—Tenemos que regresar a tu casa —dijo Reece, que avanzó hacia mí sin apartar los ojos de mi cara—. Han allanado tu piso.

21

Durante el trayecto hasta mi casa me mantuve en un estado de incredulidad postergada. Habíamos estado allí hacía solo unas horas. ¿Cómo podía alguien haber allanado el piso al caer la noche? Bueno, no hacía falta demasiado tiempo para hacerlo, pero aun así. No podía creérmelo, sobre todo después de lo que había pasado.

Mi padre y mi hermano nos seguían, y, cuando llegamos, había un coche patrulla delante de la casa victoriana. Y también un Mustang conocido… color cereza.

—¡Roxy! —gritó Reece mientras aparcaba.

Pero yo ya había abierto la puerta de la camioneta y salido de ella, de modo que la palabrota que soltó siguió mis pasos mientras entraba en el patio de la casa. Pude ver a Kip en el porche, junto con la prometida de James, pero yo estaba concentrada en otra persona.

Henry Williams estaba en las escaleras, hablando con un agente de policía. Se volvió cuando me acerqué y abrió muchísimo los ojos.

—Roxy…

—¡Has sido tú! ¿No? Te metiste en mi casa mientras dormía y ahora has vuelto y te has colado dentro. —Cerré los puños. De repente todo tenía mucho sentido. Lo que me estaba pasando no tenía nada que ver con las demás chicas. Porque no había empezado a ocurrir nada extraño hasta que Henry salió de la cárcel—. ¿Cómo entras en mi casa?

Retrocedió sacudiendo la cabeza, sin dejar de mirarnos alternativamente al agente de policía y a mí.

—Juro que yo no he tenido nada que ver con esto. No he entrado en tu casa. Ni siquiera sé lo que...

—¡Eres un pervertido de mierda! —chillé—. ¿Qué te pasa? ¿Por qué...?

—Vale ya. —Un brazo me rodeó la cintura, y antes de que me diera cuenta, estaba mirando hacia la calle mientras mi padre y mi hermano pasaban a nuestro lado. Reece me habló al oído—. Tienes que calmarte, Roxy. No sabemos si él...

—¿Quién iba a ser, si no? —grité, con ganas de clavarle otra vez el codo en el estómago. No podía soportar que Reece lo defendiera. Resultaba evidente para mí que él era el culpable. Me retorcí hasta conseguir volver a mirar a Henry—. ¿Por qué ibas a estar aquí, si no?

—He venido a hablar contigo, pero cuando he llamado a la puerta, se ha abierto sola y he visto el interior de tu casa. He llamado a la policía.

—Y una mierda —espeté.

—Roxy —me advirtió Reece en voz baja.

—Nos ha llamado él —confirmó el agente—. Y asegura que no ha llegado a entrar. También hemos hablado con el caballero del porche. No ha oído nada sospechoso, pero ha estado fuera unas horas.

Entonces me di cuenta de que mi padre y mi hermano habían entrado en mi piso y habían vuelto a salir. Mi padre bajó los peldaños con las mejillas rojas de rabia.

—No quiero que ella lo vea —comentó.

Entonces tenía que verlo, fijo.

—Suéltame. —Cuando Reece no lo hizo, sentí que estaba a unos segundos de que la cabeza empezara a darme vueltas, en plan *El exorcista*—. Suéltame, Reece. Hablo en serio.

—Hazme caso, cielo. Deja que Reece se encargue de esto —me pidió mi padre con los brazos en jarras—. Gordon te llevará de vuelta a nuestra casa o a la de Reece, pero créeme: no quieres ver lo que hay ahí. No ahora mismo.

—Lo que quiero es que me suelten, y también ver lo que ha pasado dentro de mi casa —repliqué, sin apenas contenerme—. No tengo quince años. Soy una adulta, coño. Hablo en serio.

Mi padre desvió la mirada mientras se pasaba los dedos por el pelo. Después se volvió hacia mi hermano, que parecía estar tan furioso como yo, y le dijo algo demasiado bajo como para que yo lo oyera.

—No vas a pegar a nadie, ¿verdad? —me preguntó Reece—. Si te suelto, digo.

Henry bajó la vista al suelo.

—Solo si no me sueltas —resoplé.

—Sé buena —me ordenó justo antes de dejarme ir.

Me liberé y, tras rodear a mi padre y esquivar la mano de mi hermano, subí los peldaños.

—Tal vez tendrías que esperar —sugirió Kip desde donde estaba, delante de la puerta de los Silver. Dio un paso hacia mí, pero se detuvo cuando Reece subió al trote los peldaños del porche.

Entré en mi piso y me quedé totalmente inmóvil. La vista tenía que estarme jugando una mala pasada. Era imposible que esa fuera mi casa. No podía ser que mi hogar estuviera lleno de policías sacando fotos y buscando huellas.

La tele estaba tirada en el suelo, con la pantalla partida en grandes trozos. Era como si alguien hubiera hecho de Hulk con las dos mesitas, tanto la de centro como la auxiliar, que yo había pintado, y hubiera golpeado esos dos muebles de segunda mano hasta romperles las patas. El sofá y la butaca reclinable estaban cabeza abajo. Desde donde me encontraba, vi que mi pequeña cocina estaba de una pieza, pero también revuelta.

El corazón me latía con fuerza, presa de la rabia. Recorrí el pasillo con los puños cerrados. El dormitorio estaba hecho un desastre. El edredón y las sábanas, arrancados de la cama, yacían amontonados en el suelo. Todos mis frascos de perfume y de loción estaban esparcidos.

Me giré tan deprisa que casi choqué con Reece. Él alargó la mano hacia mí, pero yo lo esquivé y entré en el estudio.

Se me partió el corazón.

—Dios, no —susurré, con la palma de la mano contra el pecho al ver la habitación.

Había sido una suerte que Reece se hubiera llevado antes el caballete, el lienzo y las pinturas, porque todo lo demás que había en el cuarto estaba totalmente destruido. Todos los cuadros que había pintado, incluso los de Reece que había escondido en el armario, estaban hechos jirones, irreconocibles. Era como si se hubiera producido una explosión de rabia en esa habitación.

—Mis... Todas mis cosas —me estremecí.

—Lo siento. —Reece se situó a mi espalda, me rodeó el pecho y tiró de mí hacia él. Me envolvió también con el otro brazo para sujetarme bien contra su cuerpo—. Ojalá hubiera algo que pudiera decirte para aliviar el mal trago.

Una parte de mí quería zafarse de él y empezar a dar patadas a las cosas.

—No lo entiendo.

Me abrazó con más fuerza y, por unos instantes, se quedó así conmigo. Eso me ayudó más de lo que imaginaba, pero pensé en quien estaba esperando fuera.

—Tiene que haber sido Henry. —La rabia resurgió en mí, y con ella se desvanecieron el horror y el aturdimiento que me habían embargado al ver mis cosas destrozadas. Me giré entre los brazos de Reece para mirarlo a los ojos—. Tiene que haber sido él. ¿Quién si no?

—Roxy... —dijo tras humedecerse el labio inferior.

—¿En serio vas a defenderlo? ¿De verdad? Porque nada de esto pasaba hasta que, mira tú por dónde, va y aparece él. Y entonces viene aquí, llama inocentemente a mi puerta y ¿la encuentra ya abierta? Venga ya, hombre.

—No creo que haya sido él, sinceramente —reconoció Reece tras dejar caer los brazos.

Me separé de él sacudiendo la cabeza.

—¡Es obvio! —exclamé.

—¿Por qué iba a allanar tu casa y llamar después a la policía? —preguntó con una voz regular, paciente.

—¿Porque es un sociópata?

—Ese tío tomó pésimas decisiones cuando era adolescente y ha pagado por ellas. Las sigue pagando, cariño —respondió Reece con la cabeza ladeada—. Y no me gusta que se presentara aquí sin avisar, pero eso no lo convierte en un sociópata.

Me quedé boquiabierta.

—¿En serio lo estás defendiendo?

—No. Es un capullo. Pero no un sociópata.

La incredulidad me invadió de golpe.

—Reece no está defendiendo lo que hizo hace seis años, cielo —dijo mi padre, que acababa de aparecer en el umbral—. Solo está señalando que no tiene sentido que Henry haga esto y llame después a la policía.

—¿Tuvo sentido cuando tiró una piedra que casi mata a Charlie? —solté levantando las manos.

—Esto no tiene nada que ver con Charlie, cariño.

—¿Cómo lo sabes? —Estaba a punto de echar chispas—. A lo mejor Henry...

—He hablado con él —prosiguió Reece, y eso logró hacerme callar. Lo miré boquiabierta—. He hablado con él largo y tendido.

—¿Qué? —susurré.

Reece dirigió una mirada a mi padre y después posó los ojos en mí. Se acercó más. Y tuvo que hacerle falta valor, porque estaba convencida de que mi expresión indicaba que estaba a punto de matarlo.

—Después de la primera vez que intentó ponerse en contacto contigo, tuve una charla con él para asegurarme de que no iba a causarte ningún problema.

—Bien hecho. —Mi padre le dio una palmadita en la espalda, y yo lo fulminé con la mirada. ¿En serio?—. ¿Qué? —soltó—. Reece estaba cuidando de ti.

Crucé los brazos.

—Al decir esto no estoy olvidando lo que le hizo a Charlie. Henry tampoco lo ha olvidado. Se siente muy culpable —explicó Reece. El tono de su voz reflejaba que él tenía mucha experiencia en ese sentido—. Y no busca el perdón, sino una forma de arreglar las cosas, que es distinto, cariño. Y allanar tu casa, putearte de esta forma, no le sirve de nada.

Durante un buen rato no tuve ni idea de cómo reaccionar. Atrapada entre la furia y la sorpresa, no sabía qué hacer con la sensación de traición que anidaba en mi interior. De repente estaba... harta de todo aquello. Exhausta hasta la médula, encorvé los hombros.

Me di la vuelta para examinar los destrozos.

—Tengo que limpiar todo esto.

Pasado un instante, Reece me tocó el brazo.

—Ya hablaremos después.

—Como quieras —murmuré. Me separé de él para recoger un trozo de lienzo rasgado. Me lo acerqué al pecho, respirando con dificultad. El azul era del mismo color que los ojos de Reece, y pude distinguir las finas líneas negras que irradiaban de la pupila. Cuando caí en la cuenta de que aquello significaba que alguien había encontrado mi vergonzoso alijo de retratos de Reece, no supe cómo reaccionar.

Aunque, fuera lo que fuera lo que sentía, no tenía ni punto de comparación con lo invasivo y aterrador que era saber que habían entrado otra vez en mi casa y habían hecho aquello, que habían hecho algo tan violento y descontrolado.

Limpiamos todo lo que pudimos, aunque al día siguiente tendría que llamar a la aseguradora. Por suerte, la póliza que pagaba con el alquiler cubriría lo que estaba dañado y pudiera reemplazarse.

Aunque eso no incluía muchos de los cuadros y objetos de segunda mano, pero sabía que podía haber sido peor. No me habían robado nada y todo quedó en que la casa estaba hecha un desastre.

Thomas se ofreció a volver conmigo al día siguiente para terminar, y Reece anunció (no preguntó) que él también lo haría para ayudarnos. No protesté, porque lo último que quería era hacerlo sola.

Cuando salí, Henry ya se había marchado, lo que era positivo. Si bien me había tranquilizado y entendía un poco el argumento de Reece, todavía estaba furiosa por el hecho de que hubiera tenido los huevos de ir a mi casa, y seguía sin estar del todo convencida de que no hubiera sido él. Para mí tenía más sentido que fuera Henry y no algún tío que me estaba acosando sin más.

Era tarde cuando regresamos al piso de Reece. En realidad, me había planteado la idea de quedarme con mis padres. Pero, sinceramente, ¿qué iba a ser más divertido? Y, además, quería estar con él.

—¿Te apetece beber algo? —me preguntó cuando dejó las llaves en la encimera de la cocina. Repiquetearon como campanitas de viento que caen al suelo.

—Sí.

—¿Té? ¿Un refresco? ¿Una cerveza?

—Cerveza. Me apetece una cerveza.

Sacó dos Corona de la nevera esbozando media sonrisa y las destapó antes de pasarme una.

—Lo siento, no tengo lima.

—Gracias. La verdad es que no me gusta ponerle lima. —Di un sorbo y me volví. Aunque era casi medianoche, no tenía ganas de irme a dormir. Solté el aire ruidosamente y me dirigí hacia la puerta de la terraza—. ¿Te importa?

—Como si estuvieras en tu casa, cariño —respondió, arqueando una ceja.

—Siempre he pensado que es muy raro decir eso. ¿Por qué ibas a querer que alguien se comporte en tu casa como si estuviera en la suya? —Descorrí la cortina y abrí la puerta—. Si la gente lo hiciera, iría de un lado para otro de tu casa en pelotas.

—Si lo haces tú, no me importaría nada. —Sonrió sobre el cuello de su botella—. De hecho, lo preferiría.

—Guarro —murmuré antes de salir y sumergirme en el aire frío de la noche.

Me senté en una silla y me acerqué las rodillas al pecho. Pasó un par de minutos antes de que Reece se reuniera conmigo. Apoyó las piernas en la barandilla. Iba descalzo. No sé por qué, pero pensé que la combinación de vaqueros y pies descalzos era muy atractiva.

También era muy probable que muchas cosas suyas me lo parecieran.

Permanecimos sentados en silencio un par de minutos, y me asombró cómo se parecía lo que estábamos haciendo a lo que hacían mis padres casi todas las noches cuando creían que los niños estábamos acostados.

Salían a hurtadillas a beberse una cerveza y pasar algo de tiempo juntos.

Eché un vistazo a mi botella y jugueteé con la etiqueta. El corazón se me aceleró un poco, porque de repente lo que había entre nosotros parecía... muy real... y, joder, me asustaba.

Necesitaba distraerme, así que pregunté:

—¿De verdad crees que Henry no tiene nada que ver con lo que está pasando?

—Pues sí.

Uf.

—Sé que no te gusta que hablara con él. Tampoco es que nos fuéramos de copas. Quise asegurarme de que no era ningún peligro para ti —me explicó—. Y, como te he dicho, que quiera arreglar las cosas no compensa lo que hizo, pero ¿no es mejor sentir remordimiento por lo que ha hecho uno que no sentirlo en absoluto?

Fruncí el ceño mientras le daba vueltas a sus palabras.

—Sí, supongo —reconocí.

—¿Supones?

—A ver, ¿cómo puede saberse si alguien se arrepiente de verdad o si solo lamenta que lo hayan pillado?

—¿Sabes qué? Vi muchas desgracias cuando estaba en el desierto —soltó Reece. Su inesperado comentario me impresionó—. Vi lo que pasaba cuando alguien recibía el impacto de una bomba casera. Vi el cuerpo de hombres que consideraba amigos míos acribillados a balazos. Algunos perdieron las piernas o los brazos… Otros, la vida. Vi personas de las que, en resumidas cuentas, no quedaba demasiado que devolver a su familia. Podría decirse que te acostumbras a esa rabia cada vez que tu grupo pierde a alguien. No lo hace más fácil, pero estás en la guerra. Supongo que te ayuda a compartimentar la mierda que está pasando, lo que tienes que hacer para asegurarte de que todo el mundo sobreviva.

Hizo una pausa para dar un largo trago.

—Cuando dejé la academia y empecé a trabajar aquí, creía que podría hacer lo mismo. Compartimentar las chorradas, los molestos controles de tráfico, las disputas domésticas en la misma casa cada viernes, los terribles accidentes de tráfico, las sobredosis sin sentido y la violencia absurda. Dejar esa mierda donde le correspondía. Y lo conseguí. Así que creí que tener que disparar a alguien no sería diferente a estar en la guerra o a limitarme a hacer mi trabajo. Me equivocaba.

Me puse la botella en el regazo, sin palabras por la sorpresa. Estaba hablando del tiroteo. Reece nunca hablaba de él. No me atreví a respirar demasiado fuerte por miedo a que parara.

—Fue un aviso normal. Una trifulca fuera del Spades Bar and Grill. Llegué a la vez que otro agente. La pelea era en el aparcamiento, y tardamos un poco en abrirnos paso entre la multitud. —Sacudió despacio la cabeza—. El chaval… se llamaba Drew Walker. Solo tenía dieciocho años. Estaba apaleando a un hombre mayor que él, que se hallaba inconsciente cuando llegamos. Le había roto la mandíbula y la nariz y le había machacado un ojo. Le había fracturado el cráneo, ¿sabes? Eso es lo que le hizo aquel chico.

Reece inclinó la botella hacia delante para echar un vistazo a la etiqueta con una expresión de concentración.

—Iba puesto de metanfetaminas y de alguna otra droga de mierda. Le gritamos que parara. Cuando lo hizo… Joder, estaba cubierto de sangre. Como salido de una película de terror. Llevaba un arma. La llevaba desde el principio. Era con ella con lo que estaba golpeando al otro hombre. No con los puños. Con la empuñadura de una Glock.

—Madre mía —susurré. Recordé los detalles que había aportado la prensa sobre el tiroteo y ese hecho se había minimizado o no se había contado.

Reece frunció los labios.

—Fue instintivo. En cuanto levantó la pistola, fue instintivo. El otro agente y yo abrimos fuego, pero fue mi disparo el que lo mató, la bala de mi arma, tal como demostró la investigación.

Abrí la boca sin saber qué decir.

—Tuve que estar cara a cara con la madre de ese chico. La mujer me abofeteó. No una vez. —Soltó una carcajada, pero no era divertida—. Dos veces. No lo comprendía. El chaval casi mató al hombre al que estaba pegando e iba puesto de una combinación descabellada de drogas. Aun así no la culpo por odiarme. Y lo hace. Lo sigue haciendo. Siempre lo hará. Era su hijo. Lo entiendo, pero, joder, no es como en el ejército. Ahí no ves a los familiares. No los miras a los ojos.

Me dolía el alma por él, me dolía por toda aquella situación. Entendía la incertidumbre que rodeaba el incidente. ¿Y si el chaval no hubiese estado colocado? ¿Y si no se hubiera peleado? ¿Y si hubiera sido la bala del otro agente? Me había hecho esa clase de preguntas mil veces. ¿Y si no hubiera arrastrado a Charlie al partido de fútbol para poder ver a Reece? ¿Y si hubiéramos decidido quedarnos hasta el final? ¿Y si, simplemente, me hubiera pirado y no me hubiera enfrentado a Henry?

—Sentí mucha rabia. —Me miró y suspiró—. Mucha. En plan ¿por qué fui yo quien recibió el aviso? ¿Por qué fue mi bala? ¿Tomé la decisión adecuada? ¿Podría haber hecho otra cosa?

—Hiciste lo que tenías que hacer —le dije, convencida de cada palabra.

Esbozó una sonrisa débil.

—Siempre que hay un tiroteo en el que está implicado un agente de policía se abre una investigación. Dijeron que no había hecho nada mal, pero eso no lo hace más fácil, porque sé que le arrebaté la vida a un chaval que ni siquiera era lo bastante mayor como para comprar esta cerveza que me estoy tomando. —Alzó la botella y añadió—: Porque hacer lo correcto no es siempre lo…, bueno, lo más fácil con lo que vivir. Seguir adelante con esta clase de rabia y de culpa es una combinación amarga.

Vaya si lo sabía. Di un sorbo a mi cerveza. Sabía que no había mucho que pudiera decir que marcara una gran diferencia, pero dije lo que creía que era verdad.

—No eres mala persona, Reece. Lo que tuviste que hacer fue duro y él era un crío, pero…

—Pero pasó, cariño. Fue algo que tuve que superar... que sigo superando, por eso lo reconozco cuando lo veo.

Me puse tensa.

—Lo veo cuando hablo con Henry. Y lo veo en ti. Pero tú no tienes ninguna culpa. ¿Lo entiendes?

Asentí, básicamente porque era difícil explicar por qué me sentía tan responsable por lo de Charlie.

—Me alegra que hayas hablado conmigo sobre lo que pasó —dije pasado un par de minutos—. Sé que no es fácil.

—No lo es. Pero sabes que esto funciona en ambas direcciones, ¿verdad?

Arqueé las cejas.

—Sé que hay cosas de las que no te resulta fácil hablar, pero tienes que intentarlo. Cuando quieras, estoy aquí. —Retiró los pies de la barandilla y se levantó—. ¿Quieres otra cerveza?

Miré mi botella casi vacía parpadeando.

—Sí.

Cuando volvía dentro, se detuvo a mi lado y me rodeó la barbilla con los dedos. Me inclinó la cabeza hacia atrás, se agachó y me besó como si tuviera todo el tiempo del mundo. Despacio al principio, un simple roce de su boca sobre la mía, y más apasionadamente después, separándome los labios con la lengua. No fue solo un beso. Con la forma en que su lengua danzaba sobre la mía o el modo en que me saboreaba, Reece convertía un beso en una forma de arte, y si tuviera que usar colores para plasmarlo en un lienzo, serían tonos suaves de rojo y de púrpura.

Seguía aturdida cuando Reece regresó con más cerveza. Acabamos hablando hasta bien entrada la madrugada, a ratos sobre nada importante, aunque tras la tercera botella, la conversación se volvió un poco más seria. Puede que admitiera odiar las clases de diseño de la universidad.

—Los chicos son todos unos putos niñatos —le expliqué—. Como si creyeran que hace falta polla para programar o diseñar, cuando, en realidad, cualquier crío de trece años con un ordenador puede montar un sitio web decente.

Reece me miró con el ceño fruncido.

—¿Por qué sigues entonces? Te lo pregunto en serio.

—Debería sacarme un título —respondí encogiéndome de hombros.

—Deberías que hacer lo que quieras.

—Es lo que quiero.

—Lo que tú digas —resopló.

Saqué la lengua y él soltó una carcajada. Sonreí, porque el sonido de su risa me gustaba de verdad. Mientras contemplaba cómo se acababa su cerveza, pensé en lo que me había confiado esa noche. Ahora entendía por qué era capaz de ver las cosas con tanta objetividad en lo referente a Henry. No significaba que estuviera de acuerdo, pero lo comprendía.

—¿Cómo lograste librarte de la rabia, Reece? —pregunté.

—¿Acaso se puede librar uno de ella? —replicó, levantando un hombro—. ¿Del todo? ¿De la rabia y la culpa? No. Creo que te marca tan hondo que te deja cicatrices que no sanan. Simplemente, aprendes a arreglártelas antes de que te hagan tocar fondo.

—Y tú... ¿has llegado a tocar fondo?

Pasó un buen rato antes de que me diera cuenta de que no iba a responder a esa pregunta. Tal vez porque no sabía la respuesta. Reece volvió la cabeza y contrajo la mandíbula mientras miraba el bosque, a nada en concreto, al parecer. El silencio se extendió, y en lo más profundo de mí supe que había algo que no me estaba contando. Algo que no quería que yo supiera.

22

Había pasado una semana desde el allanamiento, aunque en ese momento no estaba pensando en ello. Ese día Reece y yo fuimos a una barbacoa en casa de Jax, y tenía la sensación de que era la primera vez que salíamos como... como algo parecido a una pareja. Suponía que lo éramos. Hablábamos como si lo fuéramos. Follábamos como si lo fuéramos. Él tenía llave de mi piso. Básicamente para abrirle la puerta al hombre que estaba instalando el sistema de seguridad si iba mientras yo estaba en el trabajo, pero bueno. Éramos como una pareja, lo que, para empezar, me hacía sentir más bien estúpida por darle tantas vueltas.

Durante la última semana había estado muy distraída. No estaba acostumbrada a estar tan cerca de un hombre como lo estaba de Reece, y pensaba que me agobiaría la falta de espacio, pero no. De hecho, lo extrañaba cuando no lo veía, lo que era raro, porque cuando no estaba trabajando, pasaba el tiempo conmigo. Me gustaba mucho recibirlo cuando llegaba a casa.

Siempre se mostraba muy entusiasta al salir del trabajo.

Si cronometraba el tiempo que pasaba entre que se metía en la cama y en mí, seguramente sería alrededor de un par de minutos. Si llegaba. Algo que también me costaba asimilar. Con los demás chicos siempre había necesitado preliminares, muchos preliminares. Con Reece, el mero contacto de su piel en la mía me excitaba lo suficiente o para que quisiera meterme con él bajo las sábanas.

También descubrí que no bromeaba cuando dijo que solo dormía unas cuantas horas aquí y allá. A veces se levantaba antes que yo incluso después de haberse dormido mucho más tarde. El jueves me desperté y fui a buscarlo al ver que no estaba. Lo encontré sentado en la terraza, con los pies en la barandilla y una expresión distante, concentrado en algo que no quiso contarme, pero las sombras en sus ojos me indicaron que tenía que ver con el tiroteo.

Todavía lo obsesionaba, y yo no soportaba no tener ni idea de cómo ayudarlo, o de si él quería mi ayuda. Esa mañana se cerró en banda cuando intenté hablar con él, así que recurrí a algo que sabía que devolvería la sonrisa despreocupada a su atractivo semblante. Me arrodillé entre él y la barandilla de esa terraza… e hicimos cosas de muy mala educación al aire libre.

Si de camino a casa de Jax se me notaba lo absurdamente nerviosa que estaba, y me daba que sí porque temblaba como si tuviese fiebre, Reece no demostró haberse dado cuenta. En cambio, dirigió la conversación para que no abordáramos ningún tema importante, de modo que no hablamos de Charlie ni de Henry ni de lo repulsivo que este último podía o no ser.

Lo único que sabíamos era que no se trataba de Dean Zook. Colton lo había interrogado después del allanamiento y, al parecer, tan solo ver que un inspector se presentaba en su casa le provocó urticaria. Según Colton, puede que Dean fuera insistente y maleducado, pero no le dio la sensación de ser ningún acosador y dudaba que yo volviera a tener noticias suyas.

Bueno. No dedicaría un minuto a pensar en eso, en nada de eso. Esa noche iba a ser normal, divertida y positiva en todos los aspectos.

Cuando aparcamos y Reece apagó el motor, se me hizo un nudo en el estómago.

—¿Te he dicho lo guapa que estás hoy? —soltó cuando fijé mi mirada en sus ojos cerúleos.

Separé los labios y asentí. Lo había hecho. Esa mañana.

—Ah, bueno. Pues voy a decírtelo otra vez. Estás muy guapa.

Sin palabras, solo pude mirarlo. Era muy atractivo, pero lo que realmente me desarmaba era la franqueza de su mirada clara y la forma en que me aceptaba con todas mis locuras.

«Te has enamorado», me susurró una voz insidiosa. Quise darle una buena colleja a la muy cabrona, pero otra voz más alegre señaló que seguramente me había enamorado a los quince años. Podría decirse entonces que había sido un proceso largo, a cámara lenta.

—¿Tienes la ensalada de patata?

—¿Eh? —murmuré, distraída por las voces contradictorias de mi cabeza.

Me señaló los pies.

—La ensalada de patata que hemos comprado en el súper y que tú insististe en poner en otro recipiente de plástico para que pareciera que la habías preparado tú, cuando estoy seguro de que nadie se va a creer que la hayas preparado tú.

—¡Ah! —Me agaché para recogerla—. La he preparado yo.

—Mentira.

—Cállate —siseé accionando el tirador de la puerta, sin que esta se moviera. Puse los ojos en blanco—. ¿Puedes quitar el seguro?

Soltó una risita y le dio a la tecla. Prácticamente salí disparada del maldito trasto, y me sorprendió que, en apenas un segundo, Reece estuviera a mi lado, me arrebatara la ensalada de patata y entrelazara sus dedos con los míos.

Íbamos cogidos de la mano.

Como hacían los novios.

Íbamos cogidos de la mano al cruzar el aparcamiento, y no supe si decirles a mis partes íntimas que se controlaran o dar saltitos como una colegiala.

Necesitaba terapia.

La puerta de la casa de Jax estaba abierta. En cuanto entramos, casi nos dimos de bruces con una preciosa pelirroja que bajaba la escalera.

—¡Hola! —chillé—. ¡Avery! —Entonces fruncí el ceño—. ¿Estás bien?

Su rostro tenía un tono verdoso. Me dirigió una sonrisa temblorosa.

—Hola —respondió con una voz mucho más baja—. Lo siento. Me estoy recuperando de un virus. Todavía tengo el estómago revuelto, pero no es contagioso ni nada de eso. —Echó un vistazo a mi mano, sujeta a la de Reece, y su sonrisa se ensanchó—. Hola, Reece.

Él la saludó con la cabeza.

—¿Seguro que estás bien? ¿Vamos a buscar a Cam?

—Sí, seguro —respondió Avery con una carcajada despreocupada—. Además dudo que podáis separarlo de la parrilla. Estoy segura de que ha apartado a Jax y se ha puesto él al frente de la barbacoa. Lo hace dondequiera que vamos. Es raro.

—Puede que venga bien. Cam sabe cocinar, ¿no? —pregunté mientras la seguíamos hacia la cocina y salíamos por la puerta trasera.

Sus ojos adoptaron esa expresión soñadora que era absurda y adorable a la vez, y me pregunté si yo me vería así cuando me mencionaban a Reece. Seguramente resultaba menos adorable y más lunática.

—Sí, sabe cocinar.

—Me apuesto algo a que sus tortillas no son tan ricas como las mías —dijo Reece apretándome la mano.

Resoplé.

Entrecerró los ojos con una mueca.

—Ya me lo dirás si te preparo alguna otra tortilla pronto —añadió.

La mirada curiosa de Avery se dirigió del uno al otro.

—O sea, que vosotros dos… Mmm…

—¿Son los dos nuevos integrantes de la Asociación Secreta de Parejas Perfectas e Insoportablemente Atractivas? —intervino Katie, que apareció de repente, como si hubiera salido de la pared. Iba vestida de manera informal, más o menos, con unos vaqueros color rosa fuerte y una camiseta negra con los hombros descubiertos—. Sí. La respuesta sería sí.

Reece arqueó las cejas.

—¿Qué? Te reto a negar esa etiqueta —comentó Katie—. Venga. Alégrame el día.

Solté una risita bobalicona.

—No iba a negar nada —respondió Reece—. Pero gracias por robarnos la primicia.

Impertérrita, Katie se echó hacia atrás en lo que parecían ser unos tacones de quince centímetros. Luego se volvió, aplaudiendo.

—¡Reece y Roxy, cuyos nombres juntos quedan la mar de bien, están liados!

—Ay, Dios —susurré, con los ojos muy abiertos.

—Bueno, es una forma muy válida de anunciar la cosas —suspiró Reece.

Un puñado de cabezas se giraron hacia nosotros. Desde la barbacoa, Jax levantó una mano para… ¿Para mostrar su aprobación con el pulgar hacia arriba? ¿En serio?

—Estoy muy orgulloso de nuestros niños —comentó Nick desde donde estaba sentado cerca de la parrilla, despatarrado en una silla de jardín que parecía demasiado pequeña para él, con la cabeza cubierta con una capucha y unas espléndidas gafas de sol oscuras—. Ya han crecido. ¿Qué le vamos a hacer?

Calla se acercó a nosotros con su cabello largo y rubio recogido en una cola de caballo oscilando tras ella. Sonrió al coger nuestra ensalada de patata.

—Tengo muchas preguntas que hacerte —me dijo de manera significativa—, pero como Katie ya lo ha cantado todo, esperaré.

—Gracias —murmuré con sequedad.

Soltó una carcajada mientras dejaba el recipiente en una mesa de juego que, por su aspecto, alguien había recuperado de un sótano o de una fraternidad.

—¿Esto lo has preparado tú? —preguntó con sospecha.

—Sí —contesté sin pestañear.

Reece contuvo una carcajada, lo que le valió una mirada extraña de Calla. Me solté de él y le dirigí una mirada asesina. Sonrió de oreja a oreja.

—Ni de coña la has hecho tú —soltó Calla con las cejas arqueadas.

—Pues no —suspiré.

—Iba a decirte que no sabía que supieras pelar patatas —añadió mi amiga riendo.

—Pelar patatas es difícil —me quejé.

Avery se reunió con Cam, que inmediatamente le rodeó los hombros con un brazo.

—¿Estás bien, corazón? —preguntó. Su preocupación era evidente por la forma en que la miraba. Cuando ella asintió con la cabeza, se agachó para besarle la punta de la nariz y alzó la vista—. Las hamburguesas casi están listas. También hay perritos calientes en la parrilla. Quería hacer algo de pollo, pero a Jase no le apetecía esperar tanto.

Jase, el guapo oficial del grupo, cruzó los brazos.

—Sobre todo si lo quieres embadurnar como si fueras la puñetera Betty Crocker o algo así.

—No te metas con Betty Crocker —le advirtió Cam.

Cam me ponía de los nervios. No en el mal sentido, sino porque era un futbolista profesional… Un puto futbolista profesional. Siempre me sentía fuera de lugar cuando estaba con él.

—Huele muy bien —dijo Reece mirando a Jax—. Colton va a intentar venir, pero no es seguro.

—Comprensible —respondió Jax. Hizo un gesto con la mano hacia las diversas sillas de jardín—. Poneos cómodos.

Calla señaló al grupo.

—Brit y Ollie no han podido venir. Él tiene un examen importante el lunes y Brit se queda con él en Morgantown, pero creo que conocéis a todo el mundo salvo a…

—Mí —intervino un chico con una preciosa piel del tono del café moca, que se levantó de una de las sillas. Era alto y larguirucho, y me recordó vagamente a Bruno Mars. Llevaba un gorro de punto holgado gris que le habría robado sin pensármelo—. Me llamo Jacob. Voy a la Universidad de Shepherd. Soy géminis y alérgico a *Juego de tronos* porque soy incapaz de llevar la cuenta de todos los que se mueren en la serie. Si habláis mal de *Doctor Who*, no podemos ser amigos, y llevo queriendo un puto poni desde pequeño, pero nadie me deja comprarlo.

Teresa, que estaba sentada en una de las sillas de plástico, se pasó la mano por su pelazo oscuro. Estaba espectacular, como siempre, una Blancanieves de nuestro tiempo.

—Eres el único adulto del mundo que quiere un poni.

—A mí me gustaría tener una llama —comenté.

Reece bajó la vista hacia mí, con los labios fruncidos, pensativo, como si se estuviera replanteando lo de ser mi novio.

—¿Para qué quieres una llama? —Calla parecía sentir verdadera curiosidad.

—¿Quién no iba a querer una llama? —respondí, encogiéndome de hombros.

—Mmm… —Avery frunció la nariz—. ¿No escupen?

Jacob le chistó y me sonrió.

—Creo que vamos a ser muy buenos amigos —dijo—.

Podríamos llevar a nuestro poni y nuestra llama a jugar juntos. Ah, Ollie podría diseñarles unas correas. Me pido una con cristales de Swarovski.

Otro chico al que no conocía gimió desde donde estaba.

—Eso no va a pasar.

Jacob lo hizo callar.

—El señor Aguafiestas, conocido también como Marcus, es mi novio. No comprende la necesidad de tener un amigo de cuatro patas escandalosamente grande.

Sonreí al oír lo que debía de ser la mejor presentación de todos los tiempos.

Marcus era también atractivo, más que él incluso, y lucía un bronceado fantástico.

—Ya he acabado la universidad —dijo, y se levantó para darnos la mano a Reece y a mí—. No conozco a ninguna de estas personas.

—Puede que eso sea bueno —comentó Jacob—. La mitad están locos.

—¡Oye! —gritó Teresa desde su asiento—. No estamos locos. Somos excéntricos.

—Hablando de locuras… —Katie regresó a nuestro grupito con una botella de Corona—. ¿Le has dado más vueltas a intentarlo con la barra de estriptis?

Jacob se atragantó con la cerveza que estaba bebiendo y se volvió enseguida, agitando una mano delante de su cara. Antes de que pudiera decir nada, Jase giró la cabeza tan deprisa que podría haberle salido disparada.

—¿Qué? —preguntó.

—Nada, cariño —dijo Teresa, que sonreía mordiéndose el labio inferior.

—No. Ya te vale. Ni de coña es «nada». No quiero oír nunca el nombre de mi hermana y el término «barra de estriptis» en la misma frase. —Cam se dirigió hacia Katie blandiendo una espátula ranurada, de modo que Jacob tuvo que esquivar una salpicadura de grasa—. No te ofendas.

—No me ofendo —aseguró ella encogiendo un hombro—. Solo unos pocos elegidos, y los valientes, tienen lo que hace falta.

—¿No es ese el lema de los marines? —pregunté con una mueca.

—Algo así —suspiró Reece.

Jase miró a su novia y sacudió la cabeza. Con una risita, Teresa se levantó de su asiento y se situó a su lado. Alargó los brazos, le sujetó las mejillas y le susurró algo al oído. Fuera lo que fuera, logró que Jase dejara de fruncir el ceño. Luego regresó a su asiento, sonrojada.

Antes de que pudiera hacer nada, Reece agachó la cabeza y me besó la mejilla. Después se dirigió hacia la parrilla, donde todos los chicos estaban reunidos.

—Siéntate —me invitó Teresa dando palmaditas en la silla que tenía al lado—. Siéntate, chica que está saliendo con un policía guapísimo.

Mi corazón hizo una pequeña pirueta al oírla. Me senté a su lado y Calla y Avery se reunieron con nosotras mientras Katie se quedaba de pie, acariciando su cerveza.

—Los policías son muy guapos —comentó con los ojos entrecerrados—. Bueno, cualquier chico con uniforme resulta guapo. Espera. No cualquier uniforme, ya sabéis qué quiero decir.

No podía evitar estar de acuerdo con ella.

—¿Has sabido algo más sobre el acosador? —preguntó Avery en voz baja.

Calla se inclinó hacia delante.

—Han allanado tu casa, ¿cierto? —dijo muy seria.

—Sí —contesté asintiendo—, la semana pasada, pero no ha sucedido nada más desde entonces. Sé que el amigo de Reece va a ir el lunes o el martes, cuando libre, para instalar el sistema de seguridad en la casa, y confío en que eso ayude.

—Da mucho miedo —dijo Avery sacudiendo la cabeza—. Sí, ya sé que es más que obvio, pero, por Dios, es de locos. Me alegra que te estés quedando con Reece.

—A mí también —intervino Teresa estremeciéndose—. En tu lugar, yo no querría estar sola hasta que encontraran a ese pirado, con alarma o sin ella.

—¿Te has planteado quedarte con él hasta que detengan a quien está haciendo esto? —soltó Calla echando un vistazo a los chicos, que estaban riendo de algo que Jacob había dicho—. Dudo mucho que le pareciera mal.

Crucé las piernas, sin intentar siquiera contener la sonrisa que esbozaban mis labios.

—Yo también, pero no quiero imponerle mi presencia más de lo que estoy haciendo.

—No creo que le estés imponiendo tu presencia para nada —aseguró Teresa con una ceja castaña arqueada.

—Cierto, pero… —Sacudí la cabeza, sin saber cómo expresarlo en palabras que no quería que nadie oyera. No tuve que preocuparme demasiado por eso, porque Katie lo hizo por mí.

—Roxy es tonta —dijo en voz baja, y añadió dirigiéndose a mí—: No te ofendas. —La fulminé con la mirada—. Cree que no está enamorada. O, mejor dicho, no quiere estarlo, y está ignorando el hecho de que él ya ha dado ese paso porque está demasiado ocupada protegiendo su pequeño corazón.

Avery se pasó un mechón de su melena pelirroja por detrás de la oreja.

—Estoy segura de que todas hemos pasado por eso.

—Sí —comentó Calla, levantando su vaso de té—. Esa hostia me la he dado y tengo las cicatrices.

Las miré con las cejas arqueadas.

—¿Soy yo la única que sí que le ha ido detrás a un tío? —preguntó Teresa con expresión de desconcierto—. Porque yo estaba segura de que quería llevarme a Jase al huerto desde el día uno.

—Eso es porque tú tienes unos buenos ovarios —anunció Katie—. Las demás solo tenemos ovarios corrientes.

—¿Quiero saber de qué estáis hablando? —preguntó Jacob, que apareció detrás de Avery. Sujetó el respaldo de su silla y se inclinó sobre ella.

—Me da que no —rio Calla—. ¿Falta mucho para comer?

—Cinco minutos más, supongo —respondió él tras echar un vistazo a la barbacoa—. Aunque qué coño voy a saber yo.

Teresa estiró las piernas delante de ella y suspiró con una sonrisa en los labios.

—Estoy contenta de que todos hayamos podido venir hasta aquí para estar juntos.

—Sí, seguramente será la última vez en algún tiempo —comentó Avery, que le dio una golpecito a Jacob en la mano cuando él le cogió un mechón de pelo y se lo tiró a la cara.

—¿Por qué? —pregunté.

—Volveré aquí cuando acabe este semestre —contestó Calla, que me miró con una sonrisa apesadumbrada en la cara—. Tú vas a acabar harta de verme, pero echaré de menos a Avery y a Teresa.

—Tal como tiene la agenda, a Cam le va a tocar viajar mucho ahora. Yo intento acompañarlo cuando puedo, pero no es siempre posible —explicó Avery—. Aunque tenemos que planear una boda, no lo olvidéis. —Sonrió a Teresa—. Lo dejo totalmente en tus manos y en las de Brit, por cierto.

—Por mí, perfecto. Irás de rojo en lugar de blanco.

—Sí, porque quedará muy bien con mi pelo. Gracias —soltó Avery con los ojos en blanco.

Jacob le dio unas palmaditas en la cabeza para mostrarle su comprensión.

—A Jase y a mí nos va a costar escaparnos los findes. Con su nuevo curro en el centro de agricultura, trabaja toda la semana y tenemos los findes bastante llenos, porque Jack los pasará con nosotros de momento —continuó Teresa.

—¿Jack es su hermano? —pregunté. Esperaba que a sus padres no les estuviera pasando nada que significara que no podían cuidar de él.

—Ah… —Jacob se incorporó—. Creo que Roxy aún no lo sabe, Tess.

—Coño. Tienes razón. —Teresa se inclinó hacia delante en la silla de plástico—. Bueno, es una historia larga y complicada, pero la versión resumida es que Jack no es hermano de Jase. Es su hijo.

Me quedé boquiabierta. Miré hacia Jase, que sujetaba un plato en el que Cam estaba amontonando hamburguesas. Sabía que Jack no era un bebé, y Jase no era mucho mayor que yo, así que…

—La chica con la que salía en secundaria se quedó embarazada —explicó Teresa cuando me volví hacia ella—. En lugar de buscarle a Jack otra familia, los padres de Jase lo adoptaron legalmente y lo criaron como si fuera su hermano. Jase le contó por fin la verdad a Jack hace un par de semanas.

—Joder —exclamé—. ¿Y cómo fue?

—Jack lo entiende, pero no del todo —respondió Teresa, que sonrió con tristeza—. Es lo bastante mayor para comprender lo que Jase le está diciendo, pero lo ha considerado su hermano mayor desde que nació. Le va a llevar un tiempo acostumbrarse. Pero lo genial es que los padres de Jase lo han apoyado mucho, y como este ha comprado una casa, es un buen lugar para Jack cuando esté preparado. —Se encogió de hombros—. Y mira, a mí puede servirme de práctica.

Avery le lanzó una mirada.

—Madre mía, no dejes que Cam te oiga decir eso.

—Tenéis que asumir que follo mucho. Muchísimo —respondió con sequedad—. Mirad a Jase. ¿Quién no lo haría?

—Yo no dejaría que ese chico saliera jamás de mi cama —aseguró Katie.

—Ni yo —murmuró Jacob—. Joder, yo me los tiraría a todos, la verdad.

Una parte de mí seguía sin creerse que Jase tuviera un hijo. Aunque lo cierto era que, con los genes que tenía ese hombre, era una buena noticia que los hubiera transmitido.

—¿Qué hay de la madre? —quiso saber Katie.

—Murió hace años en un accidente de coche —respondió Teresa estremeciéndose.

—Vaya. Menuda putada. —Katie dio un largo trago de cerveza—. Creo que es hora de comer —anunció, y se acercó a la barbacoa.

Reece se comportó como un novio de diez.

Puso una silla junto a la mía, me preguntó qué quería y regresó con un plato lleno de comida y una cerveza fresca. Podría acostumbrarme a esa clase de servicio. Y, por más cursi que sonara, también podría acostumbrarme al hecho de ser su novia.

Katie se marchó poco después de haber terminado de comer, afirmando que tenía que arreglarse para una cita prometedora, y le deseé suerte. Hubo muchas carcajadas e insultos lanzados de un lado a otro una vez se acabó la comida y las sillas se distribuyeron alrededor de una hoguera que mantenía a raya el frío del aire de septiembre. Cuando volví del baño y de guardar cosas en la nevera, Reece me sujetó por la cintura y me sentó en su regazo.

Solté un gemido bajo.

—¡Vamos a romper la silla! —exclamé.

Él me puso bien las gafas y me rodeó con los brazos.

—Estaremos bien. —La luz del fuego le parpadeaba en la cara—. ¿Quieres saber un secreto?

—Claro —susurré.

Esbozó media sonrisa y apoyó su frente en la mía.

—Me alegra que estemos aquí. Me lo estoy pasando bien.

—Yo también —admití con el corazón henchido en el pecho.

—Estupendo. —Alargó una mano para apartarme el pelo de la cara—. Porque puedo vernos haciéndolo otra vez. Y otra vez más. ¿Tú qué opinas?

Cerré los ojos, secretamente entusiasmada al oírlo.

—Me parece un poco raro veros siendo majos el uno con el otro —comentó Jax al pasar a nuestro lado para reunirse con Calla bajo una manta gruesa.

Reece levantó su cabeza de la mía.

—Me parece un poco raro que nos prestes tanta atención.

Solté una carcajada y recosté la mejilla en su hombro. Era innegable lo feliz que estaba en ese momento, y sí, podía vernos haciendo aquello de nuevo. Podía vernos juntos, juntos del todo. Y tal vez hasta podía sobreponerme a mí misma y al miedo a volver a sufrir.

Por él, por aquello, ¿no merecía la pena?

Me quedé sin respiración cuando, al colocar la mano sobre su corazón, él la cubrió enseguida con la suya. Abrí los ojos y me quedé mirando nuestras manos juntas.

Katie tenía mucha razón.

Y yo era idiota, porque ni siquiera sabía muy bien por qué luchaba todavía contra aquello. Lo que sentía por Reece cuando tenía quince años no se parecía en nada a lo que sentía por él ahora. Por aquel entonces creía que sabía lo que era estar enamorada de alguien. Puede que lo supiera, pero ahora estaba segura de lo que se sentía. Era como volar y ahogarse a la vez, como envolverte en tu suéter favorito y correr desnuda por un aspersor. Eran un millar de emociones contradictorias todas juntas.

Quería a Reece.

Se me hizo un nudo en la garganta al alzar la cabeza. Lo quería de verdad. Estaba enamorada de él. Se acabó lo de comerse la cabeza sobre cómo me sentía, se acabó lo de mentir.

Reece me miró con el ceño fruncido.

—¿Estás bien?

Abrí la boca para decirle que sí. ¡No! Para decirle la verdad, y me daba igual que estuviéramos rodeados de gente. Iba a hacerlo. Iba a gritarle lo que sentía por él a la cara.

Pero me vibró el bolsillo trasero.

—Ah. —Me llevé la mano atrás y saqué el móvil de los vaqueros. El alma se me cayó a los pies en cuanto vi quién llamaba—. Son los padres de Charlie —murmuré.

Reece se puso tenso.

Erguí la espalda, helada de repente, y contesté.

—¿Sí?

—¿Roxanne? —La madre de Charlie nunca me llamaba Roxy. Nunca, en toda mi vida, había usado mi apodo. Y nunca, en toda mi vida, la había oído hablar con una voz tan ronca y temblorosa como en aquel momento.

Con el pulso incierto y un montón de nudos en el estómago, me deshice del abrazo de Reece y me puse de pie. Pasé por encima de las piernas de Jax para conseguir tener algo de espacio alejándome de la hoguera.

—Sí. Soy Roxy. ¿Qué pasa?

Ni siquiera sé por qué hice la pregunta. Sabía lo que me iba a decir. En el fondo, ya lo sabía, y todo en mi interior empezó a desatarse como un cabo suelto del que habían tirado.

—Lo siento —dijo desde el otro lado de la línea.

—No —susurré, volviéndome. Vi que Reece se levantaba a unos metros de mí. En su cara se reflejaban a partes iguales preocupación y comprensión. Se acercó a mí, y yo me tambaleé hacia atrás.

La madre de Charlie soltó un sonido quebrado, un sonido que, hasta entonces, ni siquiera había imaginado que fuera capaz de emitir.

—Se acabó. Él... Charlie ha fallecido esta tarde.

23

Nunca había imaginado que el dolor pudiera ser tan fuerte como para dejarte insensible. Que el dolor pudiera ser tan profundo que te desproveyera de toda emoción, te vaciara de ellas. Así era como me sentía. Vacía. Sin fondo.

No lloré esa noche.

Tampoco cuando Reece me llevó de vuelta a su casa. Ni cuando me ayudó a desnudarme o cuando me acostó. Ni siquiera cuando me atrajo hacia él y me abrazó hasta que me quedé dormida.

El fin de semana y los días posteriores a esa llamada estaban borrosos. Jax me dio la semana libre, y ni siquiera fingí oponerme a su decisión. No tenía la cabeza como para trabajar de cara al público en el bar. No tenía la cabeza para hacer nada.

No lloré el martes, cuando fui al centro a recoger todas las pinturas y los pequeños recuerdos personales con los que había llenado la habitación de Charlie. Salieron tres cajas grandes, que colocamos una junto a la otra en la parte trasera de la camioneta de Reece. Ni siquiera lloré cuando vi su cama vacía. Ni cuando me enteré de que se había ido mientras dormía debido a un aneurisma. Ni cuando supe que había muerto solo.

No habría autopsia, y el funeral se programó para el jueves. Me parecía increíble que fuera a ser tan pronto, como si sus padres hubieran estado aguardando a que pasara, como si la tumba hubiera estado cavada todos esos años, simplemente a la espera de ser ocupada.

No lloré cuando Reece me llevó a mi piso ni cuando guardé los cuadros que había hecho para Charlie en un rincón de mi estudio. Ni siquiera reparé en que tenía instalado el sistema de seguridad, conectado a todas las puertas y ventanas. En realidad sí me fijé, pero no me importaba.

El jueves por la mañana me puse los únicos pantalones de vestir negros que tenía y que, para aquel entonces, me iban ya un poco grandes. Me di cuenta de que Reece no había ido a trabajar en toda la semana. Recogí mi pelo en una coleta baja y me miré con los ojos entrecerrados en el espejo. Los mechones púrpuras se habían descolorido y apenas eran visibles. Lo que saltaba a la vista eran las profundas ojeras que tenía.

Me puse las gafas y salí del cuarto de baño de Reece. Él estaba en la cocina haciéndose el nudo de la corbata negra. Recién afeitado y con el traje realzando sus anchas espaldas, estaba estupendo. Guapísimo. Supuse que a pesar de sentirme tan vacía, había partes de mí que seguían funcionando.

Alzó la vista y me examinó con la cabeza ladeada. Lo cierto es que no habíamos hablado demasiado desde el sábado. No porque él no lo hubiera intentado. Había estado ahí todo el tiempo sin que yo se lo hubiera pedido siquiera. Lo mismo pasaba con el funeral. No le pedí ni una sola vez que me acompañara, pero estaba arreglado antes que yo, y yo estaba todavía más enam... agradecida por eso.

Me detuve en el extremo de la encimera de la cocina.

—Te has cogido días libres en el trabajo.

Asintió despacio mientras se ponía bien los puños de la camisa bajo las mangas del traje.

—Sí. No quería que estuvieras sola.

Sentí de nuevo un calorcito en el pecho.

—No tenías por qué hacerlo.

—Tenía los días. Y todo el mundo está siendo comprensivo. —Se acercó a la encimera hasta situarse delante de mí. Me miró fijamente a los ojos—. Volveré a mi turno la semana que viene.

Tragué saliva... con fuerza.

—Gracias. Has estado... Has estado de diez con todo esto.

—Eso es lo que se hace en estas situaciones, cariño —respondió, y me rodeó las mejillas con ambas manos. Luego me recorrió los pómulos con los pulgares, un gesto que estaba deseando—. Estoy aquí para ti.

Desvié la mirada y, cuando tiró de mí hacia su pecho y me rodeó con los brazos, cerré los ojos. Estuve tensa un momento. Ni siquiera sabía muy bien por qué, pero después me aferré a él, hundiéndole los dedos a través de la ropa para tenerlo... para retenerlo.

—No es justo —le murmuré en el pecho.

Me dio un beso en la parte superior de la cabeza.

—No, no lo es.

Me dolía el pecho cuando me separé de él. Inspiré hondo, aunque eso no pareció aliviar la presión que sentía en todo el cuerpo.

—Estoy lista —le dije.

Era mentira.

Él lo sabía.

La ceremonia se celebró en una funeraria situada en medio de un cementerio del tamaño de un pueblo. Era un lugar que rebosaba tranquilidad gracias a sus calles serpenteantes y sus robles altos y elegantes. Estaba lleno de paz y resultaba bonito, en un sentido inquietante.

Mis padres ya estaban allí, esperando fuera, junto con Gordon y Thomas. Megan estaba al lado de su marido, con una mano apoyada ligeramente sobre su pronunciada tripa. Todos ellos, incluso

Gordon, me abrazaron, y deseé que no lo hubieran hecho. Deseé que me hubieran saludado como a Reece, con un apretón de manos o con un gesto de la cabeza. Eso lo podría soportar.

—Cielo —murmuró mi madre besándome la frente. Tenía los ojos llenos de lágrimas—. Sé que no hay nada que pueda decirte ahora mismo.

—Ya —susurré. Me separé de ella y levanté la mirada al cielo despejado. Pensé que hacía un día demasiado bonito para un funeral. Eché un vistazo a mi padre, que parecía tan incómodo con su traje de vestir como Gordon.

Mi padre me pilló observándolo, y vi la profunda tristeza en su mirada, por lo demás serena. Charlie había sido como un tercer hijo para él y para mi madre. Sabía que aquello también era doloroso para ellos.

—Ven conmigo, hija —me pidió, y me situé a su lado. Él me pasó un brazo por el hombro para cruzar juntos la puerta doble.

Reece se mantuvo detrás de mí, a poca distancia, mientras yo procuraba no respirar demasiado hondo. No soportaba el olor de las funerarias. Esa mezcla de flores y de otra cosa en la que no quería pensar.

Di un respingo al reconocer a dos personas que estaban firmando el libro de condolencias. Jax y Calla estaban allí.

—Hola —saludé en voz baja dejando atrás a mi padre—. Chicos…

Calla se acercó a mí sonriendo con tristeza.

—El resto del grupo no ha podido venir, pero yo me he saltado las clases.

—No hacía falta que vinierais —les dije.

—Faltaría más —respondió Jax. Me puso una mano en el hombro y me lo apretó con cariño.

No tenía palabras para expresar lo conmovida que estaba. No me había sentido nunca así. Lo entendía. No conocían a Charlie, nunca habían tenido el placer de conocerlo, pero estaban allí por mí.

Nos congregamos todos en la amplia sala donde iba a celebrarse la ceremonia, y yo tomé asiento entre mi padre y Reece, mirando al frente. El ataúd estaba cerrado. Los padres de Charlie estaban sentados en primera fila, con la espalda erguida. Una parte de mí sabía que tendría que ir a hablar con ellos, pero tenía demasiados sentimientos encontrados. Nunca tuve mucha relación con ellos, nunca me sentí cómoda en su hogar aséptico y rígido. Recordaba cómo habían tratado siempre a Charlie, como si se avergonzaran de él.

Y era muy injusto, porque Charlie se daba cuenta de lo que sentían.

Cuando la ceremonia llegó a su fin, las lágrimas surcaban la cara de mi madre, y mi padre tenía los ojos vidriosos. Yo no podía llorar. Era incapaz. Frustrada, me levanté del incómodo banco. Notaba el escozor en el pecho y en la garganta que no me había abandonado desde que recibí la llamada. Era como si algo se hubiera roto en lo más profundo de mi ser.

Reece me puso una mano en la zona lumbar y describió con ella un círculo lento, reconfortante, mientras esperábamos nuestro turno para incorporarnos al pasillo central. Me costó ignorar la necesidad de girarme y rodearlo con los brazos.

Durante un segundo, me pareció ver a Henry saliendo por una de las puertas laterales. La opresión que sentía aumentó al mirar el lugar donde creía que había estado. No estaba segura de lo que me hacía sentir que asistiera al funeral de Charlie. Unas semanas atrás me habría vuelto loca, como si estuviera poseída, vomitando verde y girando la cabeza sin parar, pero ¿ahora? Casi quería echarme a reír, soltar una carcajada histérica interminable. Quería sentarme en medio de la funeraria y reír.

—¿Estás bien, cariño? —me preguntó Reece.

Asentí despacio al darme cuenta de que era probable que tuviera una expresión en la cara que rozara la locura.

Me tomó la mano y me la apretó suavemente con la suya.

—Podemos esperar un par de minutos, si quieres.

Joder, era... muy bueno conmigo.

—Estoy bien —le aseguré, aunque todo el mundo en un radio de quince kilómetros sabía que no era así en absoluto. A pesar de eso, Reece me sujetó la mano con fuerza para salir de la funeraria.

El recorrido hasta la tumba fue tan silencioso como cabría esperar. Nuestro grupo permaneció cerca de la parte trasera. Desvié la mirada con rapidez cuando vi llegar el coche fúnebre. Mis ojos se posaron en la tumba.

Inspiré aire de golpe, y el olor asfixiante de la tierra fértil me llenó los pulmones. Aquello estaba pasando de verdad. Se acabó. No más visitas los viernes. No más esperanza de que Charlie fuera a mejorar algún día y de que me mirara y dijera mi nombre.

De que me dijera que nada de aquello era culpa mía.

Madre mía. Un ligero temblor me zarandeó el cuerpo, empezando por los dedos de los pies apretujados en unos zapatos de tacón negros demasiado ajustados, hasta la punta de los dedos de las manos.

Reece me soltó la mano y me pasó el brazo por encima del hombro. Agachó la cabeza para presionarme la sien con los labios, y noté una opresión todavía más grande en el corazón, hasta tal punto que me pregunté si estaría teniendo un infarto.

En lugar de verme en el entierro de Charlie, me vi en el de Reece. Puede parecer una locura, pero, dado su trabajo, era creíble. Algún día podría estar justo allí, despidiéndome de él.

Me faltaba el aire.

Sentí un dolor desgarrador. No podía más. Me volví hacia Reece y se lo dije.

—Entendido. Voy a sacarte de aquí —respondió, y supe que no lo pillaba. No podía pillarlo. Se giró hacia mi padre y le habló tan bajo que no pude oírlo. Mi padre asintió con la cabeza y, entonces, sin decir ni una palabra, Reece me alejó del entierro.

Para cuando llegamos a su camioneta, yo andaba deprisa, con

los puños cerrados. Una vez estuvimos los dos dentro, me quedé mirando por el parabrisas mientras Reece conducía. Cuando estuvimos de vuelta en su casa ya no me sentía vacía, sino rabiosa, como un animal atrapado en una trampa.

Sabía lo que tenía que hacer.

Puede que estar con Reece acabara destrozándome del todo y jamás me recuperase. Por un breve y delicioso espacio de tiempo me había convencido a mí misma de que era capaz de soportarlo. Que podría permitirme enamorarme de él y que el riesgo merecería la pena. Pero estar frente a la tumba de Charlie me había devuelto a la realidad.

Tenía que encontrar la fortaleza para marcharme.

Pasé junto a Reece y me dirigí directamente hacia su cuarto. Mi maleta y mi bolsa estaban junto al tocador. Me quité las gafas, las dejé encima del mueble y me hice rápidamente un moño en lo alto de la cabeza.

—¿Roxy?

Me quité los zapatos sin darme la vuelta.

—¿Sí?

—Ahora mismo no estás bien.

Abrí la boca y se me escapó una carcajada ronca.

—Estoy bien. —Recogí los zapatos y los coloqué en el fondo de la maleta.

—Acabas de largarte del entierro de tu mejor amigo, cariño —replicó en voz baja—. No estás bien.

Con las manos temblorosas, cogí el montón ordenado de vaqueros que sabía que yo no había doblado. Tenía que haberlo hecho Reece. Los dejé en la maleta.

—¿Qué estás haciendo? —Su voz sonaba más cerca.

Sacudí la cabeza mientras me desabrochaba el botón plateado de los pantalones. Dejé que cayeran al suelo y, a continuación, los tiré sin el menor cuidado dentro de la maleta. Los siguió la blusa, de modo que me quedé en bragas y una camiseta negra.

—Roxy —repitió—. Mírame.

En contra de mi voluntad, me giré despacio. Reece se había quitado la chaqueta y la corbata. Llevaba la camisa de vestir desabrochada, lo que me permitía vislumbrar su piel dorada. Subí la mirada hasta sus asombrosos ojos azules.

—Ya te miro.

—¿Qué crees que estás haciendo? —preguntó con la mandíbula tensa.

—El equipaje. —Me tembló la voz mientras señalaba la maleta con la mano—. Es bastante obvio, ¿no?

—Sí, es obvio, pero lo que no entiendo es por qué.

Le di la espalda, me acerqué hasta donde estaban mis camisetas, las cogí y las dejé caer en la maleta.

—Mi casa ya tiene sistema de seguridad. No tengo que seguir imponiéndote mi presencia.

—Puedes quedarte aquí todo el tiempo que quieras, lo sabes muy bien, Roxy.

—Ya, pero estoy segura de que quieres tu espacio. —Encontré mis mallas de yoga debajo de mi bolsa de lona. Fui a cogerlos, pero Reece me sujetó el brazo y me giró hacia él. Me quedé sin respiración.

—Si quisiera mi espacio, te lo habría dicho. Eso también lo sabes muy bien —replicó con los labios apretados—. Así que no me vengas con esas y me responsabilices a mí. Te largas porque…

No quería oírle terminar esa frase, y no sé muy bien qué pasó después, aparte de que se me fue la olla. Mi control saltó por los aires, como una goma elástica demasiado tirante. Me solté de él y le puse las manos en el pecho para darle un empujón.

Como lo pillé desprevenido, se tambaleó hacia atrás y golpeó la cama con la parte posterior de las piernas. Arqueó las cejas de repente.

—¿En serio me has empujado?

Por su tono no supe si quería echarse a reír o devolverme el empujón, y eso me cabreó. Ya no me sentía vacía, por lo menos. Estaba a punto de explotar, llena de rabia, impotencia y un millón de cosas más. Así que lo empujé de nuevo, y esa vez se sentó. Me lo quedé mirando, respirando con dificultad.

—¿Te sientes mejor ahora? —preguntó, con una voz engañosamente tranquila.

—Puede.

Levantó la barbilla y alzó los brazos.

—Si empujarme va a hacer que te lo tomes con calma y pienses en lo que estás haciendo, adelante, cariño.

—¿Quieres que te empuje? —solté, boquiabierta.

—En realidad, no.

Titubeé y me giré para coger mis mallas, pero él alargó rápidamente la mano y, antes de que me diera cuenta, me sentó en su regazo.

—Ah, no, ni hablar. Vas a decirme por qué quieres volver a tu casa. La verdadera razón.

—Ya te lo he dicho. —Me eché hacia atrás, pero él tiró de mí hacia delante. Estaba sentada a horcajadas sobre él, con nuestros pechos en contacto, y Reece me sujetaba con fuerza las muñecas. Mi corazón latía acelerado cuando nuestras miradas se encontraron—. Suéltame.

—No me estás diciendo la verdad.

Doblé los dedos, impotente.

—¿Qué? ¿Eres vidente también? ¿Te has dado en la cabeza con la culata de la pistola o algo?

—No —respondió esbozando media sonrisa—, pero no soy ciego. Joder, no era así como imaginaba que iba a ser el día —comentó—. Sé que tienes muchas cosas en la cabeza, pero tenemos que hablarlo.

—No tenemos nada de qué hablar.

Me soltó lo suficiente como para que pudiera impulsarme en sus hombros y ponerme de pie. O intentarlo. En cuanto mis manos entraron en contacto con sus hombros, murmuró una palabrota y me sujetó con fuerza.

—Y una mierda, Roxy. Si hay una palabra que jamás habría usado para definirte es «cobarde», pero ahora mismo te estás comportando como una.

—¿Qué? —Me separé todo lo que pude de él. Iba a necesitar hasta el último ápice de mis fuerzas para dejarlo. Eso no era cobardía.

—No lo hagas —repitió—. Deja de portarte como una cobarde.

—¡No estoy siendo cobarde! Es solo que ya no quiero hacer esto contigo. Ha sido divertido, pero se acabó. Quiero irme a casa. Quiero seguir adelante con mi vida…

—Por el amor de Dios, sabes mentir mejor. ¿Me has querido desde que tenías quince años y ahora que me tienes no estás dispuesta a correr el riesgo de sufrir por mí? ¿Qué clase de mierda es esta?

Caray. Ahí le había dado.

—¿Qué… qué quieres decir con lo de sufrir?

—¿Crees que no lo sé? —Sacudió la cabeza—. Tienes miedo, Roxy. Miedo de sufrir, desde lo que le pasó a Charlie. No quieres volver a sentir esa clase de dolor. Lo entiendo. Pero no puedes vivir así, echándolo todo por la borda… echando esto por la borda solo porque crees que podrías sufrir. Y no lo haces solo conmigo. Lo haces con todo.

No sabía qué decir.

—¿Cuál es tu plan? —prosiguió Reece—. ¿Te largas y vuelves a salir con una panda de fracasados que no se merecen respirar el mismo puto aire que tú porque, en resumidas cuentas, te es más fácil? ¿Porque tu corazón no está involucrado, así que estás a salvo? Pero conmigo es diferente.

—Tú no lo entiendes —susurré estupefacta.

—¿Que no lo entiendo? —Daba la impresión de que quería

zarandearme—. Sé qué es tener miedo, cariño. He visto morir a amigos en el ejército. Volví a casa, y cada día voy a trabajar sabiendo que podría ser el último. Pienso en mi hermano, que se enfrenta a la misma mierda que yo. Tengo miedo de perderte.

—¿A mí? —pregunté con voz entrecortada.

—Sí, a ti. A ti, Roxy. Tienes un puto acosador. Estoy acojonado por ti. —Entonces daba la impresión de querer estrangularme. Un poquito—. Pero no es solo eso. Podrías subirte al coche y estrellarte. He visto cómo conduces.

—Ja —murmuré.

—Podría pasarte algo en cualquier momento, pero yo no salgo huyendo de lo que somos, de lo que podríamos ser. Tienes que superar lo que le pasó a Charlie. Pero eso no significa que debas hacerlo sola.

—¿Qué sabrás tú de cómo superar esto? —espeté.

Clavó en mí su mirada.

—¡Apenas hablas del tiroteo! ¡Y eso que te provoca pesadillas! —grité tanto que me dolió la garganta—. No puede decirse que tú sepas cómo superarlo, señor Más Que Perfecto.

—No estoy diciendo que sepa cómo superarlo. Joder, Roxy. ¡Tú y yo sabemos que lo he pasado fatal enfrentándome a eso y que lo sigo haciendo! —me gritó a su vez y, por un segundo, pensé que podría lanzarme al otro lado de la habitación. Me lo merecía bastante—. Me emborrachaba hasta caerme redondo para no enfrentarme al hecho de que había matado de un tiro a un chaval de dieciocho años.

—Reece… —Me estremecí.

—No. Ahora vas a escucharme. Durante casi un año me enfrenté a lo que tenía que enfrentarme bebiendo en lugar de hablando con alguien, con cualquiera, de ello. Si no hubiera sido por Jax, seguramente habría acabado con una puta bala en el cuerpo. Porque, para que lo sepas, tuve que tomar las suficientes decisiones a vida o muerte en el puto desierto como para saber que hacerlo es una putada. Aun así elegí ser policía a sabiendas que podría volver a pasarme. Y no me resultó más fácil cuando tuve que hacerlo.

Eso era lo que no me había confiado la noche en la terraza, lo mucho que la culpa y la rabia le habían afectado. Cielo santo, no quería oírlo, por más terrible que sonara. No quería pensar siquiera que sentía esa clase de dolor. Eso me mataba.

—Jax consiguió que hablara de ello. Hizo que fuera a la maldita terapia que el departamento exigía que me tomara en serio. Y tienes razón. Todavía no lo he superado del todo, pero por lo menos lo estoy intentando, coño. No te estoy alejando de mí. Estoy intentando enfrentarme a ello. Algo que tú no has hecho ni una sola vez en seis años.

Incapaz de escucharlo más, traté de zafarme de nuevo, pero él no dejó que fuera a ninguna parte.

—Vas a la universidad a estudiar algo que no te gusta porque tienes demasiado miedo a admitir y aceptar que quieres trabajar en el Mona's. No porque tengas vocación, sino porque te deja tiempo para hacer lo que te encanta: pintar. Pero tú ni siquiera vas a correr ese riesgo. Seguirás adelante, solo para mantenerte segura. Para no jugártela.

—Cállate —solté furiosa. Me arrepentía de haberle confesado lo mucho que odiaba las clases. Era una suerte que me siguiera sujetando las muñecas, porque seguramente le habría dado un tortazo.

—Sí, oír la verdad es una putada, ¿cierto? —Le brillaban los ojos—. Lo que no entiendo es por qué lo que le pasó a Charlie hizo que sintieras tanto miedo a hacer cualquier cosa, pero ¿quieres saber lo que sí sé? —Sus ojos centellearon con fuerza—. Te quiero, Roxy. La muerte de Charlie no va a cambiar eso. Nada va a cambiarlo. Y sé que tú sientes lo mismo.

¿Que... él qué?

¿Había... había dicho que yo sentía qué?

Sí, había llegado la hora de que huyera de allí. Usé todas mis fuerzas para separarme de él, lo que no me llevó a ninguna parte.

—Para, Roxy —me ordenó.

Sentí una enorme frustración, pero también algo más. Estábamos en contacto en todos los lugares que importaban y, a pesar de que estaba intentando dejarlo y de que estábamos discutiendo, cuanto más rato permanecía sentada en su regazo, más notaba cómo se le ponía dura debajo de mí, y ese contacto hacía que me hirviera la sangre.

Y había dicho que me quería.

Me retorcí en su regazo, con lo que lo único que logré fue apretujarme más contra él. Una sensación abrasadora me recorrió el cuerpo, y vi el momento exacto en que él sentía lo mismo.

—Joder… —Se le tensaron los rasgos.

Respiraba de forma entrecortada al cernirme sobre sus expresivos labios. Todavía estaba intentando liberar mis brazos, y sin duda era una suerte que él no me hubiera soltado, porque puede que me hubiera caído. Me balanceé hacia delante con la esperanza de hacerle perder el equilibrio, y su gemido de respuesta me encendió el cuerpo.

Dejé de pensar. O puede que en realidad se me pasaran tantas cosas por la cabeza que no pudiera aferrarme a una en concreto, aparte de que necesitaba aquello, que lo necesitaba a él. Solo una vez más. No tardé nada en acercarme a su boca. Cuando nuestros labios se encontraron, dio un respingo.

—Roxy…

No quería que dijera nada, especialmente si iba a ponerle lógica a lo que estaba pasando. Presioné mi boca contra la suya y lo besé con más fuerza, y cuando no me devolvió el beso, le mordí el labio inferior.

Reece soltó un grito ahogado, y yo aproveché la ocasión para deslizarle la lengua en la boca, entrelazándola con la suya mientras balanceaba de nuevo las caderas, solo que esa vez no me paré.

Me moví en su regazo, gimiendo al besarlo porque el placer era tan grande que perdí el mundo de vista.

Me soltó las muñecas y me puso las manos en las caderas. Yo le rodeé el cuello con un brazo para pasarle los dedos por el pelo mientras le deslizaba la otra mano por la garganta y seguía hacia abajo, por el pecho y el tenso abdomen. Mis dedos llegaron al botón superior y lo desabroché con facilidad.

—Mierda —siseó con los ojos nublados por la necesidad—. No hemos solucionado las cosas... —gruñó mientras le tocaba por encima de los pantalones—. Joder, Roxy..., no estás jugando limpio.

—No estoy jugando. —Me noté los labios hinchados mientras volvía a acercar mi boca a la suya y le frotaba a través de los pantalones. Cuando no me detuvo, le bajé rápidamente la cremallera para sacarle el pene caliente y palpitante del bóxer.

Se echó hacia atrás y bajó la vista hacia donde yo lo estaba sujetando con la mano. Apenas se le oyó la voz al hablar.

—No es esto lo que necesitas en este momento.

—Sí que lo es. —Apoyé mi frente en la suya—. Esto es lo que quiero en este momento.

—Roxy... —Dijo mi nombre como si fuera una maldición y una plegaria.

Le recorrí la polla con la mano y le paseé el pulgar por la punta.

—Tócame —le imploré, le supliqué—. Por favor. Tócame, Reece.

Emitió ese sonido que me volvía loca, ese gruñido grave que era tan intenso y tan masculino que me hacía encoger los dedos de los pies y provocaba que se me tensaran los músculos del bajo vientre. Entonces levantó una de sus manos. Por fin. Me bajó la parte delantera de la camiseta y me apartó las copas del sujetador para dejar mis pechos al descubierto.

Me tocó.

Hizo algo más que simplemente tocarme. Sus manos eran

ávidas, lo mismo que sus besos. Estábamos acalorados y jadeantes mientras yo seguía trabajándomelo hasta el punto de que me apartó la mano y prácticamente me arrancó las bragas. Se acabó lo de esperar. De rodillas, descendí hacia él, piel contra piel. Chillé al notar la sensación, la forma en que él me separó y en cómo el cuerpo me ardía alrededor de su pene y me abrasaba en los lugares que él me tocaba y me besaba.

Dejó que yo marcara el ritmo y me cedió el control por completo, de modo que yo me movía encima de él, elevándome y descendiendo despacio al principio y más deprisa cuando mis músculos se contrajeron a su alrededor. Cuando el placer aumentó más y más, y empecé a acercarme al clímax que ansiaba, él se movió y asumió el control. Me sujetó el costado con una mano y la parte posterior de la cabeza con la otra, y movió con fuerza las caderas para penetrarme, lo que me hizo llegar al orgasmo. El clímax fue tan poderoso y explosivo que casi fue doloroso, casi demasiado. No sabía muy bien si podría soportarlo, pero no quería escapar. No al notar que él empezaba a perder el control cuando me gruñó mi nombre al oído. Sabía que le faltaba poco. Me sujetó con más fuerza la cadera y empezó a izarme para separarme de él. Yo no quería que se retirara de mí. Esa… Esa iba a ser nuestra última vez, y quería sentirlo plenamente dentro de mí. Confiaba en él, y no me había olvidado de tomar ninguna píldora más.

Bajé el cuerpo hacia el suyo y lo sujeté con la misma fuerza con la que él me sujetaba a mí. Supo lo que quería, porque noté que empezaba a moverse.

—Roxy —gruñó mi nombre, con su corpulento cuerpo inmóvil contra el mío mientras sus brazos me rodeaban en un fuerte abrazo.

Tardamos un poco en movernos después de que terminara. Notaba que el corazón le latía con el mismo vigor que el mío, y sentí la tensión de cada parte de su cuerpo en todas mis células. Ninguno de los dos habló mientras yo permanecía en su regazo.

Solo nos abrazamos sin decir nada, en un silencio que llenaban un millar de palabras no pronunciadas. Solo cuando dejamos de estar unidos supe que había llegado el momento.

—Tengo que limpiarme. —Mi voz me sonó extraña. Demasiado grave. Demasiado vacía.

Él apartó los brazos de mí. Yo me incorporé y recogí las bragas del suelo. Nuestras miradas se cruzaron un instante, y traté de ignorar la pregunta que reflejaban sus ojos mientras me ponía el sujetador y el top. Acto seguido me volví y me metí a toda prisa en el cuarto de baño. No tardé mucho, porque sabía que si lo demoraba, no me marcharía. Tras limpiarme, me puse las bragas.

Tenía que irme, ¿verdad? No podía quedarme ahí y no podía estar con él, porque acabaría...

No. Ya estaba enamorada de él.

Llevaba enamorada de él muchísimo tiempo.

El fuego volvió a prenderse en el centro de mi pecho. Retrocedí para alejarme de la puerta, esforzándome por despejarme la cabeza, pero había demasiadas cosas chispeando en ella. Con la parte posterior de las piernas choqué con la bañera y me senté. Las bragas no me protegieron del frío de la cerámica.

¿Qué estaba haciendo?

Estaba huyendo. Estaba asustada. Nada de lo que me había dicho era una novedad para mí. Joder, ya sabía muchas de esas cosas, pero oírselas decir había derrumbado muros que yo ni sabía que había levantado a mi alrededor.

—¿Roxy? —La voz grave de Reece me sobresaltó.

Con los ojos clavados en la puerta procuré inspirar hondo, pero no logré llenar mis pulmones de aire. Volvía a sentir aquella presión, y era demasiado.

—¿Estás bien? —preguntó.

El labio inferior me temblaba mientras cerraba los puños. Alejarme de Reece no demostraba mi fortaleza, sino mi debilidad porque estaba haciendo lo que hacía siempre con respecto a todo. Pero no era un comportamiento que surgiera solo del puto miedo. No, era algo mucho más profundo.

La puerta del cuarto de baño se abrió de golpe, y el cuerpo de Reece llenó el espacio. Llevaba la camisa torcida y no se había abrochado el botón superior de los pantalones. Me echó un vistazo. Supongo que llevaba escrito en la cara todo lo que había estado pensando. Su expresión se suavizó al mirarme.

La emoción se me aferró a la garganta.

—Es... Es culpa mía.

Reece entró despacio en el cuarto de baño, como si temiera sobresaltarme.

—¿Qué es culpa tuya, cariño?

—Lo que le pasó a Charlie. —Se me quebró la voz. Me resquebrajé por la mitad.

Reece se arrodilló delante de mí con el ceño fruncido, sin quitarse las manos de los muslos.

—Lo que le pasó no es culpa tuya, cariño.

—Sí que lo es —susurré, porque decirlo más alto era demasiado—. Tú no lo entiendes. No estabas ahí. Yo provoqué la situación.

—Roxy... —dijo con los ojos abiertos como platos.

—Estaba ligando conmigo. Henry, quiero decir.

—Tú no hiciste nada malo, Roxy. —La rabia asomó al semblante de Reece, mezclada con tristeza—. Puedes decir a un chico que no, que no estás interesada, y no tener que preocuparte por ninguna represalia. No es culpa tuya.

—Siempre ligaba conmigo, y yo podía manejarlo, pero insultó a Charlie —comenté, sacudiendo la cabeza—. Lo llamó marica. —Me eché a temblar mientras Reece me rodeaba la cintura con los brazos—. Empecé a gritarle. Y entonces lo llamó cosas peores. Charlie no dejaba de pedirme que lo dejara estar, pero no podía, porque sabía lo mucho que le afectaba en realidad. No soportaba esa clase de cosas, le dolían. Henry preguntó si yo era bollera y que si por eso me pasaba todo el tiempo con un «maricomazo». Se me fue la olla. Le empujé. Igual que te he empujado a ti. —Me incliné hacia delante y me miré los dedos de los pies mientras aquel día se reproducía en mi cabeza con todo lujo de detalles—. Charlie me sujetó y empezamos a marcharnos. Lo mismo que Henry. Entonces yo... Yo me volví y solté... Le dije que se fuera a la mierda, porque era el único lugar donde un puto paleto como él podía triunfar.

Reece cerró los ojos.

—Fue entonces cuando cogió la piedra y la tiró. —Me balanceé despacio y sacudí la cabeza—. Si hubiera tenido la boca cerrada, todos nos habríamos marchado y habría sido distinto. Tengo miedo. Tienes razón en eso. Tengo mucho miedo de perderte y de volver a sentir esa clase de dolor, pero es algo más. ¿Por qué me merezco poder hacer lo que quiero cuando Charlie nunca lo hará? Fui una bocazas y provoqué que la situación empeorara. ¿No enchironan a la gente por eso? ¿No soy cómplice de agresión... de asesinato? ¿Por qué me merezco tenerte? ¿Por qué me merezco hacer lo que me encanta el resto de mi vida?

Cuando Reece abrió los ojos, no estaban llenos de censura ni de crítica, sino de mucho dolor.

—Fueron solo palabras —dijo en voz baja—. Soltaste unas cuantas palabras. Igual que Henry. Y tú sabes que las palabras pueden hacer mucho daño. No estoy diciendo lo contrario. A veces pueden herir más que un cuchillo, pero tú no cogiste esa piedra. Tú no la tiraste. Henry tomó esa decisión, y es algo que parece lamentar más que nada en el mundo, y dudo que quisiera hacerle daño a Charlie como lo hizo, pero no puede cambiar eso. Y tú no puedes cambiar lo que dijiste, pero Roxy... —Se arrodilló delante de mí y me tomó despacio y con cuidado la cara con las manos—. Lo que le pasó a Charlie no fue culpa tuya. Tú no lo lastimaste. Fue Henry quien lo hizo. Y sé que mis palabras no van a bastarte para aceptarlo, pero voy a estar aquí para ti todos los días para recordarte que te mereces todo lo que esta vida te ofrezca.

Solté un sollozo. Me escocían los ojos. Vi su cara borrosa y sentí mis mejillas empapadas.

—¿Recuerdas todo lo que te he dicho en el dormitorio? Yo también tengo miedo. Y a veces me pregunto qué me merezco, pero estamos juntos en esto. Así que déjate caer —me pidió, recorriéndome los pómulos con sus pulgares—. Suéltate y déjate caer. Estaré ahí para atraparte, cariño. Yo te ayudaré a superarlo. Solo tienes que correr ese riesgo.

Entonces me rompí, me abrí en canal. Lloré, la clase de llanto hondo y amargo que no resulta elegante. Cada una de las lágrimas eran por lo que Charlie había perdido. Eran por Reece y todo lo que había tenido que hacer. Eran incluso por Henry, porque una pequeñísima parte de mí se había despertado en ese momento, había abierto los ojos y se había dado cuenta de que él había echado a perder su vida cuando tiró aquella piedra. Y eso era también una putada, porque tal vez Reece tenía razón. Tal vez Henry nunca quiso hacer eso. Lloré porque ahora ya podía sentir. Sufría. Tenía miedo. Había iniciado el duelo por mi mejor amigo hacía seis años, pero sin permitirme soltar el dolor, el odio ni todas las demás emociones tóxicas.

Ni siquiera recordaba haber dejado el borde de la bañera para acabar entre los brazos de Reece, pero como me había prometido, él estaba allí para sujetarme cuando me derrumbé.

24

Me duele la cabeza.

Reece movió los dedos a través de mi pelo para masajearme con suavidad el cuero cabelludo.

—El ibuprofeno te hará efecto enseguida.

Daba la impresión de que estaba tardando una eternidad. Me palpitaban las sienes, igual que el espacio algo inútil de detrás de los ojos. Era muy probable que se me hubiera derretido el cerebro de tanto llorar. Una vez había empezado a hacerlo, fue como si se hubiera roto un dique en mi interior. No tenía ni idea de cuánto rato estuvimos en el cuarto de baño, con Reece sentado y yo entre sus brazos, empapándole la camisa. Apenas fui vagamente consciente de que me cargó en brazos para llevarme hasta su cama. Me abrazó durante horas, y solo se había separado de mí hacía poco para ir a buscar agua y un ibuprofeno. Aprovechó entonces para quitarse la camisa y ponerse unos pantalones de chándal de nailon antes de meterse de nuevo en la cama. Yo seguía llevando la camiseta y las bragas, y no había nada de sexy en ello en aquel momento.

Estaba desmadejada sobre su pecho como una marioneta. Tenía la mejilla sobre su corazón y él me rodeaba el muslo con las piernas mientras no paraba de mover los dedos por mi cuero cabelludo. Había anochecido hacía horas y, aunque ninguno de los dos había probado bocado desde la mañana, creo que ambos estábamos demasiado exhaustos para salir de la cama e ir a buscar algo que comer.

—Siento haberte llorado encima —solté.

—Para eso estoy. Soy tu pañuelo particular. Entre otras cosas más divertidas, porque soy polifacético.

Esbocé una sonrisa mirando al vacío.

—Me gustan esas cosas más divertidas.

—Lo sé.

Apoyé los dedos en su tenso abdomen y, al inspirar, me sorprendió que mi respiración fuera regular y no me doliera. Pasaría mucho tiempo antes de que aceptara del todo mi papel en el destino de Charlie. Puede que jamás me absolviera por completo de la culpa, pero quería intentarlo. De verdad, sinceramente, quería intentarlo por primera vez.

—¿Puedo decirte algo? —preguntó Reece.

—Puedes decirme lo que quieras.

—Te tomo la palabra de cara al futuro —dijo con sequedad—. No me gusta decir adiós.

—Sí, recuerdo que una vez me lo dijiste —aseguré con el ceño fruncido.

—Así es. Te dije que nosotros nunca nos decimos adiós. Nos besamos. Joder, podemos decirnos cualquier cosa, pero no adiós.

—¿Por qué? —susurré, aunque pensé que ya tenía una idea clara del motivo.

—Es demasiado definitivo —respondió tras una pausa—, especialmente en mi trabajo. Lo último que quiero que oigas de mis labios es adiós. Y puedes estar segura de que jamás será lo último que te diga.

Me estremecí al imaginar que un día podría recibir una llamada o una visita de… Aparté esos pensamientos de mi cabeza. Eso no era intentar correr un riesgo. No iba a pensar, no podía pensar en la posibilidad de que él no volviera a casa un día.

—Quiero que sepas algo, Roxy. Soy perseverante. Ya lo sabes. No voy a desaparecer de tu vida sin pelear con uñas y dientes. Eso te lo prometo.

Me escocían los ojos, y pensé que lo más seguro era que volviera a echarme a llorar.

Con la cabeza algo despejada, una inmensa parte de mí se dio cuenta entonces de lo absurdo que era mantener alejado a alguien solo porque podrías perderlo algún día. De lo ridículo que era. Pero todavía había algo en mí que quería retirarse y no correr ese riesgo. No podía dejarme vencer por el miedo.

—¿Ahora crees que estoy loca? —pregunté en voz baja.

Soltó una risa, y me gustó cómo ese sonido retumbó bajo mi mejilla.

—Siempre he creído que estás un poco loca, cariño. Eso es lo que me encanta de ti.

Oírselo decir entonces, cuando tenía la cabeza bastante en su sitio, me dejó sin respiración.

—¿Podrías repetir eso?

Me deslizó la mano por la mandíbula y me echó la cabeza hacia atrás. Nuestros ojos se encontraron mientras el pecho se le elevaba al respirar.

—Los vi —soltó.

—¿Qué viste? —pregunté con el ceño fruncido.

Inspiró hondo sin dejar de mirarme.

—Los cuadros —respondió.

Por un instante no pillé adónde quería ir a parar. Ni siquiera cuando me dibujó la curva de la mejilla con el pulgar, ni cuando le asomó una ligera sonrisa a los labios. Entonces caí en la cuenta.

—¿Los cuadros? —Tragué saliva con fuerza y empecé a incorporarme, pero no me lo permitió—. ¿Los cuadros en mi casa? —Cuando asintió con la cabeza, sentí que me ardía la cara como si estuviera a pleno sol un día de verano—. ¿Los que son de…?

—¿De mí? —terminó por mí.

—Ay, Dios. ¿En serio? —Cerré los ojos.

—Sí.

Avergonzada, no sabía qué decir.

—Estaban en mi armario. ¿Por qué miraste en mi armario?

—Porque estaba buscando a un acosador psicópata —contestó.

Abrí los ojos de golpe.

—Pero… ¡hará unas dos semanas de eso! Los viste entonces y no dijiste nada.

Se incorporó, llevándome con él. De algún modo, mi cuerpo acabó entre sus piernas y quedamos cara a cara.

—No dije nada porque me imaginé que reaccionarías así —comentó.

—¿Cómo quieres que reaccione? Me da una vergüenza… Debes de pensar que soy un bicho raro. Una acosadora… Una acosadora pervertida que pinta cuadros de ti sin que tú lo sepas.

—No te considero una acosadora, cariño —replicó con voz seca.

—No me puedo creer que los vieras —solté con una mueca.

Cuando se rio, lo miré con los ojos entrecerrados.

—Si te digo la verdad, no sabía qué sentías realmente por mí hasta que los vi —sentenció.

—Creía que lo sabías —comenté con las cejas arqueadas.

—No, sospechaba que te habías enamorado perdidamente de mí la primera vez que me viste —sonrió satisfecho.

—Por el amor de Dios —murmuré.

—Pero no estuve seguro al cien por cien hasta que vi esos cuadros, en especial ese en el que estoy en la cocina. Lo pintaste después… de que me fuera. —Frunció un poco el ceño mientras sacudía ligeramente la cabeza—. No hay nada de lo que avergonzarse. A mí me parece muy bonito.

Yo seguía pensando que era inquietante.

—Pero ¿sabes qué es lo importante? Lo primero en lo que

pensé cuando los vi fue en el gran talento que tienes. Era como mirarme en el espejo.

Eso sirvió para que me sintiera mejor al respecto.

—Ojalá te concentraras en eso, cariño. Eres buena, de verdad.

Me recosté en él y solté con suavidad el aire. Tenía muchas cosas dándome vueltas en la cabeza en ese momento, y no estaba segura de estar preparada para analizar detenidamente el asunto de la universidad.

—Sacarme un título no puede ser mala idea.

—Tienes razón. —Me acarició el brazo con la mano—. Es algo inteligente. Lo mismo que hacer lo que te encanta, sea lo que sea.

Sonreí mientras reflexionaba sobre ello.

—La verdad es que me encanta trabajar en el Mona's.

—Y como he dicho antes, no hay nada de malo en ello.

Reece tenía razón. Jax era feliz como un mono con un plátano siendo propietario del Mona's y trabajando ahí. Y también Nick. Bueno, eso suponía. Nunca se lo había preguntado y, desde luego, él nunca había dicho nada al respecto.

—¿Te apetece comer algo? —preguntó Reece. Cuando asentí, me dio una palmada en el culo—. Venga, vamos a por unas galletas saladas con queso.

Salí de la cama. Estaba en el pasillo cuando Reece me sujetó por la cintura y me giró hacia él. Tiró de mí hacia su pecho y me rodeó la mejilla con una mano para echarme la cabeza hacia atrás.

—Te quiero, Roxy. —Agachó la cabeza y me besó con ternura. En ese momento comprendí la emoción que había tras esos besos dulces y tiernos. Era esa palabra de cuatro letras. Amor—. Querías oírmelo decir otra vez. Voy a decírtelo tanto que vas a hartarte.

Sonriendo en sus labios, le puse las dos manos en el pecho, inspiré hondo y percibí la tenue fragancia de su colonia.

—No creo que nunca me harte de oírlo.

Los dos días siguientes permanecían borrosos en mi cabeza por otro motivo. Ya no estaba insensible, lo que significaba que, cuando me desperté el viernes por la mañana, volví a echarme a llorar cuando me di cuenta de que ese día no vería a Charlie como había hecho los últimos seis años. Era duro, y la verdad es que no sé lo que habría hecho si Reece no hubiera estado ahí. No solo me había dejado dar rienda suelta a mis lágrimas, sino que, cuando por fin dejé de llorar, no me había tratado como si me pasara algo malo o como si estuviera harto de los arrebatos emocionales.

Se limitó a pedir comida china. Almorzamos tarde y nos pasamos todo el día en el sofá, viendo películas de zombis malísimas. Seguimos así hasta el sábado, día en que tuve otro ataque de llanto. Me sentía muy frustrada conmigo misma por cómo había intentado alejar a Reece de mí y al imaginar cómo Charlie me habría dado una colleja si estuviera ahí y lo supiera. Pero no era lo bastante fuerte para... para soltarlo todo, coño.

Era domingo y yo estaba sentada en la cama mientras Reece, espléndido sin camisa y con los pantalones del pijama, preparaba su uniforme, cuando le comuniqué lo que planeaba hacer al día siguiente.

—Mañana voy a ir a mi piso.

Estaba con la cabeza gacha para terminar de ponerse la placa, pero se detuvo y alzó la mirada, con las cejas oscuras arqueadas, al oírme.

—¿Para qué?

Me acerqué al borde de la cama y miré hacia donde él estaba sentado en el suelo.

—Quiero... No, necesito revisar las cosas que me llevé de... de la habitación de Charlie. Las dejé tal cual en el salón.

Acabó de colocar la placa.

—¿Y si esperas hasta que pueda acompañarte?

Sonreí ligeramente.

—Te agradezco que quieras apoyarme, pero creo que necesito hacerlo sola. —Dicho de otro modo, sabía que me derrumbaría de nuevo, especialmente cuando viera las pinturas y los detalles que había llevado cada vez que visitaba a Charlie. Después del tiempo que me había pasado llorando delante de Reece, no me apetecía que tuviera que volver a pasar por eso. Necesitaba empezar a soltar aquello, y debía intentar hacerlo sola—. Mi casa es segura ahora.

—Bueno, debería serlo. —Dejó la camisa a un lado y empezó a ocuparse del cinturón. Preparar el uniforme era un proceso complicadísimo, por lo que estaba viendo—. Ya sabes que quiero que te quedes conmigo hasta que encontremos a ese tío.

—Lo sé. —Doblé las piernas debajo de mí—. Pero tengo un sistema de seguridad, no va a pasarme nada. Esa fue la razón para instalarlo, ¿no? Además, ¿y si no encuentran nunca a ese tío?

—Puedes quedarte aquí para siempre —respondió.

Le dirigí una mirada cansada.

—Verás, Reece, no… no creo que pudiera hacerlo. Acabamos de empezar a salir y la mayoría de gente…

—Me la suda lo que haga la mayoría. Te quiero. Tú me quieres, a pesar de que todavía no te he oído decirlo. —Extendió el cinturón en el suelo mientras yo arqueaba una ceja—. Así que si queremos vivir juntos ya, vivimos juntos, y a tomar por culo.

—Me gustaría verte explicárselo así, con esa elegancia, a mis padres —solté con labios temblorosos.

—¿Qué crees que piensan tus padres que estamos haciendo ahora que te estás quedando conmigo? —me preguntó mientras se levantaba con rapidez.

—Creen que estamos jugando a cartas y tejiendo mantas.

Soltó una risa mientras ponía las manos a cada lado de mi cuerpo y se inclinaba hacia la cama.

—Saben que follamos como locos cada vez que tenemos ocasión.

—Que no. —Fruncí la nariz—. Creen que estamos haciendo cosas puras y saludables.

—¿Tus padres? —resopló—. Es probable que esperen un nieto el verano que viene.

—Ni de coña. No… —gruñí—. Puede que tengas razón.

Sonriendo, me besó la punta de la nariz y después se separó de mí para poder mirarme directamente a los ojos.

—¿Tienes pensado ir a lo largo del día? —preguntó y, cuando asentí, suspiró—. Por favor, dime que si ves algo sospechoso, saldrás de ahí cagando leches y me llamarás. Estaré trabajando, pero dejaré lo que sea.

Sonreí y me incliné hacia delante para besarle la punta de la nariz.

—Estaré bien. Solo necesito…

—Necesitas privacidad. Lo pillo. En serio.

Eso era muy propio de Reece. Sí, podía ser mandón y exigente, tanto dentro como fuera del dormitorio, pero también era considerado y compasivo. Era decidido, pero su lado más tierno me llegaba a lo más hondo. Me encantaban todas sus facetas, incluso las que a veces podían parecerme irritantes.

Pensé en lo que había dicho sobre cómo se había enfrentado al tiroteo… y cómo seguía haciéndolo. Me dolió el alma.

—¿Estás bien? —pregunté.

—Perfectamente —me aseguró pensativo.

—Ya, pero me refiero a otra cosa. —Inspiré hondo—. Lo del tiroteo… Sabía que te había afectado mucho, pero no hasta qué punto, y, bueno…, solo quiero que sepas que puedes contar conmigo. ¿Vale?

—Lo sé —aseguró con una ligera sonrisa.

—No lo olvides —le pedí en voz baja.

—No lo haré —dijo, y su sonrisa se ensanchó.

Le puse las manos en los bíceps, eliminé la pequeña distancia que nos separaba y le besé los labios entreabiertos. La forma en que succionó el aire entre los dientes despertó el deseo en lo más profundo de mi ser. Lo besé otra vez y me separé lo justo para poder mirarlo de nuevo a los ojos.

Inspiré hondo antes de hablar.

—Te quiero, Reece.

Sus ojos adquirieron un intenso color azul mientras me miraban. Por un instante no dijo nada, no se movió, y ni siquiera estaba segura de si respiraba. Después pasó a la acción y me sujetó por las caderas. Me levantó y me tumbó de espaldas mientras él se situaba sobre mí, de modo que su cuerpo me ocultaba el resto del mundo.

—Ya lo sabía, cariño, pero no hay nada mejor que oírtelo decir.

Intenté repetirlo, pero su boca reclamó la mía con un beso abrasador que me estremeció el cuerpo. A pesar de que no había urgencia alguna como para que nos lanzásemos el uno al otro, lo cierto es que eso es exactamente lo que hicimos. No se trató de una unión lenta ni seductora. Estábamos ansiosos, pero en esa ocasión se debía a que no había nada entre nosotros, ninguna palabra que se hubiera quedado en el tintero, ningún muro y, lo más importante de todo, ningún miedo que nos frenara.

Nos desnudamos a toda prisa, nuestras manos moviéndose con avidez. Reece estaba por todas partes, y lo que sentía por mí, algo de lo que no podía dudar, se manifestaba en cada caricia de su mano y cada roce de sus labios. Fue como si adorara lo que había entre nosotros, y a medida que pasaban los minutos, con cada beso y cada contacto, supe que me merecía tener aquello con él.

Supe que él se lo merecía.

Reece descendió por mi cuerpo y colocó la cabeza entre mis muslos, su boca en mí, su lengua en mí. Dios, ese hombre sabía exactamente qué hacer. Con cada lametón me atraía más hacia él. Cuando sus labios se movieron hacia mi clítoris y me introdujo un dedo hasta encontrar ese punto ultrasensible, la sensación fue demasiado. Me corrí con la cabeza echada hacia atrás y los dedos entrelazados entre los mechones cortos de su pelo. Sus besos y mordiscos se redujeron cuando dejé caer las piernas hacia los lados, desfallecida. Apenas fui consciente de que iba hacia la mesita de noche, pero el ruido del envoltorio al rasgarse me hizo abrir los ojos. Observé, con los párpados medio cerrados, cómo se ponía el condón, se situaba encima de mí y, tras rodearme la mandíbula con una mano, me penetraba con un empujón rápido y fuerte. Su boca acalló mi grito, y noté mi sabor en él, una mezcla embriagadora. Le rodeé la cintura con las piernas para disfrutar de cada acometida profunda y poderosa.

Reece levantó la cabeza con los labios relucientes y las mejillas sonrojadas. Antes de que pudiera decir nada, repetí «Te quiero» una y otra vez, hasta que su control se hizo añicos y su ritmo se volvió errático, hasta que eché los brazos hacia atrás y puse las palmas de las manos en el cabecero para sujetarme mientras él me embestía, golpeando cada nervio y haciendo que el placer me recorriera todo el cuerpo. Volví a correrme, deshaciéndome en un millón de pedazos de éxtasis, pero esa vez él me acompañó, con la cabeza echada hacia atrás y diciendo mi nombre estrangulado en un gruñido gutural al llegar al clímax.

Se dejó caer al terminar, respirando de forma irregular.

—No puedo moverme —murmuró con la cara hundida en mi cuello.

—No pasa nada.

—Voy a aplastarte.

—Tampoco pasa nada.

—No me gusta la idea de una Roxy plana y chafada —soltó con una risa.

—Ya soy bastante plana. —Sonreí.

—Eres más que perfecta. —Rodó para separarse de mí hasta quedar boca arriba—. Joder, cariño.

Abrí los ojos y volví la cabeza hacia él. Se había tapado los ojos con un brazo y tenía la otra mano en mi muslo, como si no pudiera soportar la idea de que no estuviéramos conectados. Bueno, tal vez eso último fuera solo una fantasía romántica inducida por el orgasmo, pero me daba igual.

—¿Sabes qué? —pregunté suspirando mientras ponía la mano sobre la suya. Me aturdí un poco cuando volvió al instante la palma hacia arriba y entrelazó sus dedos con los míos—. Me gustaría pintarte.

—¿Y que yo lo sepa? —bromeó.

—Y que estés desnudo —añadí.

Movió el brazo y acercó su cabeza a la mía.

—Estoy muy a favor de eso —aseguró con una sonrisa en los labios.

Una hora después de que Reece se fuera a trabajar, salí hacia mi casa. Me resultó raro aparcar delante de mi piso y entrar en él. No porque tuviera que darle a una tecla en mi nuevo llavero para desconectar la alarma y después volverlo a presionar para conectarla de nuevo una vez estuviera dentro, ni porque me asustara estar en mi casa después de que la hubieran allanado.

Ni siquiera estaba pensando en mi amigo el Acosador del Barrio.

No. Era por las cajas que había junto al sofá. Era por los cuadros que sabía que contenían. Era por el recordatorio de que Charlie ya no estaba.

Dejé las llaves en la mesita auxiliar y me acerqué arrastrando los pies hacia las cajas con un nudo en la garganta. Una enorme parte de mí quería darse la vuelta, correr hasta la casa de Reece y esconderse bajo las sábanas, pero tenía que enfrentarme a aquello.

Aunque con ello no estuviera avanzando. Aunque pasar página fuera a ser más complicado.

Me pasé las manos por los lados de mi camiseta, que rezaba SOY UN COPO DE NIEVE ESPECIAL, y saqué el primer lienzo como si estuviera metiendo la mano en una caja llena de serpientes venenosas.

Por supuesto, era un cuadro que había pintado de Charlie y de mí sentados juntos en un banco, de espaldas, y con los árboles llenos de hojas doradas y rojas.

Empecé a desmoronarme, y mis manos temblorosas agitaron el lienzo. Lo que había pasado no era justo, pero había pasado y no podía hacer nada para cambiarlo.

Seguía llorando cuando arrastré la caja hasta el sofá y me senté en él. Cada imagen reflejaba un momento con Charlie o el estado mental en el que yo estaba al pintar. Era raro contemplar todos nuestros preciosos paisajes y recuerdos, y darme cuenta de que, a pesar de que me aferraba a muchas cosas negativas, siempre había en ellos atisbos de esperanza. Como la forma en que yo veía a Charlie, algo que no cambió tras el incidente. Seguía siendo la persona más hermosa por dentro y por fuera que conocía.

Fue muy duro ver los cuadros, pero aun fue peor cuando, después de dejarlos en mi estudio y regresar a la caja, saqué todos los marcos de fotos.

No quería desprenderme nunca de Charlie. No tenía por qué hacerlo. Solo tenía que llegar a un punto en el que pensar en él me hiciera feliz.

Pero necesitaba… Dios, de lo que sí necesitaba desprenderme era de esa desagradable bola de odio, tristeza y frustración que llevaba tanto tiempo enquistada en mi interior. En lugar de aprender de lo que le había pasado a Charlie y vivir mi vida a tope, me había guardado todos aquellos sentimientos negativos. Se había convertido en un tumor podrido que corrompía todo lo que tocaba, una infección que había que erradicar.

Coloqué una de las fotos enmarcadas en la mesa que estaba cerca del lugar que solía ocupar mi caballete y eché un vistazo a la puerta abierta del salón. Antes de pensar en lo que estaba haciendo, saqué el móvil y me dirigí hacia mi cuarto. Me detuve delante de la puerta de mi armario.

Pensé en lo que Reece me había dicho hacía días, cuando me contó lo duro que era superar todo lo relacionado con el tiroteo. Sabía, por lo que me había contado la noche del funeral, que se seguía esforzando por dejarlo atrás, pero que todavía lo estaba intentando.

Sabía lo que tenía que hacer para comenzar de verdad el proceso de liberarme de todo aquello, y sería una de las cosas más duras que hubiera hecho nunca.

Abrí la puerta del armario, me arrodillé, dejé el móvil a mi lado y empecé a revolver entre la ropa que acostumbraba a tirar sin más en lugar de doblarla, como hacía Reece. Encontré unos pantalones, los dejé a un lado, y sonreía al pensar que si Reece y yo dábamos el paso de irnos a vivir juntos, tendría mi doblador de ropa personal.

Sería fantástico.

Me llevó unos minutos encontrar los vaqueros que estaba buscando. Tuve que apartar hacia los lados todas las camisetas que colgaban de las perchas para dejar espacio hasta el fondo del armario antes de localizar los que llevaba la noche que Henry había ido al Mona's. Los recogí, preguntándome cómo diablos habrían llegado hasta tan atrás.

Me senté en el suelo y hurgué en el bolsillo. Mis dedos encontraron enseguida la tarjeta de visita. La saqué, y un aire frío me acarició la mano. Con el ceño fruncido levanté la mirada hacia el armario. No entendía de dónde venía aquella corriente.

Volví a fijar los ojos en la tarjeta. Sacudí la cabeza, sin acabarme de creer que tuviera una. ¿En serio? En plan, «Hola, he salido del trullo. ¡Ten mi tarjeta!». Sin embargo no era de ningún concesionario como el que, si no recordaba mal, llevaba su padre cuando estábamos en el instituto.

«Dudo que quisiera hacerle daño a Charlie».

Las palabras de Reece rondaban mis pensamientos, y por primera vez en una eternidad, pensé en las vistas de Henry para la condicional, en el juicio y en todo desde aquella noche hasta ahora. Me mataba admitirlo, pero lo cierto era que Henry no intentó excusar lo que hizo ni una vez. Ni una sola vez dejó de mostrar arrepentimiento, y no del que se tiene cuando simplemente te pillan haciendo algo malo. Recordaba haberlo visto llorar en el juicio. No cuando se dictó el veredicto de culpabilidad o se le impuso la pena, sino cuando yo subí al estrado y relaté los hechos.

Henry solo había llorado en aquel momento.

Entonces yo lo había odiado mucho por eso. No quería ver sus lágrimas, ni siquiera podía entender cómo era capaz de derramarlas cuando había sido él quien había agredido a Charlie. Pero ahora sabía que se trataba de algo más. Durante todo el proceso, yo no había dejado de culparme a mí misma, y me había hartado de llorar. Cuando pensaba en Henry, siempre recordaba el papel que había tenido yo en lo que sucedió.

Cerré los ojos un instante y traté de imaginar la reacción de Charlie a lo que estaba pensando hacer. ¿Le disgustaría? ¿O se volvería hacia mí y me diría «por fin»? Solté un suspiro entrecortado. Tenía un nudo en la garganta. Cuando volví a abrir los ojos, me escocían.

Luego marqué el número de la tarjeta.

El estómago me dio un vuelco y pensé en lanzarme sobre el montón de ropa mientras el teléfono sonaba una, dos y hasta cinco veces antes de que saltara el buzón de voz. No dejé ningún mensaje porque, a ver, ¿qué iba a decir? Ni siquiera sabía qué le diría si contestaba. Al levantarme noté de nuevo el aire frío, esa vez con más fuerza e insistencia, como si una fuerte corriente saliera del armario.

Era rarísimo.

Dejé el móvil en el suelo y avancé de rodillas, apartando las prendas colgadas para examinar el armario. El aire no podía proceder del exterior, porque el armario terminaba donde antes había unos peldaños para ir al piso de arriba. ¿Podría proceder de la abertura de la puerta principal? Alargué el brazo para apoyar la mano en la pared. La superficie estaba fría, como era de esperar, pero no parecía... sólida. No como el resto del armario. Era casi como madera falsa, de la que estaban hechos los estantes baratos y que se deshacía si se mojaba. Al examinarla con más detenimiento distinguí una grieta, una separación entre la clase de madera que fuera y la pared en sí. Recorría prácticamente toda la longitud del fondo, con unos sesenta centímetros de ancho y metro y medio de altura.

Lo que seguramente explicaba por qué había corriente de aire.

Empujé esa parte de la pared y solté un grito ahogado al notar que se movía y daba acceso a un espacio situado detrás sin apenas esfuerzo.

—Hostia —murmuré, pensando en las puertas ocultas y los pasadizos secretos que habían mencionado los Silver cuando me mudé, aunque no los había creído. O, por lo menos, imaginé que a esas alturas estarían cerrados.

Me pudo la curiosidad. Y también la necesidad absurda de una distracción. La pared se había desplazado lo suficiente como para que alguien pudiera colarse por el hueco, simplemente agachándose y poniéndose de lado. Lo hice y accedí a un espacio oscuro que olía a humedad y que solo contaba con la iluminación de la luz que le llegaba de mi cuarto.

Casi podía ponerme de pie. Reece apenas podría estar agachado ahí. El aire estaba lleno de polvo, e intenté no respirar demasiado hondo. Me dio la impresión de estar debajo de las escaleras.

Madre mía.

Me recordó totalmente a aquella vieja película, *El sótano del miedo*. Me estremecí. Espeluznante. Me desplacé despacio hacia la izquierda y me di cuenta de que había un tramo de escaleras dentro del reducido espacio. Puse una mano a cada lado de la pared y subí con cuidado los peldaños. Resultaron ser escarpados y angostos. No me imaginé a nadie subiendo y bajando por ellos sin partirse la crisma a no ser que los conociera bien.

En lo alto de la escalera había otra puerta oculta como la de mi armario, de las mismas dimensiones. Presioné el panel, que se abrió sin el menor ruido.

Estaba en otro armario, pero no en uno normal en absoluto. No había ninguna prenda de vestir, ninguna percha, ni tampoco puertas. No había nada que me impidiera ver la habitación. Estupefacta, como en trance, avancé.

La luz del día entraba por una gran ventana salediza y unas motas de polvo danzaban en los rayos. El cuarto debería estar caldeado, pero yo estaba helada hasta los huesos al salir del armario. Entrecerré los ojos tras las gafas.

Dios mío.

Se me cayó el alma a los pies mientras recorría las paredes con la mirada. No había ni un centímetro cuadrado de pintura a la vista. Había colgadas fotos por todas partes, unas pegadas con cinta adhesiva, otras con chinchetas.

No podía ser verdad.

Cubrían las paredes fotografías de mujeres que no había visto nunca antes, saliendo del trabajo, delante de sus casas y otras cosas normales y cotidianas, pero algunas, madre mía, eran primeros planos de muñecas y de tobillos atados, pero eso…

Desvié la mirada hacia la pared de la izquierda y volví a dirigirla rápidamente al lugar anterior. Me volví, tapándome la boca con la mano.

Había fotos de mí.

Fotos de mí dentro de mi piso, de mí durmiendo en el sofá y en la cama. Había fotos de mí cruzando mi dormitorio llevando puesta tan solo una toalla, y también fotos en las que no llevaba nada en absoluto. Fotos de mí en pelotas, desde casi todos los putos ángulos que una persona podría imaginar. Había mogollón, y en algunas de ellas no estaba sola.

Había fotos de Reece y de mí.

Acurrucados juntos en el sofá. De él sentado en mi cama y de mí de pie delante de él. Fotos de los dos besándonos. Y fotos... fotos de nosotros haciendo el amor.

El horror me clavó sus garras mientras las contemplaba. No me llegaba aire suficiente a los pulmones. En el fondo sabía que tenía que salir de ahí cagando leches. Tenía que llamar a la policía, pero cuando di un paso atrás, fue como si pisara arenas movedizas.

Las tablas del suelo crujieron, y el ruido retumbó por la habitación como un trueno.

Se me pusieron los pelos de punta. Se me heló la sangre en las venas.

—Ojalá no hubieras visto esto.

25

El terror se apoderó de mí al oír su voz. Darme cuenta de que no estaba sola me dejó aturdida un instante. Las fotos de la pared se volvieron borrosas cuando me di la vuelta.

Estaba en la puerta del cuarto, con el pelo rubio alborotado, como si se hubiera pasado los dedos por él varias veces. Esos ojos penetrantes y oscuros parecían atentos a todo. Los brazos le colgaban a los costados, pero abría y cerraba las manos agarrando el aire una y otra vez.

Kip. Era Kip.

Era él quien se había estado colando en mi casa, y era obvio que había ido mucho más allá. Las fotos de las otras mujeres...

Kip ladeó la cabeza como si pudiera leerme el pensamiento.

—No tendrías que haber visto esto. No puedes entenderlo.

Con el miedo atenazándome la garganta, mi voz sonó ronca al hablar:

—¿Qué hay que entender?

Levantó un hombro al echar un vistazo al armario.

—Debería haberme asegurado de que no pudieras encontrar el camino hasta aquí, pero la verdad es que no creía que lo descubrieras. —Dio un paso hacia adelante y hacia un lado para situarse entre el armario y la puerta. Los músculos se me agarrotaron—. A ver, no lo habías descubierto en todo este tiempo. Me imaginaba que no serías lo suficientemente lista.

Cualquier otro día me habría ofendido no ser «lo suficientemente lista», pero entonces, la verdad, me la sudaba lo que pensara sobre mi nivel de inteligencia. Tenía que largarme de allí. Mi mirada frenética se dirigió hacia la puerta. Había estado antes en el piso de James y Miriam, y si la distribución se parecía a la suya, sabía que ese cuarto daba a un pasillo que conducía hasta la puerta.

—Sé lo que estás pensando —dijo en voz baja.

—¿Que eres un monstruo? —solté, mirándolo intensamente.

—Y tú eres una puta. —Escupió esas palabras con los ojos entrecerrados. Retrocedí y vi que un músculo le palpitaba en la mandíbula—. Eres como todas las demás, como Shelly.

—¿Shelly? —susurré.

—Me mantuvo años relegado a una relación de amistad, pero yo la quería. La quería, Roxy. —Sus ojos oscuros centellearon—. Pero ella se abría de piernas para cualquier tío que se cruzara en su camino y yo no era lo bastante bueno para ella, supongo. —Soltó una carcajada breve y áspera—. Al final le enseñé lo bueno que era.

Cuando caí en la cuenta de que Shelly era la chica que había desaparecido a principios de verano, me temblaron las piernas. No creía que eso bueno a lo que se refería tuviera nada que ver con algo de lo que yo quisiera formar parte.

Pensé en las demás mujeres, las de las fotos de esas paredes.

—¿Les… Les hiciste daño por lo de Shelly?

Sus labios esbozaron una sonrisa burlona.

—No creo haberles hecho daño.

Ese tío estaba loco, como una cabra. Abrí la boca, pero entonces oí lo que me pareció una cuerda de salvamento. El timbre distante de mi móvil. Me lo había dejado en el armario. No tenía ni idea de quién podría estarme llamando, pero recé para que fuera Reece, porque supuse que vendría a ver cómo estaba si no contestaba. Él conocía la contraseña del sistema de seguridad y tenía una llave.

Kip no se enteró de que sonaba mi móvil. Me observaba como si fuera un insecto a través de un microscopio.

—Te mandé flores.

—¿Qué? —pregunté, parpadeando.

—Yo te mandé las flores —repitió, dando despacio otro paso medido hacia delante—. Te las mandé después de oírte hablar con tu madre —prosiguió, lo que me provocó un estremecimiento de repugnancia—. Te decía que las cosas mejorarían.

Ese tío estaba muy mal.

—No las trajiste a casa. Eso me disgustó. —Se encogió de hombros de nuevo y alargó la mano para recorrer una foto con los dedos—. Quería que supieras que estaba aquí contigo. —Esbozó una sonrisa auténtica que, de algún modo, fue más espeluznante que todo lo demás—. Me encantaba que pensaras que tu casa estaba encantada. Era adorable.

Posó sus ojos oscuros en los míos. Eran insondables, de lo más aterradores. Oí que el móvil sonaba otra vez en el piso de abajo. Bajó el brazo mientras el corazón me latía con fuerza. Abrió y cerró la mano.

—Nunca pude hacer eso con las demás. Solo con Shelly. Sabía dónde guardaba la llave de repuesto.

Me temblaban tanto los brazos que opté por rodearme con ellos la cintura mientras daba un paso de costado para acercarme a la puerta. Tenía que lograr que siguiera hablando. Eso lo sabía.

—Me cabreaste a tope cuando lo trajiste a casa —comentó—. Creía que tú eras distinta. Que eras diferente a las demás... Artística, divertida.

—Me destrozaste el piso.

—Por supuesto. ¿Cómo iba, si no, a lograr que volvieras aquí? —Inclinó de nuevo la cabeza—. A veces te observaba en el

Mona's. Estaba ahí y tú no tenías ni idea. Igual que no tenías ni idea cuando me tumbaba a tu lado.

Se me hizo un nudo en el estómago del asco y del espanto. No quería darle vueltas a la idea, ni siquiera podía permitirme pensar en ello.

—¿Qué... Qué vas a hacer?

—Es una pregunta muy repetitiva —respondió, y la sonrisa se desvaneció de su rostro—. No sé qué voy a hacer. No había planeado esto. Tú no tenías que subir aquí. Se suponía que yo me reuniría contigo en el momento adecuado.

¿En el momento adecuado? Madre mía, estaba mirando a la cara a alguien a quien le faltaba un tornillo de verdad. Oí que el móvil sonaba de nuevo, y esa vez Kip entrecerró los ojos. Volvió a cerrar las manos, y yo pasé a la acción. Salí disparada hacia la puerta mientras las chanclas me resbalaban en el suelo de madera. Tenía el estómago en la boca, y en lo único en lo que podía pensar era en alcanzar esa puerta, en salir de allí.

No llegué demasiado lejos.

Me placó desde detrás y me pegué un buen trompazo. Mis gafas salieron volando, golpeé el suelo con las rodillas y me abrasé las palmas de las manos en las duras tablas de madera. Sentí una punzada de dolor, pero no dejé que me doblegara. Me doblé y me retorcí para intentar zafarme de los brazos que me rodeaban con fuerza la cintura.

Kip gruñó mientras me daba la vuelta. Cuando estuve boca arriba, me balanceé para intentar zafarme. Con los mofletes sonrojados, él se movió para presionarme el abdomen con la rodilla con la fuerza suficiente como para vaciarme los pulmones de aire.

—Para ya —me ordenó, apretando aún más cuando volví a balancearme. Esa vez no fue lo bastante rápido. Le di un puñetazo en la mandíbula, atizándole como me habían enseñado mis hermanos. Fuerte y rápido. Noté un dolor sordo en los nudillos, pero insistí, gritando lo más fuerte que pude.

—Grita todo lo que quieras, Roxy. —Me atrapó la mano y me la bajó de golpe, sujetándomela contra el suelo con una fuerza brutal—. James y su chica no están en casa, y ya sabes que los Silver no oyen una mierda.

Eso no me impidió gritar.

Tiró de mí hacia arriba por un brazo y me golpeó contra el suelo. Mi cabeza chocó con fuerza, y durante un segundo unas lucecitas centelleantes salpicaron mi campo de visión. Aturdida, el dolor me recorrió un lado de la cabeza y me bajó por el cuello.

Sentí un miedo creciente, insidioso como un humo denso y asfixiante, pero también una furia que era mucho más fuerte. Eso no iba a pasar. No después de todo. Yo no era idiota. Resultaba obvio que las demás mujeres no habían podido identificarlo, y Shelly... me daba que la pobre chica ya no estaba en este mundo. Sabía que mis probabilidades de salir de ahí con vida eran escasas. No pensaba acabar así. Ni de coña.

Lucharía.

Giré las caderas y logré golpearle en el costado. Una vez su peso dejó de presionarme el abdomen, no titubeé. Me puse de rodillas y gateé para distanciarme de él.

—¡Socorro! —grité hasta que me dolió la garganta—. ¡Socorro!

Kip me agarró por el tobillo y tiró de mí con tanta fuerza que el dolor que me subió por la pierna me hizo chillar. No paré. Avancé por el suelo a gatas hacia la puerta del cuarto.

—No sé dónde te crees que vas —gruñó mientras me ponía una mano en la parte superior de la pierna y tiraba de mí.

Caí de bruces y golpeé el suelo con la barbilla. Las paredes giraron a mi alrededor cuando volvió a ponerme boca arriba. Esa vez situó su cuerpo sobre el mío, y el peso, grande y avasallador, aterrador y repulsivo, hizo que se me fuera la pinza. Le clavé las uñas en la cara, gritando mientras se las hundía en la mejilla. Le hice una señal rosada que le dejó un reguero de sangre cuando bajé la mano.

Echó la cabeza atrás, bramando a la vez que levantaba el brazo. Ni siquiera vi su puño. Sentí un intensísimo dolor en la mejilla y el ojo. Una sensación ardiente me dejó sin aliento al explotarme el dolor en la boca. Noté el sabor de algo metálico. Aturdida, tardé un segundo en darme cuenta de que me había golpeado una segunda vez. Una segunda vez. Ningún hombre me había golpeado jamás en toda mi vida. Sin contar a mis hermanos cuando éramos más pequeños, con ellos nos peleábamos mucho.

Abrí los ojos, o un ojo. El izquierdo no parecía querer responder. Vi que volvía a levantar el puño y, angustiada, subí la pierna todo lo que pude. Él previó el movimiento y se movió de modo que mi rodilla le golpeó en la parte interior del muslo.

Maldijo en voz baja, me rodeó la garganta con la mano y apretó con tanta fuerza que no me di cuenta de que había inspirado por última vez hasta que fue demasiado tarde.

—Para ser tan pequeña, hay que ver lo que...

—¡Roxy!

La esperanza me infundió vida al oír la voz de Reece llegar desde mi piso. Estaba ahí... Dios mío, estaba ahí. No me lo podía creer. Abrí la boca para avisarlo con un grito, pero Kip me la tapó con la mano para sofocarlo. Ejercía una fuerza tan brutal que me aplastaba los labios contra los dientes. Se movió muy deprisa y alargó la mano hacia detrás de la espalda. Vi algo reluciente y sentí el frío del metal en la base de mi garganta.

Tenía un cuchillo.

—Si dices una sola palabra, te haré una clase distinta de sonrisa —susurró—. ¿Me entiendes?

Sentí una presión en el pecho al mirar sus ojos fríos y penetrantes. No podía asentir, pero él pareció ver la compresión reflejada en mi cara.

—Arriba —ordenó.

Cuando Kip me puso de pie, oí a Reece ahí abajo, gritando

otra vez mi nombre. Parecía más cerca, como si estuviera delante del armario. El corazón me latía con fuerza mientras Kip me empujaba hacia la puerta del cuarto sin apartar el cuchillo en la garganta. Reece era listo. Vería la puerta abierta dentro del armario, la escalera y vendría a buscarme. Seguro que Kip también se había dado cuenta de ello.

Maldijo de nuevo mientras se volvía, de modo que quedé de cara a la puerta del armario. Unos pasos fuertes retumbaron por el piso, al ritmo de mi corazón acelerado. Ya casi habíamos salido de la habitación cuando Reece salió como una exhalación del armario, empuñando el arma, que apuntó directamente hacia donde estábamos.

El tiempo pareció detenerse.

El terror se debatió con la esperanza en mi interior cuando mis ojos se encontraron un instante con los de Reece. Por un brevísimo instante vi lo que sintió al verme. Se reflejó en esos bonitos ojos suyos del color del mar. Pánico. Miedo. Una rabia que yo sabía que podía ser mortífera, que prometía represalias. Fui incapaz de imaginar lo que estaría pensando cuando cruzó esa puerta y vio lo que pasaba. No tenía ni idea de cómo había empezado el día despertándome con la decisión y la determinación de seguir adelante con mi vida para terminar como estaba.

Para entonces ya debería saber que no podía planearse nada en esta vida. Mi vida… nuestras vidas iban a desviarse de su rumbo una vez más.

Kip me quitó la mano de la boca y me rodeó la cintura con un brazo mientras mantenía el cuchillo en mi garganta.

En una fracción de segundo, Reece apretó la mandíbula y frunció los labios. Todos sus rasgos perdieron su expresión.

—Lo siento —susurré. Mis palabras sonaron un poco cursis.

Los ojos de Reece eran como pedacitos de diamantes azules.

—Nada de esto es culpa tuya, cariño.

Ya lo sabía, pero no quería que Reece viera nada de eso, y no quería que sufriera ningún daño. Esas eran las dos últimas cosas que yo quería.

—Tienes razón —espetó Kip—. Si alguien tiene la culpa aquí, ese eres tú. Ella estaba bien antes de que tú llegaras. Tú la convertiste en una guarra.

Ese tío estaba zumbado.

—Vas a lograr que quiera meterte una bala entre los ojos —replicó Reece con la voz cargada de una rabia apenas controlada.

—¿Y de verdad quieres que acabe esto?

Reece tensó la mandíbula.

—Tío, yo solo quiero que pienses en…

—No te acerques más. —Kip presionó el cuchillo en mi piel. Grité, y un fino hilo de líquido cálido me bajó por el cuello mientras él se movía hacia un lado, arrastrándome con él—. ¡Juro por Dios que me la cargo!

—No me estoy acercando. —Reece lo siguió apuntando con el arma—. Pero quiero saber qué estás pensando. Cómo planeas que acabe esta situación.

—¿Crees que importa algo? —Dio otro paso de lado. Reece no se movió, pero imitó sus movimientos hasta que intercambiamos nuestras posiciones. Ahora nosotros estábamos de espaldas al armario—. No hay ninguna salida. No soy idiota, coño. Sé lo que hay que hacer.

El pulso se me disparó mientras los dedos de Kip se tensaban alrededor del mango del cuchillo. Mis pensamientos se dirigieron rápidamente hacia lugares aterradores, uno en el que acababa degollada y Kip se iba de rositas tras todo lo que había hecho, suicidándose, usando para ello a un agente de policía. Kip sabía que estaba acabado. No creía que fuera a dejar el cuchillo y rendirse.

Vi cómo la mirada de Reece se desviaba hacia la izquierda, justo detrás de nosotros, solo una fracción de segundo, pero podría habérmelo imaginado, porque mi visión no era la mejor del mundo sin mis gafas y con un solo ojo abierto.

—Podemos hablar de esto —ofreció Reece, bajando el arma—. Tú y yo. Podemos discutirlo con calma. Suelta a Roxy, y estaremos solo tú y yo.

Noté que Kip sacudía la cabeza detrás de mí e inspiré superficialmente. Lo más probable era que cualquier movimiento provocara que el cuchillo me rajara la piel, pero no podía quedarme allí plantada sin hacer nada. La cabeza me daba vueltas. ¿Qué podía hacer que no fuera un auténtico suicidio?

Si esos iban a ser mis últimos minutos en la tierra, deseaba poder besar a Reece una vez más, sentir sus manos en mí.

Me tembló la voz al hablar:

—Reece, yo... te quiero.

—Vas a decirme eso muchas veces en el futuro, ¿sabes, cariño? —No me miraba, porque tenía los ojos puestos en Kip—. Pero él y yo vamos a hablar de esto. Él va a soltarte, y nosotros vamos a charlar sobre esto.

—¿Crees que voy a soltarla? ¿Que hay algo que decir? —respondió Kip. Luego se le quebró la voz—. Esto es...

Se oyó un ruido sordo, espeluznante, que nos sacudió a Kip y a mí. El cuchillo se le resbaló, deslizándose por mi piel, y Kip me soltó. Aturdida, me tambaleé hacia delante mientras él caía al suelo detrás de mí.

Un segundo después estaba en los brazos de Reece, que me decía algo mientras me apartaba el pelo hacia atrás y me presionaba con cuidado el cuello con la mano. Me giré para ver qué había pasado, porque no había oído ningún disparo. No había visto a Reece apretar el gatillo. No lo pillaba.

Pero entonces lo hice.

Henry... Henry Williams estaba detrás del cuerpo desplomado en el suelo.

26

Me pasé distraída un dedo por el labio inferior mientras miraba por la ventana que estaba al otro lado de la cama de Reece. La hinchazón había disminuido, pero el corte justo en el centro seguía ahí, y el interior de la boca me seguía doliendo, sobre todo si no iba con cuidado y comía algo con los bordes irregulares. No podía dejar de toqueteármelo. Como cuando tuve la varicela de niña y no podía dejar de rascarme. Mi dominio sobre mí misma no había mejorado.

No sabía qué hora era. Llevaba un rato despierta. Suponía que era de madrugada, porque no podía distinguir los números del reloj de la mesita de noche. Tendría que comprarme unas gafas nuevas en algún momento. No me di cuenta en su momento, pero se habían roto al chocar contra el suelo en... en ese piso.

Hacía cuatro días que había encontrado la puerta oculta en mi armario. Cuatro días desde que había ido a parar a una habitación que me recordaba a algo salido de una pesadilla. Cuatro días de dolor de estómago y en la cara, un lastimoso recuerdo de lo cerca que había estado de no salir con vida de esa habitación. Cuatro días llenos de mucha introspección.

Imaginaba que eso era lo que tenía una experiencia cercana

a la muerte a manos de un futuro asesino en serie. Te llevaba a replantearte muchas de tus decisiones y de tus planes.

Al final resultó que Henry había intentado devolverme la llamada después de recibir la mía. Como no le respondí, había llamado a Reece y, al enterarse de que estaba en mi piso, decidió acercarse, porque, al parecer, no quería dejar pasar la ocasión de hablar conmigo; no tenía ni idea de en lo que se estaba metiendo. Cuando Henry había llamado a Reece para decirle que yo no le había contestado tras intentar ponerse en contacto conmigo, Reece también intentó llamarme. Sabía que le habría contestado con todo lo que estaba pasando. El instinto lo había llevado hasta mi casa, y cuando Henry se presentó y vio que la puerta principal no estaba cerrada con llave, cogió una palanca y se abrió paso hasta mi dormitorio, donde había oído a Reece hablando con Kip.

El resto era historia.

Es gracioso cómo una decisión, la elección de pasar página, había sido literalmente lo que me había salvado la vida.

En más sentidos que el obvio, tal como empezaba a comprender.

Kip había sido trasladado al hospital por una lesión de poca importancia en la cabeza y, una vez dado de alta, llevado detenido a la cárcel del condado. Allí era donde estaba ahora. Sabía que no había confesado nada, pero gracias a lo que me había contado a mí y a todas esas fotos horribles que tenía en la pared, había pruebas suficientes para acusarlo de múltiples agresiones. Además, Colton me había explicado que era muy probable que acusaran a Kip de la desaparición de Shelly Winters, a pesar de que no se había recuperado su cuerpo. También supe que había muchas posibilidades de que el fiscal del distrito intentara llegar a algún tipo de acuerdo si conseguía que Kip les dijera dónde estaba Shelly.

Unas semanas atrás, aquello me habría enfurecido. ¿Cómo era posible que alguien como él tuviera la posibilidad de recibir una sentencia más favorable, como la cadena perpetua en lugar de la inyección letal, cuando había hecho cosas tan terribles? Era obvio que había asesinado a alguien y que había aterrorizado a mujeres inocentes, me había asustado y había violado todas las definiciones de privacidad en mi caso, por lo que merecía la pena capital.

Pero la familia de Shelly también merecía cerrar el duelo, y ella merecía ser encontrada y descansar junto a sus seres queridos. Y yo ya estaba harta de aferrarme a tanto odio. Durante los últimos seis años había permitido que el odio y la culpa determinaran mi vida de muchas más formas de las que me había llegado a percatar. No tenía nada en contra de quienes exigían la pena capital, pero yo solo quería seguir adelante. Mirar hacia el futuro, donde una parte de mí no estaba atrapada odiando a alguien. Quería que Kip pagara por sus crímenes, pero no iba a interponerme si eso significaba que podían encontrar a aquella pobre chica.

De modo que sí, había estado pensando mucho sobre muchas cosas los últimos cuatro días. La universidad. La pintura. El bar. Reece. Henry. Charlie. Por cursi que sonara, era como despertarme por fin y tener una segunda oportunidad.

La cama se movió y un cuerpo impresionante se enroscó a mi alrededor. Sentí un tórax cálido y desnudo contra mi espalda y unas piernas presionadas contra la parte posterior de las mías. Un brazo situado cuidadosamente alrededor de mi cintura.

Una segunda oportunidad en lo referente a muchas cosas.

—Deja de toquetearte el labio —me ordenó Reece, con la voz pastosa de sueño. Me puso la mano abierta en la parte inferior del abdomen.

—No me lo estoy toqueteando —aseguré tras dejar de mover el dedo.

Soltó una risita suave, que me acarició el pelo alrededor del cuello.

—Ya te vale. ¿Llevas mucho rato despierta?

Bajé la mano para ponerla sobre la suya. Su mano era mucho más grande que la mía.

—Un par de horas, creo.

No dijo nada durante un buen rato.

—Habla conmigo, cariño.

Pasé mis dedos entre los suyos para tomarlo de la mano. Reece había sido fantástico esos últimos cuatro días. Se había quedado conmigo mientras me hacían un reconocimiento en el hospital. Había tranquilizado a mis padres y hermanos cuando llegaron. Había estado ahí para mí cuando por fin me derrumbé y tuve una pequeña crisis mental la noche después del ataque. Me había distraído cuando cerraba los ojos y veía esas fotos de mí… de nosotros…, que eran espeluznantes y no se parecían en nada a los retratos que yo había pintado de Reece. Madre mía, nada en absoluto. Él había sido mi balsa en un mar revuelto, pero yo sabía que tampoco había sido fácil para él. Nada de eso lo había sido.

Me puse boca arriba y volví la cabeza para mirarlo a los ojos.

—Estoy bien, de verdad. Solo he estado pensando. —Alargué la mano libre y se la puse en la mejilla. Su barba incipiente me acariciaba la palma—. ¿Y tú?

—Acabo de despertarme.

Habría puesto los ojos en blanco si no tuviera todavía chungo el ojo derecho. Lo tenía moradísimo.

—No me refería a eso.

Me sostuvo un momento la mirada y cerró los ojos. Noté cómo su mandíbula se tensaba bajo mi palma y la preocupación creció en mi interior. Lo cierto era que en esos cuatro días no había hablado de él. Había estado puesto el canal Roxy las veinticuatro horas.

Estaba a punto de colocarme a horcajadas sobre él para obligarlo a hablar cuando, por fin, lo hizo:

—Ayer vi a ese cabronazo.

No me hizo falta imaginar a quién se refería.

—¿Fuiste a la cárcel? —Reece tenía que trabajar, ya se había tomado días libres cuando Charlie murió.

—Tuve que llevar a alguien y él estaba en una de las celdas.

—Abrió los ojos, cuyo azul lucía intenso y borrascoso—. Quería entrar en la celda y darle una puta paliza. Casi lo hice. Estaba delante del todo en la celda, con la mirada clavada en mí, y yo iba a ir a por él, dispuesto a sujetarlo a través de los barrotes y darle su merecido, pero uno de los comandantes debió de darse cuenta de lo que pensaba hacer y se interpuso.

—Debo decir que me alegra oír eso. —Le pasé el pulgar por la curva de su marcado pómulo—. Sería una putada que acabaras en la cárcel.

—Sí, sería problemático, pero joder, cariño, por un instante me valieron la pena las consecuencias a las que pudiera enfrentarme. —Me recorrió la cara con la mirada—. Porque, cuando te miro ahora, recuerdo lo que ese hijo de puta te hizo, lo que quería hacerte.

—Reece... —Me costaba respirar.

—Sé que estás todo lo bien que se puede estar. Y sé que vas a estarlo al cien por cien, porque eres fuerte, Roxy. Lo sé, pero pienso en lo que él había estado haciendo. El hecho de que estaba ahí cuando tú y yo estábamos juntos. —La furia impregnaba sus palabras y les confería un cariz amargo—. Estaba ahí cuando tú estabas sola. Ese puto cabrón estuvo cerca de ti. Te tocó. Va a costarme algo de tiempo superar el punto en el que quiero molerlo a palos.

Escudriñé sus ojos, temiendo encontrar un atisbo de culpa en ellos.

—Sabes que no hay nada que pudieras hacer, ¿verdad? Nadie sospechaba que fuera él ni que fuera así como alguien estaba entrando en mi casa.

—Yo. Estuve. Ahí. Él estaba en el puto armario observándonos. Tanto entrenamiento recibido y no tenía ni idea de que era él. —Se puso boca arriba y mis dedos se deslizaron por su rostro. Levantó las manos para frotarse con ellas la cara—. Joder, ni siquiera recordaba su nombre.

El estómago me dio un vuelco al incorporarme, e ignoré la punzada de dolor que sentí justo debajo de las costillas. Alargué las manos para sujetarle las muñecas. Traté de apartarle las manos de la cara, pero él se resistió. Inasequible al desaliento, lo solté y le quité el edredón.

—¿Qué estás haciendo? —Su voz sonaba apagada debajo de sus manos.

Le pasé una pierna por encima de sus estrechas caderas y me puse a horcajadas sobre él. Le cogí las muñecas y tiré de nuevo de sus brazos. Esa vez me dejó apartárselos. Me miró con una ceja arqueada y bajó la mirada.

—¿Te he dicho alguna vez lo mucho que me gusta que lleves una de mis camisetas y nada más?

Pasé de ese comentario, porque, por más descabellado que pareciera, me dio la impresión de que sus ojos tenían cierto brillo cuando lo miraba. Y me dolía muchísimo en el alma, porque no quería que asumiera la responsabilidad de los actos de otra persona. No era justo, y resultaba doloroso verle hacerlo.

Entonces me di cuenta de algo que me impactó con la fuerza de una tonelada de monos voladores, de putos monos voladores. Ese penetrante dolor en el pecho debió de convertirse en algo muy familiar para mis padres después de verme culparme a mí misma de lo que le pasó a Charlie. Sí, lo que estaba pasando con Kip era totalmente distinto, pero en cierto sentido seguía siendo lo mismo, y tenía que ser lo que Reece estaba sintiendo cuando me oía hablar sobre cómo me sentía.

Fue de lo más revelador.

—Nada de esto ha sido culpa tuya —le dije—. Por favor, dime que lo comprendes, porque no puedo soportar que te culpes a ti mismo cuando no has tenido nada que ver en ello.

—Te hizo daño… estás herida —replicó con el ceño fruncido.

—Pero no me lo hiciste tú. Tú me salvaste. Y Henry también. —Esas últimas palabras eran algo que jamás creí que diría en toda mi vida—. Y has estado aquí para mí. Estuviste aquí para mí cuando Charlie murió y antes también. Y si te lo hubiera permitido, habrías estado aquí para mí muchísimo antes. —Las lágrimas me escocían en los ojos, y el derecho me dolía—. Hiciste lo que tenías que hacer, Reece.

Pasó un instante hasta que soltó el aire con fuerza. Apartó sus manos de las mías para rodearme con ellas las mejillas y acercar mi cara a la suya.

—Voy a ser sincero contigo, Roxy. No sabría qué hacer si te pasara algo —dijo con voz pastosa—. La idea de perderte me mata. Y saber lo cerca que estuve de que eso pasara no es algo que pueda olvidar con facilidad.

—Lo sé —susurré conteniendo las lágrimas.

Soltó el aire entrecortadamente.

—Pero voy a intentarlo, porque eso es lo que te pedí que hicieras con todo, y sé que es lo que vas a hacer.

Mi sonrisa era temblorosa, pero amplia, y él levantó la cabeza de la almohada para besarme con cariño, consciente del corte en mi labio.

—Te quiero —me dijo sobre mi boca. Sus palabras apenas eran un suspiro, pero contenían muchísima emoción—. Te quiero, preciosa.

Podría pasarme el resto de mi vida oyendo esas palabras una y otra vez, sin cansarme nunca de escucharlas. No solo eso, quería sentirlas. Quería rodear el cuerpo de Reece con el mío hasta que no supiéramos dónde acababa uno y empezaba el otro.

Lo besé con ternura mientras me movía para poder deslizarle una mano por su abdomen firme y desnudo. Cuando llegué a la cinturilla de los pantalones de su pijama, echó la cabeza atrás para descansarla en la almohada y mirarme. Se le sonrojaron las mejillas al ver que yo le sostenía la mirada y le pasaba la mano por debajo de la cinturilla. Como era de esperar, ya la tenía dura cuando se la rodeé con los dedos.

Del fondo de la garganta de Reece salió un sonido grave. Sus ojos siguieron clavados en los míos mientras lo tocaba con la mano. Con solo ese contacto yo ya estaba mojada y caliente entre los muslos. Nunca había estado así con nadie más, y ahora sabía que nunca habría nadie más.

Reece era para mí.

Yo era para él.

Me subió una mano por la camiseta prestada hasta posarla en mi cadera. La preocupación nublaba la excitación que se reflejaba en sus ojos.

—¿Crees que…?

—Creo que es la mejor idea del mundo —lo interrumpí.

Levantó ligeramente las caderas.

—Te deseo, cariño. Siempre te he deseado, pero no tenemos que hacer esto ahora mismo. Tenemos tiempo. Mucho tiempo.

—Le relucían los ojos cuando le quité los pantalones del pijama para dejarlo al descubierto—. Y también tenías esos juguetes que voy a usar un día de estos.

La idea de que los utilizara conmigo me provocó toda clase de felicidad, pero a no ser que tuviera un vibrador escondido en alguna parte de su casa, esa fantasía tendría que hacerse realidad otro día.

—Quiero hacer esto. Mucho.

—Roxy… —dijo con los labios separados.

Le rodeé con la mano la polla dura.

—Joder —gruñó, echando la cabeza atrás—. Vale. Es una idea perfecta. Del todo. Totalmente a favor de lo que quieres hacer.

Solté una risita, pero ese sonido acabó en un gemido cuando deslizó una mano hasta mi pecho. No pasó demasiado rato antes de que me hubiera quedado sin bragas, la camiseta estuviera sobre la cama a nuestro lado y nos hubiéramos unido. Con sus manos en mis caderas y las mías apoyadas en su tórax, me dejó marcar el ritmo y nos tomamos nuestro tiempo. Aquello no iba de follar como locos ni de hacerlo para corrernos y ya. No. Iba de mostrarnos el uno al otro cómo nos sentíamos, y había algo reparador en ello, algo hermoso y arrollador al movernos juntos. Sin prisas. Viviendo el momento. Y cuando el creciente placer llegó al máximo, él estaba justo ahí conmigo y nuestros cuerpos se hicieron añicos y se recompusieron.

No me moví después, despatarrada sobre él, con la mejilla buena recostada en su pecho mientras él jugueteaba con mi pelo.

—¿Qué ha pasado con los mechones de tu pelo? —preguntó.

—¿Qué? —Me sentía demasiado desfallecida y saciada para pensar en su pregunta.

—Los mechones púrpuras. Ya no están.

Solté una carcajada, porque tal como lo había dicho parecía que hubiera sido necesaria algún tipo de magia vudú para que pasara.

—Se destiñeron.

—Oh. —Siguió jugueteando con mi pelo; cómo me gustaba—. Tendrías que volver al rosa.

—¿Al rosa? —Fruncí el ceño—. Hará casi un año que no llevo el mechón rosa.

—Lo sé, pero me molaba. Eras tú.

Esbocé una sonrisa. ¿Recordaba que llevaba un mechón rosa hacía tanto tiempo? Dios mío, quería a ese hombre. De verdad.

—Bueno, a lo mejor me lo tiño de rosa la próxima vez.

—Bueno, a lo mejor deberías hacerlo —bromeó.

—Mandón —murmuré sin dejar de sonreír. Permanecimos ahí tumbados unos minutos, mientras mi mente repasaba todas las cosas que había estado pensando. Me sentía preparada para verbalizar una de ellas—. He estado pensando.

Su mano me bajó por la espalda.

—¿Debería preocuparme?

—Puede —reí con suavidad—. Se trata de lo que... de lo que quiero hacer con mi futuro.

Empezó a describir lentamente un círculo por mi zona lumbar.

—Vale. ¿Qué quieres hacer?

Por alguna razón extraña fue más fácil decirlo de lo que me esperaba mientras yacía desnuda con Reece. Qué raro.

—He pensado que podría... dejar lo de las clases. A ver, ya sé que sacarse un título es buena idea, pero no es mi pasión. No ahora mismo. Y la universidad siempre estará ahí, pero, ¿sabes qué?, con todo lo que ha pasado he aprendido que vete a saber qué pasará mañana o la semana que viene. No quiero vivir mi vida haciendo algo que en realidad no me gusta nada. Puede que eso cambie algún día.

—No tienes que convencerme, preciosa. —Siguió moviendo la mano, y quise arquear la espalda como un gato—. Me parece una idea estupenda. Así tendrás más tiempo para pintar y trabajar diseñando sitios web si sigues queriendo hacerlo.

—Pues sí. —Me invadió el entusiasmo—. Me gusta hacerlo, y puedo seguir trabajando en el Mona's. —Hice una pausa y alcé la cabeza para poder verle la cara—. ¿No te parece que abandonar mis estudios me convierte en... no sé, en una fracasada?

—En primer lugar, no estás abandonando tus estudios —comentó entrecerrando los ojos—. Los estás dejando un tiempo. Quizá para siempre, pero no es como si lo estuvieras haciendo porque no puedes con ello. En segundo lugar, la universidad no es siempre la puta respuesta, cariño. Decidir alejarte de ese camino no implica que seas una fracasada. Y si alguien se atreve a decirte lo contrario...

—Cálmate. —Le di unas palmaditas en el pecho, pero en el fondo estaba supercontenta. Inspiré hondo y, sí, me sentía aliviada, mejor—. Quiero tomarme en serio la pintura. Vete a saber.

A lo mejor podría intentar lo que mamá me dijo sobre la marchante de arte de la ciudad. Le gustaron mis obras. Tengo más. Puedo darle más.

—Siempre y cuando no le des alguna de las mías.

Ruborizada, descansé mi frente en su pecho y gemí.

—No te pases.

Soltó una risa mientras entrelazaba sus brazos alrededor de mi cintura.

—Sobre todo en las que salga en pelotas. Sí, no he olvidado esa petición.

Suspiré.

—Creo que es algo genial —añadió. Cuando levanté la cabeza, su sonrisa me llegó al corazón—. Estoy orgulloso de ti.

—¿En serio? —Se me quebró la voz.

—Sí, en serio —respondió sacudiendo la cabeza.

Abrí la boca, pero le sonó el móvil. Me separé de él y me tumbé de lado mientras se incorporaba para cogerlo.

—Hola —contestó.

Por la forma en que había contestado, supuse que no era de trabajo. Se giró por la cintura para mirarme. Sus ojos recorrieron mi cuerpo desnudo, y la expresión de su cara dijo que desearía no estar hablando por teléfono. Entonces se volvió.

—Sí. Entendido —dijo.

—¿Va todo bien? —pregunté cuando colgó.

—Era Colton. —Frunció el ceño y dejó de nuevo el móvil en la mesita de noche—. Está fuera. Enseguida vuelvo.

Antes de balancear las piernas para salir de la cama, me besó la mejilla y la sien. Fue algo dulce y tierno a la vez, y me entraron ganas de moverme por la habitación como una delicada bailarina clásica.

Reece cerró la puerta al salir. Yo me quedé allí acostada un instante. Luego recuperé mi camiseta porque, con la suerte que tenía, cabía la posibilidad de que me pillaran desnuda en su cuarto.

Me pasé la camiseta por encima de la cabeza y me cubrí el cuerpo antes de esforzarme en desenredarme el pelo mientras reprimía la necesidad de salir para ver qué estaba haciendo Colton allí. No tuve que contenerme demasiado rato.

Menos de cinco minutos después, Reece regresó y dejó la puerta abierta al entrar. Cogí el edredón para taparme las piernas desnudas.

—¿Está Colton todavía aquí?

Se detuvo a unos pasos de la cama.

—No. Ha tenido que marcharse.

—Vale. —Ladeé la cabeza y lo observé con atención. Se pasó la mano por el pecho. Algo no iba bien—. ¿Ha pasado algo?

—Sí, ha pasado algo —asintió Reece.

Me estaba empezando a poner de los nervios. Se me formó un nudo en el estómago.

—¿Qué?

—Kip está muerto.

Parpadeé una vez, y después otra.

—¿Perdona?

—Lo han encontrado muerto en su celda esta mañana —dijo tras tragar saliva con fuerza—. Hace unas horas, de hecho. Ha sido inesperado. —No pude hacer otra cosa que mirarlo fijamente—. Se ha ahorcado atando su camiseta al barrote y usando su propio peso. Puede hacerse, pero él no parecía estar en riesgo de hacer algo así, aparte de que no estaba solo. Colton me ha dicho que había otros ocho tíos con él.

Seguía sin encontrar las palabras.

Sacudió la cabeza despacio y miró más allá de mí.

—Ha dejado algo así como una nota de suicidio.

—¿Algo así? —Toma ya. Podía hablar. Bueno, podía repetir como un loro lo que decía Reece.

—Le ha dicho a uno de los que estaban encerrados con él dónde encontrar el cadáver de Shelly Winters y entonces, según los testigos, se ha ahorcado. Nadie lo ha detenido. —Hizo una pausa, tan confundido como yo—. Tenemos a una unidad de camino hacia allí, ya que la cárcel está en nuestra jurisdicción.

Estaba estupefacta.

—¿Nadie ha intentado detenerlo? ¿Esas ocho personas se han quedado mirando cómo se ahorcaba atándose la camiseta al cuello y a un barrote?

—Sí —respondió—, pero el caso es que... —Se acercó más a la cama—. La noticia sobre él salió el lunes por la noche, ¿verdad? Cuando estábamos en el hospital, lo dieron en el telediario de la noche. Enseguida se corrió la voz de que era sospechoso de haber atacado a todas esas mujeres y de que lo habían encarcelado.

—Sí.

—Colton me ha dicho que hace un día y medio detuvieron a alguien por robar en una bodega. Una situación extraña. El individuo entró, cogió una botella de whisky del estante, se sentó fuera y se la bebió. Se quedó sentado hasta que llegó la policía. Lo detuvieron y lo llevaron a la cárcel. Todavía está allí. Los agentes que lo arrestaron aseguran que tiene antecedentes, pero adivina con quién está también relacionado.

—¿Con quién? —pregunté sacudiendo la cabeza.

—Con Isaiah.

Abrí unos ojos como platos.

—Joder. ¿Una de las agredidas no era prima de Isaiah? —Cuando Reece asintió con la cabeza, las piezas empezaron a encajar—. Madre mía, ¿pensáis que Isaiah ordenó a ese tipo que se dejara detener para ir a la misma cárcel que Kip y acabar con él?

—¿Te acuerdas de Mack? El hombre que amenazó a Calla por el dinero que debía su madre. Acabó con una bala en la cabeza. Todos sabemos de lo que es capaz Isaiah, especialmente cuando se meten con alguien de su familia. Y lo que es más oportuno aún: la cámara de la celda dejó de funcionar durante la madrugada.

Joder…

—¿Eso significa que uno de los agentes también estaba metido en el ajo?

—Hace años que sabemos que tiene gente en el cuerpo de policía. A saber cuánto habrá pagado a ese tío y a quien sea que se ha cargado la cámara para hacer eso. Seguramente más que suficiente para que te compense arrebatarle la vida a un hombre y correr el riesgo de que te pillen. El departamento ha iniciado una investigación al respecto.

—Pero nadie ha sido capaz de inculpar a Isaiah de nada. Nunca. En plan: jamás en la vida.

—Correcto.

No sabía qué pensar ni qué sentir al descubrir que Kip estaba muerto, bien por su propia mano o bien por orden de Isaiah. En cualquier caso, no habría cadena perpetua ni se cerraría ningún trato. Si lo que decía el tío de la celda era cierto, iban a encontrar el cadáver de Shelly, y esa sería la única luz al final de ese túnel tenebroso. Rebusqué en mis emociones para encontrar algo, pero solo di con una especie de… cansancio. ¿No me convertía eso en la persona más asquerosa del mundo? No era que me diera igual. Simplemente no quería gastar más tiempo ni energía en ese monstruo. No podía.

Reece se sentó en la cama y se pasó los dedos por el pelo. Lo observé en silencio. Cuando dejó caer la mano sobre el muslo, sacudió la cabeza.

—¿Soy una mala persona si digo que no estoy demasiado afectado por lo que ha pasado?

Me encaramé a él y me dejé caer de modo que mis rodillas le presionaban las piernas.

—Creo que no. A ver… —Levanté las manos y suspiré—. Bueno, podría mentir y decir que es una putada que alguien haya muerto, pero no estoy segura de que sea verdad. Y mentir es pecado, ¿no? Quiero decir, ¿se considera pecado alegrarte de que alguien esté muerto? Porque, verás, no sé si lo es. Tenemos que encontrar a alguna persona que esté superfamiliarizada con la Biblia o algo.

Hizo una mueca.

—Me apuesto algo a que Melvin lo sabría —comenté.

—¿Melvin? —Arqueó una ceja—. ¿El viejo que suele ir a emborracharse al bar?

—Sí —respondí asintiendo—. Melvin parece saberlo todo. Bueno, Katie seguro que también lo sabe. Otra que parece saberlo todo. Es raro. ¡Ah! —Di una palmada—. Nunca te he contado lo que Katie me dijo una vez sobre ti.

Esta vez arqueó ambas cejas.

—¿Debería preocuparme? —preguntó.

—No —reí—. Una vez, hará dos años, me dijo que ya conocía y, de hecho, amaba a la persona con la que pasaría toda mi vida. No la creí, ni siquiera cuando me dijo que eras tú.

—¿En serio? —Abrió mucho los ojos.

—Completamente. No quise creerle, pero pienso que en el fondo sabía que tenía razón, porque te conocía y te quería desde hace mucho más tiempo del que quería admitir.

Se me quedó mirando con una mezcla de diversión y de incredulidad reflejada en la cara.

Sonreí de oreja a oreja.

—Bueno, también me contó que una vez se tomó una bebida alcohólica destilada ilegalmente por un familiar suyo del sur y acabó en el bosque hablando con hadas toda la noche. También le he oído decir otras veces a otras personas que ya habían conocido a la chica o el chico con el que iba a estar, y algunas parecieron querer salir corriendo, por lo que puede que simplemente sea su *modus operandi*. Ah, y también ha dicho que…

—Volviendo a la parte de que me quieres —me acorraló—. ¿De verdad lo dijo hace años?

—Sí, de verdad.

—Madre mía, cariño. —Se inclinó hacia mí para apoyar su frente en la mía mientras me rodeaba la nuca con una mano. Me besó, y me derretí como un cubito de hielo al sol—. Al final va a ser verdad que Katie tiene poderes psíquicos.

27

Supuse que era buena señal que dejara de dolerme el estóma-go, porque iría por el cuarto abrazo y me habían estrujado tanto que estaba segura de que ya no quedaba ni un poco de aire en mi interior.

Era viernes por la noche, casi dos semanas después de lo que ahora llamaba el Lunes de Mierda. Había vuelto al Mona's el jueves anterior, a pesar de que Jax insistía en que me tomara todos los días libres que quisiera, un mes incluso, pero yo necesitaba volver a mi vida y necesitaba el dinero. Todo el grupo estaba allí, en el Mona's, para pasar el rato esa noche antes de regresar el domingo por la mañana. Se quedaban en casa de Jax, acampados en la habitación de invitados y el sofá.

—Tienes pinta de malota con el ojo morado —comentó Katie mientras se subía la blusa *halter* azul fosforescente—. Como si estuvieras a punto de darme una paliza.

Calla se apoyó en la barra, a mi lado, y cruzó los brazos sobre ella. Llevaba el cabello rubio recogido en una cola de caballo.

—Es probable que Roxy pudiera darnos una paliza a todos. Las flacas son las más peleonas.

El ojo morado se había desvanecido hasta adquirir un pálido color púrpura azulado. Es probable que ya tuviera que haber desaparecido por completo, pero había algunos vasos sanguíneos rotos. Apenas era visible y, además, no me preocupaba.

—Es verdad —les dije a las chicas—. Tened cuidado.

Avery soltó una carcajada con un vaso de cola en la mano.

—El finde pasado dejé fuera de combate a Teresa.

Contemplé a la preciosa chica morena con las cejas arqueadas.

—Creo que quiero saber todos los detalles —comenté.

Teresa soltó una carcajada mientras hacía girar uno de los taburetes del bar.

—Encontré unos guantes de boxeo de Jase e hicimos un combate. Pero no me pasé con ella y solo le daba en el brazo.

—Lo que tú digas. —Avery dirigió la mirada hacia donde Cam estaba con Jase y Jax. Los tres se estaban comportando como auténticos fans con Brock—. Creí que a Cam iba a darle un infarto cuando empezamos.

—Sí, yo pensé que tendríamos que llamar a urgencias —resopló Teresa—. Fue gracioso, porque estoy segura de que Jase pensó que era como ver algún tipo de fantasía porno hecha realidad. Dos chicas con guantes de boxeo.

Calla soltó una carcajada a la vez que se servía un trago.

—Pobre Cam —dijo—. Tiene que ser una putada cuando una de esas chicas es tu hermana.

—¿Sabéis qué? Me da que sería un espectáculo espléndido para el club. Las chicas podrían ir en biquini. O sin parte de arriba. —Katie cogió el vaso y se bebió su contenido de un impresionante trago. Tras relamerse los labios y suspirar contenta, lo dejó en la barra—. Voy a sugerírselo a Larry. Le chiflan mis ideas. —Zarandeó las caderas.

Miré a las dos chicas con las cejas arqueadas.

—¿Veis lo que habéis hecho?

Avery soltó una risita.

—Bueno, chicas, tengo que volver ¡y ganar algo de pasta! Hasta luego… ¡Ay, espera! —Se giró hacia el lugar por donde apareció

Nick, detrás de la barra. Llevaba un cubo con limas frescas en las manos, y arqueó sus cejas castañas al ver que Katie lo estaba mirando fijamente—. ¡Tú! —chilló, brincando hacia delante de forma que sus pechos desafiaron la gravedad y la blusa *halter*.

—¿Yo? —dejó las limas en la barra.

Esbocé una sonrisa a la vez que Calla se echaba hacia atrás con la curiosidad reflejada en sus rasgos.

—Sí, ¡tú! —Lo señaló con una uña pintada de un color azul a juego con su blusa—. Tengo algo que decirte.

—Oh, oh —murmuró Calla mientras yo apenas podía evitar dar saltitos de entusiasmo.

Katie agitó los dedos como si fuera a poner manos de jazz.

—Esta es su noche.

—No sé quién es el afortunado, pero eso espero —aseguró Nick con una ceja arqueada.

Resoplé.

Katie agitó la mano sin inmutarse.

—No, te hablo de ella. La chica de la que te vas a enamorar hasta las trancas estará aquí esta noche. Madre mía, has dado con la horma de tu zapato. Totalmente. —Sonriendo de oreja a oreja a un ahora silencioso Nick, se giró hacia nosotras y soltó una carcajada—. Nos vemos, amigas.

Nos quedamos mirando cómo Katie se marchaba del bar contoneándose con sus tacones de doce centímetros con plataforma. Después me volví hacia Nick y le di unas palmaditas en el brazo.

—Vaya por Dios. Siempre da en el clavo con estas cosas.

—Cállate —pidió Nick, pálido.

—No. Acertó con lo de Jax y yo —confirmó Calla—. Es como la vidente estríper del amor, o algo así.

—Callaos las dos. —Parecía horrorizado.

—Me muero de ganas de verla. —Solté una risita regodeándome.

Nick frunció el ceño.

La puerta del bar se abrió de golpe y todos nos giramos como balas hacia ella. Se me escapó una carcajada, una risa aguda, al ver quién era.

—Toma ya.

Aimee «con dos es» Grant entró y nos miró con el ceño fruncido. Llevaba el cabello dorado ondulado a la perfección y el vientre ultrabronceado a plena vista. Era guapísima, pero no sabía lo que era el espacio personal y, además, se había portado fatal con Calla, lo que no me parecía nada bien. Pero ¿la idea de que Nick se colgara de ella? Casi me moría de la risa. Me reí con tanta fuerza que me dolió el estómago y golpeé la barra con las manos.

—¡Ay, Dios, es ella!

Calla cruzó los brazos cuando Aimee se encaminó hacia los chicos, pero sonrió como un gato que se acababa de zampar una jaula entera llena de canarios al ver que se desviaba en el último minuto.

—Vaya mierda —le dijo Calla a Nick—. No sé si podré seguir siendo amiga tuya.

—Puedo asegurarte que a Katie le fallan del todo los poderes, porque ninguna parte de mi cuerpo se va a acercar a eso —aseguró Nick, poniendo los ojos en blanco.

—Lo que tú digas —canturreé en voz alta—. Es amor verdadero.

Me lanzó una mirada siniestra, pero no me borró la sonrisa de la cara. Pasado un momento, Avery y Teresa se reunieron con los chicos. Más tarde, cuando tuvimos un momento de calma tras la barra, Calla se puso muy seria conmigo.

—¿De verdad estás bien? —preguntó—. A ver, sé que lo que te ha ocurrido es de locos, y como yo también he pasado por alguna que otra situación de locos, sé que puede ser duro.

—Lo estoy —aseguré, asintiendo con la cabeza mientras empezaba a cortar una lima—. Bueno, creo estarlo, si eso tiene algún sentido. Hay un par de momentos que todavía me asusta recordar, no voy a mentirte. Pero no quiero rayarme con lo que hizo Kip, ¿sabes? Ya no está. Y encontraron el cadáver de esa chica, eso es lo que importa ahora. Por lo menos su familia podrá descansar.

—Sí —respondió, mirándome con atención—. ¿Y todo lo de Charlie?

Corté otra lima con una sonrisa triste pero sincera.

—Lo echo de menos. Echo de menos no verlo todos los viernes, pero lo superaré y cada vez me resultará más fácil.

—Me alegra oír eso. Por cierto, me encantan tus nuevas gafas. La montura rosa te queda de lujo... Pero ¿qué coño...?

Levanté la vista siguiendo su mirada. Acababa de entrar una chica en el bar. Nunca la había visto antes. Era preciosa. Con un reluciente pelo negro y un cuerpo por el que seguramente daría un ovario, o los dos. Era alta y parecía salida de la cubierta de una revista de moda.

La recién llegada se dirigía hacia la barra, pero se detuvo y abrió la boca al ver el grupo que estaba junto a las mesas de billar. Los miré.

Fue Teresa quien la vio primero y se echó hacia atrás, sorprendida al reconocer a la chica. Entonces sonrió mientras dirigía una mirada a Cam y a Avery, y su sonrisa, al principio vacilante, se ensanchó.

—¿Steph? —dijo—. ¿Qué diablos haces aquí?

La chica llamada Steph se recompuso lo suficiente como para acercarse a ellos. No pude oír lo que dijo por culpa del ruido del local, así que le pregunté a Calla:

—¿La conocéis?

—Sí. Iba a Shepherd. Se licenció con Jase. ¿Recuerdas lo que te conté que le pasó a la compañera de habitación de Teresa antes de que se fuera de la residencia de estudiantes?

—¿La chica a la que asesinaron?

Calla asintió con la cabeza.

—Teresa se asustó cuando encontró su cadáver, y fue Steph quien cuidó de ella y llamó a la policía. Resultó que vivía en el otro apartamento, pero Teresa nunca la había visto. No la conozco demasiado bien. Es muy guapa —añadió.

—Guapa como Angelina Jolie y Megan Fox juntas.

—Cierto —soltó con una carcajada—. Vaya. Bueno. Voy a enterarme de qué hace aquí. ¿Te va bien que te deje sola?

—Claro. —Le indiqué con la mano que se largara—. Ve a traerme algún cotilleo.

Empezaron a llegar muchos clientes, y cuando Calla volvió para ayudar a servir las comandas que salían de la cocina, no hubo tiempo para averiguar por qué la chica que solía ir a Shepherd estaba ahí. Eso sí, no pude evitar pensar en lo que Katie le había dicho a Nick al ver cómo sonreía cuando ella se acercó a la barra a pedir un cubata.

Conocía esa sonrisa.

Como Calla había venido para pasar el fin de semana, iba a cerrar el bar con Jax y Nick, lo que significaba que yo no tenía que quedarme a hacerlo. Tras despedirme de todos y de recibir un abrazo de Jax que me levantó del suelo, me puse la rebeca y salí.

Un coche patrulla me esperaba en el aparcamiento.

Con una sonrisa, me dirigí hacia él mientras la ventanilla bajaba y me permitía ver a un policía que estaba buenísimo.

—¿Estás en el descanso? —pregunté.

—Mi hora favorita del turno —comentó, mordiéndose el labio inferior.

Sentí un calorcito en el vientre. Sabía muy bien en qué clase de pausa estaba pensando.

—La mía también —dije, y con la esperanza de no estar infringiendo ningún tipo de norma para policías en su coche patrulla, me agaché y lo besé por la ventanilla—. ¿Nos vemos en tu casa?

—Hasta luego, entonces —afirmó esbozando media sonrisa.

En algún momento me mudaría de nuevo a mi piso, más pronto que tarde. No porque no me gustara quedarme con Reece. Me gustaba, especialmente en noches como esa, ya que, como solo se tardaba unos pocos minutos en ir del Mona's a su piso, podíamos dar rienda suelta a nuestras pasiones.

No se lo había contado a Calla, pero la idea de dormir en mi casa me ponía enferma, y la única forma en que podría superarlo era haciéndolo. Evidentemente no lo haría sola. Reece estaría ahí conmigo, pero regresar a mi apartamento era una forma de volver a la normalidad.

Cuando llegamos a casa de Reece, no había tiempo de hacer el tonto y fingir que íbamos a comer algo. Me estrechó entre sus fuertes brazos y me besó como si se estuviera muriendo de sed hasta dejarme aturdida y sin respiración. Nos abalanzamos el uno sobre el otro y acabamos en el sofá, yo de rodillas, aferrada al respaldo, y su cuerpo detrás del mío con una mano en mi cadera y la otra entre mis muslos. Realmente era la mejor clase de hora de descanso.

Con los músculos agotados, me quedé donde me había dejado, acurrucada contra el respaldo del sofá, mientras él se ponía el uniforme, se ajustaba el cinturón y rebuscaba entre mi ropa. Lo observé con la mejilla apoyada en las manos y él se enderezó y me dio una palmadita en el culo.

—Pervertido —murmuré.

—Pero si te encanta —dijo guiñándome un ojo.

—Puede.

Cogió mi rebeca con una carcajada.

—Deja que te ayude.

Lo miré con las cejas arqueadas, pero levanté el brazo con un suspiro. Colaboré tan poco que era como intentar pastorear gatos, pero él persistió hasta abrochar cada botón.

—Quiero llegar a casa por la mañana y encontrarte en mi cama solo con esto.

—Eres un pervertido de verdad.

Me acarició los labios con los suyos.

—Y de verdad desearía no tener que marcharme.

—Yo también. —Le puse bien el cuello del uniforme—. Pero aquí estaré.

Me besó de nuevo, rodeándome la cintura con un brazo y levantándome del sofá. Una vez me dejó en el suelo, tiró de mí hacia él.

—¿Me acompañas hasta la puerta? —preguntó.

Como estaba a la friolera de tres metros de distancia, podría apañármelas. Lo seguí, conformándome con saber que en la nevera había medio kilo de helado de caramelo solo para mí. Pensaba hacerme con él en cuanto cerrara la puerta.

Reece se volvió y me recorrió el cuerpo con la mirada con la intensidad suficiente como para que me pareciera una caricia física.

—¿Sigue en pie lo del domingo?

Ah, el domingo. La segunda fase de pasar página de… bueno, de todo, empezaba el domingo. Iba a ser un día duro, pero estaba preparada. Me puse de puntillas para besarle la comisura de los labios.

—Sí, sigue en pie.

—Genial —respondió y salió por la puerta.

—Reece —lo llamé, y cuando volvió la cabeza para mirarme, añadí—: Te quiero.

Pasó de ser guapo a arrebatador con una amplia sonrisa que hizo que la cabeza me diera vueltas llena de felicidad.

—Te quiero, cariño.

Cuando cerré la puerta y giré la llave, tuve que admitir que eso era mucho mejor que decir adiós.

Una suave brisa mecía las ramas que bordeaban la calle cuando salimos de la camioneta de Reece y la rodeé para ir hasta el lado del conductor. Alcé la barbilla y entrecerré los ojos al pasear la mirada por las lápidas de mármol y las grandes tumbas del cementerio. Era un día soleado. El cielo era de la tonalidad perfecta de azul, y las escasas nubes, esponjosas y blancas. En mi cabeza se arremolinaban las acuarelas que tendría que mezclar para plasmar ese color exacto de azul, y las nubes…, bueno, eran fáciles y divertidas de pintar. Tiré del dobladillo de mi fino suéter y subí la mano para pasarme el mechón de pelo rosa por detrás de la oreja.

Reece se acercó donde yo estaba, con las puntas de mis zapatos planos acariciando el césped perfectamente cortado.

—¿Preparada? —preguntó.

Fruncí los labios y asentí con la cabeza. Luego nos pusimos en marcha enfilando el camino asfaltado. Tenía un nudo en la garganta, una mezcla de nervios y de congoja que seguramente sentiría durante mucho tiempo. Sabía que algún día pensaría en Charlie sin tristeza. Solo la calidez y la felicidad envolverían los recuerdos de él que siempre tendría y atesoraría.

Ninguno de los dos habló cuando coronamos la pequeña colina y pudimos ver la última morada de Charlie por primera vez desde que me fui del entierro antes de tiempo. Avancé vacilante, con el corazón latiéndome con fuerza. Como era de esperar, sus padres no habían escatimado en gastos en la tumba de su hijo. Me resultaba extraño, porque apenas habían estado ahí para él los últimos seis años, pero ¿quién era yo para juzgarlos? Quizá fuera esa su forma de mostrarle lo mucho que lo querían, lo mucho que lo añoraban.

Habían erigido un ángel blanco perla detrás de una lápida bastante sencilla, con las alas extendidas y la cabeza agachada. En sus brazos había un niño pequeño, que estrechaba contra su pecho. No sé por qué, pero al ver la estatua me entraron ganas de dejarme caer sobre la hierba y echarme a llorar como no había llorado nunca.

Pero nosotros no éramos los únicos que estábamos en el cementerio. Ni tampoco estaba la última morada de Charlie vacía. No esperaba que lo estuviera.

A un lado, con las manos metidas en los bolsillos de sus vaqueros y la cabeza levantada como si a él también lo hubiera cautivado la expresión triste del ángel, estaba Henry Williams.

Respiré entrecortadamente. Cuando le había dicho a Reece que lo segundo que quería hacer era hablar por fin con Henry, él me había apoyado al cien por cien, igual que en lo referente a mis planes sobre la universidad. Y por eso estábamos ahí, en el cementerio, una tarde de domingo con brisa.

Henry bajó la cabeza y se volvió hacia nosotros. Esbozó una sonrisa pequeña, insegura, mientras sacaba una mano del bolsillo y se la pasaba por el pelo rubio, que le había crecido desde la última vez que lo había visto, en el piso de Kip.

Tenía que ser sincera conmigo misma. Henry y yo nunca íbamos a ser amigos. Ni siquiera pensaba que fuera eso lo que él quería. Sería demasiado forzado, demasiado doloroso, y sería pedirnos demasiado a los dos. Pero para perdonarme real y verdaderamente a mí misma, tenía que perdonar antes a Henry.

Por un instante me permití imaginarme a Charlie en algún lugar, ahí arriba, en ese hermoso cielo, mirándonos, y lo imaginé sonriendo. Lo imaginé feliz al vernos. Sobre todo, lo imaginé sintiéndose orgulloso de mí, de todos nosotros. Y, Dios mío, qué bien sentaba eso.

La mano de Reece encontró la mía y me la apretó para tranquilizarme.

—¿Seguro que quieres intentarlo? —me preguntó.

—No. —Levanté la mirada hacia él y nuestros ojos se encontraron. El amor se reflejaba en cada ápice de emoción del guapo rostro de Reece. Madre mía, era una chica muy afortunada y estaba tan enamorada de él que podría flotar por encima del suelo. Le apreté la mano a mi vez y aseguré—: No voy a intentarlo. Voy a hacerlo.

AGRADECIMIENTOS

Escribir agradecimientos puede ser la parte más difícil de completar de una novela. No quieres olvidarte de nadie, pero en el fondo sabes que lo harás. De modo que seré breve. Gracias a mi agente, Kevan Lyon, y al equipo de HarperCollins; a las increíbles editoras Tessa Woodward y Amanda Bergeron, el asombroso equipo de marketing y de ventas, y a Inkslinger, que trabajó incansablemente para que este libro llegara a vuestras manos.

Un agradecimiento enorme a vosotros, los lectores. Sin vosotros, este libro no sería posible. Nada de esto sería posible.

Queremos compartir más momentos contigo.

Únete a la comunidad de Penguin Libros
y encuentra tu siguiente lectura.

¡Únete hoy!

Penguin
Random House
Grupo Editorial